JN409842

맨스필드 파크

상

제인 오스틴 지음 / 이옥용 옮김

차 례

Ⅰ 부

▨ 이 책을 읽는 분에게

지난 몇 달 동안 나는 마치 열병을 앓듯이 《맨스필드 파크》에 매달렸다. 이 소설을 번역하는 동안, 나는 머리 속으로 줄곧 사랑의 의미를 떠올렸다. 그리고 한 치의 흔들림도 없이 미덕이라는 팽팽한 칼날 위에 영혼의 무게를 지탱하고 있는 패니 프라이스의 모습을 보면서 여러 번 고개를 끄덕이곤 했다.

사회적인 일상보다는 개인의 내밀한 의식의 흐름을 따라가는 제인 오스틴의 소설들은 너무나 섬세하고 부드럽다. 그 섬세함의 힘으로 작가는 삶의 중심에 사랑이라는 이름의 집을 짓는다. 그리고 따사로운 사랑 속에서 감동이 동심원처럼 사방으로 퍼져 나간다.

제인 오스틴은 1775년 12월 16일, 영국의 작은 마을 햄프셔(Hampshire)에서 태어났다. 제인 오스틴의 아버지 조지 오스틴은 그 마을의 목사로 봉직하고 있었으며, 어머니 카산드라 역시 목사의 딸이었다. 제인 오스틴은 8남매 가운데 끝에서 두 번째였다. 소설에 관심이 많았던 아버지와 시와 동화에 관심이 깊었던 어머니 밑에서 자라난 제인 오스틴은 열두 살 무렵부터 습작을 시작했고 《수잔(Susan)》이라는 소설을 시작으로 서간체 소설에 열중했다. 제인 오스틴은 스물다섯 살이 될 때까지 햄프셔에서 거주했다.

1805년(30세)에 아버지의 죽음으로 인해 오스틴은 정신적인 고통과 함께 생활에 큰 타격을 받게 된다. 셋방살이를 시작한 제인 오스틴은 그 이후부터 작품 성향이 바뀌게 되고, 1809년에 사우스앰턴(Southampton)에서 추턴(Chawton)으로 이주하여 생활하면서 글쓰기에 몰두하게 된다. 그 후에 《분별과 감수성(Sense and Sensibility:1811)》, 《오만과 편견(Pride and Prejudice:1813)》, 《엠마(Emma:1815)》 등을 출판했다.

《맨스필드 파크》는 1811년 2월에 집필을 시작하여 1813년 6월에 완성하였다. 1816년부터 몸이 허약해지기 시작한 제인 오스틴은 1817년 치료와 요양을 하기 위해 윈체스터로 이사했다. 하지만 2개월 후인 1817년 7월 18일 지병으로 인해 세상을 떠나게 된다. 일생 동안 결혼을 하지 않았던 제인 오스틴의 유해는 윈체스터 대성당에 안장되었다. 추턴에 있는 저택은 제인 오스틴 기념관으로 보존되고 있다.

제인 오스틴이 살았던 시대는 역사적으로 혼란과 격동의 시기였다. 제인 오스틴이 열네 살이었을 때, 유럽 전역을 거대한 소용돌이 속으로 이끌었던 프랑스 대혁명이 일어났던 것이다. 그 결과 영국은 정치적으로 극단적인 보수주의 노선을 걷게 된다. 사회적으로는 산업혁명의 물결이 사회 구성체를 새롭게 재편하고 있었다.

제인 오스틴은《맨스필드 파크》 속에 19세기 영국의 시대상을 고스란히 옮겨놓고 있다. 그러한 그 당시의 사회상을 매우 잘 반영하고 있는 것이다. 특히 1800년대 영국의 전원 생활과 여성과 남성의 지위와 결혼관과 가치관 등을 극적이고 사실적으로 묘사했다는 평을 받고 있다. 제인 오스틴은 전면적으로 사회 문제를 다루기보다는 간접적으로 재치있는 대사와 섬세한 묘사 그리고 은근한 풍자와 아이러니와 유머를 사용하면서 한 폭의 그림처럼 담담하게 그려내고 있다. 그래서 그녀의 소설은 매우 높은 평가를 받고 있다.

맨스필드 파크에서 제인 오스틴은 그 당시의 생활 모습을 형상화하는 일에만 그치지 않는다. 영국의 시골에 있는 한 가정이라는 좁은 공간에 국한되어 있는 소설을 통해 제인 오스틴은 그 당시의 가치관을 조명하고 또한 신랄하게 비난하고 있다. 제인 오스틴의 소설은 19세기 영국의 사회상과 가치관을 묘사하고 있지만 또한 그 시간과 공간을 초월하여 매우 현대적인 모습으로 우리에게 다가온다.

맨스필드 파크를 처음부터 끝까지 이어가고 있는 주제는 바로 사랑과 결혼이다. 제인 오스틴이 그려내고 있는 사랑과 결혼의 이야기는 그 당시 영국에서뿐만 아니라 지금 이 시대에도 여전히 공감할 수 있는 것이다.

이 소설에서는 두 가지 유형의 사랑이 묘사되고 있다. 무조건적이고 순수하며 그래서 가치가 있는 사랑이 한 가지 유형이라면, 물질적인 조건을 내세우며 현실적이고 세상적인 잣대로 사랑을 저울질하면서 그 가치를 상실한 사랑이 두번째 유형이다. 이 두 가지 유형의 사랑은 어느 시대, 어느 곳에서도 찾아볼 수 있는 것들이다.

이 두 가지 사랑의 유형을 대변해 주고 있는 인물이 바로 패니 프라이스와 매리 크로포드라고 할 수 있다. 패니 프라이스는 매리 크로포드의 오빠인 헨리 크로포드의 구애를 받는다. 그는 많은 재산을 소유하고 있으며 준수한 외모와 재치 있는 말솜씨와 매너를 가진 인물로서 그 당시 영국 사회에서는 일등 신랑감이었다. 그래서 패니 프라이스를 양육해 준 이모부인 토마스 경과 사촌 오빠 에드먼드는 적극적으로 패니 프라이스에게 헨리의 청혼을 받아들일 것을 권유한다.

하지만 패니 프라이스는 헨리 크로포드의 훌륭한 외면적인 조건 뒤에 숨겨져 있는 진면목을 간파했다. 타고난 바람기와 가벼운 성품을 본 것이다. 그 이외에도 패니가 진실로 사랑하는 사람은 사촌 오빠인 에드먼드였다. 에드먼드는 차남으로 태어나 토마스 경의 많은 재산과 지위를 물려받지도 못할 뿐만 아니라 목사가 되기로 결심한다. 그것은 바로 그 당시의 영국 사회에서 지위와 명예도 없는 궁핍한 생활을 의미하는 것이었다. 그럼에도 불구하고 패니는 부와 명예를 가져다 줄 수 있는 헨리 크로포드의 청혼을 거부하고 에드먼드에 대한 지고지순한 사랑을 버리지 않는다.

이렇듯이 진실된 패니의 사랑과 극단적인 대조를 이루고 있는 것은 매리 크로포드의 사랑이다. 그녀는 에드먼드를 사랑한다. 그러나 에드먼드의 외형적인 조건으로 인하여 매리 크로포드는 그와의 결혼을 망설이며 결국 그 사랑을 이루지 못한다. 매리 크로포드는 처음부터 에드먼드가 목사가 되는 것을 반대한다. 목사가 되는 것은 가난한 생활을 의미했으며 매리 크로포드는 그것을 받아들일 수 없었기 때문이었다. 그녀는 진실되고 가치있는 사랑을 추구하지 않았고 그보다는 외형적이고 세속적인 것들을 추구했던 것이며 결국 사랑을 얻지 못하게 된다.

그 당시의 사회에서 사랑이란 반드시 결혼을 전제로 한 것이었으며 또한 사랑을 결혼으로 이어주는 결정적인 요인은 바로 재산이었다. 어쩌면 사랑을 배제한 채 조건과 재산만을 근거로 결혼을 결정짓는다고 해도 과언이 아닐 것이다. 그러한 세태 안에서 지켜나간 패니의 진실된 사랑은 더욱 큰 가치가 있는 것이다.

〈맨스필드 파크〉를 현대적인 소설로 만들어 주고 있는 것은 사랑과 결혼 이외에도 여주인공 패니라는 인물이다. 외면적으로 볼 때, 패니 프라이스는 현대적인 여성상과는 매우 동떨어진 인물이다. 패니 프라이스는 천성적으로 자신감이 결여되어 있으며 소극적이고 수동적이다. 그래서 자신의 주장을 좀처럼 내세울 줄 모른다. 하지만 그러한 외형 안에 감추어진 그녀의 내면은 현대를 살아가고 있는 우리보다 어떤 면에서 보면 더욱 현대적이라고 할 수 있다.

그 당시에 여성에게 있어서 가장 중요한 것은 결혼을 통해서 자신의 사회적인 지위를 확보하는 것이었다. 그리고 한 남성의 구애를 받으면 외형적인 조건상 결정적인 하자가 없는 한 그대로 결혼해야 하는 것이 그 당시의 세태였다.

그래서 토마스 경과 에드먼드는 패니에게 헨리 크로포드의 청혼을 받아들일 것을 종용한다. 패니가 처한 상황에서 자신을 양육해 준 토마스 경과 어린 시절부터 정신적인 지주가 되어 온 에드먼드의 권유를 거절하는 것은 그녀에게 있어서 몹시 힘겨운 일이었다. 그럼에도 불구하고 패니는 헨리의 청혼을 끝까지 거부하고 에드먼드에 대한 자신의 진실한 사랑을 지켜갔다. 자신의 의견과 주관을 꿋꿋하게 지켰던 것이다. 그것이야말로 가장 현대적인 여성상이며 진실한 페미니스트의 모습이 아닌가! 이렇듯 제인 오스틴의 사랑과 결혼에 대한 시각과 관념은 시간과 공간을 뛰어넘어서 현대를 사는 우리들도 공감할 수 있는 것이다.

맨스필드 파크의 중심에는 패니 프라이스가 있다. 자칫 나약하고 수동적인 모습으로 비치기 쉬운 패니 프라이스는 사실 너무나 허약한 맨스필드 파크를 지탱하는 기둥이다. 맨스필드 파크에서 살고 있는 버트램 가문은 과거의 영예를 잃어버린 몰락한 남작의 명맥을 겨우 이어가고 있을 뿐이다. 산업혁명으로 인해 영국의 산업구조가 급격한 속도로 재편되자 앤티가 섬의 농장에서 발생하는 수입으로 살아가던 버트램 가문 역시 커다란 어려움을 겪게 된다. 결국 토마스 경은 그 문제를 수습하기 위해 앤티가 섬으로 떠난다.

장남 톰은 방탕하게 살다가 중병을 앓게 되었으며, 마리아와 줄리아의 행실 역시 다른 사람들의 비웃음을 사게 된다. 지나칠 정도로 권위적인 토마스 경의 태도와 유아기에서 미처 벗어나지 못한 것 같은 인상을 주는 버트램 부인도 역시 예외는 아니다. 주책스러운 노리스 이모 역시 성가신 참견을 일삼으면서 맨스필드 파크를 불안하게 만든다. 에드먼드도 차남이라는 불안한 지위를 갖고 있으며, 매리 크로포드와의 세속적인 사랑에 빠지기도 한다. 맨스필드 파크는 지금 당장이라도 무너질 듯한 현실 그 자체인 것이다.

맨스필드 파크는 결코 완전한 이상향이 아니다. 오히려 너무나 허약하고 불완전한 세계라고 할 수 있다. “과거나 지금이나 조금도 변함없이 아름다운 풍경을 유지”하고 있는 맨스필드 파크는 전적으로 패니에 의해 간신히 지탱되고 있는 것이다. 패니는 사랑의 힘으로 갈등과 불화와 상처를 봉합하고 맨스필드 파크를 아름답게 변모시킨다.

옮긴이 이 옥 용

맨스필드 파크
Mansfield Park

제 1 장

지금으로부터 약 30년 전의 일이다. 영국의 헌팅든에서 살고 있었던 마리아 워드는 토머스 버트램 경의 마음을 사로잡는 일에 성공했다. 그것도 겨우 7천 파운드의 재산으로 말이다. 토머스 경은 노스햄튼 카운티에 위치하고 있는 맨스필드 파크라는 영지를 소유하고 있는 남작이었다. 그래서 토머스 경과 결혼한다는 것은 마리아에게 있어 매우 운이 좋은 일이었다. 왜냐하면 신분의 수직적인 상승과 더불어 '남작 부인'이라는 칭호를 갖게 되었고 멋진 저택에서 높은 수입이 보장되는 안락한 생활을 할 수 있게 되었기 때문이었다. 게다가 헌팅든에서 살고 있었던 대부분의 사람들도 이 두 사람의 결혼에 대해 전적으로 찬사를 아끼지 않았다.

마리아 워드의 삼촌은 변호사였다. 그는 조카인 마리아가 버트램 남작과 결혼식을 올리자 바로 그녀가 받아야 할 유산을 서류상으로 정리했다. 하지만 어디까지나 그것은 마리아가 응당 받아야 할 정당한 몫에서 3천 파운드나 모자라는 것이었다.

마리아의 신분 상승으로 인해 가장 큰 혜택을 볼 수 있는 사람은 다름 아닌 마리아의 두 여동생이었다. 그녀들의 이름은 각각 워드와 프랜시스였는데 이 두 자매 또한 주위 사람들로부터 마리아만큼이나 아름답다는 소리를 들었다. 그 덕분에 이 두 자매 역시 자신들도 언니와 비슷한 수준의 결혼을 할 수 있을 것이라는 생각을 당연하게 여겼으며 콧대 또한 매우 높았다. 하지만 이 세상에는 예상대로 되지 않는 일이 너무나 많았다. 아름다운 여인들은 많았지만 많은 재산을 소유하고 있는 신랑감은 그리 흔하지 않았으니까.

마리아가 결혼하고 6년이 지나서야 비로소 둘째인 워드는 형부의 친구인 노리스 목사와 결혼할 수밖에 없다는 사실을 깨달았다. 하지만 안타깝게도 노리스 목사의 수중에는 재산이 거의 없었다. 그런데 막내인 프랜시스는 둘째 워드보다도 더욱 조건이 나쁜 결혼을 하게 되었다. 사실 어떤 측면에서 보면 워드가 아주 형편없는 짝을 찾은 건 아니었다. 형부인 토머스 경이 절친한 친구 노리스 목사에게 맨스필드 파크 영지에서 생활할 수 있도록 자신의 수입 중 일부를 기꺼이 나누어주겠다고 했기 때문이다. 그래서 노리스 목사 부부는 일년에 1천 파운드도 안 되는 수입으로도 행복하게 결혼 생활을 시작할 수 있었다.

하지만 막내인 프랜시스는 속된 말로 가문의 명성에 먹칠하는 결혼을 했다. 그녀의 남편은 교육이라고는 전혀 받지 않았을 뿐만 아니라 재산도, 인맥도 없는 해군 대위였기 때문이었다. 이는 곧 철저하게 가문을 더럽힌 죄와 같았다. 그래서 프랜시스의 언니들과 그녀들의 남편은 프랜시스의 결정이 그 어느 것과 비교해도 더 이상 부적절한 선택일 수밖에 없다는 결론을 내렸다.

마리아의 남편 토머스 버트램 경은 아내의 두 동생들을 위해 기꺼이 자신이 가지고 있는 영향력을 행사하려고 노력했다. 왜냐하면 그것은 원칙의 문제였을 뿐만 아니라 가문의 명예가 걸린 일이기도 했으니까. 또한 토머스 경은 스스로 옳다고 생각되는 일을 하고 싶었으며 자신과 밀접한 관계가 있는 모든 사람들이 어느 정도의 지위에 머물러 있기를 원했다. 따라서 토머스 경은 프랜시스의 남편을 도와주기 위해 그 어떠한 지원도 아끼지 않았다. 하지만 토머스 경의 모든 노력은 헛수고가 되었다. 토머스 경의 그 어떠한 영향력으로도 프랜시스의 남편이 가진 문제에 대해 완벽한 도움을 줄 수 없기 때문이었다.

토머스 경이 프랜시스의 남편을 위해 달리 도와 줄 수 있는 방법을 모색하고 있는 동안, 마리아를 비롯한 세 명의 자매는 절연을 하고 말았다. 그러나 그것은 너무나 당연한 결과였다. 이들 자매들 중에서 누군가 현명하지 못한 선택을 하면 언제나 그런 결과가 빚어지곤 했으니까. 더구나 이미 해군 대위 프라이스 부인이 된 프랜시스는 언니들로부터 이젠 아무런 소용도 없는, 그저 잔소리에 불과한 질책을 더 이상 듣고 싶지 않았다. 그래서 실제로 프랜시스는 결혼을 할 때까지 가족들에게 전혀 편지를 보내지 않았다.

버트램 남작 부인인 마리아는 매우 차분한 성품을 가지고 있었다. 하지만 어떻게 보면 그녀의 성품은 나태할 정도로 편안했기 때문에 불편한 동생과의 관계는 차라리 포기하는 것이 더욱 좋다고 여겼으며, 더 이상 그 문제에 대해 골머리를 앓고 싶지 않았다.

하지만 둘째인 워드 노리스 부인은 사정이 달랐다. 그녀는 언니인 마리아와 달리 매우 활달하고 적극적인 성격이었기 때문에 동생인 프랜시스에게 장문의 편지를 보내서라도 자신의 분노를 표현해야만 직성이 풀렸다. 즉 편지를 통해 프랜시스의 잘못을 낱낱이 지적하고 그 행동들로 인해 어떤 나쁜 결과들이 야기될 것인가에 대해 위협적인 어조로 자신의 생각을 전달했다. 결국 프라이스 부인인 프랜시스는 언니의 편지로 인해 커다란 상처를 받고 말았다.

그래서 도저히 분노를 억누를 수가 없었던 프라이스 부인 역시 언니에게 싸늘한 내용이 담긴 답장을 보냈는데 편지에는 형부인 토머스 경에 대해서도 거친 비난이 들어 있었다. 결국 이 사건으로 인해 토머스 경은 무척 자존심이 상했다. 노리스 부인이 이 모든 사실을 혼자 마음속에 담아두지 못하고 형부인 토머스 경에게 모두 알렸기 때문이었다.

따라서 상당한 기간 동안 이들 세 자매는 서로 연락을 끊고 지내게 되었다.

세 자매의 집은 각기 서로 멀리 떨어진 곳에 위치하고 있었다. 그래서 그들이 주로 교제하는 사람들의 계층도 너무나 달랐다. 따라서 이후 11년이라는 긴 세월이 흐르는 동안 이들 세 자매는 서로가 어떻게 지내는지에 대해 그 어떠한 소식도 거의 접할 수 없었다.

물론 이것은 토머스 경의 입장에서 본다면 차라리 다행스러운 일이었다. 하지만 가끔씩 노리스 부인은 어디선가 전해들은 프랜시스의 근황을 버트램 부부에게 알렸다. 남의 일에 참견하기 좋아하고 활달한 성격의 노리스 부인은 간혹 프랜시스에 대해 신경질적으로 이야기하곤 했는데 언제나 대부분의 이야기가 프랜시스가 많은 아이를 낳고도 또 한 아이를 더 가졌다는 내용이었다.

11년이라는 세월이 흐르는 동안 막내인 프라이스 부인은 매우 어렵고 궁핍한 생활을 하게 되었다. 그래서 더 이상 가족들에 대해 자존심이나 원망만을 품고 살아갈 수 없었다. 물론 생활이 어려워지면서 자신에게 도움을 줄 수도 있는 유일한 가족과의 관계를 끊을 수 없다는 게 사실상의 이유였다. 아이들은 계속 태어나고 있었고 부양해야 할 가족은 점차 늘어만 갔다. 게다가 남편 프라이스 해군 장교는 장애로 더 이상 군복무를 유지할 수 없게 되자 매일 술을 마시며 시간을 흘려보내고 있었다. 덕분에 프라이스 부인의 한 달 수입은 겨우 입에 풀칠을 할 수 있을 정도에 불과했다.

결국 프라이스 부인은 자신의 결혼문제에서 비롯된 갈등으로 절연하고 말았던 친척들과 친구들을 간절히 되찾고 싶어졌다. 그래서 프라이스 부인은 그 동안 연락을 끊고 지냈던 자신의 언니 버트램 남작부인에게 긴 편지를 써 보냈다. 그녀는 진심으로 자신의 잘못을 뉘우치고 있다고 하면서 절망적인 상태에 빠진 현실을 솔직하게 고백했다. 아이들은 너무나 많고 일상생활에 필요한 모든 물자들은 터무니 없을 정도로 부족하다는 사실을…….

물론 이렇게 하기까지 프라이스 부인은 매우 자존심이 상했다. 하지만 도저히 언니와 화해하지 않고서는 견디기가 힘들어졌다. 게다가 이제 곧 아홉 번째 아이를 출산할 예정이었기 때문에 자신이 처한 궁핍한 상황에 대해 슬퍼하며, 언니들에게 이제 곧 태어날 아기의 후원자가 되어 달라고 간절히 애원했다.

프라이스 부인은 얼마 후 태어날 아홉 번째 아기를 제외하고도 무려 여덟 명의 아이들이 자신에게는 더 있으며 앞으로 그 아이들을 양육하는 과정에 있어 언니들이 얼마나 중요한 존재가 될 것인지를 절실히 느꼈다고 솔직하게 털어놓았다.

프라이스 부인의 첫번째 아이는 열 살 된 소년이었다. 이 소년은 늠름한 기상을 가지고 있었으며 드넓은 세상으로 나아가기를 애타게 갈망하고 있었다. 그러나 엄마인 프라이스 부인은 현재의 상황에서 아들에게 그 어떠한 도움도 줄 수 없었다. 하지만 혹시 큰 형부인 토머스 경이 서인도에서 소유하고 있는 재산을 관리하는 일에 자신의 큰아들이 작은 도움이라도 될 수 있지는 않을까 하는 것에 생각이 미치자 그녀는 더욱더 가족을 찾아야 한다고 결심했다.

이 소년의 현재 처지에서는 이것저것 가릴 만한 입장이 아니었다. 가족이 굶지 않기 위해서라면 그 어떤 일이라도 해야만 했던 것이다. 따라서 프라이스 부인은 토머스 경이 이 문제에 대해 어떤 생각을 갖고 있는지 알고 싶어졌다. 그래서 어떻게 해야 큰아들을 아시아로 보낼 수 있는지 알고 싶다고 형부인 버트램 남작 앞으로 편지를 보냈다.

프라이스 부인이 보낸 편지는 헛된 것이 아니었다. 그 편지로 인해 자매들 사이의 화해가 이루어졌기 때문이다. 게다가 토머스 경은 프라이스 부인이 처한 상황에 대해 매우 친절하게 충고하며 여러 가지의 약속을 해주었다. 무엇보다 버트램 남작 부인은 곧 태어날 아기를 위해 옷가지 몇 개와 약간의 돈을 송금했다. 또한 노리스 부인 역시 동생 프랜시스에게 편지를 보냈다. 그것은 즉각적인 반응으로 프라이스 부인이 편지를 보내자마자 나타난 효과였다.

그 이후부터 1년 동안 프라이스 부인은 한 통의 편지로 인해 많은 혜택을 입게 되었다. 왜냐하면 편지 왕래가 시작된 이후, 노리스 부인은 종종 불쌍한 동생 가족의 생각이 머리 속에서 떠나지 않는다고 말하곤 했으며 많은 일들을 동생을 위해 신경을 썼다. 물론 두 자매는 프라이스 부인을 위해 이미 많은 일들을 해 주었다. 하지만 노리스 부인은 동생을 위해 무엇인가를 더 해주고 싶다고 곧잘 말했기 때문에 프라이스 부인의 입장에서는 편지 한 통으로 얻게 된 소득치고는 괜찮은 거래였다.

마침내 노리스 부인은 버트램 부부에게 자신의 소원을 털어놓았다. 불쌍하기 그지없는 프라이스 부인은 어린 자녀들을 양육해야만 하는 너무나 무거운 짐을 짊어지고 있었다. 노리스 부인은 그 중에서 한 명만이라도 데려다가 양육해 동생의 짐을 덜어주고 싶었던 것이다. 그래서 만약 언니들인 자신과 버트램 부인 중, 한 명이 동생의 장녀를 양육하는 일을 맡는 것이 어떨까 하는 생각을 내놓았던 것이다. 물론 동생의 장녀는 현재 아홉 살에 불과하며 아직도 엄마의 손길을 필요로 할 나이였다. 하지만 동생들이 줄줄이 딸린 상황에서 엄마가 장녀까지 세심하게 돌보기에는 힘든 일이었다. 따라서 그들이 그 아이를 데려와서 키우는 수고를 감수하고 양육비는 얼마가 들든 상관없이, 그로 인해 동생의 가족에게 베풀어질 자선을 생각한다면 그보다 좋은 일은 없을 것이라고 말했다.

"그래, 우리는 얼마든지 할 수 있어. 아니, 그것보다 더욱 많은 도움을 줄 수 있을 거야. 어서 그 아이를 데려 오도록 하자."

버트램 부인은 동생인 노리스 부인의 말에 전적으로 동의하며 이렇게 말했다. 하지만 토머스 경은 아내처럼 그렇게 간단히 동의할 수만은 없었다. 그는 여러 가지 상황에 대해 언급하며 결정하는 것을 망설였다.

"이건 그렇게 간단한 일이 아니오. 무척 심각한 문제란 말이오. 그 아이를 위해서 우리가 해 주어야 할 것은 매우 많을 거요. 그리고 만약 그 아이를 데리고 온 후에 제대로 양육하지 않는다면 아이만 가족들의 품에서 떼어놓았을 뿐, 자선을 베풀었다기보다는 오히려 아주 잔인한 일이 되고 말 테니까. 게다가 이미 우리에게도 아이들은 네 명이나 있소. 나는 그 아이들을 고려하지 않을 수가 없소. 또한 사내아이 두 명인데, 만에 하나 그 아이와 사랑에 빠지기라도 한다면……."

토머스 경은 조심스럽게 우려를 표명하면서 반대 의견을 제시했다. 그러자 즉시 노리스 부인은 그의 말을 가로막았다.

"형부의 말은 충분히 이해할 수 있어요. 그리고 형부의 관대한 마음과 사려 깊은 생각도 일리가 있어요. 그것은 평소 형부가 보여주는 관대한 행동과 일치하는 것이기도 하구요. 그리고 한 아이를 자신의 보호 아래 데리고 있기로 결정한 이상 성심성의껏 보살펴야 한다는 생각에 대해서 저 또한 전적으로 동의해요. 나는 아무리 미약한 도움이라도 동생에게 아낌없이 베풀어주고 싶어요. 더욱이 나에게는 아이가 없어요. 작은 것이라도 줄 수만 있다면 친자매의 자식들에게 주지 않겠어요? 그리고 형부, 이 일은 아마 제 남편 노리스도 역시 같은 생각일 거예요. 형부는 내가 말을 아끼는 사람이고 또한 허튼 약속을 하지 않는다는 사실을 잘 알고 계시죠? 그러니까 형부, 사소한 문제들 때문에 선행을 베푸는 것에 대해 두려워하지 말았으면 좋겠어요. 우린 그 아이에게 교육의 기회를 제공하고 사교계에도 나갈 수 있도록 해줄 거예요. 그리고 지나치게 큰 비용을 들이지 않더라도 그 아이가 잘 적응할 수 있는 확률은 매우 클 거예요. 그 아이는 언니와 나의 조카이기도 하지만 동시에 형부의 조카이기도 해요. 그러니까 우리에게 조카가 되는 그 아이가 이곳에서 성장할 수만 있다면 그 이상 그 아이에게 이로운 일은 없을 거예요. 아마 이렇게 좋은 환경에서 자라고 앞으로 사교계에 나가게 된다면 반드시 훌륭한 혼처도 얻을 수 있을 거예요. 그리고 형부는 형부의 아들들에 대해서 우려하고 계시지만 이 세상에서 벌어지는 많고 많은 일들 중에서 그 일 만큼은 일어날 가능성이 가장 희박하다는 것을 모르세요? 그 아이들은 마치 친 오누이들처럼 자라나게 될 거예요. 그렇기 때문에 그런 일은 도덕적인 측면에서 보더라도 그렇고, 다른 여러 가지 측면에서 보더라도 도저히 불가능한 일이 될 거예요. 또 나는 지금까지 그런 일이 일어나는 것을 한 번도 본 적이 없는 걸요. 그리고 함께 양육하는 것이야말로 그런 일을 미연에 방지할 수 있는 가장 확실한 방법이라고 생각해요. 예를 들어 그 아이가 아주 아름답다고 가정해 보세요. 그리고 만약 7년 후에 톰이나 에드먼드가 그 아이를 처음 만난다고 가정한다면 아마도 몹쓸 일이 일어날 수도 있겠죠. 형부의 착한 두 아들들은 우리가 편안하고 안락한 생활을 누리고 있는 동안, 그토록 아름다운 소녀가 멀리 떨어진 곳에서 소외된 채 가난한 환경 속에서 자라났다는 것을 생각하며 단번에 그 아이와 사랑에 빠지고 말 테니까요. 하지만 지금부터 그 아이를 형부의 아들들과 함께 자라나게 한다면 아무리 그 아이가 천사처럼 아름답게 자라난다고 해도 결국 여동생 이상의 존재가 되지는 않을 겁니다.”

노리스 부인이 차분한 목소리로 긴 이야기의 끝을 맺었다.

“처제의 말은 모두 일리가 있소. 그러니 양측의 상황을 검토할 때, 당연히 해야만 하는 일을 내가 방해하지 않도록 해야 할 것 같군. 하지만 단지 내가 말하고자 했던 것은 그런 일을 결코 가볍게 여겨서는 안 된다는 것이었소. 그리고 그것이 프랜시스에게도 정말로 도움이 되고 또한 우리에게도 보람 있는 일이 되기 위해서는 그 아이가 훌륭한 숙녀로 자라나는 일에 필요한 모든 것들을 보장해 주어야만 한다고 생각해요. 아니, 우리 모두가 함께 그렇게 되도록 노력해야 할 의무가 있다는 각오를 해야만 할 거요. 만약 지금 그 아이가 처한 상황 속에서 제대로 성장하는 일이 불가능하다면 말이오. 하지만 한 가지 분명한 것은 이런 일은 결코 쉽지 않을 거라는 사실이오. 아마도 몹시 어려울 거요. 하지만 처제는 모든 일을 낙관적으로만 보고 있으니 내가 불안한 거요."

토머스 경은 어쩔 수 없다는 듯이 고개를 저으며 대답했다.

"형부의 말씀은 충분히 이해가 됩니다. 형부는 정말 관대하고 사려 깊은 분이에요. 하지만 이 문제에 대해서는 모든 사람들이 나와 같은 생각을 하고 있을 거라고 확신할 수 있어요. 나는 항상 내가 사랑하는 사람들을 위해서 무슨 일이든지 할 준비가 되어 있으니까요. 그것은 형부도 잘 아실 거라고 생각해요. 물론 나는 형부의 사랑스러운 자녀들에 대해 가지고 있는 애정의 백 분의 일도 그 아이에게는 느낄 수가 없을 거예요. 그리고 그 아이를 내 친자식처럼 여길 수도 없는 일이죠. 하지만 그렇다고 해서 그 아이의 가여운 처지를 모른 척한다면 아마도 내 자신이 미워져서 견딜 수 없을 거예요. 그 아이는 내 여동생의 자식이잖아요? 그리고 지금 내게는 그나마 그 아이를 도와줄 수 있는 여력이 있어요. 형부, 나는 어려운 처지를 보면서 가만히 있을 수만은 없어요. 물론 내게는 많은 단점이 있지요. 하지만 반면에 따뜻한 마음도 가지고 있답니다. 그러니까 비록 내 처지가 가난하더라도 남에게 인정을 베풀지 않으면서 살아갈 수는 없어요. 나는 생활의 기본적인 것들마저 누릴 수 없게 되더라도 그 아이를 도와주고 싶어요. 그러니까 형부께서 반대만 하지 않는다면 내일이라도 당장 가엾은 프랜시스에게 편지를 써서 제안을 하겠어요. 그리고 모든 문제가 해결되면 곧바로 맨스필드로 그 아이를 데려 오도록 절차를 밟겠어요. 형부는 더 이상 신경을 쓰실 필요가 없어요. 모든 일은 내가 다 알아서 처리할 테니까. 형부도 아시겠지만, 지금까지 나는 나의 의무를 저버린 적이 한 번도 없었잖아요. 우선 유모를 런던으로 보내야겠지요. 유모에게는 런던에서 마구업을 하는 사촌이 있어요. 그러니까 그곳에서 묵을 수도 있지요. 그리고 그곳에서 그 아이와 만나도록 약속을 정하면 생각보다 일은 쉽게 처리될 거예요. 그러면 아이는 포트무스에서 런던까지 마차를 타고 오겠죠? 그건 별로 어려운 일이 아니니까요. 그리고 혹시라도 마침 그곳까지 여행하는 신뢰할 만한 사람이 있다면 함께 데리고 올 수 있을 거예요. 상인의 아내들 중에서 평판이 좋은 사람이 여행하는 일은 언제나 있으니까요."

노리스 부인은 자신에 찬 목소리로 이미 계획하고 있던 것들을 차근차근 말했다. 토머스 경은 유모의 사촌에 대해 몇 가지 질문을 한 것 외에는 더 이상 반대하지 않았다. 그 아이와 유모가 직접 만나는 방법이 가장 안전하기는 하지만, 비용이 적게 들지 않는다는 점 외에는 모든 것이 노리스 부인의 생각대로 결정되었던 것이다.

버트램 부부와 노리스 부인은 이미 자신들의 자비로운 행위에 대해 기쁨을 느끼고 있었다. 그리고 그 행위에서 오는 뿌듯한 마음을 모두가 똑같이 느끼고 있었다. 때문에 토머스 경은 선택된 아이의 현실적인 후원자의 역할을 지속하기로 결심을 했으며 노리스 부인의 생각대로 조금 서두르는 것이 좋겠다는 의견까지 내놓았다.

하지만 사실 노리스 부인은 자신이 가진 것들 중 그 어느 것도 동생의 가족을 위해 희생할 생각은 전혀 없었다. 물론 그녀의 행동과 말, 계획에 있어서는 철저하게 자비로웠다. 또한 다른 이들에게 관대함을 설교하고 지시하는 일에 있어서 그녀는 어느 누구보다도 능했다. 하지만 돈에 대한 집착과 애정은 다른 이들에게 설교하고 지시하는 것에 대한 애정만큼이나 강했으므로 쉽게 자신을 희생하려 들지 않았다.

노리스 부인, 그녀는 자신의 돈을 절대로 소비하지 않으면서 친지들의 돈에 대해서는 적절히 소비하는 방법을 잘 알고 있었다. 그녀가 그렇게 된 데에는 결혼 전, 처녀시절에 예상했던 것보다 결혼한 후 닥친 현실 속에서 훨씬 더 적은 수입으로 살아가야 했기 때문이었다. 그래서 그녀는 결혼 초기부터 가능한 한 돈을 아낄 수 있는 방법은 철저하게 지키리라고 결심했다.

그러나 처음, 절약의 문제로 시작했던 것이 곧 선택의 문제로 바뀌고 말았다. 부양해야 할 자식마저 없었던 노리스 부인은 점차 어떻게 하면 남에게서 더 많은 돈을 받아낼 수 있는지를 목표로 하게 되었던 것이다. 그러나 만약, 부양해야 할 가족이 있었다면 노리스 부인은 돈을 모을 수 없었을 것이다.

하지만 그렇지 않은 상황에서 그녀가 철저하게 근검절약하는 데 방해가 될 것은 없었다. 그리고 그녀와 남편은 전혀 생각지도 못했을 만큼 매년 수입을 편안하게 불려나갈 수 있었다. 그녀는 이제 원칙이라고 생각해 낸 것에 스스로 도취해 있었다. 물론 자매들에 대한 진실한 애정도 가지고 있지 않았다.

노리스 부인은 언제든지 금전이 많이 소요되는 자선 행위도 서슴지 않고 계획하고 추진할 수 있었으며 한편으로는 그런 자선적 행위가 인생의 목표가 된 듯 보였다. 어쩌면 그녀 자신도 스스로의 그러한 계획이나 목표를 잘 알지 못했을 수도 있었다. 언니 부부와 대화를 마치고 집이었던 목사관으로 돌아가면서 그녀는 자신이 세상에서 가장 마음이 넓은 자매이며 이모라고 굳게 믿었으므로…….

며칠 후에 다시 같은 일로 대화가 시작되었을 때 노리스 부인의 견해는 더욱 확고하고 논리 정연해졌다.

"그런데, 이 아이가 처음에 어디로 와야 하니? 우리 집이니, 아니면 너희 집이니?"

이미 아이를 데려 오기로 결정한 일에 언니인 버트램 남작 부인이 차분한 목소리로 동생에게 물었다. 그런데 모두가 생각했던 것과는 달리 노리스 부인은 아이를 돌보는 일에 책임을 분담하는 것은 자신의 능력 밖이라고 대답했기 때문에 토머스 경은 깜짝 놀라고 말았다. 왜냐하면 토머스 경은 그 아이가 당연히 목사관에서 살게 될 것이며 자식이 없는 이모에게 아주 좋은 말벗이 될 것이라고 생각하고 있었기 때문이었다. 하지만 그런 토머스 경의 생각은 완전히 빗나가고 말았다. 노리스 부인은 적어도 현재 상황에서 그 아이가 목사관에서 함께 지내는 것은 생각할 수도 없는 일이라고 말했기 때문이었다.

"남편의 건강이 별로 좋지 않기 때문에 그것은 불가능해요. 성격이 예민한 남편은 비행기를 타는 것보다 더, 아이의 소음을 견딜 수 없어 할 테니까요. 물론 남편이 겪고 있는 통풍의 고통이 정말로 나아진다면 문제는 완전히 달라지겠죠. 그래서 그렇게 되면 나는 기꺼이 책임을 넘겨받을 것이며 그 일을 전혀 불편한 것으로 여기지 않겠어요. 하지만 지금 당장은 남편이 나의 모든 시간과 노력을 필요로 하고 있으니까 불가능해요. 게다가 자신 때문에 내가 고민하고 있다는 사실을 알게 되면 아마 남편은 무척 신경 쓰고 마음 아파할 것이 분명해요."

노리스 부인이 유감스럽다는 듯이 말했다.

"그렇다면 아무래도 그 아이가 우리에게 먼저 오는 것이 낫겠구나."

버트램 부인은 전혀 평정을 잃지 않고 차분한 목소리로 말했다.

"그래요, 우리 집이 그 아이의 집이 되도록 합시다. 그 아이를 위해서 우리의 의무를 다하려고 노력하리다. 또 그 아이도 비슷한 나이 또래의 사촌들이 있으니까 좋을 것이고 가정교사도 있기 때문에 모든 조건이 갖추어져 있는 게 아니오."

토머스 경이 아내의 말이 끝나자 잠시 침묵을 지키고 난 다음에 근엄한 어조로 말했다.

"지당한 말씀이에요. 게다가 형부가 말한 두 가지 모두 매우 중요한 문제죠. 하지만 제 생각에 가정교사인 리 선생님에게는 두 명의 소녀들을 가르치는 것이나 세 명을 가르치는 것이나 마찬가지일 거라고 봐요. 아마 전혀 차이가 없을 거예요. 그러나 단지 내 입장에서는 내가 좀더 도움을 줄 수 있는 처지였다면 하고 바랄 뿐이에요. 하지만 언니와 형부가 보다시피 나는 힘닿는 한 최선을 다하고 있어요. 나는 어려운 일이라고 해서 한사코 피해가려는 사람은 아니니까요. 게다가 유모가 아이를 데리러 가는 사흘 동안 나는 집안일을 상의할 수 있는 유일한 사람이 없어지는 것이기 때문에 조금 불편해질 테지만 그 정도는 참을 수 있다고 생각하고 있어요. 참, 그런데 언니, 그 아이에게 예전에 아기 방으로 쓰던 방 가까이 있는 작은 다락방을 쓰게 할 거죠? 전 그 방이 그 아이가 쓰기에는 아주 좋은 방이라고 생각해요. 가정교사의 방과도 무척 가깝고 또 사촌 언니들의 방과도 그리 멀리 떨어져 있지 않잖아요. 그리고 하녀들의 방과도 가깝기 때문에 하녀들이 그 아이가 옷을 입는 것을 도와줄 수도 있고 그 아이의 의상을 관리해 줄 수도 있을 테니까 안성맞춤이죠. 게다가 설마 언니가 엘리스로 하여금 언니의 아이들과 함께 그 아이의 시중을 들게 할 생각은 아닐 테니까 한편으로는 안심이 돼요. 나는 그 아이가 다락방이 아닌 다른 방을 쓴다는 것은 생각조차 할 수 없는 일이라고 봐요."

노리스 부인이 버트램 부인을 똑바로 쳐다보면서 말했다. 버트램 부인은 동생의 말에 전혀 이의를 제기하지 않았다.

"성격이 좋은 아이였으면 좋겠어요. 그리고 이렇게 훌륭한 친지를 가지고 있다는 것이 얼마나 얻기 힘든 행운인지도 깨달을 수 있을 만큼 현명한 아이이기를 바래요."

노리스 부인이 다시 이렇게 덧붙였다.

"만약 그 아이의 성격이 정말 나쁘다면 우리 아이들을 위해서라도 우리 가족과 함께 지내게 해서는 안 된다고 생각하오. 하지만 그 아이의 성격이 그렇게 나쁘리라고 생각할 이유가 하나도 없소. 물론 고쳐야 할 점들이 많이 있기는 하겠지만……. 또한 완전히 무식할 수도 있고 생각이나 견해도 천박할 수 있소. 게다가 예절도 배운 것이 없어서 무례할 수도 있다는 사실을 예상해야만 하고 그에 대한 마음의 준비를 해야 한다고 생각하오. 그러나 그런 것들이 전혀 고칠 수 없는 단점들은 아니라고 생각하오. 그리고 주위 사람들에게 악영향을 미칠 수 있는 것도 아니라고 생각하오. 물론 만약이라도 우리 딸들이 그 아이보다 어렸다면 그런 아이와 함께 지내는 것을 심각하게 재고했을 테지만 지금까지의 상황을 봐서도 우리 아이들이 그 아이와 함께 지낸다고 해서 그런 우려를 가질 필요는 없을 것 같소. 다만 나는 그 아이에게서 좋은 것들만을 볼 수 있기를 바랄 뿐이오."

토머스 경이 고개를 끄덕이며 말했다.

"형부의 말은 나의 생각과 정확하게 일치하는군요. 그렇지 않아도 바로 오늘 아침에 남편에게 그렇게 이야기한 걸요. 남편 의견도 우리와 같았는데 그 아이에게는 사촌들과 지내는 것만으로도 커다란 교육을 받는 것과 같다고 말했어요. 또 가정교사가 그 아이에게 아무 것도 가르치지 않는다고 해도 사촌 언니들에게서 선량하고 똑똑한 것이 무엇인지 저절로 배우게 될 것이라는 말도……."

노리스 부인이 토머스 경에게 감탄했다는 듯 큰 소리로 말했다.

"그 아이가 내 가여운 애완견을 괴롭히지 않았으면 좋겠어. 이제 겨우 줄리아가 강아지를 가만히 내버려둘 수 있게 되었는데 말이야."

버트램 부인이 한숨을 쉬면서 말했다.

"처제, 앞으로 어려운 일이 많을 거요. 함께 성장하더라도 그 아이와 우리 아이들 사이에는 명확하게 차이를 두어야 할 테니까. 또 우리 딸들의 마음속에 자신들의 존재가 무엇인지를 확실하게 인식할 수 있도록 해 주어야 하기 때문이오. 하지만 동시에 사촌 동생을 너무 경시하지 않도록 해 주어야 하니 꽤 어려운 일이 될 것이오. 게다가 그 아이에게도 자신이 버트램 가문의 딸이 아니라는 사실을 주지시켜야 하고 그렇다고 해서 지나치게 자기 비하에 빠지는 일도 없도록 해야 하기 때문이오. 나는 그저 아이들이 서로 잘 지내기만을 바랄 뿐이오. 그리고 우리 딸들이 그 아이와 비교해서 조금이라도 우월감이나 교만함을 느끼지 않도록 할 생각이오. 물론 그 아이와 우리 딸들이 절대로 동등할 수는 없지만 말이오. 지위, 권리, 재산, 유산 등 모든 것들이 절대로 같아질 수 없는 일이오. 이것은 몹시 예민하고 섬세한 문제요. 그러니까 처제가 모든 면에서 적절하게 행동하고 처신할 수 있도록 우리를 많이 도와주어야 할 거요."

토머스 경이 근엄한 목소리로 말했다. 노리스 부인은 모든 것에서 형부의 말을 따르고 노력을 아끼지 않을 것이라고 덧붙이면서 그것이 매우 어려운 일이라는 점에 있어서는 토머스 경과 전적으로 동의한다고 말했다. 노리스 부인은 모두가 합심해서 일을 처리한다면 모든 일들이 수월하게 될 것이라고 토머스 경을 격려했다.

결국 노리스 부인이 동생에게 아이를 하나 양육하겠다고 편지를 보낸 것은 헛된 일이 아니었다. 그러나 프라이스 부인의 입장에서는 건강한 아들들이 많음에도 불구하고 여자아이가 선택되었다는 사실에 매우 놀라워했다.

하지만 그녀는 언니들의 제안을 감사하는 마음으로 받아들이기로 했다. 그리고 모두가 걱정하는 아이의 성품이 매우 온순하고 착하다는 것을 거듭 강조하면서 그 아이를 쫓아낼 이유는 절대로 없을 것이라고 언니들을 안심시켰다. 또한 프라이스 부인은 자신의 딸이 조금은 예민하고 섬세하며 허약하기는 하지만 주위 환경이 바뀌면 결국 좋아질 것이라고 낙관적인 생각을 표명했다. 불쌍한 여인 프랜시스! 그녀는 환경이 바뀌는 것이 자신의 딸에게 좋을 것이라고 생각했던 것이다.

제 2 장

이제 막 열 살이 된 어린 소녀 패니 프라이스는 생각보다 훨씬 길었던 여행을 잘 견뎌내고 무사히 목적지에 도착했다. 소녀는 모든 것이 예정되어 있던 대로 노스햄튼에서 둘째 이모 노리스 부인의 마중을 받았다. 노리스 부인은 소녀를 제일 먼저 맞아들이는 사람이 되었고, 다른 가족들에게 소개와 당부를 하는 중요한 임무를 맡게 되었다. 물론 노리스 부인은 이러한 자신의 역할에 대해 매우 흡족한 표정을 지었다.

패니 프라이스의 외모는 남들의 호감을 살 만큼 뛰어나지도, 혐오감을 줄 만큼 못생긴 것도 아니었다. 그러나 제 나이 또래에 비해 체구가 작고 안색이 별로 좋지 않았으며 수줍음을 많이 타고 부끄러워했다. 게다가 자신에게 시선이 주목되기라도 하면 몸을 움츠렸다. 패니는 사람들을 대할 때 약간 어색한 표정을 짓기는 했지만 그렇다고 해서 비굴하지는 않았다. 목소리는 달콤했으며 말을 할 때에는 예쁘장하다는 인상을 주기도 했다.

토머스 경과 버트램 남작 부인은 어린 패니를 친절하게 맞아 주었다. 토머스 경은 집으로 들어오면서 고개를 숙이는 패니의 모습을 보고 아이의 성격이 매우 수줍다는 것을 금방 알아차렸다. 그래서 다정하게 격려하고 다독거려 주어야겠다고 생각해 평소의 태도와는 달리 매우 부드러운 태도로 대하려고 노력했다.

하지만 그것은 토머스 경의 평상시 근엄한 태도와는 너무나 맞지 않는 것이어서 도리어 역효과가 나고 말았다. 그 반면에 버트램 남작 부인은 남편처럼 억지로 친절한 모습을 보이지는 않았다. 다만 큰 이모이자 남작부인인 그녀는 남편이 열 마디를 하는 동안 한 마디만 하면서, 온화한 미소를 지어 패니에게 남편보다는 훨씬 덜 무서운 사람이라는 인상을 풍겼다.

패니가 도착했을 때 토머스 경의 아이들은 모두 집에 있었다. 토머스 경에게는 아들 둘과 딸 둘이 있었는데 두 아들은 각각 열일곱 살과 열여섯 살이었으며 둘 다 나이에 비해 키가 크고 체격이 건장했다. 토머스 경의 아이들은 모두 교육을 잘 받은 대로 패니 앞에서 매우 훌륭하게 처신했는데 그 중에서도 두 아들은 전혀 당황하거나 어색함 없이 사촌인 패니를 맞아들였다. 그 반면에 두 딸은 아들들보다 나이도 어렸고 근엄한 성격의 아버지를 두려워하고 있었기 때문에 어떻게 행동해야 할지 잘 알지 못하는 것처럼 보였다. 게다가 아버지인 토머스 경이 아이들에게 까다로운 편이었기 때문에 낯선 패니를 대하는 것은 그들에게 결코 쉽지 않은 일이었다.

하지만 한편으로 토머스 경의 딸들은 모르는 사람들과 대화를 나누거나 칭찬을 듣는 데에는 익숙한 편이었다. 때문에 패니와는 다르게 수줍음이라는 것을 전혀 모르는 성격이었다. 그래서 낯설고 어린 사촌이 도대체 자신감이라고는 전혀 찾아볼 수 없는, 수줍음을 많이 타는 아이라는 사실을 알아차리자 그들의 자신감은 점차 커져갔다. 그들은 곧 패니의 얼굴과 옷차림을 민망할 정도로 뚫어지게 쳐다보며 살펴볼 수 있는 여유까지 가지게 되었다.

토머스 경의 가족은 어느 누가 보아도 매우 훌륭했다. 두 아들은 잘 생기고 영리했으며 딸들도 뛰어나게 아름다웠다. 그리고 모두 좋은 환경에서 성장하며 교육을 받아서인지 나이에 비해 무척 조숙한 편이었다. 그래서 어느 누구도 토머스 경의 딸들을 실제 나이로 볼 수 있는 사람은 없었다. 막내인 줄리아 버트램은 패니보다 두 살 위인 열두 살이었으며 언니인 마리아 버트램도 한 살 더 많은 열세 살이었다. 맨스필드에서 사는 대부분의 사람들은 이들 버트램 가문의 네 아이들에 대해 침이 마르도록 칭찬하고 부러워했다.

좋은 가문에서 성장한 네 아이, 모두가 부러워하는 가정, 이 상황에서 새로운 가족으로 들어오게 된 패니는 비참할 정도로 불행했다. 모든 것이 버트램 자녀들이 기준이 되었고 일거수일투족이 비교되었기 때문이었다.

패니는 모든 사람들이 두렵게만 여겨지고 부끄러워 견딜 수가 없었다. 그리고 도대체 어디에 시선을 두어야 좋을지도 알 수가 없었으며 떠나온 집이 너무나 그리웠다. 게다가 목소리는 기어 들어가서 거의 들리지도 않았으며 새로운 분위기에 압도되어서 차마 울지도 못했다.

노리스 부인은 노스햄튼에서 맨스필드까지 오는 동안 내내 패니의 귀에 딱지가 앉을 때까지 떠들어 대었다. 대부분의 내용이 패니가 갖게 된 행운이 얼마나 대단한 것인지, 그래서 그 행운에 대해 얼마나 감사해야 하는지에 관한 것이었으며 또한 버트램 가에 들어가면 어떻게 처신해야 하는지에 대한 설교였다.

하지만 현재 패니는 자신이 갖게 된 행운에 대해 그 어떠한 감동도 없었으며 이모의 말처럼 행복한 기분도 전혀 느끼지 못했다. 오히려 당연히 행복해야 한다는 설교를 들었음에도 불구하고 전혀 행복하지 않다는 사실에 대해 스스로가 사악하게 여겨져 비참하고 참담한 마음만 들었다. 게다가 아직은 어린 나이였기 때문에 긴 여행으로 매우 지치고 피곤했다.

그래서 토머스 경이 아무리 좋은 의도로 잘해 주려고 노력해도 패니에게는 아무런 소용이 없었다. 노리스 부인이 훌륭하게 처신해야 한다고 미리 누누이 일러 놓았던 것도 소용이 없었다. 버트램 남작 부인이 따뜻하게 미소 지으며 자신과 애완견 사이에 앉도록 해준 것도 효과가 없었다. 그리고 그녀를 위해 준비된 맛있는 구스베리 타트도 패니에게는 아무런 위안이 되지 않았다.

타트를 두 번 깨물어 먹고 나서 패니의 눈에서는 갑자기 눈물이 쏟아졌다. 함께 식사를 하던 버트램 가족과 노리스 부인은 그런 패니의 행동에 당황했지만 피곤에 지쳤기 때문이라는 결론을 내리고 충분한 잠을 자도록 권했다. 그래서 패니는 곧 침대에서 슬픔을 삼키며 잠들어야 했다.

"별로 시작이 좋지는 않군요. 노스햄튼에서 여기까지 오는 동안 내가 얼마나 타일렀는데……. 그래서 나는 저 애가 좀 더 예의 바르게 행동할 것이라고 생각했어요. 난 패니에게 처음부터 얼마나 처신을 잘 하느냐에 따라 정말 많은 것들이 달려 있다는 것도 말해 주었어요. 어휴! 이제 나는 단지 저 애의 성격이 심술맞지 않기만을 바래야 하겠어요. 사실 패니의 엄마는 무척이나 심술스러웠으니까요. 물론 패니가 아직 어린아이였기 때문에 그럴 수도 있었겠지만……. 어쩌면 집을 떠나온 것이 정말로 섭섭하고 슬퍼서 그런 것일지도 모르겠네요……. 아무리 집안 형편이 좋질 않아도 집은 집이니까요. 저 애는 아직 자신의 처지가 얼마나 향상되었는지 이해할 수 없을 거예요. 하지만 모든 것에 중도라는 것이 있어야 하는데……."

패니가 식당을 나가자 노리스 부인이 화가 난 말투로 이야기했다. 하지만 패니는 노리스 부인이 원했던 것보다 훨씬 더 많은 시간이 걸리고 나서야 맨스필드 파크의 낯선 환경에 익숙해졌고, 함께 지내왔던 가족, 친구들과 분리되었다는 사실에 적응했다.

패니는 마음에 커다란 상처를 받았다. 하지만 맨스필드 파크의 어느 누구도 그 상처를 어루만져 줄만큼 이해심 있는 사람은 없었다. 물론 그렇다고 해서 그녀에게 불친절하게 대하는 사람은 아무도 없었지만 그렇다고 어린 그녀의 마음을 편안하게 해주기 위해 애를 쓰는 사람도 없었다.

패니가 도착하고 난 다음 날, 버트램가의 아이들은 낯도 익힐 겸 새로운 환경에 적응해야 하는 어린 사촌 동생을 위해 의도적으로 쉬는 날로 정했다. 하지만 사촌들 간에 일체감을 느끼기에는 너무 억지스러웠다. 게다가 마리아와 줄리아는 패니가 드레스의 장식 띠를 두 개 밖에 가지고 있지 않다는 사실과 프랑스어를 전혀 배운 적이 없다는 사실을 발견하자 그녀를 우습게 여겼다. 또한 마리아와 줄리아는 자신들이 이중창을 매우 훌륭하게 연주하는 줄 알았는데 패니가 자신들의 훌륭한 이중창을 듣고도 별로 감명을 받지 않았다는 사실을 알게 되자, 패니와 놀아주기를 그만 두었다. 그런 다음에 자신들이 가지고 있는 장난감 중에서 가장 아끼지 않는 것들을 훌쩍 주어버렸다.

결국 그들은 패니를 혼자 내버려 두었다. 그런 다음에 그들은 자기들끼리 금으로 만든 비싼 종이로 조화를 만들면서 돈을 낭비했고 휴일이면 밖으로 나가 시간을 보내며 패니를 혼자 두었다.

패니는 사촌들과 가까운 곳에 있든 먼 곳에 있든, 공부방에 있든 응접실에 있든, 숲 속에 있든 상관없이 언제나 쓸쓸하고 외로웠다. 주위의 모든 사람들과 장소들이 낯설고 두려웠으며 버트램 남작 부인의 평화로운 침묵도 서글프고 토머스 경의 근엄한 표정도 그저 두려울 뿐이었다. 또한 버트램 가에 방문할 때마다 계속되는 노리스 부인의 훈계 또한 어린 그녀에게는 스트레스가 되곤 했다.

사촌 언니와 오빠들의 큰 체격 때문에 언제나 그들 곁에 서면 괜히 주눅이 들었으며 그런 자신의 모습을 빤히 지켜보는 사촌들 때문에 당혹스럽기 일쑤였다. 게다가 가정교사는 패니의 무지함에 경악했고 하녀들은 패니가 가져온 옷들을 보고 비웃었다. 때문에 패니는 비록 가난하기는 했지만 친형제들 속에서 지냈던 기억들을 떠올리며 슬퍼했다. 그러나 이제 패니에게 있어 친형제는 작은 가슴에 무거운 돌덩이 같은 슬픔으로만 기억될 뿐이었다.

웅장한 저택 또한 패니에게는 위안 대신 두려움을 더할 뿐이었다. 저택의 방들은 너무나 거대해서 편안하게 돌아다니기가 어려웠으며 방 안에 있는 물건들은 깨뜨릴까봐 만지기가 겁이 나는 것들뿐이었다. 그래서 항상 무엇인가를 두려워하며 조심스럽게 집안을 살금살금 돌아다녔고 때때로 자신의 방으로 들어가 남몰래 울기도 했다.

그런데 밤이 되어 패니가 응접실을 나와 자기 방으로 가고 나면 사람들은 그녀가 드디어 자신의 특별한 행운에 대해 감사하는 것 같다며 말하곤 했다. 하지만 사실, 패니는 밤이면 가슴 속에 담아 두었던 하루의 슬픔을 눈물로 씻어내며 잠들었다.

그렇게 패니는 일주일을 맨스필드 파크, 버트램가에서 보냈다. 하지만 그 누구도 패니가 밤마다 자신의 침대에서 하루의 슬픔을 눈물로 달랜다는 사실은 몰랐다. 단지 패니의 성격이 다른 아이들에 비해 소극적일 뿐이라고 생각한 것이다. 그러나 그러던 어느 날, 버트램가의 작은아들인 에드먼드가 우연히 다락방으로 이어지는 계단에 앉아 울고 있는 패니를 발견했다.

"패니야, 무슨 일이니?"

따뜻한 성품의 에드먼드는 부드러운 목소리로 패니에게 물었다. 에드먼드는 옆에 앉으며 울고 있는 모습을 들켜 부끄러워하는 그녀를 위로하고 솔직하게 말하도록 설득하기 위해 애를 썼다.

"어디가 아프니? 아니면 누가 너에게 화를 냈니? 혹시 마리아나 줄리아와 싸움이라도 한 거야? 그렇지 않으면 수업을 하다가 모르는 게 있었니? 그렇다면 내가 설명해 줄 수도 있으니까 내게 말해줄래? 음……. 그것도 아니면 다른 원하는 게 있어? 내가 사주거나 해 줄 수 있는 것일지도 모르니까 내게 말해 줄래?"

에드먼드는 패니에게 수많은 질문을 던졌지만 패니는 그저 흐느껴 울기만 했다.

“아니야. 전혀 그렇지 않아, 오빠. 고마워, 하지만 아니야.”

패니에게서 얻은 대답은 고작 이런 것이 전부였다. 그러나 에드먼드는 끈질기게 그녀에게 질문을 했고 그녀를 위로하기 위해 애썼다. 그리고 에드먼드의 질문이 떠나온 집에 이르자 패니의 울음소리는 더욱 커지기 시작했다. 마침내 에드먼드는 패니가 슬퍼하는 이유를 알 수 있었다.

“이런! 가엾기도 해라. 엄마를 떠난 것 때문에 슬퍼한 거로구나. 이제 네가 얼마나 착한 소녀인지 알겠다. 그러나 패니야, 넌 지금 비록 집을 떠나 있기는 하지만 네가 지금 친척들과 친구들과 함께 있다는 것을 항상 기억해야 한단다. 우리는 모두 너를 사랑하고 있어. 그리고 너를 행복하게 해주고 싶어 한단다. 지금 나와 함께 공원에 나가 걸으며 네 친형제들에 대한 얘기를 내게 해 주겠니?”

에드먼드는 패니를 위로하기 위해 부드러운 목소리로 이렇게 말했다. 그리고 패니에게서 여덟이나 되는 친형제들에 대한 이야기를 들으며 에드먼드는 그 중에서도 특히 다른 형제자매들보다 더욱 그리운 존재가 패니에게 있다는 것을 발견했다. 그것은 다름 아닌 오빠인 윌리엄이었다.

패니는 윌리엄에 대해서 가장 많이 이야기했고 가장 많이 그리워하고 있었다. 윌리엄은 패니보다 한 살 위이고 맏아들이었으며 패니에게 있어 동료이자 친구였다. 그리고 그는 엄마에게 가장 사랑을 받고 있었는데 어려운 일이 있을 때마다 항상 패니를 옹호해주고 보호해준 존재였다는 사실도 함께 알 수 있었다.

“윌리엄은 내가 집을 떠난다는 사실을 너무나 싫어했어. 오빠는 나를 무척 그리워하게 될 거라고 말했거든.”

패니는 계속 훌쩍거리며 말했다.

“하지만 윌리엄이 너에게 편지를 보낼 거야. 그렇지 않아? 오빠가 약속했다고 했잖아.”

"오빠는 내게 먼저 편지를 보내라고 말했어."

패니가 에드먼드의 말에 대답했다.

"그렇다면 너는 언제 편지를 보낼 건데?"

에드먼드가 여전히 부드러운 목소리로 물었다.

"잘 모르겠어. 나는 편지지도 편지 봉투도 가지고 있지 않으니까."

패니는 에드먼드의 질문에 고개를 힘없이 숙이며 머뭇거리는 어조로 대답했다.

"그게 네 문제의 전부라면 내가 편지를 쓰는 데 필요한 것을 모두 다 줄게. 그러면 언제든지 원할 때마다 편지를 쓸 수 있을 거야. 윌리엄에게 편지를 쓴다면 한결 네 마음이 가벼워지겠니?"

"그럼. 물론이야."

에드먼드의 친절한 제안에 패니는 금방 안색이 밝아지면서 대답했다.

"좋아. 그렇다면 지금이라도 당장 하자꾸나. 나와 함께 조찬실로 가자. 거기에 편지를 쓰는 데 필요한 것들이 모두 있을 거야. 그리고 지금이라면 아무도 그 곳에 없을 테니까 편지 쓰기엔 안성맞춤이야."

에드먼드가 패니의 손을 잡아끌며 말했다.

"하지만 오빠, 그 편지를 우체국으로 무사히 보낼 수 있을까?"

"그럼. 나에게 맡겨. 다른 편지들을 보낼 때 함께 보내면 될 거야. 그리고 아버지가 우편 요금을 처리할 테니까 윌리엄도 전혀 비용 때문에 걱정하지 않을 거야."

"이모부가?"

패니는 두려운 표정이 되어 에드먼드에게 물었다.

"응, 네가 그 편지를 쓰면 아버지에게 가져가서 무료 송달 서명을 해 달라고 부탁할 거야."

에드먼드는 아무렇지도 않다는 듯이 대답했다. 그러나 패니로서는 그것이 무척 용기가 필요한 일인 것처럼 여겨져 걱정이 되었다. 하지만 반대할 용기는 더욱더 없었다. 에드먼드와 패니는 함께 조찬실로 들어갔다.

에드먼드는 종이를 가져다가 마치 친오빠인 윌리엄이 패니에게 느끼는 것 같은 애틋한 마음으로 종이에 줄을 그어주고 편지를 쓰는 동안 계속 옆에 있으면서 펜을 사용하는 법이나 철자법을 가르쳐 주었다. 에드먼드의 자상한 도움을 받으며 패니는 친오빠에게서 느꼈던 감정을 에드먼드에게서 느낄 수 있었다. 패니는 윌리엄과 같은 오빠가 생겼다는 사실이 기뻤다.

패니가 편지를 다 쓰고 나자 에드먼드는 친필로 편지의 끝 부분에 사촌인 윌리엄에게 안부를 묻는 글을 쓴 후 봉투 안에 반 기니의 돈을 넣었다. 패니는 그런 에드먼드의 자상한 행동을 보고 말로는 표현할 수 없는 고마운 감정을 느꼈다. 그러나 말은 결국 필요 없었다. 패니의 표정과 몇 마디 서투른 인사의 말만으로도 그녀가 느끼는 감사와 즐거움이 고스란히 에드먼드에게 전달되었으니까. 에드먼드는 비로소 사촌인 패니에게 관심과 흥미를 가지게 되었다.

에드먼드는 시간이 날 때마다 패니와 많은 대화를 나누었다. 이야기를 들으며 에드먼드는 그녀의 마음이 매우 따뜻하며 애정이 넘치고 옳은 일을 하고자 하는 욕구가 강하다는 것을 확실히 알게 되었다. 그리고 패니는 몹시 소극적이고 수줍음이 많은 성격이기 때문에 더욱 많은 관심을 기울여 주어야 한다고 생각했다.

물론 에드먼드가 패니와 친해지기 이전에, 그가 의식적으로 패니에게 고통을 주었던 적은 한 번도 없었다. 하지만 이제는 패니에게 관심을 가져주지 않았던 것 자체가 고통이었으며 적극적으로 애정을 쏟아줄 필요가 있다는 것을 깨달았던 것이다.

그래서 에드먼드는 우선 패니가 가장 먼저 주위 사람들에 대해 가지고 있는 두려움을 없애야 한다고 생각하고 그렇게 해 주려고 노력했다. 그리고 그는 특히 패니에게 마리아나 줄리아와 함께 놀이를 할 때 될 수 있는 한 명랑하고 즐겁게 할 수 있도록 많은 충고를 해 주었다.

패니는 자신에게도 마음을 터놓을 수 있는 누군가가 생겼다는 사실이 기뻤다. 사촌인 에드먼드가 보여준 친절한 마음으로 다른 사람들과도 훨씬 더 좋은 관계를 가질 수도 있게 되었다. 그리고 버트램가에 대한 낯선 감정도 점차 사라졌으며 무섭게만 여겨지던 사람들도 서서히 두렵지 않게 되었다. 물론 여전히 식구들의 습관이나 성격을 파악하고 어떻게 대해야 하는지에 대해서는 어려움이 남아 있었지만 그것마저도 곧 터득하게 될 것이었다.

처음 패니가 도착하고 나서 그녀의 어색함과 촌스러움으로 인해 한동안 가정 내의 평화로움이 깨어진 것은 사실이었다. 하지만 에드먼드의 도움으로 인해 그런 것들은 점차 사라져갔다. 그래서 언제나 근엄한 표정의 이모부를 대면할 때도 더 이상 두려움에 떨지 않았으며 노리스 이모의 날카로운 목소리에 대해서도 더 이상 화들짝 놀라지 않게 되었다. 또한 마리아나 줄리아도 때때로 패니를 함께 놀만한 친구로 여기기 시작했다. 물론 지속적으로 친구처럼 지내기에는 연령이나 지식, 능력이라는 측면에서 현저하게 열등했다. 그래서 정말 소중한 벗이 되지는 못했다.

하지만 가끔씩 놀이를 할 때 세 명이 필요할 때도 있었다. 그럴 경우에 패니의 존재는 매우 유용했으며 그 세 번째 놀이 친구가 특히 온순한 성격이어야 할 때는 패니가 아주 안성맞춤이었다. 그래서 노리스 이모가 패니의 단점에 대해 캐묻거나, 에드먼드가 패니에게 친절하게 대해 줄 것을 부탁할 때면 마리아와 줄리아도 패니의 성품이 매우 좋다는 것을 인정할 수밖에 없었다.

에드먼드는 언제나 친절했다. 그리고 또 다른 사촌오빠 톰도 패니를 대할 때에는 언제나 열일곱 살의 청년이 열 살 된 어린아이를 대하는 태도였기 때문에 그리 힘들지 않은 관계를 유지할 수 있었다.

톰은 이제 막 성년으로 접어들고 있었다. 그리고 그 나이의 청년답게 혈기 왕성했다. 게다가 영국 귀족의 장자들은 대체적으로 태어나면서부터 소비하고 즐길 수 있는 특권을 가지고 있다고 여겼으므로 톰 역시 장자 특유의 자유분방한 성품을 모두 갖추고 있었다. 그래서 톰은 어린 사촌을 자기 마음 내키는 대로 대했다. 가끔씩은 아주 예쁜 선물을 해서 감동시키거나 말도 안 되는 이야기를 하며 놀리고 재미있어 하기도 했다.

시간이 흐르면서 패니의 용모는 점점 아름다워졌다. 처음 버트램가에 왔을 때와는 다르게 활기가 넘쳐 났고 건강해졌다. 때문에 토머스 경과 노리스 부인은 패니의 달라지는 모습을 지켜보며 자신들의 자선 행위에 대해 만족감을 느꼈다. 그들은 패니가 그리 똑똑하지는 않지만 아주 온순한 성품을 가지고 있으며 앞으로도 큰 문제를 일으키지 않을 것이라고 생각했다.

하지만 패니의 지적인 능력에 있어서는 상황이 달랐다. 물론 읽고 쓰는 일에는 전혀 지장이 없었다. 그러나 그 이상 교육을 받은 일이 없었기 때문에 버트램 가의 아이들과는 언제나 비교가 되었다. 그래서 마리아나 줄리아는 이미 오래 전부터 패니가 무척 무지하다는 사실을 발견하고 그녀를 우습게 보고 있었다. 또 처음 패니가 집에 도착한 후 이삼 주일 동안은 매번 패니의 무지한 사실을 발견할 때마다 부모에게 이야기하곤 했다.

“이모, 생각해 보세요. 우리의 사촌이라는 패니가 유럽 지도도 잘 몰라요. 러시아의 주요 하천이 무엇인지도 모를 뿐더러 아시아는 들어본 적도 없대요. 심지어 수채화와 크레파스의 차이도 잘 모르고 있어요. 정말 이상하지 않아요? 사람이 그렇게까지 멍청할 수 있어요?”

토머스 경의 두 딸들은 놀랍다는 듯이 이렇게 말했다.

“세상에! 정말 그럴 수가 있니? 하지만 얘들아, 세상 모든 사람들이 너희들처럼 빨리 모든 것을 받아들이고 지적으로 앞서나갈 수 있다고 생각해서는 안 된단다."

이모인 노리스 부인은 정말로 남들을 배려하는 것이 무엇이라는 듯 이렇게 답하곤 했다.

"하지만 이모, 패니는 정말 너무나 무식해요. 어제 밤에 우리는 패니에게 아일랜드로 가려면 어떻게 가겠느냐고 물었어요. 그랬더니 뭐라고 했는지 아세요? 글쎄, 와이트 섬을 건너서 가야 한다고 대답했어요. 그 애는 섬이라고는 와이트 섬밖에 모르는 것 같았어요. 마치 이 세상에 그 섬만이 유일한 섬이라는 듯이 와이트 섬을 건너야 한다고 말했거든요. 어휴, 제가 만약 패니였다면 너무나 창피해서 죽고 싶었을 거예요. 그 나이가 되도록 그렇게 무식하다는 사실 때문에 말이에요. 저는 그렇게 모르는 게 많았던 것이 언제인지 기억도 나지 않거든요. 이모, 우리가 영국 왕들의 이름을 연대순으로 외우곤 하던 것이 도대체 얼마나 오래 전의 일인가요? 언제 왕위에 올랐는지, 그리고 그 왕들의 재임기간 동안 가장 중요한 업적이 무엇인지 우리는 아주 어렸을 때부터 외워 왔잖아요."

마리아가 이렇게 말했다.

"그래요. 그뿐만 아니라 로마 황제들에 대해서도 외웠어요. 또 그 외에도 이교도들의 신화들과 행성들, 금속들과 위대한 철학자 등등……. 우린 많은 것을 공부했어요."

마리아의 말이 끝나자 줄리아가 다시 이렇게 덧붙였다.

"너희들의 말은 한 마디도 틀린 것이 없구나. 마리아, 줄리아 너희들은 정말 많은 축복을 받았구나. 그렇게 많은 것들을 배우고 또 기억하고 있으니 말이다. 그러나 너희들의 가여운 사촌 동생은 전혀 아무것도 배우거나 기억한 것이 없으니 얼마나 안타까운 일이니……. 아마도 그 애의 머리 속에 들어 있는 것뿐만 아니라 모든 측면에서 너희들과의 사이에는 커다란 차이가 있을 거야. 그러니까 얘들아, 지혜로운 너희들이 어리석은 패니의 상황을 언제나 염두에 두고 부족한 점에 대해서도 가엾게 여겨 줘. 그리고 이것은 꼭 기억해 두거라. 너희들은 정말로 뛰어나고 똑똑하지만 또한 그만큼 겸손해야 한다는 것을……. 그리고 이미 알고 있는 것이 많지만 또한 배워야 할 것도 아주 많다는 것을 말이다."

노리스 부인이 두 조카의 말에 이렇게 대답했다.

"이모의 말씀이 맞아요. 열일곱 살이 될 때까지 배워야 할 것은 아주 많을 거예요. 하지만 패니에 대해서 한 가지 더 말씀드릴 것이 있어요. 그 애는 너무나 이상하고 어리석어서 반드시 이야기해야만 해요. 글쎄 그 애가 뭐라고 말했는지 아세요? 음악이나 그림을 전혀 배우고 싶지 않다고 말하지 뭐예요."

"그것은 정말로 어리석은 말이구나. 그러나 얘들아, 그것은 패니에게 천재성이나 경쟁심도 전혀 없다는 것을 말해주고 있는 게 아니겠니? 그러니까 여러 가지 상황을 고려해 볼 때 그 애에게 천재성이나 경쟁심이 없다고 해서 그 애가 나쁘다거나 이상하다고 말할 수는 없구나. 그리고 너희 부모님들이 패니를 너희들과 똑같이 양육할 정도로 선량하다는 것은 잘 알 거다. 물론 그게 다 내 덕분이기는 하지만……. 하지만 그 애를 양육한다고 해서 너희들만큼이나 훌륭하게 양육해야 할 필요는 없다고 생각한다. 오히려 그와 반대로 너희들과 패니 사이에는 엄연한 차이가 있는 것이 바람직하지."

노리스 부인은 이렇게 충고했다. 그리고 조카들은 그녀의 조언을 그대로 받아들였다. 줄리아와 마리아는 무척 똑똑하고 재능이 많았으며 어려서부터 배운 것도 많았다. 하지만 자아에 대한 지식이나 관대함, 겸손 등, 상식적인 것들을 전혀 배우지 못했다는 것이 매우 애석한 일이었다.

그러니까 결국 모든 측면에서 두 소녀는 훌륭하게 교육을 받았지만 성품에 있어서는 패니보다도 못했다. 그러나 토머스 경은 자신의 딸들에게 어떤 점이 부족한지 잘 알지 못했다. 물론 그렇다고 해서 딸들에게 관심이 없는 아버지는 아니었다. 하지만 그는 자식들에게 드러내놓고 애정 표현을 하지 못했다. 그래서 자식들 역시 아버지 앞에서 애정을 표현한다거나 하는 감정 표현이 자유롭지 못했다.

버트램 부인 또한 딸들의 교육에 대해 조금도 관심을 기울이지 않았다. 아니, 그런 것에 관심을 쏟고 신경을 쓸만큼 많은 시간이 없었다. 남작 부인은 오로지 예쁘게 옷을 차려입고 소파에 앉아서 하루 종일 시간을 보냈을 뿐이었다. 그리고 전혀 쓸모도 없고 미적인 가치도 없는 별로 대단하지도 않은 바느질을 하면서 시간을 보냈다. 그리고 그녀는 자식들보다 오히려 애견에 대해 더 많은 생각을 했다. 물론 자신을 불편하게 만들지만 않는다면 애견보다 자식들에게 더욱 관대했다.

어쨌거나 남작 부인의 이러한 태도 때문에 버트램 경의 네 자녀들은 중요한 일에 있어서 항상 아버지인 토머스 경의 지도를 받았으며 사소한 일들에 있어서는 언제나 이모인 노리스 부인의 보살핌을 받았다. 사실상 남작 부인이 딸들에게 관심이 있었다고 해도 아마도 그녀의 두 딸은 돌보아줄 필요가 전혀 없었을 것이다. 왜냐하면 아이들은 언제나 가정교사의 충분한 보살핌을 받았기 때문에 그 누구의 관심이나 보살핌도 더 이상 필요 없었으니까. 그래서 패니가 학습 면에서 뒤쳐져도 남작 부인은 단지 그것은 불운한 일이라고 말할 뿐이었다.

남작 부인은 이 세상에 어리석고 우둔한 사람들이 분명 있다고 생각했기 때문에 패니의 떨어지는 학습능력을 별로 대단치 않게 여겼다. 단지 머리가 좋지 않은 패니가 공부를 하면서 남들보다 더 고통받을 것이라고만 생각했으며 그 이상 무엇을 어떻게 도와줘야 하고 지도해야 하는지조차 몰랐다. 그래서 남작 부인은 언제나 패니가 우둔하다는 것 이외에는 그 어리고 가여운 소녀가 전혀 해가 될 것이 없다고 말했다. 그리고 패니는 어리석기는 해도 메시지를 전달한다거나 필요한 물건을 가져오는 등 작은 심부름을 시키기에는 무척 편리

하다고 생각했다.

패니는 분명 무지했고 게다가 소심한 단점까지 있었다. 하지만 맨스필드의 삶에 서서히 적응해 가면서 자신의 자리를 찾아가고 있었다. 에드먼드의 도움으로 떠나온 집에 대한 집착에서 벗어났고 똑똑한 사촌들 사이에서 성장하며 그리 불행해 하지도 않았다. 그리고 마리아나 줄리아도 천성적으로 못된 성품을 가지고 있지는 않았기 때문에 패니에게 해가 되지 않았다.

물론 마리아나 줄리아가 종종 패니를 대할 때는 패니로 하여금 굴욕감을 느끼게 할 때도 있었다. 그러나 패니는 스스로도 자신의 존재를 너무나 미천하게 여기고 있었기 때문에 사촌 언니들의 굴욕적인 대우에도 그리 깊은 상처는 입지 않았다.

패니가 맨스필드 저택으로 오고 난 이후, 버트램 가족들은 완전히 시골 저택에 안주하며 살고 있었다. 해마다 봄이 되면 버트램 부인은 런던 시내에 있는 집에서 머무르곤 했었다. 하지만 패니가 오고 난 후에는 건강이 조금 나빠진데다가 천성적으로 나태한 성격이었기 때문에 애써 살기 편한 시골을 떠나려 하지 않았다. 그래서 남편인 토머스 경은 의회에서 해야 할 일이 종종 있었기 때문에 런던 시내에 홀로 나가 생활하곤 했다. 그러나 버트램 부인은 홀로 있는 남편이 얼마나 불편할지에 대해서는 전혀 신경을 쓰지 않았으며 오로지 예쁘게 차려입고 소파에 앉아 바느질하며 시간을 보내는 데 열중했다.

버트램 가문의 딸들은 어머니와 함께 한가한 전원 속에서 공부를 하고 음악을 배우며 점점 여성스럽게 성장해갔다. 물론 아버지인 버트램 경도 비록 멀리 떨어져 살고 있기는 했지만 딸들이 나날이 성장하며 재색을 겸비해 가는 모습을 흡족하게 지켜보았다.

버트램 경의 장남인 톰은 매우 잘 생기고 똑똑한 청년이기는 했지만 경망스럽고 낭비벽이 심했다. 그래서 버트램 경의 근심은 대부분 맏아들 톰에 대한 것이었다. 하지만 장남을 제외한 다른 자녀들은 모두가 잘 자라나고 있었으며 훌륭한 미래를 보장받고 있었다. 그래서 버트램 경은 딸들이 결혼을 하기 전까지 톰이 정신을 차리고 가문의 이름을 빛내줄 것이라고 기대했다. 그리고 딸들 또한 결혼을 하고 남편의 성을 따른다고 해도 반드시 가문의 영광을 더해줄 것이라고 굳게 믿고 있었다.

버트램 경의 차남인 에드먼드는 매우 올바른 성품을 가진 사려 깊은 청년이었다. 그래서 주위의 사람들에게 많은 도움을 주고 행복과 즐거움을 나누어 줄줄 알았으며 가문에도 영광이 되었다. 그리고 에드먼드 또한 스스로도 성직자가 되기로 결심하고 있었다.

토머스 경은 네 명의 아이들을 키우면서 매우 흡족한 마음을 품고 있었다. 물론 자신의 아이들뿐만 아니라 처제인 프라이스 부인의 자녀들을 도와주는 일에 대해서도 아낌없는 지원을 했다. 또한 그는 프라이스 부인의 아들들이 성장해서 직업을 갖게 될 때까지 교육하고 양육하는 문제에 있어 어떠한 도움도 아끼지 않았다. 그러나 여전히 프랜시스는 가족들과 완전히 단절되어 있는 것이나 다름없었다. 하지만 토머스 경이 자신의 가족들에게 베푼 친절과 도움을 알게 될 때마다 그녀는 진심으로 형부인 토머스 버트램 경에게 고마운 마음을 품었다.

맨스필드 파크로 오고 난 후, 벌써 오랜 시간이 흘렀지만 패니는 딱 한 번 친오빠인 윌리엄을 볼 수 있었다. 물론 윌리엄 이외에 다른 가족들은 아직 한 번도 보지 못했다. 그리고 가족들 또한 그 어느 누구도 패니가 다시 그들과 함께 생활하게 될 것이라고는 생각하지 않았다. 또한 그 어느 누구도 패니가 그들을 방문할 것이라고 생각하거나 패니를 그리워하지도 않았다. 단지 선원이 되기로 굳게 결심한 윌리엄만이 항해를 떠나기 전에 여동생을 만나볼 수 있도록 노스햄튼으로 초대를 받았던 것이다.

오랜만에 만난 오빠와 여동생은 따뜻하게 재회의 기쁨을 누렸다.

그들은 오랫동안 서로에게 깊은 애정을 표시했고 진지하게 서로의 삶에 대해 얘기했다. 윌리엄은 맨스필드 파크에서 머무는 동안 무척 긍정적이고 씩씩하게 행동해서 가족들 모두에게 매우 긍정적인 인상을 남겼다. 하지만 그토록 그리워했던 오빠를 만난 지 얼마 안 되어서 멀리 떠나보내야만 했던 패니의 슬픔은 이루 말할 수 없을 만큼 컸다. 한 가지 다행인 것은 윌리엄과 패니가 헤어지고 나서 곧바로 크리스마스 휴일이 시작되었다는 것이었다. 그래서 패니는 방학을 맞아 집으로 돌아온 에드먼드에게서 윌리엄으로 느꼈던 슬픔에 대해 위안을 찾을 수 있었다.

에드먼드는 패니를 안심시키고 위로하기 위해 윌리엄이 항해를 하면서 얼마나 멋지게 지내게 될 것인지에 대해 이야기해 주었다. 그리고 두 사람이 단절되어 있는 것은 결코 허무한 것은 아니라는 사실도 깨닫게 해 주었다.

패니와 에드먼드의 관계는 언제나 진실하고 한결 같았다. 에드먼드가 사촌 동생인 패니에게 표현하는 따뜻한 마음은 항상 커다란 위로가 되었으며 든든한 안식처가 되어 주었다. 그것은 에드먼드가 이튼 고등학교를 졸업하고 옥스퍼드 대학으로 떠나간 후에도 여전했다. 아니, 오히려 멀리 떨어져 있는 만큼 더욱 자상했고 더욱 애정을 자주 표현했다.

에드먼드는 언제나 한결 같았다. 그래서 패니에 대한 애정도 지나치거나 모자라는 일이 결코 없었다. 단지 언제나 패니의 감정에 세심한 주의를 기울였고 그녀의 좋은 품성들을 남들에게도 알리기 위해 부단히 노력했으며 그녀의 훌륭한 성품이 드러나는 일에 장애가 되는 것들을 극복할 수 있도록 격려했다.

하지만 다른 가족들은 모두 패니에게 무관심했다. 그래서 에드먼드의 노력 하나만으로 패니의 자신감을 북돋아 주기에는 턱없이 부족했다. 그러나 패니에게 있어서는 에드먼드의 애정과 관심이 이 세상 어느 것보다 큰 기쁨이었으며 심리적인 안정감을 주었다. 에드먼드는 패니가 무척 총명하다는 것을 잘 알고 있었다. 또한 선량한 마음과 자상함까지 갖추고 있다는 것도 잘 알고 있었다. 또 그는 패니가 책을 읽는 것을 무척 좋아한다는 것과 많은 호기심을 가졌다는 것도 잘 알고 있었기 때문에 올바른 지도만 받는다면 크게 성장할 수 있는 아이라는 것을 잘 알고 있었다.

패니는 가정교사에게서 불어를 배우고 그녀의 지도 아래 역사책을 매일 읽었다. 하지만 패니에게 기초적인 독서와 독서의 즐거움을 알게 해주고 좋은 책을 읽을 수 있도록 격려해 준 것은 다름 아닌 에드먼드였다. 또 그녀에게 올바른 판단을 내릴 수 있도록 지도해 주고 읽은 책에 대해 대화를 나눈 것도 에드먼드였다. 그리고 패니에게 칭찬을 해 줌으로써 독서의 즐거움을 더욱 크게 만들어 주었던 것 역시 에드먼드였다. 그래서 패니는 이 세상에서 윌리엄을 제외하고는 에드먼드를 가장 사랑하게 되었다. 그녀가 진심으로 사랑한 사람은 윌리엄과 에드먼드뿐이었던 것이다.

제3장

패니가 맨스필드 파크에 온 것도 어느덧 5년이라는 세월이 흘렀다. 패니는 이제 열다섯 살이 되었다. 그런데 둘째 이모부인 노리스 씨가 사망하는 중대한 사건이 벌어졌다. 노리스 씨가 사망하자 버트램 가문에는 여러 가지 커다란 변화가 생기게 되었다. 먼저 노리스 부인은 목사관을 비워야만 했다. 그래서 처음에는 버트램 가문의 저택인 맨스필드 파크로 잠시 이사를 했다가 토머스 경의 영지 안에 있는 마을에 위치한 작은 주택으로 이사를 했다.

노리스 부인은 혼자의 힘으로도 얼마든지 잘 지낼 수 있다고 스스로를 위로하면서 남편을 잃은 상실감을 잘 이겨나갔다. 물론 남편의 사망으로 수입은 줄어들었지만 그것 또한 좀더 검소하게 생활하고 아끼면서 살아가면 된다고 생각하며 위안을 얻었다.

노리스 씨가 사망하자 성직자가 되기로 했던 에드먼드가 그 후임을 맡을 수 있게 되었다. 만약 노리스 씨가 조금 더 일찍 세상을 떠났다면 에드먼드의 나이가 더 들 때까지 다른 친지가 성직을 맡게 되었겠지만, 에드먼드는 이미 성년의 나이였기 때문에 가장 유력한 후보가 될 수 있었다.

노리스 씨가 사망하기 이전부터 톰의 낭비벽은 맨스필드 파크 영지

내에서도 소문이 날 만큼 매우 심각했다. 그래서 안타깝게도 에드먼드의 성직을 다른 사람이 맡을 수밖에 없게 되었다. 왜냐하면 동생인 에드먼드가 형이 쾌락을 추구하면서 소비한 비용을 갚아야만 성직자의 자격이 된다는 결론이 났기 때문이었다.

그래서 에드먼드는 마음에 커다란 상처를 입게 되었다. 하지만 토머스 경은 이런 에드먼드의 불만에 눈을 감아버렸다. 물론 에드먼드의 몫으로 지정되어 있는 가업이 따로 있기는 했다. 그렇기 때문에 토머스 경은 성직을 다른 사람이 할 수 있도록 임명하면서도 양심의 거리낌이 적었다. 하지만 어디까지나 에드먼드에게 있어서는 부당한 일이라는 결론을 떨쳐 버리기가 힘들었다. 토머스 경은 장남인 톰이 이번 일로 조금이나마 그 동안의 생활을 뉘우치고 그 자신의 삶에 새로운 변화를 만들 것이라는 바람을 갖고 마음의 위로를 삼았다.

“톰, 네가 정말 부끄럽구나. 그리고 내가 이런 조치를 취하지 않을 수 없는 것 역시 무척 부끄럽구나. 물론 나는 네가 이 상황에서 어떻게 느낄지를 생각하면 네가 정말 안쓰럽다. 하지만 너는 이미 에드먼드의 수입원을 빼앗은 것도 사실이다. 어쩌면 10년, 20년, 아니 에드먼드의 평생 수입원을 이미 빼앗았는지도 모르겠다. 그러니까 너는 이미 당연히 에드먼드의 몫이 되어야 할 재산의 반 이상을 탕진하고 말았다. 물론 나는 이제부터 에드먼드에게 좀더 좋은 성직을 줄 수 있는 권한을 가지고 있다. 또한 그렇게 할 수 있는 권한이 네 것이 될 수 있었으면 하는 바람도 가지고 있기는 하지만 말이다. 하지만 톰, 아무리 그렇게 한다고 해도 너로 인해 에드먼드가 마땅히 받아야 할 혜택에는 결코 미치지 못할 것이라는 사실을 명심해야만 한다. 그리고 네가 진 빚 때문에 에드먼드가 여러 가지 이권들을 포기해야만 한다는 사실 또한 잊지 말아라.”

토머스 경이 근엄한 목소리로 장남인 톰에게 말했다. 톰은 토머스 경이 미리 예상했던 대로 아버지의 말을 들으면서 수치심과 동시에 큰 슬픔을 느꼈다. 하지만 톰은 곧바로 수치심과 슬픔을 떨쳐버리고 아버지를 향해 반격하기 시작했다.

"아버지, 우선 제가 진 빚은 친구들의 빚에 비하면 아무것도 아니에요. 아마 절반도 안 될 거예요. 그리고 아버지께서는 이상하게 그 일을 비약하시면서 더욱 크게 만드시는 것 같군요. 또한 누가 이모부의 후임자로 오든지 간에 아마도 곧 사망하고 말 것이 분명하니까 에드먼드에게도 그리 큰 해가 되진 않을 거라고 생각해요."

톰은 오히려 씩씩한 목소리로 아버지에게 항변했다. 하지만 실망스럽게도 톰의 예상은 완전히 빗나가고 말았다. 노리스 씨가 사망하자 그 후임으로 그랜트 박사가 임명되었지만 그랜트 박사는 마흔다섯 살의 건장한 사람이었으며 톰이 말한 것처럼 곧 사망하지도 않았다. 게다가 그는 맨스필드 파크에서 거주하게 되었다.

"아니야. 그랜트 박사는 목이 짧고 중풍을 앓기 쉬운 체질이야. 잘만 하면 곧 쓰러지고 말 거야."

톰은 자신의 예상에 대해 희망을 버리지 않고 이렇게 말했다. 그랜트 박사의 부인은 남편보다 열다섯 살이나 어렸다. 그리고 그들 사이에는 노리스 부부처럼 자녀가 없었다. 하지만 그랜트 박사 부부는 이사를 오는 것과 동시에 곧 좋은 평판을 얻었다. 이웃으로 지내기에는 아무런 손색이 없다는 평을 들었던 것이다.

노리스 씨의 갑작스러운 사망으로 비워졌던 목사관이 새로운 사람으로 차고 어느 정도 안정이 되어가자 토머스 경은 이제 처제인 노리스 부인이 패니를 맡아 길러야 할 때가 되었다고 생각했다. 왜냐하면 예전에 비해 노리스 부인의 처지가 많이 변했으며 패니 역시 많이 성장했다고 생각했기 때문이었다. 또한 패니가 노리스 부인과 함께 생활하는 데 있어 장애물이 될 수도 있었던 노리스 씨도 없었기 때문에 이모와 조카가 함께 사는 것은 버트램가에서의 삶보다 오히려 더 합당하다고 여겼다. 게다가 토머스 경의 상황 역시 이전보다는 좋지 않았다. 서인도에 있는 재산에서 최근에 큰 손실을 입었으며 큰 아들인 톰의 심각한 낭비로 인해 재정 상태가 매우 나빠졌던 것이다. 그래서 토머스 경은 패니를 양육하는 비용도 덜 수 있고 또 앞으로도 패니를 돌보아야 하는 의무에서 벗어나는 것이 낫다고 여겨 아내와 노리스 부인에게 이 일로 의논하기를 원했다.

토머스 경은 우선 자신의 확고한 생각을 아내에게 말했다. 그런데 그 자리에 우연히 패니가 함께 있게 되었다.

"패니야, 이제 너는 우리와 헤어져서 노리스 이모와 함께 살게 될 거란다. 어떻게 생각하니? 괜찮겠지?"

버트램 부인은 차분한 목소리로 패니에게 말했다.

"헤어져서 노리스 이모와 살게 된다고요?"

패니는 갑작스런 질문에 너무나 놀라 그저 큰 이모인 버트램 부인의 말을 되풀이했다.

"그렇단다. 왜 그렇게 놀라는 거니? 너는 그 동안 5년이라는 시간이나 우리와 함께 살지 않았니? 하지만 네가 처음 오기로 한 때부터 노리스 이모부가 세상을 떠나면 작은 이모가 너를 데려가기로 되어 있었단다. 물론 너에게는 갑작스럽게 환경이 바뀌어야 하니까 조금은 당황스러울 수도 있겠구나. 하지만 그렇게 놀란 눈을 하고 나를 쳐다보지는 말았으면 좋겠다. 그리고 그 동안 여기에서 했던 것처럼 자주 이곳으로 와서 내가 시침질하는 것을 도와주어야만 한단다. 알겠니?"

버트램 부인이 오히려 패니의 질문에 놀랐다는 듯이 말했다. 패니는 큰이모의 말에 몹시 마음이 상했다. 물론 예상하지 못했던 탓도 있었지만 자신이 오기 전에 이미 모든 것이 다 계획되어 있었다는 말에 괜히 슬펐고 기분 또한 좋질 않았다. 게다가 노리스 이모는 단 한 번도 패니에게 친절하게 대하거나 자상한 적이 없었으며 패니 역시 노리스 이모를 좋아하지 않고 있었다.

"이곳을 떠나야 한다고 생각하니까 정말 너무나 슬퍼요."

패니는 겨우 기어 들어가는 목소리로 울먹이면서 말했다.

"그래, 충분히 그럴 것이라고 생각한단다. 아니, 지금 네 기분이 당연한 것이겠지. 이 집에서 살게 된 이후에 너를 괴롭히는 사람은 아마 한 사람도 없었을 테니까 말이다."

"이모님, 제가 이모님이 해주신 것에 대해서 고마워하지 않는 것은 아니에요."

패니는 겸손한 말투로 말했다.

"그럼 그래야지. 나는 언제나 네가 착한 아이라는 것을 잘 알고 있었단다."

버트램 부인이 패니를 쳐다보며 말했다.

"그렇다면 앞으로는 절대로 이곳에서 살 수 없게 되는 건가요?"

패니가 간절한 목소리로 물었다.

"그래. 그렇단다. 하지만 새 집에서도 편안하게 지낼 수 있을 거야. 아마 이 집에서 사는 것이나 그 집에서 사는 것이나 별로 차이가 없을 게다."

버트램 부인이 부드러운 목소리로 말했다. 그러나 패니는 다시는 버트램가에서 살 수 없다는 이모의 마지막 말에 그나마 가졌던 작은 희망마저 꺾이자 너무나 낙심해서 거실을 나갔다.

패니는 집을 옮기는 것이 그렇게 간단하지 않을 것이라고 생각했다. 또한 버트램 이모의 말처럼 노리스 이모와 사는 것이 결코 만족스러울 것이라고 생각할 수 없었다. 그래서 패니는 에드먼드와 마주치자마자 자신의 모든 걱정을 털어놓기 시작했다.

"오빠, 내게 정말 슬픈 일이 생겼어. 이전에는 내가 좋아하지 않는 일이 생겨도 오빠가 나를 설득해서 좋아하도록 만든 일이 많았지만 이번에는 절대 그럴 수 없을 거야. 휴, 오빠 나는 이제부터 노리스 이모와 살게 될 거래."

패니가 슬픈 목소리로 말했다.

“그게 정말이야?”

에드먼드가 놀란 말투로 패니의 말에 되물었다.

“정말이야. 버트램 이모가 방금 나에게 그렇게 말씀하셨으니까. 아무래도 모든 것이 이미 확정된 모양이야. 그러니까 나는 맨스필드 파크를 떠나서 노리스 이모의 집으로 곧 가게 될 거야. 아마 이모가 새로운 집을 알아보고 나면 나도 곧 이모의 집으로 이사를 가게 되겠지.”

패니가 어두운 얼굴로 말했다.

“패니, 나는 네가 집을 옮겨야 하는 그 일이 네게 몹시 불쾌한 것만 아니라면 아주 잘 된 일이라고 말하고 싶구나.”

에드먼드가 차분한 목소리로 말했다.

“아니, 오빠, 그게 무슨 말이야?”

“나는 그게 그렇게 나쁜 일만은 아니라고 생각하거든. 노리스 이모는 너를 데려가는 것이 마치 이 세상에서 가장 지혜로운 것인 양 행동하고 있으니까. 게다가 이모는 지금 괜찮은 말벗을 찾고 있을 텐데, 주위에는 현재 너밖에 없잖아. 그나마 내가 한 가지 다행스럽다고 생각하는 것은 이 일에 돈이 개입되지 않았다는 거야. 그러니까 패니, 너는 그저 노리스 이모가 원하는 대로 행동하면 돼. 그리고 네가 그렇게 한다고 해서 너무 괴로운 것은 아니길 바래.”

에드먼드가 패니의 표정을 살피면서 말했다.

“오빠, 나는 너무 괴로워. 노리스 이모와 함께 사는 것이 싫어. 나는 이 집이 정말 좋아. 그러니까 노리스 이모의 집에서는 어느 것도 좋은 것이 없을 거라는 생각뿐이야. 오빠도 잘 알잖아. 노리스 이모와 함께 있으면 내가 얼마나 불편해하는지…….”

“그래. 나도 잘 알아. 노리스 이모는 너를 아이보다는 어른처럼 대하니까. 하지만 그것은 우리가 어릴 때도 마찬가지였어. 아마도 노리스 이모는 아이를 낳아본 적이 없어서 아이들을 어떻게 다루어야 하는지 전혀 모르는 것 같아. 물론 너는 이제 어느 정도 나이를 먹었고 더 이상 아이가 아니기 때문에 노리스 이모의 대우가 합당하지 않지만 이모 역시 예전보다 너를 대하는 태도가 훨씬 좋아진 것은 사실이야. 그러니까 이제부터 너의 존재는 노리스 이모에게 훨씬 더 중요한 의미를 가지게 될 거라고 생각해. 좋은 말벗도 되어주고…….”

에드먼드가 쾌활한 목소리로 말했다.

“나는 어느 누구에게도 중요한 존재가 될 수 없을 거야.”

패니가 시무룩한 어조로 말했다.

“왜 그렇게 될 수 없다고 생각하는데?”

“모든 것이 그래. 내 상황이 그렇고……. 나는 어리석고 바보 같아. 어딜 가도 편안하지 않고 어색하기만 하거든.”

“어리석고 어색하기 때문에 그렇게 될 수 없다고 생각하는 거니? 패니, 내가 알기로 너는 전혀 그렇지 않아. 이건 내 말을 믿어도 돼. 오히려 네가 그렇게 말도 안 되는 소리를 한다는 것이 더 어리석은 일이야. 그러니까 네가 이 세상에서 중요하지 않아야 할 이유는 하나도 없어. 너는 센스도 있고 성격도 매우 좋아. 또 너는 고마워할 줄도 알고 누가 네게 친절을 베풀면 반드시 보답을 하고 싶어 한다고 나는 알고 있어. 나는 친구로서 그 이상 더 좋은 자격이 필요하다고 생각하지 않아.”

에드먼드가 단호하게 말했다.

“오빠는 언제나 나에게 친절해. 그리고 너무나 고마워 오빠. 나를 그토록 높이 평가해 주다니, 도대체 오빠에게 어떻게 보답해야 할지 잘 모르겠어. 그리고 조금 슬픈 일이기는 하지만 만약 내가 정말로 다른 집에서 살게 된다고 해도 오빠가 내게 베풀었던 친절과 따뜻한 마음을 내 인생이 다할 때까지 기억하겠어.”

패니는 에드먼드의 칭찬에 얼굴을 붉히며 조용히 말했다.

“이런! 패니, 노리스 이모의 집에서 나를 기억한다고? 너는 마치 이모의 집이 2백 마일은 떨어져 있는 것처럼 말하는구나. 하지만 패니, 그곳은 공원만 가로질러 가면 되는 가까운 거리야. 그러니까 너는 지금과 마찬가지로 우리와 한 가족이 될 거야. 게다가 이모네 가족과 우리는 거의 매일 만나잖아. 물론 이모와 함께 살게 되면 단 한 가지 다른 점은 분명 있을 거야. 반드시 너는 남들 앞에 나서게 될 거라는 것. 물론 마땅히 그렇게 해야 할 일이지만……. 그리고 여기에서는 너를 숨겨주고 보호해 줄 사람이 너무나 많지만 이모네 집에 가게 되면 너는 어쩔 수 없이 홀로 서기를 해야 할 거야."

"오빠, 제발 그런 말은 하지 마."

"아니, 지금 말해야만 해. 그리고 나는 이렇게 말하는 것이 즐거워. 왜냐하면 우리 어머니보다는 노리스 이모의 형편이 너를 데리고 있는 데 더 나을 거라고 생각하기 때문이야. 게다가 이모는 자신의 이익이 개입된 사람을 위해서는 어떤 일도 할 성격이니까. 아마 너는 할 수 없어서라도 너의 천성을 계발하게 될 거야."

에드먼드는 패니의 얼굴을 똑바로 쳐다보며 말했다.

"나는 오빠의 생각과 달라. 하지만 나보다는 오빠의 생각이 옳을 거라고 생각해. 그리고 내가 처한 상황에 내가 맞출 수밖에 없다는 것도 잘 알아. 물론 노리스 이모가 정말로 나를 사랑한다고 생각할 수만 있다면……. 오빠, 나는 내가 어느 누구에게 아주 중요한 존재라고 느낄 수 있다면 정말 기쁘겠어. 물론 이곳에서도 나는 그렇게 중요한 존재는 아니었지만 그래도 나는 이곳을 무척 좋아함에는 틀림없어."

패니는 깊은 한숨을 내쉬며 말했다.

"패니, 너는 이제 이 집에서 살지 않게 된다는 것뿐이지, 맨스필드 파크를 아주 떠나는 것은 아니야. 너는 여전히 지금처럼 공원에 갈 수도 있고 정원에 나올 수도 있어. 그러니까 앞으로 네게 일어날 그런 작은 변화 때문에 지금부터 두려워할 필요는 전혀 없어. 너는 이전과 똑같은 길로 산책을 다닐 거고 똑같은 서재에서 책을 꺼내 볼 수 있을 거야. 그리고 여전히 같은 사람들을 마주치게 될 거고 똑같은 말도 타게 될 거야."

에드먼드가 미소를 지으며 말했다.

"오빠의 말이 모두 옳아. 회색 조랑말, 정말 정이 들었어. 오빠, 기억나? 내가 얼마나 말 타기를 두려워했었는지, 승마가 내게 좋을 거라는 말을 들을 때마다 내가 얼마나 큰 공포에 떨곤 했었는지……. 이모부가 입을 열어서 말에 대한 이야기만 꺼내도 나는 겁에 질린 채 온몸을 떨곤 했었어. 그런데 오빠가 언제나 자상하게 승마에 대한 이야기를 해 주며 내 공포를 없애 주려고 노력했었지. 오빠는 내가 승마를 좋아하게 될 거라고, 곧 그 사실이 증명될 것이라고 나를 설득하려고 했었어. 물론 오빠의 말이 모두 맞았지만 오빠, 그래서 나는 지금도 그때의 일을 떠올릴 때마다 오빠가 앞으로도 언제나 미래를 내다볼 수 있었으면 하고 바라게 돼."

"그래, 패니……. 그러니까 나는 네가 노리스 이모와 함께 지내는 것이 결코 너의 정신 건강에 나쁠 것이라고 생각 안 해. 아니 오히려 더 좋을 것이라고 확신하고 있어. 승마가 네 건강에 무척 도움이 되었던 것처럼 말이야. 그러니까 결국 너는 무척 만족하면서 행복하게 지낼 수 있을 거야."

에드먼드가 확고한 어조로 결론을 내렸다. 버트램 이모로부터 갑작스럽게 앞으로는 버트램가를 떠나 노리스 이모와 살게 될 거라는 말을 들었을 때 패니는 무척 실망했고 마음이 몹시 상했다. 하지만 에드먼드와의 대화로 마음의 평화를 얻었고 위안을 얻었다.

그러나 결국 두 사람의 대화는 조금도 필요 없는 것이 되고 말았다. 왜냐하면 노리스 부인은 패니를 데려갈 마음이 손톱만큼도 없었으니까……. 아니, 오히려 그녀는 그렇게 해야 한다는 생각조차 하지 않고 있었으며 어떤 수를 써서라도 패니를 데려오는 일은 만들지 말아야 한다고 생각하고 있었다. 그리고 노리스 부인, 그녀는 자신의 생각대로 자신이 패니를 데려가는 일을 만들지 않기 위해 맨스필드 영지에서도 가장 고상하다고 생각되는 것들 중 가장 작은 집을 골랐다.

노리스 부인이 고른 집은 다름 아닌 화이트 하우스였는데 그 집은 노리스 부인과 하인들이 겨우 들어가고 손님을 위해 여분의 방이 단 하나 있는 매우 작은 규모의 것이었다. 무슨 이유인지는 몰라도 노리스 부인은 객실이 반드시 있어야만 한다고 주장했다. 사실 목사관에서 살 때에는 손님을 위한 객실이 전혀 필요하지 않았었다. 하지만 이제 와서는 반드시 객실이 있어야만 한다고 주장했다.

그러나 노리스 부인이 아무리 조심을 한다고 해도 사실 패니를 데려오는 문제를 피해갈 수는 없었다. 게다가 오히려 토머스 경은 노리스 부인이 객실이 있어야 한다고 강조하는 것은 그 객실을 패니가 쓰도록 하기 위해서라고 생각했다. 그리고 그 문제를 처음으로 거론한 사람은 버트램 부인이었다.

"워드, 패니가 너와 함께 살게 되면 우리는 가정교사를 더 이상 데리고 있을 필요가 없지 않겠니?"

버트램 부인이 담담한 어조로 노리스 부인에게 물었다.

"나와 함께 살다니요? 언니, 지금 무슨 말을 하는 거예요?"

노리스 부인은 깜짝 놀랐다는 듯이 말했다.

"너에게는 조금 미안한 일이지만 어쨌거나 네 남편 노리스 씨가 이 세상을 떠났으니까 이제 패니가 너랑 사는 게 당연한 일이잖니……. 이미 사전에 약속된 일이기도 하고……. 그리고 이미 이 얘기는 너와 토머스 경이 모두 결정을 내린 것이라고 생각하고 있었는데, 그게 아니었니?"

"나와요? 아뇨, 언니. 그런 일은 없었어요. 나는 그 일에 대해서 형부와는 단 한 마디도 나눈 적이 없는 걸요. 패니가 나와 살다니요?

언니, 이 세상에서 절대로 그런 일은 있을 수가 없어요. 그리고 아마 나와 패니를 아는 사람이라면 그런 일은 있어서도 안 된다고 생각할 거예요. 세상에, 맙소사! 내가 어떻게 그 애와 함께 살 수 있겠어요? 나는 연약하고 외롭고 가난한 미망인이에요. 지금 나는 어떤 일도 할 수 없고 완전히 기가 꺾여 있는데 한창 나이인 열다섯 살의 소녀를 데리고 내가 무엇을 할 수 있겠어요? 언니도 알고 있겠지만 열다섯 살의 소녀는 가장 관심과 주의를 기울여 주어야 할 시기잖아요. 아무리 성품이 좋고 낙천적인 사람이라고 해도 데리고 있기가 힘든 나이라고요. 그런데 형부가 그런 일을 내게 기대할 수는 없을 거예요. 언니, 언니가 무슨 착각을 한 걸 거예요. 형부가 내게 그럴 리 없어요. 나는 그것을 확신해요. 형부가 얼마나 나를 아끼는데, 형부가 정말로 나의 행복을 바라는 사람이라면 그런 일은 입 밖에 내지도 않을 거예요. 그런데 어떻게 형부가 언니에게 그런 말을 하게 된 거예요?"

노리스 부인이 손을 내저으면서 말했다.

"워드, 사실 나는 이 일에 대해서는 잘 모른단다. 하지만 토머스 경은 네가 패니를 데려가는 것이 모두를 위해서 가장 좋을 거라고 생각하고 있는 것만은 확실한 것 같구나."

"언니, 형부가 뭐라고 말씀하셨는지는 모르겠지만 언니가 분명 착각한 것이 틀림없어요. 형부는 절대로 내가 패니를 데려가기를 원한다고 말했을 리가 없어요. 형부는 내가 그렇게 하기를 진심으로 바라지 않는다고 나는 확신하니까요."

노리스 부인이 단호한 어조로 잘라 말했다.

"물론 그렇게 말씀하지는 않았어. 단지 그렇게 될 거라고 생각한다는 말씀만 하셨지. 그건 나도 같은 생각이고……. 토머스 경과 나는 그렇게 하는 것이 네게 위안이 될 거라고 생각했단다. 하지만 네가 그렇게 하기를 원치 않는다면 더 이상 말할 필요가 없다. 패니가 여기 있게 된다고 해서 큰 문제가 되는 것은 아니니까."

버트램 부인이 당황하는 동생에게 부드러운 어조로 말했다.

"언니, 말이 나왔으니까 말씀드리도록 하겠어요. 언니도 알고 있겠지만 지금 나의 어려운 처지를 한 번 생각해 보세요. 어떻게 해서 패니가 내게 위안이 될 수 있겠어요? 나는 가난하고 외로운 미망인이 되었어요. 이제 내게는 든든한 남편도 없고, 그 동안 병든 남편을 돌보느라 건강도 잃었어요. 그리고 내 정신은 지금 지칠 대로 지쳐 있어요. 내 마음속에 평안은 온데간데없이 사라졌고, 나는 겨우 나 혼자 사람답게 살고 또한 죽은 남편의 얼굴에 먹칠을 하지 않을 만큼의 재산밖에 가지고 있지 않아요. 그런데 이 상황에 패니를 양육해야 하는 책임을 더한다면 그것은 내게 그냥 죽으라고 하는 소리나 마찬가지에요. 그러니까 그것이 어떻게 내게 위안이 될 수 있겠어요? 물론 불쌍한 그 아이에게도 그런 부당한 일을 시킬 수 없을 거예요. 패니는 지금 아주 잘 지내고 있잖아요. 그런데 그 애에게 이제 다시 새로운 환경에서 적응하라고 한다면 그건 아주 몹쓸 짓이죠. 게다가 나는 지금 내 슬픔과 어려움을 극복하는 것만으로도 몹시 힘겨워요."

노리스 부인이 한숨을 쉬면서 말했다.

"그렇다면 혼자 지내는 것이 더 좋다는 말이니?"

"언니, 이제 내 인생에서 쓸쓸하게 지내는 것 이외에 내게 주어진 것이 뭐겠어요? 나는 그저 가끔씩 우리 작은 오두막에 친구 하나 정도 부를 수 있기만을 바랄 뿐이에요. 물론 그래서 손님방으로 쓸 객실을 하나 마련해 두기는 했지만 말이죠. 나는 아마 앞으로 많은 시간을 완전히 고립되어서 지내게 될 거예요. 이제 나는 욕심도 부리고 싶지 않아요. 단지 내가 살면서 겨우 입에 풀칠만 할 수 있다면 그것으로 만족해요."

노리스 부인이 더욱 깊은 한숨을 내쉬며 말했다.

"얘야. 네 사정이 그리 나쁘지 않기를 나는 바란단다. 하지만 토머스 경의 말에 의하면 네가 적어도 1년에 6백 파운드 정도의 수입은 있을 거라고 말씀하시던데……. 그러니까 그걸 생각하면…….”

“언니, 나는 지금 내 형편에 대해 불평하는 게 아니에요. 물론 이제까지 살던 것만큼 살 수 없다는 것을 잘 알아요. 하지만 이제부터는 될 수 있는 대로 절약을 해야 하고 좀더 살림을 잘해야만 해요. 언니도 알다시피 이제까지 나는 그리 인색하지 않게 돈에 구애받지 않고 살아왔어요. 물론 이제부터 힘든 절약을 해야 하고 돈에 구애를 받게 되었다고 해서 돈을 아껴야 하는 내 상황을 부끄러워하지는 않아요. 단지 수입이 줄어든 만큼 내 처지도 변했으니까 나도 예전과는 다르다는 거죠. 남편이 살아 있을 때는 성직자로서 당연히 누릴 수 있는 것들이 많았지만 그런 것은 이제 기대할 수 없잖아요. 그리고 예전에는 손님들이 수시로 드나들어서 얼마나 음식을 소비했는지조차 알 수 없었어요. 하지만 이제는 좀더 주의해서 생활해야만 하고 내가 벌어들일 수 있는 수입 한도 내에서만 생활해야 해요. 그렇지 않으면 나는 너무나 상상할 수 없을 정도로 비참해지겠죠. 물론 조금씩이나마 저축할 수 있다면 정말 좋겠어요.”

노리스 부인이 어깨에 힘을 빼고 고개를 숙이며 낙심한 어조로 말했다.

“그럴 수 있을 거야. 너는 언제나 저축을 해 오지 않았니?”

버트램 부인이 위로하듯 반문했다.

“언니, 내가 바라는 것은 후손들에게 조금이라도 도움이 되는 거예요. 그러니까 내가 돈을 모으고 싶어 하는 것은 언니의 아이들을 위해서이기도 해요. 나는 재산을 물려줄 자식이 없으니까요. 그래서 조카들에게 조금이나마 남겨줄 유산이 있다면 정말 너무나 기쁠 거라는 거죠.”

“네 말은 정말 고맙구나. 하지만 워드, 그런 걱정은 하지 않아도 된단다. 그 아이들에게 돌아갈 재산은 많이 있을 테니까. 토머스 경이 어련히 잘 알아서 안 하겠니?”

"언니, 지금 무슨 말을 하는 거예요? 앤티가 섬(서인도 인근에 있는 리워드 제도 중부 지역에 위치한 작은 섬:역주)에서 별로 수익이 나지 않는다면서요. 어쩌면 형부도 어려워질지 모르는데 그렇게 낙관적으로만 생각하는 건 위험한 일이에요."

노리스 부인이 걱정스럽다는 듯 말했다.

"아, 그 문제는 곧 해결이 될 거야. 토머스 경이 그 문제로 편지를 쓰고 있는 걸 보았거든. 그러니까 더 이상 걱정하지 말거라. 그건 나도 잘 알고 있는 일이야."

버트램 부인이 입가에 손을 대며 웃었다.

"그렇다면 다행이구요. 언니, 나의 유일한 소원은 내가 언니의 가족에게 조금이라도 도움이 되는 것뿐이에요. 그러니까 만약 형부가 내가 패니를 데려가야 한다고 말씀하시면 지금으로서는 내가 정신적으로 또 육체적으로 허약하기 때문에 불가능한 일이라고 말씀드려줘요. 게다가 우리 오두막에는 패니가 사용할 침실도 없어요. 친구가 올 때를 대비해서 객실을 하나 정도는 가지고 있어야 하니까요."

노리스 부인이 여전히 걱정스러운 어조로 말을 끝냈다.

버트램 부인은 노리스 부인과 있었던 일을 토머스 경에게 빠짐없이 그대로 전했다. 그리고 하나 덧붙여 그 동안 토머스 경이 처제에 대해 얼마나 잘못된 생각을 가지고 있었는지도 말해 주었다.

사정이 이렇게 되자 그 순간부터 어느 누구도 노리스 부인에 대해 아무것도 기대하지 않게 되었다. 또한 토머스 경도 그 일에 대해서 더 이상 한 마디 언급도 하지 않았다. 물론 토머스 경은 노리스 부인이 조카를 위해 무엇인가를 하기조차 거부한다는 사실을 의아하게 여겼다. 왜냐하면 패니를 입양하겠다고 나선 사람이 바로 다름 아닌 노리스 부인이었기 때문이었다.

하지만 노리스 부인이 자신의 재산을 모두 버트램 부인과 토머스 경의 가족에게 남길 것이라고 그들에게 미리부터 말한 이상 그 일로 무슨 말인가를 더 한다는 것은 힘든 일이었다. 게다가 토머스 경은 곧 그 사실이 무엇을 의미하는지 알아차렸다. 그래서 그는 그것이 자신에게 매우 유리한 것이라고 생각하고 오히려 패니를 양육하는 것이 낫다고까지 생각하게 되었다.

패니 역시 자신의 걱정과 근심이 한낱 기우에 지나지 않았다는 것을 알게 되었다. 게다가 노리스 이모와 함께 살지 않아도 된다는 것을 알게 되자 패니가 느낀 기쁨은 이루 말할 수 없는 것이었다. 패니는 에드먼드에게 곧 그 사실을 알렸다.

물론 에드먼드는 패니가 이사를 가게 되면 자신이 패니에게 절대적으로 필요한 존재가 될 것이라고 예상하고 있었기 때문에 어느 정도는 실망을 했다. 하지만 패니가 계속 지금처럼 한 가족으로 살게 될 것이라는 것에 생각이 미치자 위안을 받았다.

노리스 부인은 예정대로 화이트 하우스에서 살게 되었다. 그리고 예전 목사관에는 그랜트 박사 가족이 이사를 왔다. 이렇게 두 가정의 이사가 모두 끝나고 나자 맨스필드는 한동안 예전과 다름없는 생활이 이어졌다.

그랜트 박사 부부는 무척 사교적이고 친절한 성품을 지닌 사람들이었다. 그래서 맨스필드에서도 쉽게 사람들과 어울릴 수 있었다. 하지만 그들에게도 단점은 있었으며 그것을 금방 알아차린 사람은 다름 아닌 노리스 부인이었다. 그랜트 박사는 매우 식탐이 많은 사람이었다. 그래서 매일 저녁을 성대하게 차려서 먹는 걸 좋아했다.

하지만 그랜트 부인은 그런 남편을 위해서 식단을 바꾸거나 식비를 아끼기는커녕 대신 맨스필드 파크에서 하는 것처럼 높은 월급을 주고 요리사를 고용했으며 그랜트 부인 자신은 거의 부엌에 들어가는 일조차 없었다. 그래서 노리스 부인은 이 부부의 일을 보며 분개하지 않을 수 없었다. 왜냐하면 그랜트 부인의 집에서 소비하는 계란과 버터의 양에 대해서도 역시 경악을 금할 수 없었기 때문이었다.

"나처럼 손님을 대접할 때 풍성하고 융숭하게 하기를 좋아하는 사람은 지금껏 없었어요. 그리고 나처럼 옳지 않은 행동을 제대로 깨닫고 미워할 줄 아는 사람도 없었지요. 그래서 내가 목사관에서 살았을 때에 그 이상 편안할 수가 없었으며 옳지 않은 일이 일어날 수도 없었어요. 그런데 지금은 보세요. 요즘 목사관에서 벌어지는 일들을 나는 정말 이해할 수가 없어요. 물론 그랜트 부인이 매우 훌륭한 사람이라는 것을 알아요. 하지만 시골 목사관에는 전혀 어울리지 않는 사람이지요. 게다가 내가 여기 저기 알아보았더니 그랜트 부인의 재산은 모두를 합쳐도 오천 파운드를 넘지 않더군요."

노리스 부인은 화가 나서 말했다. 그러나 그 옆에서 버트램 부인은 담담한 태도로 동생의 독설을 듣고만 있었다. 버트램 부인, 그녀는 살림이나 경제적인 면에 전혀 관심조차 없었으니까…….

하지만 그랜트 부인이 별로 아름다운 외모를 가지고 있지 않음에도 맨스필드 파크의 사람들과 쉽게 어울리고 적응하는 것 때문에 화가 난다는 노리스 부인의 말에서 버트램 부인도 동의했다. 그래서 노리스 부인이 그랜트 부인에 대해 심한 독설을 늘어놓았을 때 버트램 부인은 매우 놀라워하며 동감을 표시했다.

사실 노리스 부인과 같은 생각을 가진 부인들은 많았다. 그래서 그들은 1년이라는 시간 동안 끊임없이 그랜트 부인을 이야기의 주제로 삼고 있었다. 그런데 바로 그때, 버트램 가문에 중요한 사건이 하나 발생했다. 그래서 역시 그 사건도 마을의 부인들에게 충분한 관심의 대상이 되었다. 그것은 다름 아닌 토머스 경이 사업상 어쩔 수 없이 앤티가 섬으로 떠나게 된 것이었는데 토머스 경 혼자 떠나는 것이 아니라 장남인 톰도 함께 데려간다는 것이었다. 사실 그것은 톰이 고향에서 더 이상 나쁜 친구들과 어울리지 않게 하기 위해서라는 토머스 경의 생각이었지만 소문으로는 버트램 가문의 사업이 매우 어려워졌기 때문에 아들까지 데려간다는 흉악한 소문이었다. 토머스 경과 톰은 거의 열두 달을 예정으로 영국을 떠났다.

사실 토머스 경은 모든 가족들을 함께 데리고 떠나고 싶어 했다. 하지만 재정상의 문제뿐만 아니라 둘째 아들 에드먼드에게도 유익할 것이라고 생각한 토머스 경은 가족을 모두 영국에 남겨두기로 결정했다. 사실 그것은 쉬운 결정이 아니었다. 게다가 두 딸은 지금 인생에서 가장 중요한 시기를 맞고 있었다. 그런데 바로 이런 때에 딸들의 양육을 다른 사람의 손에 맡겨야 한다는 것은 매우 부적절한 조치였다.

물론 토머스 경은 버트램 부인이 자신의 빈 자리를 잘 채울 수 있으리라고는 전혀 예상하지 않았다. 그리고 버트램 부인이 어머니로서 자신의 의무를 다할 것이라고도 전혀 생각하지 않았다. 그러나 아이들에게는 어디까지나 이모인 노리스 부인이 있었다. 그래서 토머스 경은 그녀가 자신의 딸들을 잘 지켜보고 양육하는 데 도움을 줄 수 있을 것이라고 판단했다. 또한 토머스 경은 둘째 아들 에드먼드의 모든 판단에 대해 깊은 신뢰를 하고 있었다. 그래서 토머스 경은 딸들의 처신에 대해서도 전혀 걱정하지 않고 에드먼드에게 집을 맡기고 편한 마음으로 오랜 기간 비울 수 있게 되었다.

버트램 부인은 남편이 자신의 곁을 떠나는 것이 전혀 반갑지 않았다. 물론 그것은 남편의 안전을 걱정하거나 남편이 불편할지도 모른다는 우려 때문이 아니었다. 그녀는 어떤 일도 위험하거나 어렵다고 생각하는 사람이 아니었으니까……. 게다가 그녀는 자기 자신 이외에는 어느 누구를 위해서도 마음을 쓰는 사람이 아니었다. 하지만 자신의 남편이 마을 부인들의 입에 오르면서까지 사업을 위해 멀리 떠난다는 것은 영 마음이 내키지 않았다.

마리아와 줄리아의 모습 또한 보기에도 안쓰러울 지경이었다. 물론 그들은 아버지가 멀리 떠나는 것이 전혀 슬프지 않았다. 오히려 슬퍼하지 않았기 때문에 안쓰러운 것이었다. 그들은 아버지에 대해 전혀 애정이 없었다. 그들의 아버지는 아이들과 함께 놀아준 적이 없는 사람이었으니까.

그래서 불행하게도 오랫동안 아버지가 집을 비운다는 사실은 그들에게 너무나 기쁜 일이 되었다. 그들은 이제 어떤 제약도 받지 않고 자신들이 하고 싶은 대로 할 수 있었다. 물론 아버지가 있었다면 모두 금지 조치를 받았을 일들에 대해서까지도 전혀 그 어떠한 제지도 받지 않게 되었다.

토머스 경이 긴 여행을 떠나자 패니 또한 안도했다. 패니의 이런 감정은 사촌들에 비해 결코 적지 않은 것이었다. 물론 패니는 천성적으로 착했다. 그래서 자신이 느끼는 감정이 느껴서는 절대로 안 되는 매우 배은망덕한 것이라는 자책감 때문에 괴로워하기도 했다. 그녀는 토머스 경이 없다는 사실에 대해 슬퍼할 수 없다는 이유 때문에 슬펐다.

"이모부는 나와 오빠들을 위해 그렇게 많은 일들을 해 주셨는데……. 그리고 어쩌면 두 번 다시 영국으로 돌아오지 못할 수도 있는데……. 나는 어쩌면 이모부를 배웅하면서도 눈물 한 방울 나오지 않는 걸까? 이건 너무나 염치없고 부끄러운 일이야."

패니는 가슴을 치면서 자신을 책망했다.

"이번 돌아오는 겨울에 네가 오빠인 윌리엄을 볼 수 있게 되었으면 좋겠구나. 오빠가 속해 있는 군대가 영국에 언제 오는지 알게 되면 곧바로 오빠에게 편지를 써서 맨스필드로 초대를 하거라."

토머스 경은 떠나는 날 아침에 패니를 향해 부드러운 목소리로 말했었다. 토머스 경의 말은 무척 친절하고 사려 깊은 것이었다. 물론 그가 그 말을 하면서 패니에게 미소만 지었다면 그리고 패니에게 다정한 말 한 마디라도 해 주었더라면, 이전에 토머스 경의 차가운 얼굴과 말투조차 패니는 모두 잊어버렸을 것이다. 하지만 토머스 경의 마지막 말은 오히려 패니에게 견딜 수 없는 굴욕감을 안겨 주었다.

"윌리엄이 이곳에 오게 되면 네가 이곳에서 지낸 세월들이 결코 헛된 것이 아니라는 것을 잘 보여주렴. 물론 나는 네가 어떻게 발전했는지를 잘 보여줄 수 있었으면 한다. 그러나 나는 네가 열여섯 살이 되었고 집을 떠난 지 꽤 오래되었어도 지금까지 거의 변한 것이 없다는 사실에 대해 몹시 마음이 아프구나. 그리고 그런 네 모습을 윌리엄 역시 발견해야 한다는 게 무척이나 아쉽다."

토머스 경은 여전히 차갑고 냉랭한 표정과 목소리로 이렇게 말했던 것이다. 토머스 경이 떠나고 나자 패니는 그의 마지막 말을 떠올리며 슬프게 울고 말았다. 그러나 마리아와 줄리아는 서럽게 울어서 빨갛게 충혈된 패니의 눈을 보고, 아버지가 떠나는 것을 보고 슬퍼하지도 않으면서 눈물을 흘리는 그녀를 '위선자'라고 규정지었다.

제 4 장

토머스 경이 떠난 이후에도, 그를 진심으로 그리워하는 가족은 거의 없었다. 앤티가 섬으로 떠나기 전부터 사업상의 일 때문에 집에 머무는 일이 드물긴 했지만 기나긴 시간 동안 아버지가 집을 비웠는데도 불구하고 아이들이 아무런 문제도 없이 지낸다는 것은 버트램 부인으로서는 매우 놀라운 일이었다. 하지만 아이들은 그 누구 하나 아버지가 그립다는 말을 하거나 표정을 짓거나 애써 힘든 모습을 보이지 않았다.

에드먼드는 아버지의 빈 자리를 별 탈 없이 잘 채워주고 있었다. 집사에게 집안일에 대해 명령을 내리고, 변호사에게 편지를 보내고, 하인들의 문제를 원만하게 잘 처리했으며 조금이라도 집안에 불미스러운 일이 일어나지 않도록 사전에 주의를 기울였다. 그래서 버트램 부인은 여전히 자신의 일만을 했으며 단지 자신이 필요한 편지를 쓰는 일 이외에는 집안의 그 어떠한 일에 대해서도 걱정하거나 수고할 필요가 없었다.

토머스 경과 톰이 순조롭게 여행을 마치고 무사히 앤티가 섬에 도착했다는 소식이 날아왔다. 노리스 부인이 온갖 걱정과 근심으로 안달을 하고 있을 때였다. 그녀는 에드먼드와 단 둘이 있게 되기라도 하면 언제나 자신의 근심을 털어놓으며 에드먼드까지 걱정을 하게 만들려고 애를 썼다.

“에드먼드, 난 아무래도 불안하기만 하구나. 네 아버지 토머스 경이나 톰이 어떻게 될까봐 나는 요즘 통 잠도 이루지 못한단다. 요 며칠 전에는 이상한 꿈까지 꾸었지 뭐니……. 글쎄 큰 폭풍이 일어나서 배가 뒤집히는 꿈이었는데 그 배에 토머스 경과 톰이 타고 있지 않겠니? 이건 분명히 좋지 않은 일의 예고가 틀림없는데 어쩌면 좋니?”

“저는 이모가 그렇게 많은 걱정 때문에 이모의 건강마저 해치지 않았으면 좋겠어요.”

“아니다. 에드먼드, 그건 쓸데없는 걱정이 아니란다. 나는 요 며칠 전에 혹시 모를 일에 대비해 검은 드레스 하나를 장만해 두었단다. 물론 그 옷을 입을 일은 생기지 않겠지만 말이다. 휴우, 나는 그저 불안하고 마음이 놓이지 않는구나.”

노리스 부인은 혹시라도 그들에게 재앙이 닥치면 제일 먼저 그 소식을 듣고 싶었다. 그리고 그 소식을 다른 사람들에게 전해주는 역할을 맡고 싶어서 안달이 나 있었다. 패니를 처음 맨스필드 파크에 데리고 올 때처럼……. 그래서 그녀는 모든 소식이 제일 먼저 자신에게 도착하도록 이미 모든 조치를 취해 놓고 있었다.

하지만 토머스 경과 톰이 무사히 잘 도착했고 건강하게 잘 지내고 있다는 소식이 오자 그녀는 만약에 있을지도 모를 장례식에 쓸 예정이었던 연설문을 재빨리 치워버려야만 했다. 그리고 더 이상 에드먼드 앞에서도 걱정하는 모습을 보일 수 없게 되었다.

이윽고 맨스필드 파크에 추운 겨울이 찾아왔다. 그러나 기나긴 겨울 동안 토머스 경과 톰을 찾는 사람은 한 명도 없었다. 그 두 사람이 자리를 비웠어도 맨스필드의 삶은 모든 것이 순조로웠던 것이다. 그래서 노리스 부인은 단지 조카들을 즐겁게 해 주기 위한 겨울을 보냈다.

노리스 부인은 주로 조카들의 몸치장을 도와주거나, 사람들에게 그들이 얼마나 훌륭하게 컸는지를 과시하면서 장래 남편감을 찾기 위해 많은 일들을 찾아 다녔다. 물론 그 외에도 자신의 가사 일을 돌보랴, 버트램 부인의 가사 일에 참견하랴, 그랜트 부인이 낭비하는 것을 감시하랴 몹시 바쁜 겨울을 보냈다. 그렇기 때문에 여행을 떠난 두 사람에 대한 염려는 할 시간조차 없었다.

사실 버트램 가문의 딸들은 주위에서도 매우 훌륭한 신붓감으로 인정받고 있었다. 그들은 둘 모두 빼어난 재색을 겸비하고 있었으며 세련되고 자연스러운 매너를 갖추고 있었다. 그리고 어디에서나 공손하고 상냥한 모습을 보이도록 교육을 잘 받았기 때문에 주위의 칭송과 찬사는 오로지 그들의 것이었다.

물론 그래서인지는 몰라도 그들의 허영심과 자신감은 대단했다. 그래서 오히려 전혀 허영심이나 자만심이 없는 것처럼 보이기까지 했다. 이렇게 주위의 칭송을 얻어내는 데는 노리스 부인의 지대한 공헌이 있었다. 그리고 칭송을 한 몸에 받게 되자, 마리아와 줄리아는 자신들에게 전혀 흠이 없다고까지 굳게 믿었다.

버트램 부인은 딸들과 사람들이 많이 모이는 공적인 행사에는 될 수 있으면 참여하지 않으려고 했다. 물론 보통의 어머니들은 자신이 아무리 힘들고 어렵다 해도, 딸들의 성공을 지켜보는 기쁨을 결코 마다하지 않았을 것이다.

하지만 버트램 부인은 달랐다. 그녀는 너무나 나태하고 게을러서 어머니만이 누릴 수 있는 즐거움을 포기하고 오로지 자신의 일에만 몰두했다. 그리고 딸들에 관한 모든 일을 동생인 노리스 부인에게 맡겼다. 그래서 노리스 부인은 자신의 일이 무척이나 명예로운 의무를 수행하는 것쯤으로 생각하고 그것을 커다란 기쁨으로 여기고 있었다. 그리고 그렇게 함으로써, 말을 변변히 빌려 탈 수 있는 재산조차 없으면서도 상류 사회의 사람들과 어울릴 수 있는 기회가 주어진다는 것에 대해 철저히 즐겼다.

패니는 겨울 내내 이어지는 축제에는 참여하지 않았다. 단지 패니는 마리아와 줄리아가 축제에 참여하기 위해 다른 가족들과 함께 외출하고 나면 버트램 이모의 벗이 되어주는 것으로 큰 기쁨을 삼았다. 게다가 가정교사가 맨스필드를 떠났기 때문에 무도회나 파티가 열리는 날 밤이 되면 버트램 부인과 함께 있어줄 사람은 패니밖에 없었다. 그리고 패니로서도 버트램 부인과 집안에 남아있기를 오히려 즐겼다. 왜냐하면 집안에 홀로 남아 고요한 밤이 되면 주위 사람들의 냉대와 불친절도 감수할 수 있었으며 괴로움도 사라졌다. 늘 심리적으로 곤혹스럽고 위태로운 상황 속에서 언제나 긴장해야 하는 패니로서는 이루 말할 수 없는 평화로운 밤이 되었던 것이다.

패니는 버트램 부인의 말벗이 되어 주었고 그녀의 이야기에 귀 기울여 주었으며 책을 읽어 주었다. 또 사촌들이 무도회나 파티에서 돌아와 흥겨웠던 시간들에 대해 이야기하면 그것을 듣는 일도 그녀에게는 커다란 즐거움이 되었다. 특히 패니는 무도회에 대해 관심이 많았는데 그것은 다름 아닌 에드먼드가 누구와 춤을 추었는지가 몹시 궁금했기 때문이었다. 하지만 패니는 자신도 사촌들처럼 그러한 파티나 무도회에 참석할 수 있을 것이라고는 생각조차 하지 않았다. 그러기에는 자신의 존재가 너무나 비천하다고 생각했기 때문이었다.

그 해 겨울은 특별한 일이 없이 그렇게 편안하게 지나갔다. 물론 실망스럽게도 윌리엄이 영국으로 오지도 맨스필드 파크로부터 초대를 받을 수도 없었지만 패니는 언젠가는 꼭 오빠가 자신을 만나러 올 것이라는 희망을 버리지 않았다.

겨울이 가고 봄이 다가왔다. 그런데 그때 패니가 제일 소중하게 여기던 회색 조랑말이 죽는 슬픈 일이 일어났다. 패니는 마치 친구와도 같았던 사랑하는 말을 잃은 상실감과 함께 육체적으로도 쇠약해졌다. 그러나 건강상의 이유로라도 패니가 승마를 계속해야 한다는 것을 모두가 알고 있으면서도 어느 누구도 그녀에게 새로운 말을 구입해 주려고 나서지 않았다.

"마리아나 줄리아가 말을 타지 않을 때에는 언제든지 탈 수 있잖니? 그러니까 내 생각에 이제 와서 패니의 새로운 말이 필요할 것 같지는 않구나. 오히려 새로운 말을 사는 것은 쓸데없는 낭비라고 생각한다."

버트램 부인과 노리스 부인은 이렇게 말하며 패니를 위해 별다른 조치를 취하지 않았다. 하지만 줄리아와 마리아는 쾌청한 날이면 언제든지 승마를 즐겼다. 그리고 패니로 인해 자신들의 즐거움을 포기해야 한다는 생각은 전혀 하지도 않았다. 그렇기 때문에 패니가 사촌 언니들의 말을 탈 수 있는 기회는 좀처럼 오지 않았다. 하지만 4월과 5월의 아름다운 날들이 계속 이어졌고 줄리아와 마리아는 거의 매일 승마를 즐기기 위해 밖으로 나갔다. 그래서 패니는 집에 남아 버트램 부인의 말상대가 되어 주거나 아니면 노리스 부인의 요청에 못 이겨 지칠 때까지 산보를 하곤 했다.

버트램 부인은 어떤 사람에게도 운동이 필요하다고 생각하지 않는 사람이었기 때문에 패니 또한 운동을 해야 한다고 생각하지 않았다. 그 반면에 노리스 부인은 하루 종일 움직여야 하는 사람이었으며 어떤 사람이든 충분히 걸으며 몸을 움직여야 한다고 생각하는 사람이었다. 물론 이때 에드먼드만 집에 있었더라도 패니를 위해 어떤 조치를 취했겠지만 공교롭게도 그는 부재중이었다. 그러나 곧 집에 돌아오자마자 패니가 어떠한 상황에 처해 있는지 알게 되었으며 그 일로 인해 패니가 겪고 있는 어려움도 감지했다. 그래서 에드먼드는 자신이 패니를 위해 무엇을 해야 할지 즉시 알아차리고 실천에 옮겼다.

"패니에게 말이 있어야만 해요."

에드먼드가 단호하게 선언하듯 말했다. 그러나 버트램 부인은 굳이 그렇게까지 할 필요가 있겠냐고 말하면서 반대를 표명했고 노리스 부인은 경제적인 이유를 들어 반대했다. 하지만 이 두 사람의 반대는 오히려 에드먼드의 생각을 확실히 굳히는 역할만 했다.

"네 생각이 정 그렇다면 맨스필드 파크에 있는 오래된 말들 중에서 적당한 것을 골라 주렴. 그렇지 않으면 그 애에게 가끔은 집사의 말을 빌려 타도록 하는 건 어떻겠니? 그것도 아니면 간혹 그랜트 박사의 말을 빌려 타도 좋을 것 같구나. 그러니까 에드먼드, 패니가 사촌 언니들과 똑같이 자신의 말을 가질 필요는 전혀 없는 거다. 아니 그건 어떻게 보면 오히려 부적절한 일이란다. 토머스 경도 분명히 나와 같은 생각일 거다. 그리고 아버지가 집에 계시지 않은데 말을 구입해서 가사 비용을 늘린다는 것은 절대 옳은 일 같지 않구나. 더구나 너도 알다시피 아버지의 재정 상태가 불안정한 상황에서 그런 조치를 취한다는 것은 말도 안 되는 일이다. 알겠니?"

노리스 부인이 장황하게 자신의 반대 의사를 늘어놓았다.

"그래도 패니에게는 말이 있어야만 해요."

하지만 에드먼드는 이 한 마디로 딱 잘라서 말할 뿐이었다. 노리스 부인은 여전히 에드먼드의 생각에 동의할 수 없었다. 하지만 에드먼드의 고집은 결국 아무도 꺾을 수 없었고 버트램 부인은 에드먼드의 생각에 끝내 동의하고 말았다.

"네 말을 듣고 보니 패니가 말을 가져야 할 필요가 있겠구나. 그건 아마 토머스 경도 그렇게 생각하실 것 같다. 하지만 네 말처럼 그렇게 급히 서두를 필요가 있을까? 내 생각에는 아버지가 돌아올 때까지 기다리는 것이 좋겠구나. 늦어도 9월이면 돌아오실 예정이니까 그때까지 기다린다고 해서 큰일이 나는 것은 아닐 게다. 게다가 네 아버지께서 돌아오시면 모든 문제를 말끔하게 해결해주실 텐데, 네가 애써 그 문제를 해결하려고 힘들일 필요는 없지 않겠니?"

버트램 부인이 차분한 목소리로 아들에게 부탁했다. 하지만 에드먼드는 어머니보다 오히려 이모인 노리스 부인에게 화가 더 나 있었다.

노리스 부인은 조카인 패니를 위해 전혀 아무런 배려도 해 주지 않고 있다는 생각이 들었기 때문이었다. 물론 노리스 부인의 말을 완전히 무시할 수는 없었다. 게다가 노리스 부인의 말대로 토머스 경 또한 에드먼드의 처사를 지나치다고 생각할 수도 있는 일이었기 때문에 에드먼드는 그것을 미연에 방지할 수 있는 방 안을 찾아야 하겠다고 결심했다.

사실 에드먼드는 세 필의 말을 가지고 있었다. 두 마리는 사냥할 때 타는 말이었으며 한 마리는 일반 도로에서 탈 수 있는 것이었다. 하지만 세 마리 모두 여성이 타기에는 적당하지 않은 것들이었기 때문에 그것들 중 한 마리를 골라 패니에게 주기에는 부적절했다. 그래서 에드먼드는 그 세번째 말을 패니가 탈 수 있는 말과 교환하기로 결심했다. 그리고 그는 어디에서 그런 말을 찾을 수 있는지까지도 잘 알고 있었다.

에드먼드는 결단을 내리자마자 곧 그 일을 마무리지었다. 새로운 암말은 무척 훌륭한 말이었다. 거의 힘들이지 않고도 승마용으로 쉽게 길들일 수 있었으며 꽤 고급스러운 말이었다. 그래서 패니는 금세 그 말을 자신의 것으로 만들 수 있었고 에드먼드에게 진심으로 고마워했다. 패니는 이전에 타던 늙은 회색 조랑말처럼 자신에게 딱 맞는 말은 이제 이 세상에 더 이상 있을 수 없다고 생각했다.

하지만 에드먼드가 새로 구해 준 말은 이전의 조랑말과는 비교도 할 수 없을 만큼 훌륭했다. 더욱이 그것이 자신에 대한 에드먼드의 친절한 배려와 마음에서 비롯된 것임을 알고 있었기 때문에 그 말에 대한 만족과 기쁨은 이루 말로 표현할 수 없을 만큼 컸다.

패니는 사촌오빠인 에드먼드를 가장 선량하고 위대한 것들의 표상이라고 여기고 있었다. 패니에게 있어 에드먼드는 모든 가치 있는 것들을 대변했으며 그런 그의 가치를 자신만이 알 수 있다고 생각했다. 게다가 에드먼드에게 느끼는 고마운 감정은 그 어떤 것으로도 보답할 수 없을 정도로 크고 깊었다. 패니는 에드먼드를 존경했고 고마워했으며 친밀하고 애틋한 감정까지 가지고 있었다.

에드먼드가 패니에게 준 말은 명목상만이 아니라 사실상으로도 에드먼드의 소유로 남아 있었다. 그래서 노리스 부인은 짜증스러운 마음으로 패니가 그 말을 타는 것을 참고 지켜볼 수밖에 없었다. 물론 버트램 부인도 반대하기는 했지만 그 일로 길게 생각하며 신경 쓰고 싶지 않았다. 그래서 에드먼드가 토머스 경이 돌아오기로 되어 있는 9월까지 기다리지 않고 일을 처리해 버린 것도 그냥 눈감아 주었다.

9월이 되었지만 토머스 경은 아직도 해외에 머물러 있었다. 게다가 당분간은 사업을 마무리해야 하고 할 일이 남아 있어 곧 돌아가기가 힘들 것이라는 소식까지 보내왔다. 토머스 경이 영국으로 돌아오려고 생각하고 있던 순간에 생각지도 않았던 문제가 갑자기 발생했다. 그리고 모든 상황이 불안했기 때문에 토머스 경은 톰만 영국으로 보내고 자신은 남아서 최종적으로 사업을 마치기로 결심했다.

톰은 무사히 집으로 돌아왔다. 그리고 아버지가 건강하게 잘 지내고 있다는 소식을 전해 주었다. 하지만 노리스 부인에게 톰의 말은 그리 신빙성 있게 들릴 리 없었다. 토머스 경이 아들을 먼저 보냈다는 것은 어쩌면 자신에게 닥칠지도 모르는 위험과 해를 미리 예감해서 취한 행동이었을 것이라고 생각한 것이다. 그래서 노리스 부인은 그런 불길한 예감을 떨쳐버리지 못한 채 매일 밤잠을 설쳤다.

가을밤은 길고 길었다. 그러나 그 길고 긴 가을밤 동안 노리스 부인은 고요한 오두막에서 홀로 지내며 두려운 예감에 시달렸다. 그래서 결국 무서움을 핑계로 매일 버트램 가문의 저택에 와서 시간을 보냈다. 하지만 곧 다시 겨울이 오고 여러 가지 축제 행사들이 열렸으므로 노리스 부인은 금세 두려운 생각을 떨쳐버렸다. 그리고 매년 그랬던 것처럼 분주하게 움직이며 온 동네 일에 모조리 참견하고 다녔다. 특히 여러 행사들 중 혼기가 찬 마리아를 위해 적절한 신랑감을 찾는 일에 온 신경을 집중했다.

“만약 좋지 않은 일이 토머스 경에게 일어나서 그가 다시는 이곳에 돌아오지 않는다 해도 마리아가 좋은 가문에 시집간 것을 알게 되면 그나마 위안이 될 거야.”

노리스 부인은 혼자 있는 시간이면 종종 이렇게 혼잣말을 중얼거렸다. 노리스 부인은 재산이 많은 남자들과 함께 있게 되기라도 하면 언제나 이런 생각을 떠올렸다. 특히 최근에 거대한 영지나 저택을 물려받은 청년을 보면 노리스 부인은 이 생각을 하며 스스로를 대견해했다.

마리아 버트램의 아름다운 모습을 보고 첫눈에 반한 이는 다름 아닌 제임스 러시워스라는 사람이었다. 러시워스는 즉시 마리아에 대한 사랑에 빠졌다. 그리고 그녀와 결혼을 하고 싶어 했다. 러시워스는 체격이 아주 큰 지극히 평범한 젊은이였으며 아주 잘 생기지도 그렇다고 아주 못 생긴 외모를 갖고 있는 것도 아니었다. 그렇기 때문에 마리아는 그의 외모에 혐오스러운 점이 없다는 생각과 그가 가지고 있는 재산, 가문 등을 들어서 그의 구애에 대해 매우 흡족한 표정을 지었다. 게다가 마리아 버트램의 나이는 스물한 살이었다. 그래서 이제 결혼을 하는 것이 자신의 마지막 의무라고 생각하고 있었으며 러시워스의 수입 또한 아버지인 토머스 경보다 많았기 때문에 무엇보다도 그에게 끌렸다. 그리고 그와 만약 결혼이라도 하게 되면 런던 시내에 큰 저택을 가질 수 있었고 지금보다 훨씬 더 좋은 환경에서 살 수 있다는 생각 때문에 자신에게 구애를 해 오자 마음속으로 꽤 즐거워하기까지 했다. 마리아는 결혼 상대자를 선택하는 일에 있어서 가장 중요한 것이 경제적인 조건이라고 생각했다. 그래서 나중에는 러시워스와 결혼하는 것이 마치 마리아의 당연한 의무인 것처럼 되어버리고 말았다.

노리스 부인 또한 마리아와 러시워스를 이어 주기 위해 무척 애를 쳤다. 그래서 두 사람이 결혼을 하게 되면 양쪽 가문 모두에게 매우 바람직한 일이라는 사실을 은근히 암시하면서 온갖 방법을 다 동원했다. 그 무엇보다도 노리스 부인은 러시워스의 어머니와 친해지기 위해 노력했다. 러시워스는 어머니와 함께 살고 있었다. 그래서 노리스 부인은 버트램 부인에게 16km나 되는 길을 마차를 타고 가서라도 러시워스 부인을 방문하기를 강요했다. 어쨌거나 노리스 부인의 노력으로 그녀와 러시워스 부인이 친해지기까지는 그리 오랜 시간이 걸리지 않았다.

러시워스 부인은 자신의 아들이 남작의 딸과 결혼할지도 모른다는 사실에 대해 무척 즐거워했다. 그래서 그녀는 이제까지 본 여러 아가씨들 중 마리아야말로 아들에게 가장 잘 어울리는 아가씨라고까지 선언하게 되었다. 그녀의 눈에 마리아 버트램은 재색을 겸비한 상냥한 성품의 아가씨였던 것이다. 러시워스 부인이 이렇게 나오자 노리스 부인으로서는 매우 흡족한 일이었다. 그리고 러시워스 부인의 뛰어난 분별력을 칭찬했다.

마리아 버트램은 버트램 가문 사람들 모두에게 커다란 자랑이며 기쁨이었다. 그야말로 마리아 버트램은 한 치의 흠도 찾아볼 수 없는 완벽한 천사였던 것이다. 마리아는 더 이상 결혼에 대해 망설이는 것은 옳은 일이 아니라고 생각하게 되었다. 그것이 비록 잘못된 판단이라고 하더라도……. 게다가 러시워스 가족과 친분을 맺은 시간이 무척 짧았음에도 불구하고 노리스 이모의 생각에는 전혀 흔들림이 없었기 때문에 러시워스야말로 자신과 결혼할 만한 자격을 두루 갖춘 젊은이라고까지 생각했다.

무도회가 여러 번 열리면서 두 젊은이에게 함께 춤출 수 있는 기회가 주어졌다. 그런 두 사람의 모습을 본 노리스 부인의 생각은 더욱 확고하게 되었다. 얼마 후에 노리스 부인의 계획과 생각대로 두 사람은 약혼을 하게 되었다. 물론 토머스 경이 해외에 나가 있었기 때문에 이루어진 일이었다. 만약 토머스 경이 집에 있었다면 두 사람은 약혼식을 생략하고 바로 결혼식을 올렸을 것이다.

그들이 약혼하자 양가 사람들 모두 매우 만족스러워했다. 그들은 이웃들이 보기에도 멋진 한 쌍이었고 그들의 약혼은 마을에서도 매우 경사스러운 일이 되었다. 이웃들도 지난 몇 주일 동안 노리스 부인을 통해 러시워스와 버트램 양이 결혼할 것을 예상하고 있었던 것이다. 두 사람이 약혼하고 몇 개월이 지나자 토머스 경으로부터 그들의 결혼을 허락한다는 소식이 전해졌다. 물론 그 동안 아무도 그들 두 사람의 결합이 합당하지 못하다고 여기는 사람은 없었으며 두 가문은 자연스럽게 교제를 나누게 되었다. 단지 그들의 결혼이 거의 기정사실로 받아들여졌음에도 불구하고 노리스 부인만은 아직 그들의 결혼을 거론할 때가 아니라는 듯이 은밀하게 행동했을 뿐이었다.

버트램 가족들 중에서 두 사람의 결혼을 못마땅하게 생각하는 사람은 오직 에드먼드 한 사람이었다. 에드먼드는 노리스 이모가 아무리 그 결혼에 대해 찬사를 늘어놓아도 러시워스가 마리아의 좋은 남편감이라고는 생각할 수 없었다.

에드먼드는 마리아 스스로가 자신의 미래와 행복을 책임지고 결정을 내려야 한다고 생각했다. 하지만 모든 것은 노리스 이모의 계획과 생각으로 진행된 것이었다. 게다가 마리아의 행복이 상대방의 수입에 따라 달라진다는 사실을 받아들이기 힘들었다.

"이 친구의 수입이 일년에 만 이천 파운드에 불과했다면 아마도 모두들 이 친구를 어리석고 바보 같은 사람이라고 했겠지."

에드먼드는 러시워스와 함께 대화를 나누다가도 종종 이런 생각으로 두 사람의 약혼을 어리석은 짓이라고 생각했다. 그러나 토머스 경은 러시워스와 마리아의 결합에 대해 정말로 만족해했다. 왜냐하면 두 사람의 결합이야말로 커다란 이익을 가져올 것은 확실했고 노리스 부인에게 전해들은 바로도 그들 두 사람의 결합에서 흠잡을 점을 하나도 발견할 수 없었기 때문이었다.

그래서 이 결혼은 어느 누가 보아도 완벽한 결혼이 되었다. 게다가 두 사람은 같은 지역 출신이었으며 두 가문은 이해를 같이하고 있었다. 그래서 토머스 경은 이 결혼에 대해 흔쾌히 동의를 표시했으며 단지 자신이 돌아올 때까지 결혼식을 올리지 말라는 단서를 붙이는데 그쳤다. 토머스 경은 하루라도 빨리 집에 돌아오고 싶어 했다. 그래서 그는 마리아의 결혼에 관한 내용을 포함해 4월에 이런 편지를 보냈었다. 그는 편지에서 되도록 빨리 모든 문제를 마무리 짓고 여름이 가기 전에 앤티가 섬을 떠나기 바란다고 썼다.

토머스 경의 이러한 소식이 영국에 도착한 것은 7월이었다. 이제 패니는 열여덟 살이 되었으며, 때마침 맨스필드 파크의 사교계에서 새로운 인물이 등장했다. 그들은 다름 아닌 헨리 크로포드와 매리 크로포드 남매였다. 그들은 그랜트 부인의 남동생과 여동생으로 그랜트 부인의 어머니가 재혼해서 얻은 동생들이었다. 그랜트 남매는 아주 부유했다. 헨리 크로포드는 노포크에 매우 비옥한 토지를 풍족하게 가지고 있었으며 크로포드 양 또한 이만 파운드에 달하는 재산을 가지고 있었다.

크로포드 두 남매가 어릴 때까지 함께 살았던 그랜트 부인은 비록 아버지가 다른 동생이었지만 두 남매를 무척 귀여워하고 사랑했었다. 하지만 그랜트 부인이 결혼을 하게 되자 자연스럽게 그들과 떨어져서 살게 되었다. 게다가 얼마 지나지 않아 크로포드 남매의 부모님 모두가 세상을 떠났으므로 두 남매는 작은아버지의 집으로 옮겨가서 살게 되었다. 하지만 그랜트 부인은 두 남매의 작은아버지에 대해서는 전혀 아는 것이 없었으므로 그 이후로 두 동생을 거의 만난 적은 없었다.

두 남매는 다행스럽게도 작은아버지의 집에서 사랑을 듬뿍 받으며 성장했다. 물론 작은아버지인 크로포드 해군 제독과 그의 아내는 어느 일에서도 의견이 일치한 적이 없는 불협화음의 부부였지만 두 남매에 대한 애정에 있어서는 모든 것이 일치했다. 아니, 일치했다기보다는 두 사람 모두 각각 편애를 했다고 말하는 것이 옳았다. 크로포드 제독은 헨리 크로포드를 유독 사랑했으며 크로포드 부인은 매리 크로포드에게 모든 애정을 쏟았기 때문이었다. 그러나 크로포드 부인이 세상을 떠나게 되자 매리 크로포드는 작은아버지 밑에서 어려운 시기를 보내야 했다. 그렇기 때문에 어쩔 수 없이 매리는 자신이 머무를 수 있는 새로운 가정을 찾아 나가 살아야만 하는 처지까지 되었다.

사실 크로포드 제독은 행실이 몹시 안 좋은 사람이었다. 그는 아내가 죽고 나자 자신의 정부를 집안으로 데리고 들어왔다. 그리고 오히려 조카인 매리를 집에서 내쫓고 싶어 했다. 때문에 매리 크로포드는 어쩔 수 없이 언니인 그랜트 부인에게 맨스필드 파크로 가고 싶다는 제안을 하게 되었던 것이다. 맨스필드로 가야 하는 것은 매리에게 몹시 절실한 문제였으므로……. 다행스럽게도 그랜트 부인은 동생이 오겠다는 소식을 듣고 매우 반가워했다. 때마침 그랜트 부인은 자녀가 없는 가정의 부인들과 사교하는 데에도 어느 정도 싫증이 나 있었다. 그리고 집안을 아름다운 가구들과 화분들로 예쁘게 장식해 놓은 상태였으나 그것들을 보여줄 사람이 마땅히 없었기 때문에 몹시 서운하다는 생각을 품고 있었다. 그랜트 부인, 그녀는 무료했으며 무엇인가 자신의 생활을 변화시켜야 한다고 생각하고 그 빌미가 될 것을 찾고 있던 중이었다. 그런데 마침 자신이 결혼하기 전 함께 살던 그것도 매우 귀여워하던 동생 매리가 온다는 것은 그녀에게 더없이 새로운 변화가 되어줄 것이 분명했으므로 매리의 방문을 무척 반가워할 수밖에 없었다. 그랜트 부인은 또한 매리가 결혼할 때까지 데리고 있었으면 좋겠다는 생각까지 하고 있었다. 하지만 매리는 도시인 런던 생활에 익숙해 있었기 때문에 그녀가 과연 시골인 맨스필드에서 잘 적응할 수 있을지 그랜트 부인은 걱정이 되었다.

매리 크로포드 역시 그랜트 부인과 비슷한 걱정을 하고 있었다. 그러나 매리는 그랜트 부인처럼 자신이 맨스필드 파크에서 잘 적응할 수 있을까보다 언니의 생활양식과 언니가 사귀는 사람들의 부류에 대해 걱정을 했다. 물론 매리 크로포드는 그랜트 부인에게 가기 전 오빠인 헨리에게 먼저 헨리 소유의 시골 주택에서 함께 살자고 설득했다.

하지만 헨리는 거절했다. 헨리는 한 곳에 영구적으로 거주하거나 사회생활에 제한받는 것을 극도로 싫어했다. 때문에 매리에게 있어서는 몹시 중요한 문제인 가정을 찾는 일에 도움을 줄 수가 없었다. 하지만 헨리는 동생에 대한 예의로 노스햄튼까지 동행해 주기로 했다. 그리고 만약 매리가 그곳의 생활에 만족해하지 못하고 지루해 한다면 즉시라도 데리고 올 준비를 하고 있겠다는 말을 했다.

그러나 다행스럽게도 매리와 그랜트 부인 모두 처음부터 서로에 대해서 호감을 가졌다. 그리고 매리는 생각했던 것만큼 그랜트 부인인 언니가 까다롭지도 않고 또 지나치게 촌스럽지도 않다는 것을 알게 되었다. 게다가 그랜트 박사인 형부 역시 매리의 눈엔 신사처럼 보였으며 집도 넓고 잘 꾸며져 있었다.

그랜트 부인은 두 남매를 환영했다. 매리와 헨리는 어렸을 때 모습 그대로 잘 성장해 매우 호감이 가는 매력적인 외모를 가지고 있었다. 그리고 매리 크로포드는 무척 예뻤다. 헨리 또한 아주 잘 생긴 얼굴은 아니었지만 기품이 있는 미남이었다. 또 헨리와 매리는 둘 모두 무척 명랑하고 쾌활한 성격을 가지고 있었다. 그랜트 부인은 모든 면에서 두 동생에게 만족했다. 특히 그랜트 부인은 매리에게 더 큰 애정을 가지게 되었는데 그 이유는 자신의 외모가 남달리 뛰어난 것이 아니었기 때문에 어디에서도 돋보이지 못했던 자신의 외모 대신 동생의 아름다움을 맘껏 뽐낼 수 있는 대리 만족의 기회를 가지게 되었기 때문이었다.

그랜트 부인은 즉시 매리에게 적합한 짝을 찾아주려고 나섰다. 물론 그랜트 부인은 토머스 경의 장남인 톰 버트램을 매리의 짝으로 미리 생각하고 있었다. 게다가 2만 파운드의 재산을 가진 매리에게도 남작의 장남은 절대 과분한 상대가 아니었기 때문에 그랜트 부인은 어느 정도 자신감이 있었다. 또한 그랜트 부인이 보기에 매리는 충분히 아름답고 우아했으며 어느 면에서 봐도 어디 하나 나무랄 데 없는 괜찮은 신붓감이었다.

선천적으로 쾌활하고 솔직한 성격의 매리는 그랜트 부인의 집에 도착하고 채 세 시간도 지나지 않아 자신의 계획에 대해 털어놓았다. 그리고 그랜트 부인의 말처럼 버트램 가문과 같은 대단한 집이 언니의 집에서 무척 가까운 곳에 있다는 것을 알고 내심 기뻤다. 또한 언니가 즉시 자신의 결혼 상대를 찾기 위해 나서는 것도 싫지 않았으며 염두에 두고 있는 상대에 대해서도 싫지 않았다.

어쨌거나 매리 크로포드의 최종 목적은 조건 좋은 결혼을 잘할 수 있다면 되도록 빨리 하는 것이었다. 게다가 매리는 톰 버트램을 만나고 나자 그의 조건뿐만 아니라 사람 자체에 대해서도 호감을 가졌다. 그래서 그랜트 부인과의 대화 중에 톰 버트램과의 결혼에 대한 얘기가 나오면 농담처럼 넘겼지만, 다른 한편으로는 진지하게 생각하기도 했다. 그리고 헨리 또한 곧 매리의 생각과 상황을 알게 되었다.

"자, 이제 내가 모든 것에 대해 완벽하게 계획을 세워 놓았어. 나는 너희들 둘 다 이곳에 와서 정착했으면 좋겠구나. 그래서 헨리, 너는 버트램 가문의 막내딸 줄리아와 결혼을 하는 거야. 줄리아는 예쁘고 성품도 좋으며 훌륭한 아가씨거든. 아마 분명히 행복한 결혼 생활을 할 수 있을 거란다."

그랜트 부인이 헨리를 집으로 초대해 매리와 함께 앉혀 놓고 이렇게 말하면서 자신의 모든 계획을 털어놓았다. 헨리는 좋은 교육을 받은 대로 신사답게 그랜트 부인의 말에 가볍게 고개를 숙이며 인사하는 것을 잊지 않았다.

"언니, 만약 언니가 오빠를 결혼하도록 설득할 수만 있다면 언니는 이 세상에서 가장 똑똑한 사람이 될 거예요. 나도 언니처럼 똑똑한 사람을 알게 되어서 정말 기쁠 테구요. 그리고 언니에게 시집보낼 딸들이 많지 않은 게 유감이겠죠? 아마 오빠를 설득시킬 수만 있다면 언니는 정말 특별한 사람이 될 거예요. 사실 모든 사람들이 이미 헨리 오빠를 결혼하게 하려고 온갖 시도를 해봤거든요. 내 친구들 중에서도 오빠와 결혼하고 싶어 안달이 난 애들이 세 명이나 되었어요. 그 친구들의 어머니들과 나와 숙모까지 모두 나서서 오빠를 회유하고 설득하기 위해 무진 애를 써 봤지만 전혀 먹혀들지가 않았어요. 오빠는 정말 어느 누구도 따라갈 수 없는 최고의 바람둥이라구요. 그러니까 버트램 가문의 딸들이 마음의 상처를 입지 않으려면 최대한 오빠를 일찍 피하는 게 좋을 거라고 생각해요."

매리가 미소를 지으며 말했다.

"헨리, 매리의 말이 사실이니? 나는 믿을 수가 없구나."

그랜트 부인이 놀랍다는 듯 말했다.

"물론 사실이 아니에요. 설마 매리의 말을 진실이라고 믿는 것은 아니겠지요? 매리는 아직 어리고 미숙해요. 그러니까 내가 처한 모든 상황을 이해하지 못해요. 나는 무척 조심스러운 사람이고 또 그래서 서둘러 결혼하는 어리석은 일을 하고 싶지 않을 뿐이에요. 아마 이 세상에 나처럼 결혼을 중요하게 생각하는 사람도 드물 거예요. 이런 시가 있죠? '아내는 천국의 마지막이자 최고의 선물'이라는 시요. 나는 이 구절이 아내라는 대상에 대한 축복을 가장 잘 표현하고 있다고 생각해요."

헨리가 미소를 지은 채 그랜트 부인을 쳐다보며 말했다.

"저것 보세요, 언니! 오빠가 어떻게 교묘하게 말장난을 하는지……. 그리고 오빠의 미소를 한 번 보라구요. 오빠가 정말 못된 사람인 것은 확실하다니까요. 작은아버지 밑에서 완전히 망가졌어요."

"나는 젊은 사람들이 결혼에 대해 얘기하는 것을 그리 귀담아듣지 않는단다. 옛말에도 있듯 젊은 사람이 결혼을 하지 않겠다고 말하는 것은 아직 인연을 제대로 만나지 못해서라고 단정 지을 수밖에 없으니까……."

그랜트 부인이 손을 내저으면서 말했다. 그랜트 박사는 이들 세 사람의 말에 호탕하게 웃으면서 매리라도 결혼에 대해 거부 반응이 없는 것이 다행이라고 말했다.

"맞아요, 형부. 나는 전혀 그것이 부끄럽지 않아요. 누구든 결혼을 잘 할 수만 있다면 결혼해야 한다고 생각하니까요. 물론 그렇다고 해서 아무 상대와 결혼하라는 것은 아니지만 이익이 되는 결혼이라면 그건 꼭 해야 한다고 봐요."

제5장

두 가문의 젊은이들은 처음부터 서로에 대해 커다란 호감을 가졌다. 그들 모두는 나름대로 매력이 풍부했으므로 만나자마자 금방 친숙해질 것이라는 사실은 미리부터 예감할 수 있었던 일이었다. 매리 크로포드의 미모는 버트램 가문의 딸들과 비교해도 전혀 문제될 것이 없었다. 그리고 마리아와 줄리아 또한 아름다웠기 때문에 다른 어떤 여성이 자신들처럼 아름답다고 해서 싫어하거나 질투할 대상으로 생각하지는 않았다. 오히려 마리아나 줄리아보다 톰과 에드먼드가 매리의 생기 넘치는 검은 눈동자와 깨끗하고 가무잡잡한 피부, 예쁘장한 외모에 매혹되었다.

하지만 만약 매리의 키가 좀더 크고 체격이 컸다면 문제는 달라졌을 것이다. 그러나 여러 부분에서 마리아나 줄리아와는 비교할 수 없었기 때문에 버트램 가문의 자녀들 눈에 비친 매리는 그저 예쁘고 상냥한 아가씨였다. 게다가 마리아나 줄리아의 눈에 매리의 오빠인 헨리는 어디를 보더라도 전혀 잘 생겼다고 생각할 수 없었다. 오히려 처음 만났을 때의 인상은 너무나 평범했다. 하지만 어쨌거나 헨리는 상류 사회의 신사였으며 호감이 가는 사람이라는 사실은 틀림없었다.

두 번째로 그들이 만났을 때, 마리아와 줄리아는 헨리가 생각만큼 그렇게 평범한 사람이 아니라는 사실을 알게 되었다. 물론 그의 외모는 매우 평범했다. 그렇지만 그에게는 사람을 끌어당기는 매력이 있었다. 활짝 웃을 때 드러나는 고르고 하얀 치아도 상대의 마음을 끌어당겼으며 좋은 가문에서 훌륭하게 성장해서인지 그와 마주하고 있으면 어쩐지 전혀 평범하게 느껴지지 않는 신비감이 있었던 것이다.

그들의 세번째 만남은 그랜트 박사의 목사관에서 저녁 식사를 하면서였다. 그 이후부터는 어느 누구도 더 이상 헨리를 평범하다고 생각할 수가 없었다. 사실상 그는 마리아와 줄리아가 이제까지 보았던 젊은이들 중에서 가장 매력적이고 호감이 가는 사람이었던 것이다.

마리아와 줄리아는 둘 다 헨리에게 마음을 빼앗기고 있었다. 그러나 마리아는 이미 약혼을 한 상태였기 때문에 헨리는 당연히 줄리아의 몫이었다. 줄리아는 그 사실을 잘 알고 있었으며 헨리가 맨스필드에 온 지 일주일도 되지 않아서 이미 그에 대한 사랑의 열병에 빠져 있었다. 그러나 마리아의 생각은 줄리아와는 달리 매우 혼란스럽고 불투명한 것이었다. 마리아는 현실을 직시하고 싶지 않았다. 그녀는 비록 자신이 약혼을 했더라도 매력 있는 젊은이를 좋아하는 것이 문제될 것은 없다고 생각했다. 게다가 모든 사람이 마리아의 상황을 알고 있었으므로, 자신은 아무런 부담도 없다고 생각했으며 오히려 헨리 크로포드가 알아서 처신할 문제라고 생각했다.

헨리는 버트램 가문의 두 딸을 만나면서 지금까지 다른 아가씨들을 만나왔을 때처럼 곤경에 처하고 싶지 않았다. 물론 버트램 가문의 두 딸은 비위를 맞추어주고 즐겁게 해줄 만한 가치가 있는 미인들이었다. 또한 그녀들은 그렇게 해 주기를 기다리고 있는 것 같았다. 그렇기 때문에 헨리는 처음부터 버트램 가문의 두 딸이 자신을 좋아하게 만들어야 하겠다는 의도 이외에 다른 것은 없었다. 헨리는 그녀들이 자신과 깊은 사랑에 빠지기를 원하지 않았다. 하지만 한편으로 헨리는 그런 점에서 자신에게 무척 관대한 사람이기도 했다.

“누님, 나는 버트램 가의 두 아가씨들이 무척 마음에 들어요. 그녀들은 매우 우아하고 매력 있는 아가씨들이에요.”

헨리는 저녁 식사가 끝나고 나서 마차까지 두 아가씨를 배웅하고 돌아온 후에 그랜트 부인에게 말했다.

“그래, 정말 매력 있고 아름다운 아가씨들이지. 난 이미 네가 그렇게 생각할 줄 알고 있었다. 그런데, 너도 줄리아가 더 좋지?”

“그럼요. 줄리아가 더 좋습니다.”

“정말 그런 거지? 내가 왜 다시 묻느냐 하면 사람들은 보통 줄리아보다 마리아가 더 아름답다고 생각하기 때문이야.”

그랜트 부인이 고개를 끄덕이면서 말했다.

“그런 것 같아요. 모든 점에서 마리아가 더 낫긴 낫죠. 그리고 솔직히 말해 나는 마리아의 외모가 더 마음에 들어요. 하지만 그래도 줄리아가 더 낫다고 생각해야 해요. 물론 마리아가 더 아름다운 것은 확실하고 또 더 호감이 가는 타입인 것은 분명하지만 줄리아를 더 좋아할 겁니다. 누님이 나에게 그렇게 하라고 명령했기 때문이에요.”

헨리가 빙그레 웃으며 말했다.

“헨리, 나는 그렇게 명령한 적은 없단다. 하지만 나는 네가 분명 줄리아를 더 좋아할 거라고 생각해.”

“내가 처음부터 줄리아를 더 마음에 들어 한다고 말하지 않았던가요?”

“그렇지. 게다가 마리아는 이미 약혼을 했단다. 그 사실을 명심해라. 마리아는 이미 정해 놓은 사람이 있다는 것을 말이다.”

그랜트 부인이 손을 흔들면서 말했다.

“후훗, 오히려 그것 때문에 마리아가 더 끌리는데요. 약혼한 여자들은 약혼하지 않은 여자들보다 언제나 더 상냥하거든요. 그리고 자신에게 당당해요. 그들에게 있어 모든 근심과 염려는 이미 끝이 났으니까요. 그리고 아무에게도 의심받지 않고 남자들과 즐겁게 지낼 수 있다고 생각하기 때문에 남자로서도 대하기가 더욱 편하죠. 약혼한 여자들과는 정말 안전해요. 아무런 해가 될 것이 없기도 하구요."

"마리아의 약혼자인 러시워스 씨는 매우 훌륭한 젊은이란다. 그리고 마리아에게는 아주 잘 어울리는 상대이기도 하지."

"하지만 마리아는 러시워스를 조금도 좋아하고 있지 않더군요. 그녀와 대화를 나누면서 알게 됐죠. 물론 누님은 그렇게 생각하지 않겠지만 나는 누님의 생각과 달라요. 물론 마리아는 어느 정도 러시워스에게 애정을 가지고 있을 거예요. 그의 이름이 언급될 때 그녀의 눈빛에서 그걸 읽을 수 있었으니까요. 그리고 마리아 버트램이 아무런 마음도 없으면서 청혼을 받아들일 어리석은 사람이라고는 생각하지 않아요."

"매리, 도대체 헨리의 말을 어디까지 믿어야 하는 거니?"

그랜트 부인이 한숨을 내쉬면서 말했다.

"그냥 가만히 내버려 두세요. 더 이상 말해 봐야 아무런 소용이 없으니까요. 오빠도 언젠가는 누군가에게 한 눈에 반해서 결혼을 하겠죠."

"하지만 한 눈에 반한 결혼을 해서야 되겠니? 그것은 곧 환상에 불과하단다. 나는 헨리가 기만을 당하게 내버려둘 수는 없다. 결혼이란 정당하고 성스러운 것이어야 하니까."

"세상에, 언니! 그냥 오빠 마음대로 하게 내버려 두세요. 한 눈에 반하든 말든, 속든 말든……. 그게 무슨 상관이에요? 누구든 언젠가는 결혼으로 한 번쯤 기만당하는 것은 기정사실인데요."

"결혼이 언제나 그런 것만은 아니란다, 매리."

그랜트 부인이 매리를 쳐다보며 엄격한 말투로 말했다.

"저는 언니의 생각이 오히려 편협하다고 생각해요. 왜냐하면 결혼이란 정말로 그러니까요. 물론 지금 결혼을 앞둔 사람들에게는 미안한 말이지만 결혼할 때 기만당하지 않을 사람은 아마 백 명 중에 한 명도 있을까 말까 할 거예요. 나도 그럴 거구요. 아니 그것은 거의 분명해요. 모든 거래가 다 그렇지만 결혼이라는 거래는 사람들이 다른 한 쪽의 사람에게 기대하는 것이 너무 많고 또 스스로에 대해서는 가장 정직하지 못하니까요."

"너는 어디에서 그렇게 결혼에 대한 부정적인 생각을 가지게 되었니? 런던에서니?"

그랜트 부인이 걱정스럽다는 듯 매리를 쳐다보며 머리를 흔들었다.

"우리 가엾은 숙모는 결혼 생활에 있어 만족할 만한 이유가 조금도 없었어요. 하지만 그것을 제쳐놓고 봐도, 결혼은 상대를 조종하는 것에 불과하다고 생각해요. 결혼할 때는 상대방의 이로운 조건을 보거나 아니면 상대방의 드러나는 장점만을 보고 나서 커다란 기대와 함께 결혼하니까요. 물론 그랬다가 기대가 무너지면서 자신이 완전히 기만당한 것을 알고도 참고 살아야만 하는 것이 결혼이구요. 난 지금까지 그런 사람들을 너무 많이 보았어요. 그러니까 언니, 이것이야말로 기만당하는 것이 아니고 뭐죠?"

"애야, 그것은 네 머리 속에 들어 있는 생각들일 뿐이란다. 미안하지만 현재 나는 네 말을 다 믿을 수 없고 또한 너는 결혼 생활의 반쪽 면만 본 것으로 판단하고 있기 때문에 네 말이 다 옳다고도 말할 수 없구나. 너는 결혼 생활의 안 좋은 모습만 보고 좋은 모습은 보지 못한 거란다. 물론 결혼 생활이란 갈등도 있고 실망도 있게 마련이지. 사람이란 누구든 사랑하는 상대에 대해서 많은 기대를 하게 마련이니까……. 하지만 사람은 다른 한 편으로 행복을 추구했던 한 가지 방법이 실패하면 본성적으로 다른 방법을 찾게 마련이지. 그러니까 첫번째에서 계산이 틀렸으면 두번째에서는 계산을 더 잘하게 되는 것과 마찬가지란다. 즉 인간은 어디에서라도 위안을 찾기 때문에 결혼 생활이 네가 생각하는 것처럼 그리 불행하지는 않단다. 매리야, 마음이 사악한 사람들은 작은 것을 큰 것으로 만든단다. 그리고 더 쉽게 기만을 당하고 속게 되지."

"언니의 말은 좋은 말이에요. 언니, 난 언니의 그런 점을 존경해요. 물론 나는 결혼을 하게 되면 강하게 살 거예요. 그리고 내 친구들도 역시 나처럼 그렇게 살기를 원하구요. 그렇게 해야만 마음에 상처를 입지 않고 결혼 생활을 유지하며 살 수 있을 거예요."

"매리, 너도 헨리와 다를 게 하나 없구나. 하지만 여기 맨스필드에서 생활하다 보면 많이 좋아질 거라고 생각한다. 맨스필드에서 다시 좋은 영향을 받고 네 나쁜 점들을 고칠 수 있을 거야. 물론 기만을 당하지 않고도 말이다. 매리, 우리와 함께 오랫동안 지내자꾸나. 그렇게 하면 우리가 너의 잘못된 생각들을 고쳐주도록 노력하겠다."

크로포드 남매는 자신들에게서 별로 고치고 싶은 것이 없었다. 하지만 어쨌거나 맨스필드에서 더욱 오랫동안 머무르고 싶었던 것은 사실이었다. 매리는 목사관이 마음에 들었으며 헨리 역시 맨스필드에 더 있는 것이 좋겠다고 생각하고 있었다. 사실 헨리의 경우에는 처음, 이삼일 정도만 그랜트 박사의 목사관에서 지낼 생각이었다. 하지만 맨스필드에서 재미있는 일이 많을 것 같았으며 딱히 그를 부르는 곳도 당시에는 없었다.

그랜트 부인은 매리와 헨리를 둘 다 데리고 있게 되어 기뻤다. 그랜트 박사 역시 아내의 생각처럼 두 명의 조카를 데리고 있다고 해서 나쁠 것이 없다고 생각했다. 더구나 매리 크로포드처럼 명랑하고 예쁜 아가씨와 대화를 나누는 것은 나태하게 집에서 시간을 보내는 남자에게 있어서는 언제나 즐거운 일이었다. 또한 헨리가 집에 있음으로 매일 포도주를 마실 수도 있는 좋은 구실이 되었기 때문에 아내 못지않게 두 조카와 함께 살기를 원했다.

버트램 가문의 두 딸은 헨리에게 완전히 매혹을 당해 온통 마음을 빼앗기고 말았다. 그리고 무척 눈치가 빠른 매리는 그러한 사실을 금방 알아차렸다. 매리 역시도 버트램 가문의 두 아들 모두 매우 멋진 젊은이들이라는 사실을 인정했다. 런던에서도 그런 젊은이들을 한 집 안에서 두 명씩이나 발견하기는 힘든 일이었으니까……. 게다가 두 젊은이 모두 매너가 좋았으며 특히 장남인 톰은 무척 세련된 매너를 가지고 있었다.

톰은 에드먼드에 비해 런던을 자주 다녀서 도시적인 이미지가 강했으며 에드먼드보다 훨씬 더 활기가 넘치고 남자다운 기상이 있었다. 또 톰은 장남이었다. 그래서 매리에게 이런 사실들 모두가 결혼상대자로 에드먼드보다는 톰을 선호해야만 하는 이유가 되어 주었다. 매리는 처음부터 에드먼드보다 장남인 톰을 더욱 좋아하게 되리라고 예감했다. 그리고 그것이 현실적으로도 현명하다고 생각했다.

어쨌거나 매리에게 있어서 톰은 에드먼드와 비교해도 상대적으로 함께 시간을 보내는 일에 더욱 유쾌했다. 톰은 많은 사람들에게 호감을 주는 젊은이였다. 톰의 매너는 무척 유연했으며 언제나 씩씩한 기상을 가지고 있었다. 그리고 어느 화제에서나 어색함 없이 말을 잘했기 때문에 아는 사람도 매우 많았다. 또한 그는 맨스필드 파크와 남작의 지위를 상속받을 권리를 가지고 있었기 때문에 모든 것이 에드먼드보다 나았다. 매리 크로포드는 톰의 여러 가지 조건이 매우 좋다는 것을 빠른 눈치로 금방 알아차렸다. 그녀는 그의 조건을 곰곰이 살펴보며 생각해 보았지만 결론은 모든 것이 에드먼드보다 톰이 낫다는 것이었다.

맨스필드 파크의 정원은 거의 공원이라고 할 수 있을 정도로 매우 컸다. 그리고 반경이 8km에 이르는 영지 한 가운데에 넓고 현대적인 저택이 서 있었다. 게다가 저택의 위치 또한 더할 나위 없이 뛰어났으며 오래 전에 지은 건물임에도 보존이 꽤 잘 되어 있어서 영국 내에서도 가장 아름다운 저택으로 손꼽힐 정도였다. 단지 가구를 새로이 들여놓아야 할 필요가 있었다. 여동생들도 쾌활한 성품이었고 어머니도 조용하고 말이 없었으며 청년 자체도 유쾌한 호남이었다. 그리고 아버지에게 한 약속 때문에 최대한 도박도 자제하고 있었으며 언젠가는 그 자신이 토머스 경이 될 것이었기 때문에 매리의 생각에 모든 조건이 매우 흡족했다. 매리 크로포드는 이제 완전히 결정을 내려 톰을 남편으로 받아들여야 한다고 생각했다. 그래서 그녀는 톰이 경마에 출장시키려고 하는 말에 대해서도 관심을 가졌다.

두 가문의 젊은이들이 서로 알고 나서 얼마 지나지 않아 큰 경마가 예정되어 있었다. 때문에 톰은 경마 때문에 한동안 집을 떠날 생각이었다. 물론 가족들은 평상시 톰의 행동으로 미루어 그가 몇 주일 동안 집에 돌아오지 않을 것이라고 예상하고 있었다. 또 톰은 매리에게 같이 가자고 여러 번 간곡하게 초대를 했다. 그는 여러 가지 방법을 동원해 매리가 초대를 받아들이게 만들려고 노력했으며 매리 역시 톰과 함께 가고 싶어했다. 그러나 그것은 결국 계획으로만 그쳤을 뿐이었다.

이제 막 숙녀의 나이가 된 열여덟 살 소녀들 중 패니처럼 자신의 생각이나 의견을 말할 기회가 드문 사람은 없었다. 물론 어느 누구도 패니의 의견에 대해 귀를 기울이지 않았지만……. 패니는 새롭게 등장한 크로포드 남매를 지켜보며 그들에 대한 생각을 나름대로 정리하고 있었다. 그리고 패니는 남몰래 매리 크로포드의 미모에 찬사를 보내고 있었다. 반면 헨리 크로포드는 너무나 평범하게만 보였다. 사촌 언니들은 그렇지 않다고 생각하고 있는 것이 분명했지만 패니는 헨리에 대해서 전혀 자신의 의견을 말하지 않았다.

"이제 나는 버트램 집안 식구 모두를 잘 알게 되었어요. 프라이스 양만 빼고 말이죠. 프라이스 양은 사교계에 데뷔했나요? 아니면 아직까지 하지 않았나요? 그것이 몹시 궁금하네요. 그녀도 목사관에서 우리들 모두와 함께 식사를 한 적이 있으니까 그것을 보면 사교계에 데뷔한 것도 같은데 거의 말이 없어서 좀처럼 그렇다고 보기에 또 그렇고……."

매리 크로포드는 에드먼드를 쳐다보면서 이렇게 말했다. 매리는 버트램 가문의 두 아들들과 정원을 산책하고 있는 중이었다.

"매리 양이 무슨 말을 하는지 잘 알겠어요. 그래요. 패니는 이제 성인이 되었어요. 나이뿐만 아니라 성숙한 여자로서의 성품도 갖추고 있지요. 그러나 패니의 사교계 데뷔 문제는 나의 권한 이상이라 그것에 대해서는 대답하기가 좀 그렇군요."

에드먼드는 고개를 끄덕이며 대답했다.

"하지만 일반적으로 그 문제는 매우 쉬운 문제예요. 쉽게 알 수가 있거든요. 데뷔전과 후는 여러 면에서 차이가 나기 때문이기도 하구요. 외모뿐 아니라 태도도 확연하게 달라요. 그래서 이제까지 나는 누가 사교계에 데뷔했는지 하지 않았는지를 금방 알아볼 수 있었지요. 한 번도 실수한 적이 없을 만큼……. 우선 아직 데뷔하지 않은 소녀들이 입는 의상은 정해져 있어요. 예를 들어 작은 모자를 즐겨 써서 매우 정숙하게 보이지요. 그리고 결코 남들과 말을 잘 하지 않아요. 물론 살며시 미소 짓는 것은 허용되지만 그렇다고 해서 그 미소가 너무 커서도 안 돼요. 또한 언제나 조용히 있어야 하고 정숙한 태도를 유지해야 하죠. 그런데 특히 이 문제에 있어서 가장 말도 안 되는 부분은 바로 일단 사교계에 데뷔를 하고 나면 소녀들의 태도가 급격하게 변한다는 거예요. 절제하고 정숙하게 있다가 완전히 그 반대로 변해 버리니까요. 오히려 대담하게 변해 버리는 경우가 많죠. 나는 그것이 바로 문제라고 생각해요. 1년 전만 해도 말 한 마디 변변히 하지 못했던 소녀가 열여덟 살이나 열아홉 살이 되었다고 해서 갑자기 모든 것을 할 수 있다는 것은 그리 보기가 좋지 않거든요. 버트램 씨! 버트램 씨도 그런 경우를 종종 보셨을 거라고 생각하는데요."

매리가 톰을 쳐다보면서 말했다.

"네. 물론 그런 경우가 있었지요. 나도 크로포드 양의 말처럼 그것이 옳다고는 생각하지 않아요. 그러나 매리 양이 말하고자 하는 것이 무엇인지는 잘 알겠어요. 바로 나와 앤더슨 양에 대해서 묻고 있는 것 아닌가요?"

톰이 빙그레 웃으면서 말했다.

"아뇨. 절대로 그렇지 않아요. 앤더슨 양이라니요? 누구 얘기를 하는 건지 도무지 알 수가 없군요. 난 단지 한 여성이 사교계에 데뷔하는 것과 그 후의 차이점에 대해서만 질문을 했을 뿐이에요. 그리고 아직도 그 문제에 대한 버트램 씨의 생각을 듣고 싶은 거구요."

매리 크로포드가 몹시 궁금하다는 듯 말했다.

"아하! 잘도 넘어가는군요. 하지만 나를 그렇게 쉽게 속일 수는 없을 겁니다. 분명히 소녀들이 변화하는 것에 대해 얘기할 때 당신은 앤더슨 양을 염두에 두고 있었을 테니까요. 아니, 오히려 너무나 자세히 묘사를 해서 도저히 잘못 생각할 수가 없을 정도네요. 물론 아니라고 말하고 싶겠지만 그것은 분명해요. 베이커 가에 사는 앤더슨 가족에 대한 이야기를 내가 언젠가 했던 기억이 나니까요. 에드먼드! 내가 찰스 앤더슨에 대해 얘기하는 것을 너도 들었었지? 그때 일을 너도 기억하고 있을지 모르겠다만 앤더슨 가의 경우가 바로 매리 양이 얘기하는 것과 일치하거든. 매리 양! 그건 2년 전이었어요. 찰스 앤더슨이 나를 처음으로 가족들에게 소개했을 때 찰스의 여동생은 아직 데뷔하지 않고 있었으니까요. 나는 그때 그 아가씨에게 계속 말을 건넸지만 한 마디도 답변을 듣지 못했어요. 그러던 어느 날 아침이었을 거예요. 나는 찰스를 기다리느라고 한 시간 동안 그녀를 비롯해 어린 소녀 두 명과 함께 한 방에 있게 되었어요. 그리고 당시에 집안에는 가정교사가 없었지요. 아팠던가 아니면 도망을 갔던가 했을 거예요. 그래서 앤더슨 양의 어머니가 시종일관 방을 드나들었지요. 어쨌거나 나는 그 당시에 그 아가씨에게서 눈길 한 번 받지 못했고 말 한 마디 건네 보지 못했어요. 질문을 해도 공손한 대답조차 하지 않았으니까요. 마치 자물쇠를 채운 것처럼 입을 꼭 다물고 내게 등을 돌리고 앉아 있었죠. 그리고 그런 다음 열두 달쯤 지나고 나서 그녀를 다시 보게 되었어요. 그 때에는 그녀가 데뷔하고 난 후였어요. 홀포드 부인의 집에서였는데 그녀는 나를 기억하지 못하더군요. 그런데 그때 무심코 눈이 마주쳤고 앤더슨 양이 내게로 다가오더니 나를 안다고 말했죠. 그리고 민망할 정도로 나를 똑바로 바라보며 어찌나 웃고 떠들던지 내가 도대체 어떻게 행동해야 할지 모를 정도였다니까요. 아마도 그 방 안에 있던 사람들이 나를 보고 모두 웃었을 겁니다. 그러니까 크로포드 양! 당신이 조금 전의 이야기를 꺼낸 것은 바로 이 이야기를 염두에 두고 한 말이죠?"

"버트램 씨, 당신의 얘긴 정말 재미있어요. 그리고 정말 현실 속의 진실이 고스란히 드러나 보이기도 하구요. 하지만 그 현실이 너무나 잘못되어 있는 건만은 확실해요. 딸을 가진 어머니들도 어떻게 딸들을 다루어야 하는지 확실히 모르고 있으니까요. 물론 나도 도대체 어디서부터 무엇이 어떻게 잘못되었는지 모르겠어요. 그리고 대다수의 사람들은 그런 잘못을 굳이 고쳐주려 하지도 않고 대수롭지 않게 넘겨버리고 있잖아요. 하지만 사람들이 옳지 않게 행동하는 경우가 많이 있다는 것은 분명해요."

"아마 그 문제는 여성들의 매너 운운하는 사람들이 해결하기 위해 노력할 거예요."

톰이 장난기 가득한 말투로 대답했다.

"그래요. 무엇이 잘못되었는지 너무나 확실하니까요. 그리고 그런 소녀들은 제대로 올바르게 성장하지 않을 것이 분명해요. 그들은 처음부터 잘못된 생각을 주입받았으니까요. 게다가 그들은 언제나 허영심에 따라 행동하죠. 그렇기 때문에 데뷔하기 전에는 매우 정숙한 척하지만 실제로 그들의 행동이 데뷔한 후보다 더 정숙하지 않은 것이 사실이에요."

에드먼드가 어깨를 으쓱거리면서 말했다.

"그건 잘 모르겠어요. 하지만 나는 에드먼드 버트램 씨의 말에 동의하지 않아요. 내 생각으로는 데뷔도 하지 않은 소녀들이 마치 데뷔한 것처럼 자유롭게 행동하는 것이 더 나쁘니까요. 그리고 실제로도 그런 경우를 봤죠. 그것은 정말 혐오스러울 정도였어요."

매리 크로포드가 에드먼드의 말을 듣고 잠시 망설이다가 말했다.

"크로포드 양, 당신의 말은 모두 맞아요. 그렇게 되면 정말 불편하죠. 사람들로 하여금 오해하게 만들고 또 어떻게 처신해야 하는지 잘 모를 때가 많거든요. 게다가 크로포드 양이 말한 작은 모자와 정숙한 태도는 정말 적절한 표현이었어요. 그런 것들이 사람들에게 많은 것을 말해 주는 것이 사실이니까요. 그런데 그런 것들이 부족해서 내가 작년에 엄청난 곤경에 처한 적이 있었답니다. 지난 9월이었어요. 친구와 함께 일주일 동안 램스게이트에 갔었어요. 서인도에서 돌아온 직후였죠. 그 친구의 이름은 스네이드였습니다. 에드먼드도 아는 친구입니다. 그 친구의 부모님과 여동생들이 모두 그곳에 있었어요. 나는 한 번도 그 친구의 가족을 만난 일이 없었기 때문에 가족들에게 인사를 하고 싶었죠. 그러나 알비온에 도착하자 가족들이 모두 외출했더군요. 우리는 그들을 찾아서 부두로 갔습니다. 스네이드 부인과 두 명의 여동생이 가까운 분들과 함께 있더군요. 나는 그들을 보자 공손하게 인사를 했습니다. 그때 스네이드 부인은 남자들에게 둘러싸여 있었어요. 그래서 나는 스네이드의 두 여동생 중에서 한 명에게 다가갔습니다. 그리고 집까지 오는 동안 내내 그녀와 함께 걸어왔지요. 아주 유쾌하게 말입니다. 그 여동생도 나를 무척 편안하게 대했고 듣기만 하는 것이 아니라 적극적으로 얘기를 하기도 했어요. 그래서 내가 잘못을 하고 있다는 생각을 조금도 하지 않았죠. 두 여동생은 내가 보기에 똑같아 보였거든요. 둘 다 잘 차려입고 다른 소녀들처럼 베일을 쓰고 파라솔을 들고 있었죠. 하지만 내가 가장 막내 여동생에게 계속 관심을 표현했다는 것을 알게 되었어요. 물론 나중에 말입니다. 게다가 그 여동생은 아직 데뷔도 하지 않은 상태였어요. 어쨌거나 그 일로 인해 친구의 첫째 여동생은 무척 자존심이 상했던 모양입니다. 막내 여동생이 데뷔할 때까지는 아직 여섯 달이나 남아 있었고 그때까지는 남자들의 주목을 받을 수 없었으니까요. 그런데 내가 첫째 여동생을 제쳐두고 아직 데뷔도 하지 않은 아가씨와 더 가깝게 있었으니까, 아마도 그 첫째 여동생은 절대로 나를 용서하지 않을 겁니다."

톰이 가볍게 한숨을 쉬며 말했다.

"정말 어처구니없는 일이군요. 그리고 그 친구의 첫째 여동생이 정말 가여워요. 물론 내게는 여동생이 없지만 어쨌든 안 됐다는 생각이 드네요. 아직 데뷔도 하지 않은 동생 앞에서 무시를 당한다는 것은 몹시 창피하고 화가 나는 일일 테니까요. 하지만 잘못은 분명히 그 어머니에게 있다고 생각해요. 왜냐하면 아직 데뷔하지도 않은 딸을 다른 사람들 틈에 그냥 내버려 두었으니까요. 원칙대로라면 막내 여동생은 가정교사와 함께 있었어야만 하잖아요. 그러니까 그런 결과가 생기죠. 어쨌거나 다시 프라이스 양에 대한 이야기인데요. 프라이스 양이 무도회에도 참석하나요? 우리 언니네 집 이외에 다른 곳에도 식사를 하러 가나요?"

매리 크로포드가 정말 궁금하다는 듯이 질문을 던졌다.

"아니에요. 패니가 무도회에 가 본 적은 없는 것 같군요. 우리 어머니도 무도회에는 잘 참석하시지 않고 또 그랜트 부인 댁 이외에는 다른 집에서 저녁 식사를 하는 일이 거의 없어요. 그리고 패니는 주로 어머니와 함께 집에 있는 편이죠."

에드먼드가 침착하게 대답했다.

"오! 그렇다면 모든 것이 분명해요. 프라이스 양은 아직 데뷔를 하지 않은 거죠?"

제6장

톰은 예정대로 여행을 떠났다. 매리 크로포드는 시간이 흐를수록 그의 빈 자리가 더욱 크게 느껴질 것이라고 예상하고 있었다. 두 가족들은 이제 거의 날마다 만나고 있었으며, 그럴 때마다 톰을 그리워하게 되리라고 생각하고 있었다.

톰이 떠난 직후에 두 가족이 함께 모여서 저녁 식사를 하게 되었다. 매리는 식탁으로 걸어가서 자신이 항상 앉는 자리에 앉았다. 그녀는 톰이 없어서 식사 시간이 몹시 우울해질 것이라고 예상했다. 그녀는 저녁 식사 시간이 무척 맥 빠진 시간이 될 것이라고 확신했던 것이다. 형인 톰과 비교할 때, 에드먼드는 대화를 나눌 만한 화제가 거의 없다고 말할 수 있었다.

만약 톰이 있었다면 수프 접시를 돌리면서도 활기가 넘치고, 와인 한 잔을 마셔도 즐겁게 웃음을 터뜨릴 수 있었을 것이다. 톰은 고기를 자르면서도 이전에 벌어졌던 재미있는 이야기들을 들려주거나 혹은 친구들과 관련된 우스운 일화를 말해 주었을 것이다. 그러나 이제는 그렇지 않을 것이다. 그녀는 이제 다른 사람들의 이야기에 귀를 기울이고 그저 듣기만 하면서 조금이라도 즐거움을 얻기 위해 노력해야 할 것이다. 그리고 러시워스의 말을 들으면서 식사 시간을 때워야만 할 것이다.

이제 러시워스는 맨스필드 파크를 자주 방문하고 있었다. 그것은 크로포드 남매가 맨스필드 파크에 도착하고 난 후에 처음 있는 일이었다. 그는 그 무렵까지 근방에 있는 친구를 방문하기 위해 집을 비우고 있었던 것이다.

러시워스의 친구는 최근에 건축업자를 시켜서 저택을 완전히 새로 개조하도록 만들었다. 그래서 러시워스의 머리 속에는 온통 주택 개조에 대한 생각으로 가득 차 있었다. 그는 자신의 저택도 개조하고 싶어서 안달이 나 있었다. 그 주제 이외에는 도저히 다른 이야기를 나눌 수가 없을 것 같았다.

얼마 전에 응접실에 모여서 대화를 할 때에도 주택 개조가 화제로 떠올랐다. 그런데 저녁 식사를 하면서도 똑같은 주제가 화제로 떠올랐던 것이다. 물론 러시워스가 가장 원하고 있었던 것은 마리아 버트램의 관심과 의견이었다.

마리아 버트램은 러시워스의 기분을 맞추기 위해 노력하기보다는 자신에게 쏟아진 관심으로 인해서 의식적으로 우쭐한 태도를 보이고 있었다. 러시워스의 저택인 소더튼 코트의 이름이 언급될 때마다 그녀는 매우 큰 만족감을 얻는 것 같았다. 그래서인지 그녀의 태도는 무척이나 부드럽고 상냥했다.

"마리아 양이 콤튼을 볼 수 있었으면 정말 좋겠어요. 콤튼은 완벽한 저택의 표본이라고 할 수 있거든요. 이제까지 나는 그렇게 완벽히 개조가 된 집을 본 적이 없어요. 같은 집에서 살고 있다는 실감이 전혀 나지 않을 정도였어요. 우선 출입구부터 완전히 달라졌어요. 나라 전체에서 그렇게 멋진 입구는 도저히 찾아볼 수 없을 거예요. 집의 외형도 매우 놀라워요. 어제 내가 소더튼에 돌아오니까 마치 감옥에 온 것 같은 기분이 들었다니까요. 음침하고 낡은 감옥 말이에요."

러시워스가 마리아를 바라보면서 말했다.

"세상에! 감옥이라니? 그 말이 정말인가? 소더튼 코트는 이 세상에서 가장 고상한 저택인데……."

노리스 부인이 놀랍다는 듯이 이렇게 외쳤다.

"이모님! 우리 집도 서둘러 개조를 해야만 해요. 지금 보니까 모든 걸 몽땅 뜯어 고쳐야만 하는 집이었어요. 너무나 형편없어서 어디부터 어떻게 손을 대야 할 것인지 난감해요."

러시워스가 무거운 한숨을 쉬면서 대답했다.

"러시워스 씨가 지금 그렇게 생각하는 것은 당연해요. 하지만 두고 보세요. 소더튼 코트는 곧 러시워스 씨가 원하는 대로 모두 개조될 테니까요."

그랜트 부인이 부드러운 미소를 지으면서 노리스 부인에게 말했다.

"집을 어떻게 해야만 해요. 그런데 무엇을 어떻게 해야 할 것인지 전혀 알 수가 없네요. 나에게 도움을 줄 수 있는 친구가 있었으면 정말 좋겠어요."

러시워스가 고개를 끄덕이면서 말했다.

"지금 가장 도움이 될 수 있는 친구는 아마도 렙튼 씨일 거예요."

마리아 버트램이 러시워스를 쳐다보면서 말했다.

"내가 생각하고 있는 사람도 바로 그 친구예요. 스미스의 주택을 잘 개조해 놓았으니까요. 그 친구를 즉시 부르는 게 좋을 것 같군요. 그는 하루에 5기니를 받는다고 하더군요."

러시워스가 잔잔한 미소를 지으면서 말했다.

"그렇게 하는 것이 좋을 것 같군. 그리고 10기니를 받는다고 해도 자네가 그런 것에 신경을 쓸 필요가 없다고 생각하네. 비용은 전혀 문제가 되지 않아. 내가 자네라면 비용에 대해서는 전혀 개의치 않을 걸세. 모든 것을 최고의 품질로 하고 멋지게 꾸미는 것이 우선이야. 소더튼 코트와 같은 집은 최고의 품격과 비용을 들일만한 가치가 충분히 있네. 그럴 만한 공간도 있고 대지도 넓지 않은가? 만약 내게 소더튼 코트의 오십분의 일 만큼의 공간만 있었다면 아마도 나는 날마다 정원을 가꾸고 개조를 할 걸세. 나는 천성적으로 그런 것을 좋아하기 때문이지. 하지만 지금 내가 살고 있는 집을 다시 꾸미거나 개조를 한다면 그것처럼 우스꽝스러운 일도 없을 걸세. 만약 나에게 조금만 더 공간이 있었다면 집을 고치고 꽃과 나무를 심으면서 커다란 기쁨을 얻을 수 있었을 텐데……. 목사관에서 살 때에는 언제나 그렇게 하곤 했었다네. 그래서 나중에는 우리가 처음 목사관에 들어갔을 때와 완전히 다른 집으로 바뀌고 말았지. 그 당시에 자네들은 너무나 어렸기 때문에 기억을 제대로 못할 걸세. 토머스 경이 지금 여기에 있었다면 아마도 우리가 집을 어떻게 개조했는지 다 말씀해 줄 수 있었을 텐데……. 그 당시에는 노리스 씨의 건강이 너무나 좋질 않아서 정말 유감이었지. 노리스 씨는 거의 집에서 나오지 못했기 때문에 정원에 심어 놓은 나무도 제대로 즐기질 못했거든. 그래서 토머스 경과 의논을 많이 나누었지만, 정작 계획대로 진행하지 못해서 나는 무척 낙심했었지. 그렇지만 않았더라면 아마도 정원에 벽을 세우고 교회 마당과는 완전히 분리된 넓은 농장을 꾸밀 수도 있었을 걸세. 지금 그랜트 박사가 하신 것처럼 말일세. 우리는 언제나 집을 꾸미는 일을 게을리 하지 않았었네. 우리가 마구간 벽 근처에 살구나무를 심은 것도 노리스 씨가 세상을 떠나기 바로 12개월 전이었던 봄이었네. 그 나무가 이제는 그렇게 커다란 나무로 자라난 거라네."

노리스 부인이 그랜트 박사를 쳐다보면서 말을 끝맺었다.

"그 나무는 정말 잘 자라고 있습니다, 부인……. 토양이 아주 비옥하기 때문이지요. 단지 그 나무를 지나갈 때마다 열매가 너무나 작아서 딸 만한 가치가 없다는 게 유감스러울 뿐이지요."

그랜트 박사가 손을 내저으면서 대답했다.

"박사님, 그 나무는 무척 비싼 나무랍니다. 토머스 경이 선물한 것이에요. 영수증을 보았는데 무려 7실링이나 주고 산 거였어요."

노리스 부인이 정색을 하면서 말했다.

"그렇다면 나무를 파는 장사꾼에게 속은 거예요. 이 감자도 아마 그 살구보다는 맛이 있을 겁니다. 그 살구는 정말 싱겁고 맛이 없어요. 사실 맛이 좋은 살구는 먹을 만한데……. 우리 집 정원에 있는 나무에서는 그런 살구가 열리지 않아요."

그랜트 박사가 혀를 차면서 말했다.

"부인, 사실 그랜트 박사는 우리 살구나무의 맛을 잘 모른답니다. 살구를 먹어 본 적이 거의 없거든요. 그 과일은 무척 귀중한 것이지요. 또한 우리 집 정원에서 나는 살구는 무척 알이 크고 좋아요. 그래서 요리사가 잼을 만들기 위해 일찍부터 거두어들이고 있어요."

그랜트 부인이 식탁 건너편에 앉아 있는 노리스 부인을 향해 조그마한 목소리로 비밀스럽게 속삭였다. 그러자 얼굴이 울그락불그락하고 있던 노리스 부인의 안색이 조금 진정된 것 같았다. 그랜트 박사와 노리스 부인은 애초부터 그리 사이가 좋지 않았다. 처음부터 좋은 관계를 맺지 못했으며 취미나 취향이 너무나 다르기도 했던 것이다.

"스미스의 집은 이 나라 전체를 통틀어서 가장 멋진 집일 겁니다. 렙튼이 손을 대기 전에는 정말 보잘것 없는 초라한 집이었는데……. 아무래도 렙튼을 고용해야만 할 것 같아요."

짧은 침묵이 흐르고 난 후에 러시워스가 다시 이야기를 꺼냈다.

"러시워스 씨! 만약 내가 러시워스 씨라면 아름다운 관목을 많이 심겠어요. 날씨가 좋을 때 시원한 나무 그늘로 나가고 싶어지잖아요."

마리아 버트램이 웃으면서 말했다. 러시워스는 마리아의 말에 동의한다는 것을 보여주면서 그녀의 생각에 찬사를 보내고 싶었다. 하지만 러시워스는 마리아 버트램의 취미에 자신을 맞추고 싶고 또한 언제나 같은 생각과 의도를 가지고 있다는 것을 보여주고 싶으면서도 주위의 여성들을 모두 만족시키고 싶은 의도까지 가지고 있었다. 그러면서도 동시에 자신이 기쁘게 해 주고 싶은 여성은 단 한 사람뿐이라는 사실을 암시해야만 했다. 그래서 그는 어떻게 대답하는 게 좋을지 잠시 동안 망설이고 있었다.

"와인을 마시는 게 어때요?"

에드먼드는 그 틈을 타서 와인을 마시자고 사람들에게 제안했다. 에드먼드는 그렇게 해서 러시워스의 말을 끊을 수 있는 것이 너무나 반가웠던 것이다. 러시워스는 본래 말이 많은 사람이 아니었다. 하지만 오늘만은 아직도 너무나 해야 할 말이 많았다.

"스미스의 영지는 통틀어서 백 에이커 정도예요. 무척 작은 것이죠. 그럼에도 불구하고 그토록 멋지게 변할 수 있다는 것이 더욱 놀라운 겁니다. 소더튼의 영지는 칠백 에이커에 달합니다. 물론 목초지를 제외하고 말이에요. 콤튼이 그렇게 바뀔 수 있다면, 우리는 전혀 걱정할 것이 없다고 봅니다. 집 근처에서 너무 크게 자라고 있던 고목 세 그루를 베어 내었더니 앞이 탁 트인 전망이 정말 멋지게 펼쳐지더군요. 그래서 렙튼이라면 소더튼 앞쪽으로 길을 만들 것이 확실해요. 서쪽 현관에서 언덕 정상까지 말입니다."

러시워스는 여전히 마리아 버트램을 응시하면서 이렇게 말했다.

"길이라니? 글쎄……. 잘 기억이 나지 않는군요. 소더튼이 어떻게 생겼는지 사실은 잘 모르거든요."

마리아 버트램이 고개를 갸웃거리면서 대답했다. 그 순간 패니는 에드먼드 옆자리에 앉아 있었다. 그녀는 매리 크로포드와 정면으로 마주 바라보고 앉아서 주의 깊게 러시워스가 하는 말을 듣고 있었다.

"길을 내다니? 그건 말도 안 돼. 쿠퍼(영국의 시인. 1731~1800:역주)의 시가 생각나지 않아? '버려진 길이여! 나는 너의 슬픈 운명을 다시 한 번 애도하노라.' 마리아의 말이 끝나자, 이번에는 패니가 나지막한 목소리로 에드먼드를 바라보면서 말했다.

"미안하지만 길을 낼 가능성이 매우 높아, 패니."

에드먼드가 빙그레 웃으면서 대답했다.

“길이 나기 전에 고풍스러운 모습을 간직하고 있는 소더튼을 지금이라도 한 번 보고 싶어. 하지만 그럴 수 있을 것 같지 않네.”

패니가 살며시 고개를 가로저으면서 말했다.

“지금까지 한 번도 그곳에 가 본 적이 없어? 그렇군. 그 동안 그곳을 방문할 기회가 없었겠어. 불행하게도 여기에서는 조금 먼 곳에 있어서 마차를 타지 않고는 갈 수가 없어. 그곳으로 갈 수 있는 방법을 한 번 찾아보았으면 좋겠어.”

에드먼드가 어깨를 으쓱거리면서 말했다.

“오, 그건 별로 중요한 문제가 아니야, 오빠. 개조를 하고 난 후에 보면 될 거야. 나중에 그 집을 어떻게 개조했는지 오빠가 말해 주면 되잖아.”

패니가 손을 내저으면서 말했다.

“내 기억에 따르면 소더튼은 유서 깊은 웅장한 저택이었던 것 같아요. 그런데 소더튼은 특별한 건축 양식에 따라 지어진 것인가요?”

매리 크로포드가 에드먼드를 바라보면서 질문을 던졌다.

“엘리자베스 여왕 시대에 지어진 집입니다. 매우 큰 벽돌 건물이지요. 육중한 인상을 주지만 또한 웅장한 측면도 있습니다. 방도 아주 많습니다. 그런데 위치가 별로 좋지 않아요. 영지 내에서 가장 낮은 곳에 위치하고 있거든요. 그런 점에서 바라보면 개조하는 게 별로 좋지 않아요. 그렇지만 주변에 아름다운 숲이 우거져 있고 맑은 시냇물이 흐르고 있다는 것이 커다란 장점이라고 할 수 있어요. 러시워스 씨의 생각이 옳아요. 현대적으로 개조를 한다면 매우 아름다운 저택이 될 것이 확실하거든요.”

에드먼드가 매리를 쳐다보면서 대답했다.

“러시워스 씨는 좋은 가문의 사람 같아요. 또한 그런 점을 잘 이용하고 있는 것 같아요.”

매리 크로포드가 에드먼드의 말을 주의 깊게 들으면서 말했다.

“나는 러시워스 씨의 생각을 바꾸고 싶은 마음이 조금도 없어요. 하지만 내가 만약 집을 새롭게 꾸미려고 한다면 건축업자의 손에 맡기지 않을 거예요. 차라리 내가 모든 것을 선택하면서 천천히 개조를 해 나가겠어요. 물론 미적인 측면이 좀 떨어질 수도 있겠지요. 하지만 건축업자가 실수한 것을 보느니 차라리 내가 실수를 하는 것이 나을 것 같아요.”

에드먼드가 말을 이어나갔다.

“에드먼드 씨는 자신이 무엇을 원하는지를 잘 알고 있으니까 그런 거예요. 하지만 나는 그렇지 않아요. 나는 그런 측면에 대한 감각이 전혀 없고 소질도 없거든요. 만약 나에게 시골에 집이 한 채 있다면, 아마도 렙튼 씨처럼 개조를 맡아서 해줄 수 있는 사람이 있다는 사실에 대해 너무나 고맙게 생각할 거예요. 내가 들인 돈만큼 집을 아름답게 꾸며 줄 테니까요. 나는 돈을 주고 난 후에 개조가 마무리될 때까지 쳐다보지도 않을 거예요.”

매리 크로포드가 명랑한 목소리로 말했다.

“나는 공사가 진척되는 상황을 가만히 지켜보는 게 무척 재미있을 것 같아요.”

패니가 부드러운 목소리로 말했다.

“아, 그건 패니 양이 성장한 상황이 달라서 그럴 거예요. 나는 그런 쪽으로 교육을 받은 일이 없어요. 단 한 번 그런 일을 경험한 적이 있었는데, 그렇게 즐거운 경험은 아니었어요. 그래서 집을 개조하는 건 너무나 귀찮고 성가신 일이라고 생각하게 되었어요. 3년 전에 작은 아버지가 트위큰햄에 오두막을 한 채 구입하셨어요. 가족들이 다 함께 여름휴가를 보내기 위해서 그 집을 구입하셨던 겁니다. 숙모와 나는 너무나 흥분해서 당장 오두막으로 달려갔어요. 매우 아름다운 오두막이었어요. 하지만 개조를 해야 할 필요가 있었죠. 그래서 우리는 먼지가 풀풀 나는 오두막에서 3개월 동안 정신없이 보내야만 했어요. 자갈이 깔린 호젓한 산책로도 없었고 앉아서 쉴 만한 벤치도 없었어요. 그래서 나는 시골에 집이 있다면 우선 모든 것을 갖추어 놓아야만 한다고 생각해요. 나무와 풀이 자라는 관목 숲과 꽃밭과 그리고 벤치 등을 갖추어 놓을 거예요. 하지만 그런 것을 갖추어 놓기 위해서 나는 전혀 신경을 쓰고 싶지 않아요. 한꺼번에 모든 게 다 갖추어져 있는 곳으로 간다면 모를까……. 하지만 헨리 오빠는 나와 달라요. 그런 것을 아주 좋아하거든요."

매리 크로포드가 여전히 명랑하고 밝은 목소리로 말했다. 에드먼드는 매리가 작은 아버지에 대해 전혀 배려하지 않고 다른 사람들 앞에서 모든 것을 솔직히 털어놓는 것이 어쩐지 마음에 걸렸다. 그는 매리에게 마음이 끌리고 있었다. 그렇지만 매리가 아무렇지도 않게 이야기하는 그 태도는 옳지 않다고 생각했던 것이다.

에드먼드는 아무런 대답도 하지 않고 무거운 침묵을 지키고 있었다. 하지만 그것도 잠시뿐이었다. 매리 크로포드가 밝은 미소를 지으면서 명랑한 목소리로 말을 시작했기 때문에 에드먼드는 그런 생각을 금방 잊어버리고 말았던 것이다.

"에드먼드 씨! 드디어 내 하프의 행방을 알게 되었어요. 노스햄튼에 무사히 도착했다는 소식을 전해 들었거든요. 아마도 그곳에서 지난 열흘 동안 보관되어 있었을 거예요. 지금까지 도착하지 않았다는 말을 들었는데 사실은 그것과 정반대였던 거예요. 그 동안 하인을 보내거나 아니면 우리가 직접 그곳에 갔었는데, 그런 식으로 직접적인 경로를 통해서 문의하면 안 되는 것이었나 봐요. 그런데 우연히 오늘 아침에 드디어 알아내었어요. 한 농부가 하프를 목격했나 봐요. 그 농부가 방앗간 주인에게 이야기하고 그리고 그 방앗간 주인이 다시 정육점 주인에게 이야기를 한 거예요. 그러자 정육점 주인의 사위가 그 이야기를 가게에서 한 거예요."

매리가 에드먼드를 바라보면서 말했다.

“좌우지간 그 하프의 행방을 알게 되었다니까 정말 다행이군요. 더 이상 지체하지 않고 하프를 가져 올 수 있다면 좋겠군요.”

에드먼드가 반가운 표정을 지으면서 말했다.

“내일 여기로 가지고 오려고 해요. 그런데 그것을 가져 올 마땅한 방법이 있을까요? 마차로는 도저히 안 될 것 같아요. 마을에서 마차나 수레를 구할 수가 없었어요. 어쩌면 짐꾼과 손수레를 알아보는 것이 나을지도 모르겠어요.”

매리가 난감한 표정을 지었다.

“한창 농작물을 추수하는 시기이기 때문에 말과 마차를 부르기가 정말 어려울 겁니다.”

“정말 기가 막히는 노릇이에요. 시골에서 말과 마차를 구하기가 불가능하다니……. 하녀에게 말과 마차를 구해 놓으라고 말했거든요. 내 방에서 창 밖을 내다보기만 해도 농장이 보이고 숲을 지나 산책을 해도 바로 옆에 농장이 있으니까 언제라도 말만 하면 당장 구할 수 있을 거라고 생각했거든요. 그런데 그럴 수 없다니까 너무나 놀랍고 당혹스러웠어요. 이런 시골에서 말과 마차를 구하는 것이 하늘의 별 따기보다도 더욱 어렵다니……. 그 사실을 알고 내가 얼마나 놀랐겠어요. 공연히 말을 꺼냈다가 농부들은 물론이고 일꾼들의 비위만 잔뜩 건드려 놓고 말았다니까요. 형부의 관리인은 아예 피해 다녀야 할 상황이에요. 평소에는 언제나 친절하던 형부도 내 말을 듣자 기가 막히다는 듯이 내 얼굴만 빤히 바라보는 것이었어요” 하고 매리가 고개를 흔들면서 말했다.

“매리 양은 그런 상황에 대해서 미리 알 수가 없었을 거예요. 하지만 지금 다시 한 번 생각해 보면 실제로 무엇이든지 경험해 보는 것이 그만큼이나 중요하다는 사실을 알게 되죠. 아무 때에나 마차를 부르는 것이 매리 양이 생각했던 것만큼 쉬운 일이 아닐 수도 있어요. 대부분의 경우에 농부들은 함부로 말을 빌려 주지 않아요. 게다가 추수철에 말을 빌려 준다는 것은 생각조차 할 수 없는 일입니다."

에드먼드가 부드러운 목소리로 대답했다.

"시간이 흐르면 나도 이곳의 습관을 모두 이해하게 되겠죠. 하지만 런던에서 잘 인용하는 속담이 있어요. '모든 것은 돈으로 살 수 있다.' 그래서 처음에는 시골의 풍습 때문에 당황한 일이 여러 번이나 있었어요. 어쨌거나 나는 내일 하프를 가져 오려고 해요. 자상하게도 헨리 오빠가 내일 오빠의 사륜 마차로 가져다주겠다고 했거든요. 정말 좋은 방법이죠?"

매리의 말이 끝나자, 에드먼드는 자신이 가장 좋아하는 악기가 하프라고 말했다. 그리고 매리가 연주하는 하프를 들어보고 싶다고 정중한 태도로 부탁했다. 패니도 역시 한 번도 하프 연주를 들어본 적이 없었기 때문에 몹시 매리의 연주를 듣고 싶어 했다.

"두 분을 위해서라면 기꺼이 연주를 하겠어요. 물론 정말로 듣고 싶다면 말이에요. 나는 음악을 무척 사랑하거든요. 음악적인 취향이 같은 사람들 앞에서 연주를 하는 것이 연주자에게는 언제나 가장 즐거운 일이죠. 그건 여러 가지 측면에서 만족스럽기 때문이에요. 에드먼드 씨! 혹시 형에게 편지를 쓰게 되면 하프가 오기로 되어 있다고 꼭 전해 주세요. 버트램 씨는 내가 하프 때문에 얼마나 마음고생을 했는지 잘 알고 있거든요. 그리고 버트램 씨가 돌아올 때를 위해서 애절한 곡조를 준비해 놓겠다고 써 주세요. 왜냐하면 버트램 씨의 말은 반드시 경마에서 질 것이라는 사실을 나는 이미 알고 있거든요. 그래서 버트램 씨를 위로하고 싶어요."

매리 크로포드가 명랑하게 웃으면서 말했다.

"물론 매리 양이 원하는 대로 써 드리죠. 하지만 당분간은 편지를 쓸 일이 있을 것 같지 않군요."

에드먼드가 어깨를 으쓱거리면서 대답했다.

"물론 그런 일이 있을 거라곤 생각하지 않아요. 형이 1년 동안 집을 떠나 있는다고 해도 에드먼드 씨는 결코 편지를 쓰지 않을 거예요. 형도 물론 에드먼드 씨에게 편지를 쓰지 않겠죠. 편지를 쓸 일이 있을 거라고 예상할 수는 없어요. 남자 형제들이란 참 이상한 것 같아요. 정말 다급하고 중요한 일이 있지 않으면 서로에게 절대로 편지를 쓰지 않아요. 말이 아프다든가 혹은 친척이 죽었다든가 해서 반드시 편지를 써야만 할 때, 겨우 펜을 들죠. 그리고 꼭 필요한 용건만 짧게 써서 보내요. 남자들은 모두가 다 그래요. 나는 그것을 너무나 잘 알아요. 헨리 오빠가 그렇거든요. 물론 오빠는 나를 사랑하고 있어요. 또한 무슨 일이 있으면 반드시 나에게 의논을 하거나 비밀을 털어 놓아요. 그리고 함께 있으면 한 시간씩 대화를 나누죠. 그럼에도 불구하고 편지는 절대로 한 장 이상을 쓰지 않아요. 그리고 편지를 쓴다고 해도 대부분은 '매리, 나는 방금 이곳에 도착했단다. 배스에는 사람들이 여전히 많구나. 그럼 안녕.' 이렇게 쓰고 말아요. 이것이 전형적인 남자들의 편지에요. 아니, 남자 형제가 보낸 편지라고 할 수 있죠."

매리가 장난스러운 표정을 지었다.

"그렇지만 남자들이 가족들과 멀리 떨어진 곳에 있게 되면 긴 편지를 써서 보낼 수도 있어요."

패니가 윌리엄을 떠올리면서 상기된 얼굴로 말했다.

"프라이스 양은 배를 타는 오빠가 있어요. 그녀의 오빠는 무척 긴 편지를 써서 보내곤 하기 때문에 매리 양이 남자들 전체를 매도한다고 생각하고 있어요."

에드먼드가 패니를 가리키면서 말했다.

"배를 탄다구요? 정말인가요? 그렇다면 왕의 친위대에서 복무하고 있겠군요."

매리가 깜짝 놀라면서 말했다. 패니는 에드먼드가 자기를 대신해서 윌리엄에 대해 말해 주기를 기대하고 있었다. 하지만 에드먼드는 굳게 침묵을 지키고 있었다. 그래서 패니는 어쩔 수 없이 오빠인 윌리엄에 대해서 매리에게 이야기를 할 수밖에 없었다.

오빠에 대한 이야기를 하기 시작하자, 이내 패니의 목소리는 생기가 넘치기 시작했다. 패니는 잔뜩 흥분한 목소리로 윌리엄의 직업과 그가 외국을 항해했던 이야기를 하기 시작했다. 하지만 윌리엄을 만나지 못한 게 벌써 몇 년이 지났다는 이야기를 하면서 패니는 결국 눈물을 흘리고 말았다. 크로포드 양은 윌리엄이 빨리 승진을 해서 패니를 만나기 위해 찾아올 수 있기를 바란다고 말했다.

"혹시 윌리엄의 지휘관을 알고 있나요? 마샬 대위라고 하던데……. 해군에 아는 사람이 많다고 알고 있는데, 그 사실이 맞나요?"

에드먼드가 궁금하다는 듯이 물었다.

"해군 장성들은 많이 알고 있어요. 하지만 그보다 낮은 직급의 군인은 거의 아는 사람이 없어요. 물론 함장들은 예외이지만……. 나는 장성들에 대한 재미있는 이야기들을 많이 알고 있어요. 군대 생활이나 월급뿐만 아니라 서로 질시하고 다투는 일도 많아요. 하지만 일반적으로 대부분의 군인들은 승진에서 제외되거나 혹사를 당하죠. 작은아버지의 집에서 자라는 동안 많은 장성들을 알게 되었기 때문에 확실히 알아요. 그렇다고 해서 해군이라는 직업을 우습게 말하는 것은 절대로 아니에요."

매리가 제법 근엄한 목소리로 말했다.

"해군은 매우 고상한 직업입니다."

에드먼드가 심각한 표정을 지었다.

"그래요. 하지만 두 가지 조건을 갖추었을 때에만 좋은 직업이라고 할 수 있어요. 돈을 아주 많이 받고 또한 그 돈을 마음대로 소비할 수 있는 권한이 주어질 때죠. 어쨌거나 해군은 내가 선호하는 직업이 아니에요. 나는 해군이 별로 좋게 여겨지지 않았거든요."

매리가 어깨를 으쓱거리면서 말했다. 매리의 말이 끝나자, 에드먼드는 다시 화제를 하프로 돌렸다. 그는 매리의 연주를 들어보는 것이 무척 기대된다고 말했다.

그들이 이런 대화를 나누고 있는 동안 다른 사람들은 여전히 주택을 개조하는 것에 대해서 이야기하고 있었다. 그랜트 부인은 줄리아 버트램과 대화를 나누고 있는 헨리에게 말을 걸지 않을 수가 없었다.

"헨리! 너는 할 말이 없니? 너도 주택을 개조한 일이 있잖아. 에브링검에 대해서 내가 들어본 바에 의하면, 그곳도 영국의 어느 저택과 비교해도 손색이 없다고 알고 있는데……. 자연스러운 아름다움이 뛰어나다고 하더구나. 에브링검은 예전에도 완벽했었단다. 주위 경관도 아름답고 목재도 근사하고……. 꼭 다시 한 번 그곳을 방문하고 싶구나."

그랜트 부인이 눈을 가늘게 뜨면서 말했다.

"누님이 그렇게 말씀해 주시니까 정말 고맙군요. 하지만 직접 가보시면 실망하실 거예요. 실제로 보면 지금 생각하시는 것과 많이 다를 거예요. 일단 크기가 너무 작아요. 아마도 너무나 보잘것 없어서 놀라실 거예요. 그리고 주택을 개조했다고 하지만 실제로 개조할 것이 별로 없었어요. 좀더 개조하고 싶었지만 개조할 만한 것이 거의 없었거든요."

헨리가 담담한 목소리로 말했다.

"그런 일을 좋아하세요?"

줄리아 버트램이 호기심 어린 목소리로 질문을 던졌다.

"그렇습니다. 무척 좋아하죠. 에브링검은 경치가 매우 좋은 곳에 위치하고 있어요. 그리고 젊은 사람이 보기에도 손을 댈 만한 곳이 별로 없었어요. 에브링검을 개조하는 일을 모두 끝마친 것은 내가 막 성년이 되고 3개월이 지난 다음이었어요. 처음에 웨스트민스터에 다닐 때, 그 저택을 개조하겠다는 계획을 세웠어요. 그리고 캠브리지 대학 시절에 계획을 조금 수정했고 스물한 살 때 계획한 것을 실행으로 옮겼으니까요. 그런 즐거운 일을 앞두고 있는 러시워스 씨가 몹시 부럽군요. 나도 그 일을 하면서 무척 행복했거든요."

"당신은 신속하게 판단하고 결정을 내리고 또한 그만큼 재빠르게 행동으로 옮기는 사람이군요. 그런 사람이라면 반드시 직장을 구할 수 있을 거예요. 그냥 러시워스 씨를 부러워하지만 말고 여러 가지 의견과 조언으로 도와주시지 그러세요."

줄리아 버트램이 헨리를 응시하면서 말했다. 이 말을 듣자 그랜트 부인도 즉시 그렇게 할 것을 종용했다. 그녀는 동생인 헨리의 의견과 판단이야말로 가장 믿음직스러운 것이라고 거듭 강조했다.

마리아 버트램도 그 생각에 전적으로 동의한다고 말했다. 그녀는 직업적인 건축가에게 일을 맡기기 전에 먼저 가까운 친척들이나 그 일에 이해관계가 얽혀 있지 않은 주위 사람들에게 의논을 하는 것이 훨씬 더 나을 것이라고 단정적으로 말했다.

모든 사람들의 생각이 일치했기 때문에 러시워스는 당장 헨리 크로포드에게 도움을 달라고 부탁하게 되었다. 예의상 자신의 능력이 부족하다고 말한 후에 헨리 크로포드는 어떻게 해서든지 도움을 줄 수 있도록 노력해 보겠다고 대답했다.

러시워스는 그 자리에서 헨리 크로포드에게 소더튼을 방문해서 며칠 동안 머무르는 영광을 베풀어 달라고 제안했다. 마리아와 줄리아는 내심 헨리 크로포드가 한참 동안이나 다른 곳에 가 있지 않을까 걱정이 되는 눈치였다. 그것을 알아차린 노리스 부인이 재빨리 한 가지 제안을 꺼냈다.

"크로포드 씨가 기꺼이 소더튼으로 가서 도와주기로 결정했는데, 그렇다면 우리도 가는 것이 어떨까? 이 참에 우리끼리 작은 파티를 여는 것이 어떨까? 제임스! 소더튼을 개조하는 일에 관심이 있는 사람들이 아주 많군. 그리고 아마도 모든 사람들이 크로포드 씨의 의견을 듣고 싶어 할 거야. 또한 제각기 생각들이 있으니까 조금이나마 도움이 되지 않을까? 사실 나도 자네의 어머니를 만날 수 있는 기회를 오랫동안 기다리고 있었다네. 다만 나에게 말이 없어서 그럴 수 없었을 뿐이야. 오늘 다들 간다면 나도 함께 찾아가서 어머니를 만날 수 있을 것 같네. 여러분이 소더튼을 둘러보면서 의견을 나누고 있는 동안 나는 몇 시간이나마 러시워스 부인과 함께 다정한 시간을 보낼 수 있을 거야. 그런 다음에 다시 이곳으로 돌아와서 식사를 할 수 있을 거야. 만약 러시워스 부인이 원한다면 소더튼에서 저녁 식사를 할 수도 있겠지. 그렇게 되면 아름다운 달빛을 받으면서 마차를 타고 돌아올 수 있을 거야. 크로포드 씨의 사륜마차에 나와 마리아와 줄리아가 타면 되겠군. 에드먼드는 말을 타고 가면 되겠지. 그리고 언니와 패니는 집에 있으면 될 거야."

노리스 부인이 선언하듯이 말했다. 버트램 남작 부인은 노리스 부인의 말에 대해 전혀 반대하지 않았다. 그 자리에 있던 사람들도 모두 소더튼으로 가는 것을 반기면서 동의를 표시했다. 다만 에드먼드만이 묵묵히 듣기만 할 뿐, 한 마디 말도 없이 무거운 침묵을 지키고 있었다.

제7장

이윽고 다음날이 되었다. 갑자기 에드먼드가 패니를 방문했다. 그는 매리 크로포드에 대해 깊이 생각하고 있었던 것이 분명했다.

"패니! 매리 크로포드 양에 대해서 어떻게 생각해? 어제 크로포드 양과 함께 있을 때 어떤 인상을 받았어?"

에드먼드가 궁금하다는 듯이 질문을 던졌다.

"아주 좋은 인상을 받았어. 크로포드 양과 대화를 나누는 것이 좋아. 정말 재미있단 말이야. 그리고 크로포드 양은 매우 아름다워. 그냥 쳐다보는 것만으로도 즐거운걸."

패니가 부드러운 목소리로 대답했다.

"그래, 맞아. 크로포드 양의 매력은 바로 표정에 달려 있어. 개성이 강하고 아주 매력적이야. 그런데 어제 대화를 하면서 무엇인가 옳지 않은 점이 있다는 생각을 하지 않았니?"

에드먼드가 패니의 얼굴을 바라보면서 물었다.

"아, 그런 점이 하나 있었어. 크로포드 양이 작은 아버지에 대해서 그렇게 함부로 말을 해서는 안 된다고 생각했어. 사실 나도 그 말을 듣고 무척 놀랐는걸……. 어느 정도 단점이 있을 수는 있지만, 작은 아버지는 매리 양의 오빠를 무척 사랑하시고 마치 친아들처럼 대해 주었다고 말했는데……. 지금도 매리 양이 그렇게 마구 이야기했다는 걸 도무지 믿을 수가 없어."

"너도 그런 인상을 받았을 거라고 생각했어. 매리 양의 태도는 아주 잘못된 거야. 몹시 버릇없는 짓이었지."

에드먼드가 심각한 표정을 지었다.

"그렇게 행동하다니……. 무척 배은망덕한 일이라고 생각했어."

패니가 조심스럽게 말했다.

"배은망덕이라는 표현은 조금 지나치다고 생각해. 크로포드 양이 작은 아버지에게 고마워해야 하는지는 사실 잘 모르겠어. 숙모라면 몰라도……. 지금 크로포드 양에게 문제가 되고 있는 것은 숙모에 대한 애정과 기억 때문이라고 생각해. 사실 지금 크로포드 양이 처해 있는 상황은 조금 애매한 거야. 그녀는 무척 마음이 따뜻하고 또한 발랄한 성격이야. 그래서 작은 아버지에 대한 나쁜 감정 없이 숙모에 대한 애정을 동시에 간직하기가 어려웠을 거야. 작은 아버지와 숙모의 불화가 누구 탓인지 사실 나도 잘 모르겠어. 하지만 작은 아버지가 현재 보여주고 있는 행실 때문에 더욱 숙모 편으로 기울어지게 되는 것 같아. 전적으로 숙모의 편을 드는 것이 어쩌면 크로포드 양의 입장에서는 당연한 일인지도 모르지. 나는 지금 크로포드 양의 생각을 비난하는 게 아니야. 단지 자신의 생각을 함부로 드러내는 것이 적절하지 않다고 볼 뿐이야."

에드먼드가 다소 흥분한 표정을 지었다.

"크로포드 양의 행동이 숙모의 영향일지도 모른다는 생각을 해 보았어? 크로포드 양은 숙모가 키웠잖아? 크로포드 양의 숙모가 작은 아버지에 대한 객관적인 생각을 심어 줄 수가 없었을 거야."

패니는 잠시 동안 생각을 하고 난 후에 이렇게 말했다.

"맞아. 정말 그럴 수도 있겠구나. 조카의 단점이 바로 숙모의 단점이라고 보면 되겠구나. 그렇다면 크로포드 양이 어떤 어려운 상황에서 살아왔는지 짐작할 수 있어. 지금 크로포드 양의 새로운 가정이 그녀에게 좋은 영향을 끼칠 거라고 생각해. 그랜트 부인의 행동과 몸가짐은 도무지 나무랄 데가 없거든. 그런데 크로포드 양은 오빠인 헨리에 대해 큰 애정을 가지고 있는 것 같았어."

에드먼드는 천천히 고개를 끄덕였다.

"그래. 단지 편지를 짧게 쓴다는 것만 빼고 말이야. 그 이야기를 하는 도중에 자꾸만 웃음이 나오려고 했어. 그런데 헨리 크로포드 씨가 오빠로서 가지고 있는 애정이나 성품이 그리 좋다고는 말할 수가 없어. 자신의 여동생에게 편지를 쓰는 일을 귀찮게 여기고 부담스러워한다는 것은 아무리 생각해도 좀 지나친 일이야. 윌리엄이라면 어떤 상황에 처하더라도 나를 소홀하게 여기진 않을 거라고 확신할 수 있어. 게다가 오빠도 편지를 길게 쓰진 않을 거라고 함부로 가정할 권리가 크로포드 양에게 있을까?"

패니가 약간 격앙된 어조로 말했다.

"패니, 그것은 크로포드 양이 발랄한 성격이어서 그럴 거야. 그저 재미있게 웃고 넘길 수 있는 것이라면 무엇이든지 이야깃거리로 삼는 것뿐이야. 악의적인 마음이 있거나 지나치게 심하지만 않다면 그냥 이해할 수 있는 일이라고 생각해. 그리고 크로포드 양의 태도나 표정이 그리 신랄하거나 상스럽진 않았어. 크로포드 양은 정말 여성적이고 상냥한 사람이야. 물론 우리가 지금 이야기한 경우만 제외하고 말이지. 어쨌거나 내가 보고 생각했던 것을 너도 그대로 보고 생각했다니까 참 기쁘다."

에드먼드가 부드러운 미소를 지으면서 말했다. 에드먼드는 이제까지 패니에게 많은 영향력을 끼치고 있었으며, 애정을 한 몸에 받고 있었다. 그래서 패니가 에드먼드처럼 생각하는 것은 어떻게 보면 지극히 당연한 일이었다.

하지만 크로포드 양의 문제에 있어서는 생각과 견해가 달라질 위험성이 도사리고 있었다. 에드먼드는 크로포드 양에게 점차 마음을 빼앗기기 시작하고 있었다. 그런 점에서 보면 패니는 에드먼드와 함께 할 수가 없었던 것이다.

그 이후로도 크로포드 양의 매력은 더욱 커지기만 했다. 마침내 하프가 도착했다. 하프는 그녀의 미모와 재치와 유머에 매력을 더해 주었다. 그녀는 우아하고 아름다운 모습으로 하프를 연주했다. 몹시 아름다운 표정을 지으면서 멋지게 하프를 연주했을 뿐만 아니라 한 곡조를 연주하고 나면 반드시 재치 있는 말을 한 마디씩 던지곤 했다. 이제 에드먼드는 날마다 목사관으로 가서 가장 좋아하는 악기인 하프 연주에 탐닉하고 있었다.

어느 날 아침에 에드먼드는 목사관으로 가서 크로포드 양이 뜯는 하프 연주를 들었다. 그리고 다음날 아침에 다시 초대를 받았으며, 그런 일이 계속 연달아 이어졌던 것이다. 크로포드 양은 자신의 하프 연주를 들어줄 사람을 거절할 리가 만무했다. 그렇게 해서 한 가지 일이 다른 일로 계속 이어지게 되었다.

크로포드 양은 항상 하프를 창가에 올려놓고 연주했다. 활짝 열린 창문을 통해 앞마당의 푸른 잔디가 보였다. 그 너머로 우거진 한여름 숲의 신록이 눈부시게 빛났다. 크로포드 양은 그 찬란한 빛을 받으면서 하프를 연주했다. 아름답고 생기에 넘치는 젊은 여성이 자신만큼이나 우아한 하프를 연주했던 것이다. 아마 어떤 남자라도 그 모습에 그만 넋을 잃고 말았을 것이다. 신록의 계절, 아름다운 경치, 신선한 공기 등 모든 것들이 한꺼번에 어우러지면서 사랑스럽고 애틋한 감정을 더해 주었다.

그랜트 부인의 수틀 역시 그런 일에 한 몫 거들었다. 그것을 들고 앉아 있는 크로포드 양의 모습은 한 폭의 아름다운 그림이었다. 사랑의 감정이 싹트기 시작하면 모든 것이 그 깊이를 더해 주는 법이다. 하다못해 그랜트 박사에게 샌드위치를 갖다 주기 위해서 쟁반을 들고 걸어가는 모습마저도 사랑스러웠던 것이다.

그러나 에드먼드는 지금까지 사랑을 해 본 적이 없었으며, 자신이 사랑에 빠지고 있다는 사실조차도 알지 못했다. 그런 식으로 일주일 동안 크로포드 양과 만나고 나자, 에드먼드는 그녀를 깊이 사랑하게 되었다.

그런데 이상한 일은 매리 크로포드 역시 에드먼드에게 호감을 느끼기 시작했다는 점이었다. 에드먼드는 세상 물정에 밝은 사람도 아니었고 장남도 아니었다. 듣기 좋은 말로 여성의 비위를 맞출 줄도 몰랐으며 이야기를 재미있게 이끌어 나갈 줄도 몰랐다. 그럼에도 불구하고 매리는 에드먼드에게 끌리고 있었던 것이다.

그것은 매리 크로포드가 전혀 예상하지 못했고 또한 이해할 수도 없는 일이었다. 상식적으로 바라볼 때, 에드먼드는 별로 재미있는 사람이 아니었다. 에드먼드는 우스갯소리를 좀처럼 하지 않았다. 에드먼드는 입에 발린 칭찬도 하지 않았으며 매우 고지식한 행동을 하고 있었다. 그리고 에드먼드의 행동은 항상 침착하고 단순했다. 어쩌면 그런 진지함과 차분함과 올바른 성품이 에드먼드의 매력인지도 몰랐다.

매리는 논리 정연하게 자신의 감정을 분석할 수는 없었지만, 자신의 감정에 솔직했다. 하지만 그녀는 좀처럼 자신의 감정을 분석하려고 하지 않았다. 그저 현재의 감정에 충실한 것으로 만족했던 것이다. 매리는 에드먼드와 함께 있는 것이 좋았다.

패니는 에드먼드가 매일 아침마다 목사관으로 가는 것을 보았지만, 그 일에 대해 별로 놀라지 않았다. 패니는 매리 크로프트의 초대를 받지 않아서 목사관으로 갈 수가 없었다. 하지만 어느 누구의 눈에도 뜨이지 않고 하프 연주를 들을 수만 있었다면, 패니 자신도 기꺼이 그곳으로 갔을 것이다.

패니는 또한 두 가족이 함께 저녁 산책을 하고 난 후에, 에드먼드가 그랜트 부인과 매리를 목사관으로 바래다주어야 한다고 생각하는 것을 의아하게 여기지 않았다. 헨리 크로포드도 버트램 가의 딸들을 집까지 바래다주었던 것이다. 하지만 패니의 눈에는 그런 일이 별로 좋게 보이지는 않았다. 티타임이 되어서 함께 차를 마셔 줄 에드먼드가 없으면, 차를 마시지 않고 그냥 넘어가 버렸다.

패니가 깜짝 놀랐던 것은 에드먼드가 그렇게 오랜 시간을 매리와 함께 보내고 있었으면서도 일전에 말했던 그녀의 단점들을 좀처럼 보지 못한다는 점이었다. 패니는 매리와 함께 있을 때마다 언제나 지난번과 비슷한 단점들을 다시 발견하곤 했기 때문이었다.

그것은 엄연한 사실이었다. 에드먼드는 패니에게 매리 크로포드에 대해서 이야기하는 것을 좋아했다. 하지만 에드먼드는 그 이후로 매리가 작은 아버지에 대해서 언급하지 않는 것으로 그만이라고 생각하는 것 같았다. 패니는 그런 점에 대해 에드먼드에게 이야기하는 것을 그만 두었다. 어쩐지 그런 말을 하는 것이 망설여졌던 것이다. 혹시 크로포드 양을 헐뜯으려는 나쁜 의도로 비추어지는 게 아닐까 두려운 마음이 들었기 때문이었다.

마침내 매리 크로포드 때문에 패니가 마음의 상처를 받게 되는 일이 벌어지고 말았다. 시간이 흐르면서 매리는 맨스필드 파크에 완전히 정착하게 되었다. 그러다가 매리는 버트램 가의 딸들이 승마를 하는 것을 보았다. 매리는 자신도 승마를 배우고 싶다는 생각을 품게 되었다.

매리는 에드먼드와 더욱 가까운 사이가 되었다. 그리고 에드먼드도 매리의 마음을 알게 되었다. 에드먼드는 매리에게 승마를 배울 것을 권유했다. 에드먼드는 패니의 암말이 온순하기 때문에 초보자가 타기에는 가장 적당하다고 제안했다.

에드먼드는 기꺼이 말을 빌려 주겠다고 말했다. 물론 에드먼드는 그렇게 하면서 패니의 마음을 상하게 하려는 의도는 전혀 가지고 있지 않았다. 패니가 말을 타기 30분 전에 목사관으로 말을 데리고 가기로 예정되어 있었기 때문에 패니가 승마를 하지 못할 이유는 없었다. 처음에 에드먼드가 패니에게 허락을 받으려고 그 이야기를 꺼냈을 때, 패니는 전혀 기분이 상하지 않았다. 오히려 에드먼드가 자신의 허락을 받으려고 했다는 사실로 인해서 고마운 생각이 들 지경이었던 것이다.

매리가 처음 승마 레슨을 받는 날이었다. 그녀는 처음 배운 것치고는 매우 훌륭하게 말을 탔다. 물론 매리가 승마를 한다고 해서 패니에게 피해를 입힌 것은 전혀 없었다. 에드먼드가 암말을 목사관으로 끌고 가서 승마 레슨을 하는 동안 내내 패니는 그곳을 지키고 있었다. 그런 다음에 레슨이 끝나고 나서 적당한 시각에 다시 말을 데리고 집으로 돌아갔다. 패니가 사촌들과 승마를 하지 않고 혼자 가게 되면 늙은 마부가 언제나 패니와 함께 동행했다. 매리가 처음 승마 레슨을 받았던 날도 패니와 마부가 승마 준비를 끝마치기 전에 에드먼드가 암말을 이끌고 돌아왔던 것이다.

하지만 두번째 승마 레슨이 있던 날은 조금 상황이 달라졌다. 매리는 승마를 몹시 즐겼으며 시간이 다 되었음에도 불구하고 좀처럼 말에서 내리려고 하지 않았다. 매리는 활동적인 성격이었기 때문에 말을 타는 일에 대해서 별로 두려움이 없었다. 체격이 작은 편이었지만, 체력이 강해서인지 승마에 소질을 갖고 있었다. 승마를 하는 것 자체도 무척 즐거운 일이었지만 에드먼드가 지켜보면서 일일이 가르쳐주고 있다는 것이 즐거움을 더해 주었다. 게다가 승마를 쉽게 배움으로써 다른 여성들보다도 더욱 우월하다는 확신이 들자, 매리는 한사코 말에서 내리려고 하지 않았던 것이다.

그날도 패니는 승마를 하기 위한 준비를 모두 끝마친 후에 에드먼드가 돌아오기를 기다리고 있었다. 이윽고 시간이 되자 노리스 부인은 언성을 높이면서 패니가 승마를 하기 위해 나가지 않는다고 꾸짖기 시작했다. 그러나 아무리 기다려도 말도 나타나지 않고 에드먼드도 보이지 않았다. 그래서 패니는 노리스 부인의 질책을 피하면서 에드먼드를 찾아보기 위해 밖으로 나갔다.

두 집은 800m도 채 떨어지지 않은 곳에 위치하고 있었다. 하지만 두 집은 서로 다른 집을 볼 수가 없었다. 하지만 현관에서 5m 정도 걸어 나가자 영지 전체가 패니의 눈에 들어왔다. 패니는 마을길을 넘어서 목사관과 마당을 모두 다 한꺼번에 내려다 볼 수가 있었다. 목사관의 초원에 사람들이 옹기종기 모여 있는 모습이 보였다.

에드먼드와 매리가 나란히 말을 타고 있었다. 그랜트 박사 부부와 헨리와 마부 두세 명이 나란히 서서 그들의 모습을 지켜보고 있었다. 그들이 모두 행복하고 즐거운 시간을 보내고 있다는 것은 의심의 여지가 없었다. 명랑한 웃음소리와 말울음 소리가 패니의 귓전에서 울려 퍼지고 있었던 것이다.

하지만 그 소리는 패니에게 있어서 전혀 즐거운 것이 아니었다. 패니는 문득 에드먼드가 자신의 존재에 대해 까맣게 잊어버리고 있다는 생각이 들었다. 그러자 가슴이 몹시 아프기 시작했다. 하지만 그녀는 좀처럼 목사관의 초원에서 눈길을 돌릴 수가 없었다. 그리고 그 모습을 모두 다 지켜보지 않을 수가 없었다.

처음에 매리 크로포드와 에드먼드는 초원을 천천히 돌아다니기 시작했다. 초원은 그리 작은 것이 아니었다. 그런 다음에 그들은 조금 더 빠른 속도로 말을 몰기 시작했다. 매리가 그렇게 하자고 제안한 것이 분명했다. 패니는 매리가 말 위에 편안하게 앉아 있는 모습을 보고 깜짝 놀랐다.

몇 분 후에 그들은 모두 승마를 그만 두었다. 에드먼드는 매리를 향해 가까이 다가가서 무엇인가에 대해 말하고 있었다. 매리에게 고삐를 잡는 방법을 가르쳐 주고 있는 것이 분명했다. 에드먼드가 매리의 손을 잡고 있는 모습이 보였던 것이다.

패니는 두 눈으로 그 장면을 똑똑히 바라보았다. 아니, 어쩌면 패니의 상상이었는지도 몰랐다. 그리고 설사 그것을 보았다고 해서 패니가 놀랄 만한 일은 아무것도 없었다. 에드먼드가 친철한 태도로 다른 사람들을 대하는 것이 너무나 당연하지 않은가? 에드먼드의 성품이 원래 그렇지 않았던가? 그럼에도 불구하고 패니는 에드먼드 대신에 헨리가 매리에게 승마를 가르쳐 주는 것이 훨씬 낫다고 생각했다. 오빠가 그 일을 하는 것이 마땅하다고 생각하지 않을 수가 없었던 것이다. 하지만 헨리 크로포드는 평상시에 떠벌린 것과 달리 승마를 어떻게 가르쳐 주어야 하는지 모를 수도 있었다. 그리고 에드먼드처럼 친절한 성품이 아니었는지도 몰랐다.

패니는 이제 암말이 불쌍하다는 생각이 들기 시작했다. 하루에 두 번씩이나 승마를 나가야 한다는 사실이 안쓰럽게 여겨졌던 것이다. 자신의 존재가 잊혀졌다고 해서 암말의 존재마저도 잊혀질 수는 없는 일이었다.

패니는 자신의 가슴 속에서 마구 소용돌이치는 감정들을 진정시키려고 무척 노력했다. 곧이어 초원에 있던 사람들이 이리저리 흩어지기 시작했지만, 매리 크로포드는 아직도 여전히 말에서 내리지 않고 있었다.

이윽고 말에서 내린 에드먼드가 그녀의 옆자리에 나란히 섰다. 에드먼드와 매리는 목사관 정문을 나와서 길로 접어들었다. 그들은 영지를 지나서 패니가 서 있는 곳을 향해 곧장 다가오기 시작했다. 패니는 자신이 무례하고 참을성도 없는 사람으로 비추어지는 것이 싫었다. 그래서 그런 티를 내지 않으려고 몹시 애를 쓰면서 그들을 향해 천천히 걸어갔다.

"프라이스 양! 오랫동안 기다리게 해서 미안하다는 말을 하려고 직접 찾아왔어요. 미안해요. 정말 할 말이 없네요. 늦었다는 사실을 알았지만, 너무 내 멋대로 행동했어요. 나를 용서해 주실 거죠? 이기적인 행동은 언제나 용서해 주어야만 해요. 왜냐하면 이기심은 고칠 수가 없기 때문이에요."

매리가 나지막한 목소리로 말했다. 패니는 매우 공손한 태도로 괜찮다고 대답했다. 그런데 에드먼드는 패니가 서둘러야 할 필요가 전혀 없다고 말하기 시작했다.

"패니는 평상시에 타는 것보다 두 배는 더 말을 탈 수 있을 만큼 시간이 충분히 있어요. 30분 먼저 나가야 하는 것을 못하게 해서 오히려 패니를 편안하게 만들어 주는 셈이 되었어요. 왜냐하면 지금 구름이 몰려오고 있으니까 뜨거운 햇빛으로 인해 고생하지 않아도 되기 때문이죠. 아까 말을 탔더라면 아마도 너무 뜨거웠을 거예요. 그것보다는 크로포드 양이 너무 오랫동안 말을 타서 행여 지치지나 않았는지 걱정이 되는군요. 집까지 걸어가지 않아도 되었으면 좋겠어요."

에드먼드가 매리를 올려다보면서 말했다.

"말을 타는 것보다 말에서 내려야 한다고 생각하니까 오히려 지치네요. 나는 무척 건강해요. 어떤 운동을 해도 별로 피곤하지 않거든요. 물론 내가 하기 싫어하는 것을 할 때에는 지치지만……. 프라이스 양! 이제 말을 돌려 드리겠어요. 정말 미안하게 되었어요. 하지만 이제부터 즐겁게 말을 타시기를 바래요. 이 말은 정말 아름답고 소중한 말이에요."

매리 크로포드는 에드먼드의 손을 잡더니 말에서 훌쩍 뛰어내렸다. 늙은 마부가 근처에서 조용히 기다리고 있다가 그들을 향해 가까이 다가왔다. 패니는 재빨리 말에 올라탔다. 그런 다음에 마부와 패니는 영지를 가로지르면서 이동하기 시작했다.

잠시 후에 패니는 고개를 돌려서 뒤를 돌아보았다. 어깨를 맞대고 마을을 향해 나란히 걸어가는 두 사람의 모습이 보였다. 그러자 그녀의 마음은 더욱 불편하고 아팠다. 크로포드 양이 아주 말을 잘 탄다고 칭찬하는 마부의 말도 패니의 마음을 더욱 아프게 만들었다. 마부도 패니 만큼이나 관심을 가지고 매리 크로포드를 지켜보고 있었던 모양이었다. 하지만 마부는 전혀 눈치가 없는 사람이었다.

"승마를 하면서 그렇게 대범한 솜씨로 말을 다루는 숙녀를 보면 참 기분이 좋아져요. 크로포드 양처럼 말 위에 잘 앉아 있는 사람은 지금까지 한 번도 보지 못했어요. 도대체 두려움이라고는 아예 모르는 것 같아요. 아가씨가 6년 전에 처음 말을 탔을 때와는 완전히 딴판이에요. 세상에! 토머스 경이 아가씨를 처음 말에 앉혀 주었을 때, 아가씨가 어찌나 벌벌 떨던지 지금도 그 당시의 일을 생각하면 마음이 안쓰러울 지경이에요."

마부가 어깨를 으쓱거리면서 말했다.

이윽고 응접실에 돌아간 매리 크로포드는 그곳에서도 칭찬을 잔뜩 들었다. 마리아와 줄리아는 매리가 승마에 천부적인 재능을 갖고 태어났다고 말하면서 그녀의 용기와 강인한 성격에 대해 입에 침이 마르도록 칭찬했다. 승마의 기술을 빨리 습득한 것도 자신들과 너무나 똑 같다고 말하면서 잔뜩 칭찬을 늘어놓았다.

"나는 매리 양이 말을 잘 탈 거라고 확신하고 있었어요. 체격이 승마에 적격이에요. 오빠인 크로포드 씨처럼 단단하잖아요."

줄리아가 부드러운 미소를 지으면서 말했다.

"맞아요. 매리 양은 무척 씩씩하고 또한 활동적인 에너지가 넘치잖아요. 승마를 잘 하는 것과 정신적인 힘과는 큰 관계가 있는 것이 확실해요."

마리아가 맞장구를 쳤다.

이제 밤이 되어서 헤어질 때가 되었다. 에드먼드는 패니를 쳐다보면서 내일 아침에 다시 말을 탈 것인지 그녀의 의사를 물어보았다.

"글쎄……. 나는 잘 모르겠어. 만약 오빠가 암말을 필요로 하면 안 탈 거야."

패니가 의기소침한 어조로 대답했다.

"내가 그 말을 필요로 하는 게 아니야. 단지 네가 집에 있고 싶다면 크로포드 양이 더욱 오랫동안 그 말을 탈 수 있을 것 같아서 묻는 거야. 그렇게 되면 아침 내내 말을 탈 수가 있거든. 크로포드 양은 맨스필드 영지까지 멀리 나가고 싶다는 생각을 갖고 있어. 그랜트 부인이 그곳의 경치가 무척 아름답다고 여러 번이나 말했거든. 그리고 크로포드 양은 그곳까지 얼마든지 갈 수 있을 거야. 하지만 내일 아침이 아니어도 좋아. 나는 언제라도 괜찮아. 크로포드 양도 자기의 욕심 때문에 네가 말을 못 타게 되면 미안한 마음을 품게 될 거야. 만약 그런 일이 벌어진다면, 그건 그녀의 잘못이지. 크로포드 양은 재미로 승마를 즐기지만, 너는 건강 때문에 말을 타는 것이니까……."

에드먼드는 조심스럽게 패니의 표정을 바라보았다.

"내일은 말을 타지 않을 거야. 최근에 외출을 너무 자주 했기 때문에 내일은 그냥 집에서 머무르고 싶어. 이제는 나도 많이 건강하게 되어서 잘 걸을 수 있다는 것을 오빠도 잘 알잖아."

패니가 부드러운 목소리로 대답했다. 패니의 말이 끝나자, 에드먼드는 흡족한 표정을 지었다. 그리고 에드먼드의 흡족한 표정을 보자 패니도 만족스러운 생각이 들었다. 그래서 크로포드양은 다음날 아침에 맨스필드 영지까지 말을 타고 나갈 수 있게 되었다. 패니를 제외한 모든 젊은이들이 다 함께 승마를 하기 위해 떠났다. 그들은 승마를 하기 전에 패니에게 고마움을 표시했으며, 돌아오고 난 후에도 다시 인사를 던졌다.

한 가지 계획이 성공적으로 끝나게 되면, 또다시 다른 계획을 세우게 되는 법이다. 맨스필드 영지 외곽까지 나가고 나자 그들은 다음날 다른 지역을 방문하자는 계획을 세우게 되었다. 그 지역은 경치가 아름다운 곳이 매우 많았다. 날씨가 몹시 무덥기는 했지만 어느 곳이든지 그늘진 길이 있었다. 그들은 어디를 가든지 언제나 뜨거운 햇살을 피해서 말을 탈 수가 있었던 것이다.

지난 나흘 동안 연속으로 그들은 마음껏 승마를 즐겼다. 에드먼드는 크로포드 남매에게 영지를 구경시켜 주었다. 에드먼드는 경치가 가장 아름다운 곳으로 그들을 안내했다. 그리고 그 지역의 역사에 대해서 설명을 들려주었다. 시간은 매우 즐겁게 흘러갔다. 비록 날씨가 무덥기는 했지만, 그것은 즐거운 대화에서 또 한 가지 화제 거리일 뿐이었다.

그런 식으로 나흘이 지나갔다. 모든 사람들이 유쾌한 시간을 보내고 있었다. 그러던 도중에 그들 가운데 한 명에게 어두운 그림자가 드리워졌다. 그 사람은 바로 마리아 버트램이었다. 에드먼드와 줄리아만이 목사관의 저녁 식사에 초대를 받았고 마리아가 제외되었던 것이다.

그날은 러시워스가 맨스필드 파크를 방문하게 될지도 모르는 날이었다. 그래서 그랜트 부인이 그것을 배려하기 위해 마리아를 일부러 초대하지 않았던 것이다. 하지만 마리아는 그 일로 인해 몹시 마음이 상했다. 마리아는 짜증이 나고 화가 치밀어 오르는 것을 애써 억눌러야만 했다. 만약 정말로 러시워스가 방문해서, 자신이 러시워스에 대해 가지고 있는 영향력을 과시할 기회가 있었다면 아마도 조금은 위안이 되었을 것이다. 그런데 러시워스는 오지 않았다. 그래서 마리아가 느낀 분노와 소외감은 더욱 커져만 갔다. 마리아는 어머니와 이모와 패니에게 고스란히 화풀이를 할 수밖에 없었다. 저녁 식사를 하는 동안 내내 그들은 고스란히 마리아의 화풀이를 견뎌야만 했다.

이윽고 10시가 지나자 에드먼드와 줄리아가 저녁 식사를 마치고 집으로 돌아왔다. 신선한 저녁 공기를 잔뜩 마신 그들은 매우 환하고 즐거운 표정을 짓고 있었다. 그런데 응접실에 앉아 있었던 세 명의 숙녀들의 표정은 완전히 딴판이었다.

그들이 응접실에 들어섰을 때, 마리아는 읽고 있던 책에서 얼굴도

들지 않았다. 버트램 부인은 꾸벅꾸벅 졸고 있었으며 노리스 부인도 마리아 때문이었는지 별로 기분이 좋아 보이지 않았다. 그녀는 저녁 식사에 대해서 몇 가지 형식적인 질문을 던진 후에 곧바로 입을 굳게 다물었다. 별로 말하고 싶어 하지 않는 기색이 역력했다.

몇 분 동안 에드먼드와 줄리아는 그날 저녁에 목사관에서 있었던 즐거운 시간에 대해 이야기하느라고 다른 사람들의 기색을 전혀 알아차리지 못했다.

그러다가 잠시 동안 어색한 침묵이 흘렀다.

"그런데 패니가 안 보이네요. 벌써 잠자리에 들었나요?"

에드먼드가 방 안을 둘러보면서 질문을 던졌다.

"아니, 조금 전까지만 해도 여기에 있었는데……. 잘 모르겠다."

노리스 부인이 의아스러운 표정을 지으면서 대답했다.

"오빠, 나는 여기 소파에 있어."

바로 그 순간 응접실의 다른 쪽 끝에 놓여 있는 소파에서 가느다란 패니의 대답이 들렸다.

"패니, 저녁 내내 소파에서 뒹굴다니? 도대체 어떻게 된 일이니? 여기 와서 우리처럼 일을 해야 되지 않겠니? 만약 너에게 할 일이 없다면 내 일감을 얼마든지 줄 수 있는데……. 지난 주에 새로 산 옷감도 아직 손도 대지 않은 게 많아. 나는 이걸 재단하기 위해 등이 거의 부러질 지경이란다. 다른 사람 생각도 할 줄 알아야지! 젊은 아이가 언제나 소파에서 게으르게 시간을 보내다니……. 정말 기가 막힐 노릇이구나."

노리스 부인이 격앙된 목소리로 패니를 꾸짖기 시작했다. 노리스 부인의 질책이 시작되자마자 패니는 식탁의 자기 자리로 돌아와서 다시 일감을 손에 집어 들었다. 즐거운 시간을 보내고 돌아와서 아직까지도 기분이 고조되어 있었던 줄리아가 패니의 편을 들어 주었다.

"이모, 패니가 소파 위에서 지내는 시간은 가족 중에서 가장 적을 거예요. 자꾸만 패니를 나무라지 마세요."

줄리아가 명랑한 목소리로 말했다.

"패니! 두통이 있는 모양이로구나. 그렇지?"

패니의 표정을 주의 깊게 바라보고 있던 에드먼드가 말했다.

"조금 머리가 아프기는 하지만 괜찮아, 오빠."

패니가 손을 내저으면서 대답했다.

"그런 것 같지 않은데……. 네 표정만 봐도 다 알 수가 있어. 언제부터 두통이 시작된 거야?"

에드먼드가 걱정스러운 표정을 지었다.

"저녁 식사 전부터 그랬어. 아마도 더위 때문일 거야. 너무 걱정하지 마, 오빠."

패니가 부드러운 목소리로 대답했다.

"해가 뜨거운데 밖으로 나갔단 말이니?"

에드먼드가 패니를 향해 다가가면서 물었다.

"물론 나갔단다. 날씨가 이렇게 좋은데 그냥 집안에 머물러 있어서야 되겠니? 우리 모두 밖으로 나갔었는데……. 오늘은 너희 어머니까지도 한 시간 넘게 나가 계셨단다."

노리스 부인이 패니의 대답을 가로막으면서 말했다.

"그래, 에드먼드야. 나도 한 시간 이상 밖에 나가 있었단다. 화단에 한 45분 가량 앉아 있었지. 그 동안 패니가 장미를 꺾었어. 날씨가 몹시 덥기는 했지만 기분은 아주 상쾌했어. 정자는 그늘이 있어서 괜찮았단다. 하지만 집으로 다시 돌아오는 것은 정말 끔찍한 일이었단다."

버트램 부인이 에드먼드를 쳐다보면서 말했다. 버트램 부인은 노리스 부인이 패니를 질책하는 날카로운 목소리를 듣고 완전히 잠에서 깨어난 것 같았다.

"패니가 장미를 꺾었다구요? 그게 정말인가요?"

"그랬단다. 장미가 이제는 끝물인 것 같구나. 불쌍한 것! 패니도 무척 더웠겠지. 하지만 장미가 완전히 만개해 있어서 그냥 놓아 둘 수가 없었단다."

버트램 부인이 다정한 목소리로 에드먼드를 향해 말했다.

"그럴 수밖에 없었다. 하지만 언니! 패니가 두통을 얻은 것이 그 일 때문인지는 확실히 모르겠어요. 물론 뜨거운 햇살 아래에서 장미를 따기 위해 몸을 굽혔다가 폈다가 하는 것이 가장 큰 원인이 되었을 가능성은 높아요. 하지만 내일이면 괜찮을 거예요. 언니의 아로마 치료제를 패니에게 빌려 주세요. 내 것은 다 써서 비었거든요. 나는 언제나 다시 채워 놓는 것을 잊어버린다니까요."

노리스 부인이 다시 대화에 끼어들면서 말했다.

"패니에게 벌써 주었단다. 너희 집을 두번째 다녀왔을 때 내가 주었거든……."

버트램 부인이 노리스 부인을 쳐다보면서 대답했다.

"뭐라구요! 패니가 장미꽃만 꺾은 게 아니고 길을 걷기까지 했다구요? 게다가 이모네 집까지 말이에요? 그것도 한 번도 아니고 두 번이나요? 두통이 있는 게 너무나 당연하군요."

에드먼드는 깜짝 놀랐다는 듯이 큰 소리로 말했다. 줄리아와 이야기를 하고 있던 노리스 부인은 미처 에드먼드의 말을 듣지 못한 것 같았다.

"나도 패니가 너무 힘들지 않을까 걱정하기는 했단다. 하지만 장미를 꺾고 나니까 이모가 그 꽃을 집까지 가지고 갔으면 좋겠다고 말했어. 그래서 이모 집에 갖다 놓아야만 했단다."

버트램 부인이 손을 흔들면서 말했다.

"두 번씩이나 패니가 가야 할 만큼 장미가 많았단 말인가요?"

에드먼드는 여전히 격앙된 목소리로 물었다.

"아니다. 패니가 그 꽃을 말리기 위해 객실에 갖다 놓았는데, 그만

문을 잠그는 것을 잊어버리고 돌아오지 않았겠니? 그래서 어쩔 수 없이 다시 돌아가야만 했단다."

버트램 부인은 잔뜩 주눅이 든 목소리로 대답했다.

"그런 심부름을 꼭 패니가 해야 하나요? 다른 사람을 시키면 안 되나요? 세상에! 그런 법이 어디 있어요?"

에드먼드는 도저히 화를 진정시킬 수 없다는 듯이 자리에서 벌떡 일어나더니 방 안을 서성거렸다.

"어떻게 하는 것이 정말 잘 하는 일인지 알 수가 없구나. 내가 간다면 모를까……. 하지만 내가 동시에 두 장소에 있을 수는 없는 일 아니겠니? 그 당시에 나는 너희 어머니가 시켜서 그린 씨와 이야기를 하고 있었단다. 하녀에 대해서 말이야. 그리고 존 그룸 씨에게 아들에 대해서 제프리 부인에게 편지를 써 주겠다고 약속했었는데, 30분도 넘게 나를 기다리고 있었단 말이다. 그런 상황에서 내가 가지 않았다고 해서 나를 비난한다는 것은 말도 안 된다고 생각한단다. 그리고 패니가 우리 집까지 갔다 왔다고 해도 고작해야 사백 미터도 채 되지 않을 거란다. 패니에게 갔다 오라고 부탁한 것이 그렇게 비난받아 마땅할 만큼 부당한 일이라고 볼 수는 없구나. 나는 하루에도 족히 세 번은 왔다 갔다 하는데 말이다. 그것도 날씨가 궂으나 좋으나 상관하지 않고 그렇게 하는데, 내가 언제 그것에 대해서 불평 한 마디 하는 것을 보았니?"

노리스 부인은 더 이상 못 들은 척할 수가 없었는지 큰 소리로 외쳤다.

"이모, 패니가 이모 체력의 절반만 되어도 제가 말을 안 하겠어요."

에드먼드가 약간 누그러진 목소리로 말했다.

"만약 패니가 좀더 규칙적으로 운동을 했다면 그렇게 쉽게 녹초가 되지는 않았을 거란다. 벌써 오랫동안 말을 못 타지 않았니? 나는 패니가 말을 타지 않으면 걸어야 한다고 생각했단다. 아침에 말을 탔다면 패니에게 그런 부탁도 하지 않았을 거란다. 하지만 장미를 따기 위해 몸을 굽히고 난 후에는 어느 정도 걸어다니는 일이 좋을 거라고 생각했었다. 그렇게 지쳤을 때에는 걷는 것만큼이나 피로 회복에 좋은 것이 없거든……. 물론 해가 강하게 내리쬐고 있기는 했지만 그렇게 덥지는 않았단다. 에드먼드야! 나는 패니에게 두통이 온 것은 장미를 꺾기 위해 화단에서 몸을 굽혔기 때문이라고 생각한단다."

노리스 부인이 버트램 부인을 가리키면서 말했다.

"그래, 나도 그렇게 생각한단다. 그래서 패니가 두통에 걸렸을 거야. 그 당시에는 해가 몹시 뜨거웠단다. 나도 뜨거워서 혼 줄이 났었단다. 그냥 자리에 앉아 있는 것만으로도 견디기 어려울 정도였단다."

버트램 부인이 나지막한 목소리로 대답했다. 에드먼드는 더 이상 어머니나 이모에게 아무런 말도 하지 않았다. 그 대신에 저녁 식사 그릇이 아직도 남아 있는 식탁을 향해 조용히 다가가서 백포도주 한 잔을 술잔에 부었다. 그런 다음에 그 술잔을 패니에게 갖다 주었다.

"자, 이걸 마셔."

에드먼드가 부드러운 목소리로 말했다. 패니는 그 술잔을 거절하고 싶었다. 하지만 패니는 눈물이 날 것만 같아서 차마 아무 말도 하지 못하고 포도주를 마실 수밖에 없었다.

에드먼드는 어머니와 이모에 대해서만 화가 났던 것이 아니었다. 자기 자신에 대해서 분개하고 있었던 것이다. 패니를 까맣게 잊어버리다니! 그것은 이모나 어머니가 패니에게 한 짓보다 더욱 나쁜 짓이었던 것이다. 만약 에드먼드가 패니에 대해 조금만 더 신경을 썼더라면 이런 일은 일어나지 않았을 것이다. 나흘 동안이나 패니에게는 함께 시간을 보낼 친구가 없었다. 패니는 운동을 할 수도 없었으며, 철저히 홀로 남겨져 있었던 것이다. 패니는 이모들이 어떤 부당한 요구를 해도 그것을 피해갈 만한 마땅한 핑계도 없었을 것이다. 에드먼드는 나흘 동안이나 패니가 말을 탈 수 없었던 것이 자기 때문이라고 생각했다. 그런 생각이 들자, 자기 자신이 무척 부끄러워졌다. 그리고 매리 크로포드 양의 즐거움을 빼앗는 것이 아무리 내키지 않더라도 패니에게 이런 일이 또다시 일어나게 해서는 안 된다고 굳게 결심했다.

패니는 맨스필드 파크에 처음 도착했던 날과 똑같은 심정으로 잠자리에 들었다. 아마도 정신적인 아픔이 육신의 아픔을 불러오는 일에 큰 몫을 했을 것이다. 패니는 철저히 외면당했다는 느낌을 받았으며, 지난 며칠 동안 질투와 싸워야만 했던 것이다. 패니는 마음에 커다란 상처를 입었다. 다른 사람들 몰래 소파에 몸을 기대고 있는 동안 그녀가 느꼈던 마음의 고통은 두통보다 훨씬 더 큰 것이었다. 그리고 갑작스러운 에드먼드의 친절한 말과 행동으로 인해서 패니는 앞으로 어떻게 하는 게 좋을지 더욱 혼란스러울 뿐이었다.

제8장

다음날 아침부터 패니는 다시 승마를 하기 시작했다. 날씨는 무척 상쾌한 느낌을 주었다. 몹시 무더웠던 최근 며칠보다도 훨씬 시원했던 것이다. 그래서 에드먼드는 마음속으로 패니가 건강도 회복하고 그 동안 빼앗겼던 기쁨도 되찾을 수 있을 것이라고 생각했다.

패니가 승마를 하기 위해 밖으로 나간 동안 러시워스가 어머니와 함께 맨스필드 파크에 도착했다. 러시워스 부인은 버트램 가족들에게 소더튼을 방문해 달라고 정중하게 부탁하기 위해서 함께 찾아왔던 것이다. 소더튼을 방문하는 것은 이주일 전에 거론되었지만, 그 동안 러시워스 부인이 줄곧 집을 비우고 있었기 때문에 계속 방문 일정이 연기되고 있었다.

노리스 부인과 마리아 그리고 줄리아는 그 소식을 듣게 되자 무척 반가운 표정을 지었다. 그래서 가장 빨리 일정을 잡고 모든 사람들이 소더튼으로 가는 것에 대해 동의했다.

그런데 마리아와 줄리아가 한 가지 단서를 달았다. 반드시 헨리 크로포드가 시간을 낼 수 있어야만 소더튼으로 간다는 조건이었다. 노리스 부인은 아마도 헨리가 한가할 것이라고 대답했지만, 마리아와 줄리아는 만에 하나라도 위험을 감수하려고 하지 않았다. 드디어 마리아의 말에 힌트를 얻은 러시워스는 자신이 목사관으로 직접 찾아가서 헨리 크로포드에게 수요일이 괜찮은지 확인을 하겠다고 제안했다.

러시워스가 돌아오기 전에 그랜트 부인과 매리 크로포드가 맨스필드 파크를 방문했다. 두 사람은 서로 길이 엇갈려서 러시워스와 마주치지 않았던 것이다.

두 사람은 러시워스가 헨리 크로포드를 집에서 만날 수 있을 것이라고 말하면서 그들을 안심시켜 주었다. 물론 소더튼을 방문하는 것이 다시 대화의 주제가 되었다. 다른 주제에 대해 이야기한다는 것은 상상도 하지 못할 일처럼 여겨졌다. 노리스 부인도 그 일에 대해 몹시 열을 내고 있었던 것이다.

러시워스 부인은 버트램 부인을 쳐다보면서 다 함께 소더튼을 방문해 달라고 설득하고 있었다. 러시워스 부인은 마음씨가 좋고 예의도 바른 여인이었지만 몹시 지루하고 거만한 태도를 갖고 있었다. 그녀는 자기 자신과 아들이 관련된 일 이외에 다른 것은 어느 것도 별로 중요하게 생각하지 않았다. 러시워스 부인의 끈질긴 설득에도 불구하고 버트램 부인은 소더튼을 방문하는 것을 계속 거절하고 있었다. 하지만 버트램 부인이 몹시 차분한 태도로 거절했기 때문에 러시워스 부인은 사실 그녀도 방문하고 싶어 하는 거라고 생각했다.

"러시워스 부인! 언니가 그곳까지 갔다가 돌아오는 것은 무리일 겁니다. 15km나 되는 먼 길을 가야만 하고 또다시 그만큼의 거리를 돌아와야만 하거든요. 이번에는 언니를 그냥 놓아두시고 저와 사랑스러운 두 질녀만 받아 주세요. 만약 언니가 멀리 여행하고 싶다면 소더튼만한 곳은 없을 거예요. 하지만 언니는 그 여행을 견디지 못할 겁니다. 언니가 여기 있어도 패니가 함께 있어 줄 테니까 괜찮을 거예요. 에드먼드가 이 자리에 없기는 하지만 함께 소더튼까지 가는 일에 흔쾌히 찬성할 것이 분명합니다. 에드먼드는 말을 타고 가면 되거든요."

노리스 부인이 러시워스 부인의 말을 가로막으면서 큰 소리로 제안했다. 러시워스 부인은 어쩔 수 없이 버트램 부인을 설득하는 것을 멈추어야만 했다.

"부인이 방문하지 못하다니……. 정말 유감스러운 일이에요. 그리고 프라이스 양도 온다면 정말 좋았을 텐데……. 프라이스 양도 아직 소더튼을 한 번도 방문한 적이 없잖아요. 프라이스 양이 그곳을 보지 못했다는 것은 말도 안 되는 일이에요."

마침내 러시워스 부인은 버트램 부인을 설득하는 것을 포기하고 유감스러운 어조로 말했다.

"오, 부인! 정말로 자상하기도 하세요. 하지만 패니는 앞으로 소더튼을 방문할 기회가 많이 있을 겁니다. 아직 젊어서 앞으로도 시간이 많을 테니까요. 그리고 패니가 지금 소더튼에 간다는 것은 거의 불가능한 일입니다. 버트램 부인은 패니를 보낼 수가 없어요."

노리스 부인이 손을 내저으면서 말했다.

"그것은 동생의 말이 맞아요. 패니도 없이 저 혼자 지낼 수는 없어요."

버트램 부인이 고개를 끄덕이면서 노리스 부인의 말에 동의했다. 러시워스 부인은 모든 사람이 소더튼을 보고 싶은 생각을 하고 있을 거라고 확신하고 있었다. 그래서 그녀는 버트램 부인을 포기하고 난 후에 매리 크로포드와 그랜트 부인에게 정중히 초대의 의사를 전달했다.

그랜트 부인은 공손하게 초대를 거절했지만, 동생인 매리 크로포드가 가는 것은 기꺼이 허락해 주었다. 매리 크로포드는 여러 번 함께 갈 것을 권유받고 난 후에 못 이기는 척하면서 초대를 수락했다.

얼마 후에 러시워스가 맨스필드 파크로 돌아왔다. 그는 목사관에서 헨리 크로포드를 만났다고 하면서 소더튼을 방문하겠다는 확답을 받았다고 보고했다. 에드먼드는 때를 잘 맞추어서 집으로 돌아왔다.

에드먼드는 정중한 태도로 러시워스 부인을 마차까지 배웅했다. 그런 다음에 매리 크로포드와 그랜트 부인을 데리고 목사관 근처까지 걸어갔다. 그러면서 그는 수요일로 날짜가 확정되었다는 사실을 알게 되었다.

이윽고 에드먼드는 조찬실로 들어갔다. 노리스 부인은 매리 크로포드가 함께 동행하는 것이 바람직한 일인지 혹은 그렇지 않은 일인지 그리고 헨리 크로포드의 사륜마차에 자신까지 포함해서 다 탈 수 있을 것인지에 대해 고민하고 있었다. 마리아와 줄리아는 노리스 부인의 걱정을 비웃으면서 사륜마차에는 네 명이 다 탈 수 있으며, 한 명은 헨리와 함께 마부 석에 탈 수 있다는 사실을 알려주고 있었다.

"그런데 왜 크로포드 씨의 마차만이 가야 하는 건가요? 어머니의 작은 마차도 사용할 수 있지 않나요? 얼마 전에 소더튼을 방문하자는 말이 처음 나왔을 때, 나는 우리 가족이 가는데 왜 우리 가족의 마차를 타면 안 되는지 의아하게 생각했어요."

에드먼드가 잠자코 있다가 불쑥 질문을 던졌다.

"뭐라구! 이런 날씨에 세 명이 비좁은 우리 마차에 타고 간단 말이야? 사륜마차에 얼마든지 편안하게 탈 수 있는데? 그건 안 돼! 에드먼드, 그렇게 할 수는 없어."

줄리아는 기가 막힌다는 듯이 큰 소리로 말했다.

"게다가 크로포드 씨는 우리를 사륜마차에 태우고 싶어 하고 있어. 이제까지 이야기한 것으로 봐서 크로포드 씨는 우리가 그의 마차를 타고 간다고 약속한 것으로 알고 있을 거야."

마리아도 줄리아의 말을 거들었다.

"에드먼드야! 마차 한 대로 충분히 갈 수 있는데, 두 대의 마차를 동원하는 것은 쓸데없는 짓이란다. 그리고 우리끼리 하는 말이지만 마부는 소더튼까지 가는 길을 그리 좋아하지 않아. 그 마부는 길이 좁아서 마차에 긁힌 자국이 생긴다고 항상 불평하잖니. 그리고 토머스 경이 돌아왔을 때, 마차에 온통 긁힌 자국 투성이라면 어떻게 하겠니?"

노리스 부인이 걱정스러운 표정을 지었다.

"그것이 크로포드 씨의 마차를 타고 가는 주된 이유가 될 수는 없어요. 솔직히 말해서 늙은 마부 윌콕스는 바보 같은 늙은이에요. 그는 마부이면서도 어떻게 마차를 몰아야 하는지조차도 모른다니까요. 내 말이 맞을 테니까 어디 한 번 두고 보세요. 수요일에 가 보면 좁은 길에서도 전혀 불편하지 않게 갈 수 있다는 사실을 알게 될 테니까요."

마리아가 단정적인 어조로 말했다.

"사륜마차의 마부 석에 앉아서 가는 것도 그렇게 힘들거나 괴롭지는 않을 것 같네요."

에드먼드가 고개를 끄덕이면서 대답했다.

"괴롭다니! 세상에……. 나는 사람들이 그 자리를 제일 좋은 자리로 생각한다고 믿고 있었는데……. 그 자리만큼 아름다운 전원의 경치를 즐길 수 있는 자리는 없을 거야. 다른 자리와는 비교도 할 수 없어. 아마도 크로포드 양이 그 자리에 앉겠다고 할 거야."

마리아가 큰 목소리로 말했다.

"그렇다면 패니가 함께 가는 것에 대해 반대할 수는 없겠지. 마차 안에 패니가 앉을 자리가 없지는 않을 테니까……."

에드먼드가 빙그레 웃으면서 말했다.

"패니라니? 에드먼드! 패니가 우리와 함께 동행한다는 것은 애초부터 계획에 없었단다. 패니는 언니와 함께 이곳에 남아 있을 거야. 러시워스 부인에게도 이미 그렇게 말했단다. 러시워스 부인은 패니가 찾아올 거라곤 전혀 예상하지 못하고 있을 거야."

노리스 부인이 깜짝 놀라면서 말했다.

"패니가 그곳으로 가는 것을 원하지 않는 건 편리한 것만 추구하는 어머니의 이기심 때문이죠? 다른 이유는 없는 거죠? 어머니는 패니 없이 지내실 수가 없죠? 그렇지 않으면 패니가 집에 남아 있기를 원하실 리가 없는 것 아닌가요?"

에드먼드가 어머니인 버트램 부인을 바라보면서 말했다.

"물론 그렇단다. 하지만 나는 패니의 도움을 받지 않고 혼자 지낼 수가 없단다."

버트램 부인이 온화한 목소리로 대답했다.

"그렇다면 제가 어머니와 함께 집에 남아 있으면 되겠군요."

에드먼드가 단호한 목소리로 선언했다. 에드먼드의 말이 끝나자, 모든 사람들이 거칠게 항의하기 시작했다. 하지만 에드먼드는 고개를 가로저었다.

"내가 반드시 가야 할 필요는 없어요. 그리고 나는 집에 남아 있으려고 해요. 패니는 소더튼을 몹시 보고 싶어 해요. 나는 그 사실을 잘 알고 있어요. 그 동안 패니가 그런 기쁨을 느낄 수 있는 기회가 흔하지 않았어요. 어머니! 그러니까 패니에게 이번만은 그런 기쁨을 느낄 수 있게 해 주실 거라고 믿어요."

에드먼드가 여전히 어머니를 쳐다보면서 말했다.

"그래. 이모만 반대하지 않는다면 기꺼이 그렇게 해 주마."

버트램 부인이 노리스 부인을 힐끗 쳐다보고 난 후에 대답했다. 그러자 노리스 부인은 즉각 반대하고 나섰다. 노리스 부인에게 남아 있는 유일한 반대의 이유는 러시워스 부인에게 패니가 가지 않을 것이라고 이미 말했다는 것이었다. 그래서 노리스 부인은 만약 패니가 그곳에 나타난다면 매우 우습게 보일 것이며, 그런 우스운 꼴을 당한다면 무척 참기 힘든 일이 될 거라고 말했다. 그렇게 된다면 얼마나 우스꽝스러울 것인가! 게다가 그것은 너무나 예의에 어긋나는 일이며 심지어 러시워스 부인에 대한 커다란 실례가 될 것이었다. 그리고 러시워스 부인은 매우 훌륭한 가문 출신이며, 뛰어난 예의범절을 갖춘 사람이 아닌가! "그런 점에서 본다면 나는 러시워스 부인과 비교조차 될 수가 없단다. 하물며 그런 실례까지 범할 수는 없어."

이것이 노리스 부인의 주장이었다. 사실 노리스 부인은 패니에 대해서 조금도 애정을 갖고 있지 않았으며, 패니가 좋아하는 일을 하게 해 주고 싶지도 않았던 것이다. 그러나 지금 노리스 부인이 반대하는 가장 큰 이유는 자신의 계획을 조금도 변경하고 싶지 않다는 것이었다.

노리스 부인은 자신이 모든 것을 완벽하게 계획했으며 그 계획에 어떤 변화가 있더라도 결코 더욱 나은 방향이 아니라고 굳게 믿고 있었다. 그런데 에드먼드는 노리스 부인에게 러시워스 부인 때문이라면 걱정할 필요가 없다고 딱 잘라 말했다. 에드먼드는 조금 전에 러시워스 부인을 마차까지 배웅하면서 어쩌면 패니도 함께 동행할 수 있다고 말했던 것이다. 그리고 러시워스 부인은 패니의 방문을 기꺼이 허락해 주었다. 에드먼드의 말에 노리스 부인은 너무나 화가 나서 더 이상 우아한 태도를 유지할 수가 없었다.

"그래, 좋아. 네가 정 그렇게 하고 싶다면 네 마음대로 하거라. 나는 아무런 상관도 없으니까 말이다."

노리스 부인이 잔뜩 분개한 목소리로 외쳤다.

"그런데 패니 대신에 네가 집에 머물러 있겠다고 하는 것은 좀 이상하구나."

마리아가 의아하다는 듯이 말했다.

"패니가 이 사실을 알면 너에게 무척 고마워할 거란다."

줄리아는 이렇게 말한 후에 성급히 방에서 나갔다. 줄리아는 자신이 집에 머물러 있겠다고 자청해야만 하지 않을까 생각하고 있었던 것이다.

"그럴 수도 있겠죠."

에드먼드가 별로 대수롭지 않다는 듯이 짧게 대답했다. 그리고 더 이상 그 일에 대해서 어느 누구도 언급하지 않았다.

패니는 그 말을 전해 듣고, 에드먼드에 대해 커다란 고마움을 느꼈다. 패니는 뼈에 사무칠 정도로 에드먼드의 친절을 느낄 수 있었다. 하지만 패니는 자신 때문에 에드먼드가 소더튼을 방문할 수 있는 즐거움까지 포기했다는 사실을 알고 너무나 가슴이 아팠다. 그리고 에드먼드가 함께 가지 않는다면 소더튼을 방문하는 것도 전혀 즐겁지 않을 것이다.

그런데 다음날 버트램 가족과 그랜트 가족이 만난 후에 또다시 계획이 수정되었다. 그랜트 부인이 에드먼드 대신에 버트램 부인과 함께 시간을 보내겠다고 자청했던 것이다. 그리고 그랜트 박사도 함께 저녁 식사를 하겠다고 제안했다.

버트램 부인은 그 제안을 듣고 무척 반가운 표정을 지었다. 그 동안 마음이 무거웠던 세 아가씨들도 금세 활기를 되찾았다. 에드먼드도 소더튼을 방문할 수 있게 되었던 것이다. 에드먼드는 그랜트 박사 부부의 제안에 대해 몹시 고맙다고 생각했다. 노리스 부인도 그것이 매우 원만한 해결책이라고 말하면서 그랜트 부인이 그 제안을 했을 때, 자신도 이제 막 말하려던 참이었다고 덧붙였다.

마침내 여행을 떠나기로 한 수요일이 되었다. 날씨는 매우 맑고 쾌청했다. 아침 식사가 끝나자마자 헨리 크로포드가 사륜마차를 몰고 맨스필드 파크에 도착했다. 사륜마차 속에는 이미 두 자매가 타고 있었다. 모든 사람들이 출발 준비를 마치고 기다리고 있었기 때문에 그랜트 부인이 마차에서 내리고 나머지 사람들이 다시 자리를 잡는 것 이외에는 달리 할 일이 없었다.

마차의 모든 자리 중에서 가장 영광스럽고 또한 모든 사람들이 탐내는 자리가 있었다. 그것은 바로 헨리의 옆자리였다. 과연 그 영광의 자리에 앉게 되는 행운이 누구에게 돌아갈 것인가? 마리아와 줄리아 버트램의 머리 속에는 똑같이 어떻게 해야 다른 사람에게 양보하는 것처럼 보이면서도 자신이 그 자리를 차지할 수 있을까 하는 생각으로 가득 차 있었다. 그런데 그 문제는 아주 간단하게 해결되었다.

"이 마차에 타야 할 사람이 모두 다섯 명이니까, 한 사람은 헨리와 함께 마부 석에 앉아야 할 거예요. 줄리아! 줄리아 양이 마차를 몰고 싶다고 말한 적이 있었죠. 그러니까 줄리아 양이 이번 기회에 마차를 모는 방법을 배우는 것도 좋을 것 같군요."

그랜트 부인이 마차에서 내리면서 한 마디 던졌던 것이다.

행복한 줄리아! 아, 너무나 불행한 마리아!

줄리아는 그랜트 부인의 말이 끝나자마자 재빨리 마부석으로 올라갔다. 마리아는 침울한 표정을 지으면서 마차 안으로 들어갔다. 사륜마차는 맨스필드 파크에 남아 있던 두 부인의 배웅을 받으면서 출발했다. 버트램 부인의 가슴에 안겨 있던 퍼그가 시끄럽게 짖어대는 소리가 마차의 뒤를 따라오고 있었다.

소더튼까지 가는 길은 아름다운 전원을 따라 길게 나 있었다. 지금까지 한 번도 마차를 오랫동안 타보지 못했던 패니는 곧 새로운 경치를 만나게 되었다. 그녀의 눈에는 모든 것들이 새롭게 느껴졌다. 그녀는 새로운 모든 것들을 하나도 놓치지 않고 자세히 관찰하면서 아름다운 경치에 찬사를 연발했다.

사륜마차 안에 타고 있던 사람들은 패니에게 거의 말을 걸지 않았다. 하지만 패니도 전혀 그들의 대화에 참여하고 싶지 않았다. 패니의 가장 좋은 벗은 이제 자신의 생각과 관념이 되어 있었던 것이다.

패니는 아름다운 전원과 굽이치면서 이어지는 길들과 시간이 흐르면서 점차 달라지는 토양과 추수에 바쁜 가을의 정취와 아담한 초가집들과 유유히 풀을 뜯는 가축들과 어린 아이들을 유심히 관찰했다. 그녀는 그것들을 바라보면서 느낀 자신의 감정을 에드먼드에게 이야기할 때, 가장 큰 즐거움을 느꼈다. 그것은 패니와 그녀 옆에 앉아 있는 숙녀가 유일하게 닮은 점이었다. 그 사람은 바로 매리 크로포드였다.

에드먼드에 대해 가지고 있는 마음을 제외한다면, 매리 크로포드와 패니는 전혀 비슷하지도 않았다. 매리 크로포드는 패니처럼 섬세한 마음과 감정과 취향을 전혀 가지고 있지 않았다. 매리 크로포드는 자연을 바라보았지만, 자연 속에서 살아 숨쉬는 생동감을 볼 수가 없었다. 매리 크로포드가 본 것은 정적인 자연이었다. 매리 크로포드의 관심은 온통 남자와 여자에 쏠려 있었다. 에드먼드가 마차 뒤에 처지거나 혹은 마차보다 앞질러 가게 되면 패니와 매리 크로포드가 거의 동시에 "에드먼드가 저기에 있네"라고 외치는 일이 여러 번이나 있었다.

사륜마차에 타고 나서 10킬로미터 정도의 거리를 가는 동안 마리아 버트램의 마음은 온통 번민으로 가득 차 있었다. 마리아 버트램의 눈길은 줄곧 헨리 크로포드와 줄리아에게 머물러 있었다. 헨리와 줄리아는 나란히 앉아서 즐겁게 대화를 나누며 마차를 몰고 있었던 것이다. 헨리가 미소를 지으면서 줄리아를 바라보는 옆모습을 보거나, 줄리아의 웃음소리가 들릴 때마다 마리아는 짜증이 나는 것을 참기가 어려웠다. 단지 교양 있는 숙녀가 지켜야 할 예의 때문에 치밀어 오르는 짜증을 간신히 참을 수 있었다. 줄리아가 고개를 돌려서 뒤를 돌아볼 때마다, 마리아는 그녀의 표정이 온통 즐거움으로 가득 차 있는 것을 볼 수가 있었다. 그리고 줄리아는 마차에 타고 있던 사람들에게 이야기할 때마다 언제나 한껏 목청을 높였다.

"경치가 정말 멋지네요. 모두 이 경치를 볼 수 있었으면 좋겠네요……."

줄리아는 상기된 목소리로 이렇게 말하곤 했다. 하지만 줄리아의 말에 대답을 한 사람은 오직 매리 크로포드 한 사람뿐이었다.

"오, 정말 아름다운 전원이 눈앞에 펼쳐지고 있어요. 내 자리에 매리 양이 앉아 있었으면 좋겠어요. 어때요, 매리 양? 이 자리에 한 번 앉아 보겠어요?"

사륜마차가 언덕 꼭대기에 이를 때마다 줄리아는 이렇게 말하곤 했다. 하지만 사륜마차는 매리가 미처 대답하기도 전에 언덕을 내려가면서 질주하기 시작하곤 했다.

소더튼 영지 내에 이르자 마리아 버트램의 기분은 한결 좋아졌다. 이제 마리아는 양다리를 걸치고 있는 셈이 된 것이었다. 그녀는 제임스 러시워스를 향한 애틋한 감정과 헨리 크로포드를 향한 친밀한 감정을 동시에 가지고 있었다. 그런데 이제 막 사륜마차가 소더튼에 도착할 때가 되자, 러시워스를 향한 감정이 우위를 차지하기 시작했던 것이다. 러시워스의 재산은 바로 마리아의 것이었다.

"저 숲들이 소더튼의 영지에 소속되어 있어요."

"이 길 양옆의 땅들은 이제 모두 러시워스 씨의 재산이에요."

마리아 버트램은 매리 크로포드를 향해 이렇게 말하면서 우월감을 되찾아가고 있었다. 그리고 소더튼 영지 내에 우뚝 솟아있는 대저택이 보이기 시작하자, 그녀의 우월감은 점점 더 커져만 갔다. 그 대저택은 러시워스의 조상들이 거주했던 곳이었다.

"크로포드 양, 이제 더 이상 험한 길은 없을 거예요. 어려운 길은 다 지나갔어요. 나머지 길은 전부 평탄할 거예요. 러시워스 씨가 영지를 상속받고 난 후에 이 길을 만들었거든요. 여기에서부터 마을이 시작되네요. 이 초가집들은 정말로 볼품이 없어요. 교회의 뾰족탑이 멋지게 보일 정도라니까요. 교회가 저택과 가까이 있지 않은 것이 얼마나 다행인지 몰라요. 그런 식으로 되어 있는 경우가 많이 있거든요. 교회 종소리가 울리면 아마도 너무나 끔찍할 거예요. 저기에 목사관이 보이네요. 매우 아담하고 깨끗한 집이죠. 나는 목사 부부가 괜찮은 사람이라고 알고 있어요. 저기에 빈민 구호소가 있어요. 가족들이 지은 거죠. 오른쪽으로는 집사의 집이 있어요. 집사도 인품이 좋은 사람이에요. 이제 정문 가까이 다가가고 있어요. 하지만 아직도 저택까지는 1.5킬로미터 정도 더 가야만 해요. 여기를 보세요. 이쪽은 별로 추하지 않죠. 목재는 멋지지만 집의 상태는 아주 끔찍해요. 8백 미터 정도 언덕을 따라 내려가다 보면 정말 안 되었다는 생각이 들어요. 현관까지 이르는 입구가 제법 괜찮았다면 그 정도로 추한 집이 되지는 않았을 거예요."

마리아가 손가락으로 여기저기를 가리키면서 설명했다. 매리 크로포드는 마리아의 말이 끝날 때마다 탄성을 지르면서 찬사를 표시했다. 매리 크로포드는 마리아의 감정을 낱낱이 꿰뚫어보고 있었던 것이다. 매리 크로포드는 마리아의 기분을 한껏 치켜세우고 있었다. 노리스 부인도 잔뜩 흥분한 채, 마구 떠들어대고 있었다. 패니조차도 아름다운 경치에 찬사를 감추지 못하고 있었다. 패니는 지금 자신의 눈앞에 펼쳐지고 있는 모든 것들을 열심히 바라보면서 마음속 깊이 새기고 있었다.

"정말 멋진 저택이에요."

패니가 웅장한 저택을 바라보면서 말했다.

"그런데 길이 어디 있죠? 집은 동쪽을 향하고 있군요. 그렇다면 길은 뒤쪽으로 나 있는 게 확실하네요. 러시워스 씨가 서쪽 현관에 대해 말한 적이 있거든요."

패니가 건물에 대해 감탄하면서 이렇게 덧붙였다.

"맞아. 집 뒤쪽으로 길이 나 있어. 집에서 약간 떨어진 장소에서 시작하지. 약 7백 미터 정도 되는 오르막길이야. 여기 이 장소에서도 보일 텐데……. 좀 멀리 떨어진 곳에서 자라고 있는 나무들이 보이지? 모두 참나무야."

마리아 버트램은 자신도 잘 알지 못하는 내용을 자신 있게 말할 수가 있었다. 그것은 모두 러시워스가 마리아의 의견을 물어보기 위해 미리 설명해 주었던 것들이었다. 저택의 출입구 앞에 나 있는 넓은 돌계단을 향해 서서히 사륜마차가 접근하자, 마리아의 마음은 허영심과 우월감으로 가득 차서 마치 하늘을 날아갈 것만 같았다.

제9장

제임스 러시워스는 사랑하는 여인을 맞이하기 위해 현관까지 나와서 기다리고 있었다. 러시워스는 일행 모두에게 매우 정중한 태도로 인사했다. 그들이 응접실로 들어가자 러시워스 부인이 나와서 아들만큼이나 정중하고 친절하게 일행을 맞이해 주었다. 마리아 버트램은 다른 사람들보다 더욱 특별한 대우를 받았다. 그것은 바로 마리아가 간절히 바라고 있던 일이었다.

러시워스는 부산하게 손님들을 식당으로 안내했다. 긴 여행을 하고 난 다음이었기 때문에 모든 사람들이 피곤하고 배가 고팠던 것이다. 식당으로 가기 위해서는 응접실과 연결되어 있는 방 한두 개를 지나가야만 했다.

잠시 후에 그들은 식당으로 들어갔다. 풍성한 음식이 식탁 가득 차려져 있는 모습이 보였다. 그들은 모두 맛있게 식사를 하면서 대화를 나누었다. 식사 시간은 아주 즐겁게 지나갔다.

식사가 끝나고 나자 그날의 특별한 주제가 다시 거론되었다. 어떤 식으로 소더튼 영지를 돌아보는 것이 좋을까? 러시워스는 작은 이륜마차를 타고 영지를 돌아보는 것이 좋을 것 같다고 말했다. 그러자 헨리는 두 명 이상이 탈 수 있는 마차가 더욱 나을 것 같다고 제안했다.

“두 명이 타게 되면 별로 재미가 없을 겁니다. 게다가 다른 사람들의 견해나 판단을 듣지 못하게 되는 것도 큰 단점입니다.”

헨리가 단호한 태도로 말했다.

“그것보다는 조금 큰 이륜마차를 타는 게 어떨까요?”

러시워스 부인은 헨리의 말이 끝나기를 기다렸다가 조심스럽게 제안했다. 하지만 그 자리에 참석한 모든 사람들은 러시워스 부인의 제안을 못마땅하게 여기고 있었다. 젊은 숙녀들은 전혀 표정을 드러내지 않으면서 한 마디 말도 하지 않고 있었다.

그러자 러시워스 부인은 이 저택에 와 본 적이 없는 사람들을 위해 모두가 한 번 저택 내부를 둘러보는 게 좋겠다고 제안했다. 그것은 이전 것보다는 더욱 좋은 제안이라는 생각이 들었는지 모두가 즉시 수락했다. 특히 마리아 버트램은 그렇게 하면 저택의 크기를 과시할 수 있었기 때문에 매우 만족스러운 표정을 지었다. 나머지 사람들도 무엇인가를 할 수 있다는 것 때문에 즉시 그 제안을 받아들였다.

잠시 후에 모든 사람들이 자리에서 일어났다. 그들은 러시워스 부인의 안내를 받으면서 수많은 방들을 하나씩 차례대로 구경했다. 방들은 모두 천장이 무척 높았으며 대부분 매우 큰 규모를 자랑하고 있었다. 방의 내부는 50년 전에 유행하던 스타일의 가구들로 가득 차 있었으며 바닥은 윤이 날 정도로 반짝거렸다. 가구들은 마호가니와 대리석으로 제작되어 있었으며, 표면에 멋진 조각이 되어 있거나 금으로 테두리를 두른 것들이 많았다. 방들은 모두 나름대로 멋을 풍기고 있었으며 그림들이 많이 걸려 있었다. 훌륭한 작품들도 몇 개 있었지만, 대부분의 그림은 가족들의 초상화였다. 이제는 초상화 속의 인물들이 누구인지 러시워스 부인 이외에는 아무도 모르고 있었다.

러시워스 부인도 늙은 가정부로부터 초상화 속의 인물들에 대해서 배우기 위해 무척 고생을 했지만 이제는 그러한 노력 덕분인지 사람들에게 집을 구경시켜 주면서 설명할 정도가 되었다. 러시워스 부인은 저택을 안내하는 동안 주로 매리 크로포드와 패니를 쳐다보면서 설명했다.

그러나 두 사람이 실제로 가지고 있는 관심은 천지차이였다. 지금까지 매리는 멋진 저택을 헤아릴 수조차 없을 정도로 많이 구경했기 때문에 소더튼에 대해 별로 관심이 없었다. 그래서 그녀는 공손하게 듣는 척만 하고 있을 뿐이었다. 하지만 패니는 모든 것이 새롭고 흥미롭게 여겨졌다. 그래서 러시워스 부인이 조상들과 그들의 흥망성쇠 그리고 왕족의 방문 등에 대해서 이야기를 할 때마다 패니는 어느 것 하나도 놓치지 않으려고 열심히 귀를 기울였다. 그녀는 자신이 알고 있는 역사의 지식과 러시워스 부인의 이야기를 서로 연관시키는 것이 무척 재미있었던 것이다. 그녀는 과거의 일들을 머리 속으로 떠올리면서 마음껏 상상의 나래를 펼쳤다.

소더튼 저택은 구조상의 결점으로 인해 어느 방에서나 전망이 그리 좋지 않았다. 패니와 일행이 러시워스 부인의 설명을 듣고 있는 동안 헨리 크로포드는 심각한 표정으로 창문들을 바라보면서 머리를 설레설레 흔들고 있었다. 서쪽으로 나 있는 방들의 창문에서 내다보면, 모든 길이 시작되는 곳까지 쭉 뻗어 있는 잔디밭이 보였다. 그 너머로 키가 큰 철제 울타리와 정문이 자리 잡고 있었다.

그들은 소더튼 저택의 수많은 방들을 구경했다. 하지만 사실상 그 방들은 하녀들에게 일거리만 제공하고 있을 뿐 실제적으로는 하등 필요가 없는 것들이었다.

"자, 이제 채플로 가고 있어요. 원래는 위쪽으로 들어가서 내려다보는 게 좋지만 지금은 친구들만 있으니까 그냥 이쪽으로 들어가도록 하죠. 괜찮겠죠?"

방들을 모두 둘러보고 난 후에, 러시워스 부인이 웃으면서 말했다. 잠시 후에 그들은 모두 채플로 들어갔다. 패니는 머리 속으로 아주 웅장한 곳을 상상하고 있었다. 하지만 실제로 채플은 다른 방들보다 조금 넓을 뿐 그다지 다를 것이 없는 타원형의 방이었다. 그곳은 단순히 예배를 드리기 위한 목적만 가지고 있었던 것이다. 단지 다른 방보다 조금 더 고급스러운 마호가니 가구들이 놓여 있었고, 위쪽으로 가족의 초상화가 쭉 걸려 있는 화랑 위에 진홍색 벨벳 쿠션이 걸려 있는 정도였다.

“약간 실망했어, 오빠. 내가 생각했던 채플은 이런 것이 아니었는데……. 나는 좀더 웅장하고 사람을 압도하면서도 어디인지 모르게 서글픈 분위기가 감도는 방을 상상했었어. 하지만 여기에는 통로도 없고 아치도 없어. 비문이나 깃발도 없어. ‘스코틀랜드의 제왕이 이곳에서 잠들다’라거나 ‘천국의 밤바람에 날아간 영혼’이라거나 뭐 그런 문구가 적혀 있는 깃발도 없어. 정말 실망이야.”

패니가 나지막한 목소리로 에드먼드를 향해 속삭였다.

“패니, 이 저택은 모두 최근에 지어진 것들이야. 또한 원래부터 이 채플의 용도가 무척 단순하다는 사실을 너는 모르고 있구나. 이 채플을 커다란 성이나 수도원의 유서 깊은 채플들과 비교할 수는 없지. 이곳은 단순히 가족들이 모여서 예배를 드리는 사적인 공간일 뿐이야. 네가 기대하는 그런 사람들은 커다란 교회에 묻혀 있어. 그러니까 그런 깃발들은 그곳에 가서 찾아봐야 할 거야.”

에드먼드가 목소리를 낮추면서 대답했다.

“정말 그렇겠구나. 그런 생각을 하지 못한 내가 어리석었어. 하지만 어쨌거나 나는 실망했어.”

패니가 채플의 내부를 둘러보면서 말했다.

“이 채플에는 제임스 2세 시대의 가구가 비치되어 있어요. 그 전에는 좌석이 참나무 목재로만 되어 있었고, 설교단의 테두리와 쿠션과 가족석만 자줏빛 천을 대었던 것으로 알고 있어요. 하지만 확실한 것은 아니에요. 어때요? 정말 근사한 채플이죠. 오래 전에는 아침과 저녁마다 사용했었어요. 가족 목사가 기도문을 읽곤 했었던 것을 기억하고 있는 사람도 아직 많이 있어요. 하지만 돌아가신 남편이 날마다 예배드리는 것을 그만 두었죠."

채플로 들어서자, 러시워스 부인이 다시 이야기를 하기 시작했다.

"시간이 흐르면서 세대가 바뀔 때마다 조금씩 개선되는 점이 있기 마련이죠."

매리 크로포드가 부드러운 미소를 지으면서 에드먼드에게 말했다. 러시워스 부인은 방금 한 이야기를 다시 헨리에게 들려주기 위해 그를 향해 가까이 다가갔다. 에드먼드와 패니 그리고 매리 크로포드는 한 곳에 모여 있었다.

"그런 전통이 계속 이어지지 못했다는 것이 유감이에요. 우리 이전 시대의 귀중한 유산인데 말이에요. 나는 채플과 가족 목사 제도가 이 저택과 잘 어울린다고 생각해요. 기도를 하기 위해서 가족들이 규칙적으로 모이다니……. 참 멋져요."

패니가 감격스러운 어조로 말했다.

"정말 멋지군요. 불쌍한 하녀들과 시종들에게 하던 일을 멈추고 혹은 재미있는 놀이를 그만 두고 억지로 여기까지 불러와서 하루 두 번씩 기도문을 읽게 만들려면 주인도 어지간히 힘들었을 거예요. 하녀들과 시종들은 채플에 오지 않으려고 별별 핑계를 다 생각해 내었겠죠."

매리가 깔깔거리면서 웃음을 터뜨렸다.

"패니가 머리 속에서 그리고 있는 가족 모임은 그런 것이 아니에요. 주인들이 예배에 참석하지 않으면 그 관습은 이로운 것이 아니라 해로운 것으로 변하기 마련이죠."

에드먼드가 매리를 물끄러미 바라보면서 말했다.

"어쨌거나 누구든지 간에 그런 점에서는 마음대로 행동하도록 내버려두는 것이 좋아요. 사람들은 누구나 다 자기 마음대로 행동하고 싶어 하거든요. 예배를 드리는 시간이나 방식을 마음대로 선택하고 싶어하죠. 반드시 예배에 참석해야만 하는 의무감과 형식과 구속 그리고 시간……. 그런 것들이 모두 힘겨운 거예요. 그런 것을 좋아하는 사람은 이 세상에서 아무도 없죠. 저 화랑에서 무릎을 꿇고 기도하던 선량한 사람들이 이런 날이 올 거라고 미리 예견할 수만 있었다면 아마도 뛸 듯이 기뻐했을 거예요. 아침에 침대 속에서 10분 더 드러누워 있을 수 있고 또한 아침에 두통이 있어도 책망을 받지 않아도 된다는 것을……. 러시워스 가문의 처녀들이 채플에 오기 싫은 것을 참고 억지로 왔어야만 했을 때 어떤 심정이 들었을지 상상이나 할 수 있나요? 이제는 일리노아 부인과 브리지트 부인이 되어 있는 그분들이 젊은 시절에 빳빳하게 풀 먹인 옷을 입고 경건한 모습으로 앉아 있지만 사실 그분들의 머리 속에는 다른 생각으로 가득 차 있었을 거예요. 특히 목사가 별로 현명한 인물이 아니었을 때에는 더욱 그런 생각이 들었을 거예요. 그 당시에는 지금보다도 더욱 열등한 사람들이 목사가 되었을 테니까요."

매리가 패니와 에드먼드를 번갈아 쳐다보면서 말을 끝냈다. 잠시 동안 패니와 에드먼드는 둘 다 입을 굳게 다물고 아무런 대답도 하지 않았다. 패니는 얼굴을 붉히면서 에드먼드를 물끄러미 바라만 보고 있었다. 패니는 너무나 화가 나서 입을 뗄 수조차 없었던 것이다. 에드먼드는 입을 열기 전에 먼저 생각을 정리하는 것 같았다.

"매리 양은 너무나 발랄하고 생기에 넘쳐서 심각한 주제를 놓고도 심각하게 생각할 수가 없는 것 같군요. 아주 재미있는 이야기를 해주셨어요. 인간의 본성으로 볼 때, 전적으로 매리 양의 말을 부인만 할 수는 없어요. 우리 모두는 아무리 애를 써도 생각을 집중하기 힘들 때가 있는 법입니다. 하지만 그런 일이 자주 있다고 생각한다면, 다시 말해서 작은 단점이 자라서 습관으로 굳어진다면 사람들이 개인적으로 예배를 드리는 것이 무슨 소용이 있겠어요? 이런 채플 안에서도 기도에 집중하지 못하고 다른 생각에 골몰했던 사람이 좁은 옷장

안에 들어가면 집중할 수 있다고 생각하나요?"

에드먼드가 진지한 목소리로 질문을 던졌다.

"네, 그럴 거라고 생각해요. 두 가지 점에서 채플보다 옷장이 훨씬 유리하다고 생각해요. 우선 정신을 산만하게 할 만한 것들이 적을 거구요. 그리고 옷장 속으로 들어가면 그렇게 오랫동안 앉아 있기도 힘들 테니까……."

매리가 확신에 찬 어조로 말했다.

"어떤 조건에서 자기 자신과 싸움을 하지 않는 나태한 정신을 가진 사람이라면 다른 조건이 주어진다고 해도 여전히 마음을 빼앗길 만한 것을 발견할 겁니다. 하지만 예배가 길어지면 길어질수록 힘들어지는 것은 나도 인정합니다. 물론 그렇게 하지 않을 수만 있다면 좋겠죠. 하지만 나도 옥스퍼드를 떠난 지 얼마 되지 않았기 때문에 채플에서 기도한다는 것이 어떤 것인지 너무나 생생하군요."

에드먼드가 어깨를 으쓱거리면서 말했다. 그들이 대화를 나누고 있는 동안 다른 사람들은 몇 명씩 무리를 지으면서 모여 있었다.

"러시워스 씨와 마리아 언니를 보세요. 나란히 옆에 서 있으니까 마치 결혼 예식이 시작될 것 같지 않아요? 두 사람의 분위기가 완전히 그런 식으로 보여요."

줄리아가 헨리를 쳐다보면서 말했다. 그 말에 헨리는 부드러운 미소를 지으면서 동의를 표시했다. 그런 다음에 헨리는 마리아를 향해 가까이 다가갔다.

"마리아 양이 제단에 그렇게 가까이 서 있는 모습을 보는 것이 그리 좋지는 않군요."

헨리는 마리아만이 알아들을 수 있도록 작은 목소리로 속삭였다. 마리아는 깜짝 놀라면서 본능적으로 한 걸음 뒤로 물러섰다. 하지만 마리아는 곧 마음을 가라앉히고 어색한 웃음을 지었다.

"만약 당신이 신부를 신랑에게 인도해야 한다면?"

마리아 역시 아주 작은 목소리로 이렇게 속삭였다.

"그렇다면 몹시 거북하겠죠."

헨리가 의미심장한 표정을 지으면서 대답했다. 그 순간 줄리아가 두 사람을 향해 가까이 다가왔다.

"지금 당장 결혼식을 올리지 않는 것이 정말 유감이군요. 결혼식을 올릴 수 있는 면허만 있었다면, 모두가 모여 있는 김에 올리면 좋을 텐데……. 여기보다 더욱 아늑하고 쾌적한 곳이 또 어디 있겠어요."

줄리아가 활짝 웃으면서 농담을 하듯이 말했다. 줄리아가 커다랗게 웃음을 터뜨리면서 말했기 때문에 러시워스와 러시워스 부인도 그 동안 어떤 말이 오고 갔는지 알게 되었다. 러시워스는 사랑이 담긴 눈길로 마리아를 바라보면서 작은 목소리로 애정 어린 말을 속삭였다. 러시워스 부인은 만면에 만족스러운 미소를 지으면서 그렇게 된다면 더할 나위가 없을 정도로 행복할 것이라고 말했다.

"에드먼드가 이미 성직자가 되어 있었더라면 좋았을 텐데……. 에드먼드! 네가 성직자가 되어 있었더라면 지금 당장 두 사람의 결혼식을 주관할 수 있었을 거야. 마리아 언니와 러시워스 씨는 이미 준비가 다 되어 있는데, 네가 아직 목사 안수를 받지 못해서 결혼식을 올릴 수가 없구나."

줄리아는 에드먼드와 패니 그리고 매리가 서 있는 곳으로 다가서면서 말했다. 줄리아가 이 말을 하는 동안 객관적인 입장에 있는 제3자가 매리의 표정을 보았다면 매우 재미있는 느낌을 받았을 것이다. 줄리아의 말에 매리는 깜짝 놀라면서 황당한 표정을 지었던 것이다.

'크로포드 양은 조금 전에 자신이 한 말을 얼마나 후회할까!'

매리의 표정을 바라보고 있었던 패니의 머리 속에서 이런 생각이 스치고 지나갔다.

"안수를 받다니! 에드먼드 씨는 성직자가 되려고 하나요?"

매리가 두 눈을 동그랗게 뜨면서 물었다.

“네, 아버지가 돌아오시면 곧 성직자로 임명이 될 겁니다. 아마도 크리스마스 무렵이 되겠지요.”

에드먼드가 매리의 얼굴을 물끄러미 바라보면서 대답했다.

“그 사실을 미리 알았다면 성직자에 대해서 그런 식으로 심하게 말하지는 않았을 텐데…….”

매리가 나지막한 한숨을 내쉬었다. 하지만 매리는 곧 이전의 명랑한 표정으로 되돌아갔다. 그리고 발랄한 목소리로 화제를 다른 곳으로 돌렸다.

잠시 후에 그들은 모두 채플에서 나왔다. 채플은 다시 고요와 정적을 되찾게 되었다. 이제는 한 해에 한두 명 정도만 채플을 찾는 사람들이 있을 뿐이었다. 그래서 채플은 언제나 고요와 정적만이 지배하고 있었던 것이다. 마리아는 줄리아의 경솔한 행동에 대해 화가 나 있었다. 그래서 마리아가 가장 먼저 채플에서 나갔다. 그들은 모두 채플에서 너무 오랫동안 머물렀다는 생각을 하고 있었다.

이제 그들은 저택의 일층을 모두 다 둘러보았다. 러시워스 부인은 조금도 지칠 줄 모르고 집을 자랑했다. 그래서 러시워스 부인은 이층에 있는 방들도 보여 주기 위해서 계단을 올라갔다. 그런데 바로 그 순간 러시워스가 어머니를 제지했다.

“어머니, 집에서 너무 오랫동안 시간을 지체했어요. 그래서 이층까지 구경하게 되면 야외를 둘러 볼만한 시간이 없을 것 같아요. 야외는 꼭 둘러보아야 하는데 벌써 두 시가 지났어요. 게다가 다섯 시에 저녁 식사를 하기로 예정되어 있잖아요.”

러시워스가 시계를 힐끗 쳐다보면서 말했다. 러시워스 부인은 아들의 말에 고개를 끄덕이면서 수긍했다. 그들은 일단 저택 외부를 먼저 둘러보기로 결정했다. 그런데 어떻게 둘러보아야 하는가 하는 문제와 어떻게 그룹을 지어 다닐 것인가 하는 문제가 쉽게 해결될 것 같지 않았다.

노리스 부인은 어떤 마차와 말을 타고 갈 것인가에 대해 고민하기 시작했다. 그 순간 누군가 계단 옆에 있는 작은 문을 열었다. 그 문을 열고 나가자 곧바로 잔디밭과 나무숲이 이어져 있었다. 향기로운 풀 냄새와 나무 향기가 풍겨오자 시원한 공기를 마시려고 젊은이들은 모두 밖으로 걸어 나갔다.

“지금은 이리로 내려가 보기로 하죠.”

러시워스 부인이 눈치를 채고 얼른 그들을 따라가면서 말했다.

“이곳에는 여러 가지 종류의 나무들이 많이 자라고 있어요. 아, 여기에 꿩들이 있군요.”

러시워스 부인이 손으로 여기저기를 가리키면서 말했다.

“더 멀리 나가기 전에 한 가지 질문이 있어요. 여기에서 우리가 할 일이 있을까요? 이곳에 있는 벽이 아주 멋있군요. 러시워스 씨, 이 잔디밭에서 일단 회의를 소집하는 것이 어떨까요?”

헨리 크로포드가 주위를 빙 둘러보면서 물었다.

“제임스! 황무지에 나가보는 게 어떻겠니? 황무지는 아마도 여기 계신 모든 분들이 구경하지 못했을 거야. 버트램 가의 아가씨들도 아직 황무지를 한 번도 본 적이 없을 걸로 안단다.”

러시워스 부인이 아들을 향해 손짓하면서 말했다. 러시워스 부인의 제안에 대해 아무도 반대 의사를 표명하지 않았다. 하지만 아무도 계획을 세우거나 멀리까지 나가보려는 의사를 가지고 있는 것 같지 않았다. 그들은 제각기 정원의 나무들과 꿩에 대해 정신이 팔려 있었던 것이다. 그들은 여기저기 흩어져서 주위를 둘러보고 있었다.

가장 먼저 헨리가 앞으로 성큼성큼 걸어 나가더니 저택의 끝이 어디까지인지 살펴보기 시작했다. 잔디밭의 양 옆으로는 높은 벽이 세워져 있었다. 집을 나가면 우선 꽃과 나무가 심어져 있는 곳이 나오고, 그 너머로는 잔디밭에서 하는 볼링장이 자리잡고 있었다. 볼링장 너머로 산책길이 기다랗게 뻗어 있었다. 산책로 주위에는 철제로 된 울타리가 둘러쳐져 있었다. 그곳에서는 산책로와 맞닿아 있는 황무지의 나무들이 한눈에 내려다 보였다. 그 지점이 바로 저택에서 무슨 문제가 벌어지고 있는지 금방 파악할 수 있는 곳이었다.

마리아 버트램과 러시워스가 헨리 크로포드의 뒤를 따라가기 시작했다. 곧이어 다른 사람들도 두세 명씩 무리를 지어서 이동했다. 에드먼드와 매리 그리고 패니는 이제 어디를 가더라도 다 함께 행동하곤 했다. 그들은 앞장을 섰던 세 사람이 테라스에서 무엇인가에 대해 열심히 의논하고 있는 것을 발견했다. 에드먼드 일행은 세 사람이 있는 곳으로 걸어갔다. 잠시 동안 그들은 서로 개조의 난점에 대해 이야기를 나누었다.

얼마 후에 에드먼드와 매리 그리고 패니는 그들과 헤어져서 계속 산책을 하기 시작했다. 이제 러시워스 부인과 노리스 부인과 줄리아만이 잔디밭에 남아 있었다. 조금 전까지만 해도 가장 행복했던 줄리아는 이제 더 이상 그렇지 않았다. 줄리아는 러시워스 부인의 곁에서 조용히 걸어야만 했다. 게다가 러시워스 부인은 몹시 천천히 걷고 있었기 때문에 줄리아는 답답함을 꾹 눌러 참아야만 했다. 꿩에게 먹이를 주기 위해서 이제 막 잔디밭으로 나온 하녀를 보자, 노리스 부인은 뒤에 남아서 하녀와 이런저런 이야기를 나누었다.

불쌍한 줄리아!

아홉 명의 일행 중에서 오직 줄리아만이 부인들과 더불어 외롭게 남겨졌던 것이다. 줄리아에게 있어서 그것이 즐거울 리가 만무했다. 아니, 오히려 지독한 형벌을 받고 있는 것과 같았다. 지금 그녀가 짓고 있는 표정은 이곳으로 오는 동안 마차 마부석에 앉아서 즐겁게 웃고 떠들던 줄리아와는 완전히 딴판이었다.

하지만 줄리아는 항상 상대방에게 정중하고 예의 바르게 대하는 것이 의무라고 배웠다. 그래서 줄리아는 부인들을 피해서 다른 곳으로 도망갈 수도 없었다. 줄리아는 자제력이 부족했다. 다른 사람들에 대한 배려도 부족했으며 자기 자신이 진정으로 원하는 것이 무엇인지도 잘 몰랐다. 그리고 옳은 것이 무엇인가에 대한 원칙도 줄리아는 가지고 있지 않았다. 교육에 있어서 본질적인 부분을 이루어야 하는 그런 것들을 줄리아는 배우지 못했던 것이다. 그래서 줄리아는 현재 자신이 처한 상황이 너무나 비참하게 여겨졌다.

"정말 참을 수 없을 정도로 덥군요."

산책길을 돌아서 황무지로 나가는 두번째 문에 도달했을 때, 매리 크로포드가 불쑥 말했다.

"우리 중에서 편안한 것에 대해 반대하는 의견을 갖고 있는 사람이 있어요? 여기에 작은 숲이 있네요. 그리고 이곳으로 들어갈 수만 있다면……. 만약 이 문이 잠겨 있지만 않았다면 얼마나 좋을까? 하지만 이 문은 당연히 잠겨 있을 거예요. 이런 대저택에서 자신이 가고 싶은 곳은 어디든지 마음대로 갈 수 있는 유일한 사람은 정원사뿐이니까요."

매리 크로포드가 그 문을 살짝 밀면서 말했다. 그런데 뜻밖에도 그 문은 잠겨 있지 않았다. 세 사람은 모두 숲으로 들어가는 일에 흔쾌히 동의했다. 마침내 그들은 사정없이 내리비치는 뜨거운 햇살에서 벗어날 수 있었다. 그들은 황무지를 가로지르는 계단을 따라 오랫동안 걸어갔다. 황무지의 넓이는 2에이커나 되었는데, 나무들이 빽빽하게 자라고 있었다. 황무지에서 자라고 있는 나무들은 대부분 낙엽송과 월계수 품종이었다. 너도밤나무는 벌목되고 있는 중이었다.

나무들이 지나치게 일률적으로 심어져 있기는 했지만, 숲 속은 그늘이 져 있어서 약간 어두운 느낌을 주었다. 하지만 정원의 산책로나 잔디밭에 비하면 훨씬 자연스러운 아름다움을 가지고 있었다. 그늘에 들어서자 그들은 신선한 기운을 느낄 수 있었으며 다시 힘을 낼 수가 있었다. 그래서 얼마 동안 산책하면서 그곳의 아름다운 경치를 감상하기로 결정했다.

“에드먼드 씨! 왜 당신은 목사가 되려고 하나요? 그것은 좀 놀라운 일이군요.”

한참 동안이나 침묵을 지키고 있던 매리가 질문을 던졌다.

“왜 그 일이 놀라운 건가요? 내가 다른 직업을 원하고 있을 거라고 상상하셨나 보군요. 이미 내가 변호사나 군인이나 선원이 될 만한 사람이 아니라는 사실을 파악했을 텐데요.”

에드먼드가 빙그레 웃으면서 대답했다.

“그것은 사실이에요. 하지만 당신이 목사가 되려고 한다는 생각을 전혀 하지 못했어요. 그리고 일반적으로 차남에게는 할아버지나 삼촌이나 작은 아버지가 재산을 남겨 주잖아요.”

매리가 고개를 갸우뚱거리면서 말했다.

“그것은 매우 칭찬할 만한 관습이죠. 하지만 모든 사람들이 그렇게 하는 것은 아니에요. 그리고 내가 그 예외들 가운데 하나입니다. 그렇기 때문에 나는 스스로의 힘으로 무엇인가를 해야만 하는 거죠.”

에드먼드가 담담한 어조로 말했다.

“하지만 당신은 왜 목사가 되려는 거죠? 나는 그것이 언제나 막내가 선택하는 직업이라고 알고 있었거든요. 형들이 다른 직업을 모두 선택하고 나면 남는 것이 오직 그것뿐이니까요.”

“그렇다면 어떤 사람이 스스로 성직을 선택하는 일은 절대로 없을 거라고 생각하나요?”

“그런 일이 절대로 없을 거라고 말하진 않겠어요. 하지만 그런 일이 흔하게 벌어지는 건 아니에요. 교회에서 어떤 일을 이룰 수가 있겠어요? 남자들은 자신이 다른 사람들보다 더욱 뛰어나기를 원해요. 다른 직업을 갖게 되면 얼마든지 그렇게 할 수 있지만, 교회에서는 다른 사람들보다 뛰어날 수가 없잖아요. 성직자는 아무것도 아니에요.”

“나는 ‘아무것도 아닌 것’에도 정도 차이가 있다고 생각해요. 성직자는 지위가 높이 올라갈 수도 없고 패션을 주도할 수도 없어요. 성직자는 군중을 선동해서도 안 되고 유행을 주도해서도 안 되기 때문이죠. 그렇다고 해서 그 직업이 아무것도 아니라고 말할 수는 없어요. 성직자는 인류에게 있어서 가장 중요한 임무를 맡고 있거든요. 그것은 개인의 시각으로 바라볼 때에도 가장 중요한 일이고, 집단의 시각으로 바라볼 때에도 역시 가장 중요한 일입니다. 또한 영원한 것들과 일시적인 것들에 있어서도 마찬가지입니다. 성직자는 종교와 윤리를 이끄는 임무를 가지고 있어요. 사람들의 태도와 관습도 그 영향을 받은 결과입니다. 그렇기 때문에 어느 누구도 성직을 아무것도 아닌 것이라고 부를 수 없어요. 성직자가 만약 아무것도 아닌 존재로 전락한다면 그것은 그가 자신의 의무를 태만하게 여기고 중요한 의무를 저버리고 또한 자신의 본분을 떠났기 때문입니다."

에드먼드가 단호한 어조로 대답했다.

"에드먼드 씨는 다른 직업보다 성직자가 훨씬 더 중요한 직업이라고 말하는군요. 그런 말은 처음 들어보는군요. 하지만 나는 잘 이해할 수가 없어요. 이 사회에서 성직자가 그만큼이나 영향력이 있고 중요한 사람인 것 같지 않거든요. 성직자의 존재 자체가 잘 드러나지도 않는데, 어떻게 그런 영향력을 가질 수가 있나요? 아무리 설교가 좋다고 해도 일주일에 두 번 하는 설교로 에드먼드 씨가 말하는 것을 다 이룰 수가 있나요? 일요일에 설교를 들었다고 해서 그 설교가 일주일 동안 수많은 성도들의 행동과 태도를 지배하고 영향력을 미칠 수 있다고 생각하나요?"

매리가 비아냥거리듯이 말했다.

"매리 양은 런던의 교회에 대해 이야기하고 있군요. 나는 이 나라의 전체적인 경우에 대해 이야기하고 있어요."

"대도시의 상황은 나머지 지역들을 아주 잘 대변한다고 생각해요."

"우리나라 전체를 통틀어서 악과 선의 비율을 말할 때에는 그렇지 않을 거예요. 또한 그렇지 않기를 바라구요. 윤리적으로 가장 올바른 지역을 선택할 때 대도시를 고르지는 않죠. 어떤 종파에서도 존경받는 인물이 가장 큰 선을 베풀 수 있는 곳은 절대로 대도시가 아니에요. 그리고 성직자의 영향력이 가장 크게 나타나는 곳도 그런 지역이 아닙니다. 사람들은 훌륭한 설교자를 따르고 존경해요. 하지만 좋은 성직자가 자기의 교구와 이웃 지역에서 쓸모가 있는 것은 훌륭한 설교 때문이 아닙니다. 특히 그 지역이 성직자의 성격을 개인적으로 알고 그의 행실을 모두 다 관찰할 수 있을 정도의 크기일 경우에는 더욱 그래요. 런던은 그런 것과는 거리가 멀죠. 런던에서는 교구 주민들이 너무나 많아서 성직자가 무엇을 어떻게 해야 하는지도 잘 모를 겁니다. 대개는 그저 설교하는 사람으로 그치고 맙니다. 그리고 일반 대중의 관습에 영향력을 미치는 것에 대해서 크로포드 양은 나를 오해해서는 안 됩니다. 나는 성직자들이 생활양식이나 교양이나 예의범절 등을 비롯한 생활의 여러 가지 측면에서 결정적인 영향을 미치는 매우 중요한 존재라고 생각합니다. 여기에서 내가 말하는 관습은 달리 말해서 훌륭한 원칙을 따를 때 나타나는 것이라고 할 수 있어요. 한 마디로 말해서 사람들을 가르치고 권면하는 것이 성직자의 의무라는 교리에서 나온 결과라고 할 수 있습니다. 그러므로 성직자가 어떻게 행동하는가에 따라서 그 나라의 모습도 완전히 달라진다고 믿습니다."

에드먼드가 확신에 찬 어조로 말했다.

"맞아요."

패니가 부드러운 목소리로 에드먼드의 말에 동의를 표시했다.

"아, 에드먼드 씨는 벌써 프라이스 양을 설득시켜 놓았군요."

매리가 큰 소리로 말했다.

"나는 크로포드 양도 역시 설득시켰으면 합니다."

에드먼드가 빙그레 웃으면서 대답했다.

"절대로 나를 설득하지 못할 거예요. 나는 에드먼드 씨가 성직자가 되려고 한다는 말을 듣고 처음에 무척 놀랐어요. 그리고 지금도 역시 마찬가지에요. 에드먼드 씨는 얼마든지 그것보다 더욱 좋은 일을 할 수가 있어요. 그러니까 지금이라도 얼른 마음을 바꾸세요. 지금도 늦지 않았으니까요. 법률 공부를 시작하세요."

매리가 화사한 미소를 머금으면서 제안했다.

"법률 공부를 하라는 건가요? 그것을 마치 이 황무지 안으로 들어가자고 말하는 것만큼이나 쉽게 말씀하시는군요."

"에드먼드 씨는 성직자가 되는 것보다 법조계로 들어가는 것이 더욱 나쁜 일이라고 말하고 싶으시죠? 내 말이 맞죠? 내가 선수를 쳤어요. 내가 선수를 쳤다는 것만 기억하세요."

"내가 재치 있는 말을 하지나 않을까 미리 선수를 친 것이라면 그럴 필요가 없어요. 나는 천성적으로 재치라고는 없는 사람이거든요. 나는 몹시 고지식한 사람이에요. 재치 있는 말을 떠올리려면 아마도 30분은 족히 걸릴 거예요. 그나마 생각이 났다고 해도 제대로 말할 줄을 모르죠."

에드먼드가 어깨를 으쓱거리면서 대답했다. 에드먼드의 말이 끝나자 잠시 동안 무거운 침묵이 흘렀다. 그들은 모두 제각기 다른 생각에 잠겨 있었던 것이다.

"이 아름답고 쾌적한 숲을 따라 산책하는데 왜 이렇게 피곤한지 모르겠어요. 하지만 다음에 벤치가 보이면 잠시 동안 자리에 앉아서 쉬고 싶군요. 그래도 괜찮겠죠?"

패니가 무거운 침묵을 깨면서 물었다.

"오, 패니! 내가 너무나 생각이 없었구나. 몸이 좀 피곤한가 보구나. 괜찮아?"

에드먼드는 패니의 말이 끝나자마자 그녀의 팔을 잡아당겨서 자신의 팔에 올려놓았다.

"다른 숙녀분께서도 내가 팔짱을 낄 수 있는 영광을 베풀어 주셨으면 감사하겠습니다."

에드먼드가 이번에는 매리를 바라보면서 말했다.

"고마워요. 하지만 나는 전혀 피곤하지 않아요."

매리는 조용히 머리를 흔들었다. 하지만 매리는 손을 내밀어서 에드먼드의 팔을 붙잡았다. 그것은 매리와 에드먼드가 처음으로 신체적인 접촉을 한 것이었다. 에드먼드는 그 새로운 느낌 때문에 다른 쪽 팔짱을 끼고 있는 패니의 존재를 까맣게 잊어버리고 말았다.

"매리 양은 내 팔을 거의 잡고 있지 않아요. 그렇게 되면 당신에게 내가 아무런 도움도 되지 않아요. 여자의 팔의 무게는 남자와 너무나 다르군요. 옥스퍼드에 있을 때 오랫동안 산책을 하게 되면 남자 친구가 나에게 기대곤 했었어요. 그 친구에 비하면 당신은 마치 가벼운 나비가 앉아 있는 것 같아요."

에드먼드가 부드러운 눈길로 매리를 바라보면서 말했다.

"나는 정말 전혀 피곤하지 않아요. 나도 놀랄 지경이에요. 숲길을 적어도 3km는 걸었을 텐데 말이죠. 그 정도의 거리를 걷지 않았을까요?"

매리가 의아스러운 듯이 말했다.

"아직 13km 정도밖에 되지 않았어요."

에드먼드가 웃으면서 대답했다. 에드먼드는 아직까지 매리를 깊이 사랑하고 있지 않는 것이 분명했다. 사랑에 눈이 먼 연인이라면 거리나 시간을 전혀 의식하지 못하는 법이기 때문이다.

"오! 당신은 우리가 얼마나 굽이진 길을 걸어왔는지 전혀 고려하지 않고 있군요. 그 동안 우리가 산책했던 길은 몹시 굴곡이 심했어요. 그리고 이 숲의 반경은 직선으로 1km가 넘는 게 분명해요. 아직까지도 숲의 끝이 나타나지 않고 있잖아요."

"하지만 우리가 처음 출발했을 때 다른 쪽 끝을 볼 수가 있었다는 것이 기억나지 않아요? 숲 전체를 내려다보았을 때, 이곳을 둘러싸고 있는 철제 울타리가 보였거든요. 숲의 길이는 고작해야 직선으로

200m밖에 되지 않을 겁니다."

"오! 거리가 200m인지 얼마인지는 정확히 모르겠어요. 하지만 숲이 굉장히 길었다는 것은 알아요. 그리고 이 숲을 가로지르고 있는 산책로가 무척 구불구불했어요. 내가 건성으로 3km 정도 걸었다고 말하는 게 아니에요."

매리가 항의하듯이 말했다.

"우리가 이 숲에 들어온 지 정확하게 15분이 지났습니다. 우리가 15분 만에 3km의 거리를 걸을 수 있다고 생각하세요?"

에드먼드가 주머니에 들어 있던 시계를 꺼내면서 반문했다.

"그 시계를 가지고 나를 반격하지 마세요. 시계라는 것은 언제나 너무 빠르게 가든가 아니면 너무 느리게 가든가 하거든요. 나는 시계라는 기계의 지배를 받고 싶지 않아요."

매리는 아직도 승복할 수 없다는 듯이 말했다. 마침내 몇 걸음 더 걸어가자 산책로의 끝이 나타났다. 시원한 나무 그늘이 우거진 곳에 그들 세 사람이 앉을 수 있는 크기의 벤치가 놓여 있었다. 세 사람은 서둘러 벤치에 자리를 잡았다. 나지막한 울타리 너머로 영지가 한눈에 내려다 보였다.

"패니, 지금 몹시 피곤한 게 아니야? 왜 좀더 일찍 나에게 이야기하지 않았어? 피곤에 지치면 하루가 재미있기는커녕 고역이 되지 않겠니? 크로포드 양! 승마를 하는 것만 제외한다면, 어떤 운동을 해도 패니는 금방 지치고 만답니다."

에드먼드가 패니의 표정을 바라보면서 말했다.

"그런데 내가 지난 일주일 내내 프라이스 양의 말을 빼앗았단 말인가요? 어째서 그렇게 하도록 가만히 내버려두실 수 있었어요? 당신과 내가 한 짓을 생각하니까 너무나 미안하고 수치스럽군요. 하지만 앞으로는 절대로 그런 일이 없을 거예요."

"크로포드 양이 그렇게 말씀하시니까 내가 너무나 무심했다는 것을 더욱 새삼스럽게 깨달을 수 있어요. 크로포드 양이 나보다도 더 패니를 생각하고 있는 것 같아요."

에드먼드가 부드러운 미소를 지으면서 대답했다.

"하지만 패니 양이 피곤한 표정을 짓는 것이 전혀 놀라운 일은 아니에요. 의무감을 가지고 무슨 일을 한다는 것처럼 사람을 지치게 만드는 것은 없거든요. 오늘 아침에 우리가 했던 일처럼 말이에요. 거대한 저택을 둘러보면서 방마다 전부 돌아다니고 주의를 집중해야만 했잖아요. 게다가 부인의 설명을 들어도 전부 이해가 되는 것도 아니고, 전혀 좋아 보이지 않아도 찬사의 말을 늘어놓아야만 했죠. 그 자리에 있었던 사람들은 모두 그것이 세상에서 가장 지루하고 힘든 일이라는 점에 대해 동의할 거예요."

매리가 패니의 얼굴을 바라보면서 말했다.

"곧 괜찮아질 겁니다. 날씨도 좋고 시원한 그늘에 앉아서 푸른 신록을 바라보고 있으면 금방 피곤이 사라지거든요."

패니가 손을 흔들면서 대답했다.

"나는 몸을 좀 움직여야만 할 것 같아요. 가만히 앉아서 쉬는 것이 오히려 더욱 피곤해요. 그리고 경치는 지겨울 만큼 바라보았어요. 차라리 나는 조금 더 걸어서 저 철문을 지나가고 싶어요. 저곳에서 경치를 바라보는 것이 훨씬 더 나을 것 같군요."

매리는 말을 마친 후에 벤치에서 벌떡 일어났다.

"크로포드 양, 그곳에서 산책로를 되돌아보면 우리가 걸어온 길이 1킬로미터도 안 된다는 사실을 곧 알게 될 겁니다."

에드먼드도 벤치에서 일어났다.

"아니에요. 우리는 엄청나게 먼 길을 걸어왔어요. 한 번 힐끗 쳐다보기만 해도 단번에 알 수 있는 걸요."

매리가 단호한 어조로 말했다. 에드먼드는 여전히 거리에 대해 매리와 논쟁을 벌이려고 했지만 아무런 소용이 없었다. 매리는 거리에 대해 계산하거나 비교하려고 하지 않았던 것이다. 그녀는 부드러운 미소를 지으면서 단호하게 자신의 주장을 펼칠 뿐이었다. 에드먼드와 매리는 서로의 주장을 내세우면서 논쟁을 벌이고 있었다. 하지만 그들에게 있어서 그것은 오히려 커다란 즐거움이었다. 두 사람 다 그런 논쟁에 대해 무척 재미있다는 느낌을 가지고 있었다.

마침내 그들은 결론을 내리기 위해서 좀더 숲길을 산책하기로 결정했다. 그들은 그 길을 따라서 끝까지 걸어가 보기로 합의했다. 나지막한 울타리를 따라서 잔디가 깔린 산책로가 똑바로 나 있었던 것이다.

"패니, 이곳에서 조금만 기다려. 금방 돌아올 거야."

에드먼드가 부드러운 목소리로 말했다. 그러자 패니는 머리를 흔들면서 이미 휴식을 다 취했다고 대답했다. 패니는 두 사람과 함께 가겠다고 주장했다.

하지만 에드먼드와 매리는 완강한 태도로 패니를 만류했다. 에드먼드는 패니를 쳐다보면서 그 자리에 가만히 앉아 있으라고 간절하게 권유했다. 패니는 차마 그 말을 거부할 수가 없었다. 에드먼드와 매리는 다시 산책로를 따라 걸어갔다.

잠시 후에 두 사람의 모습이 패니의 시야에서 사라졌다. 패니는 벤치에 앉아서 사촌 오빠의 사려 깊은 마음에 대해 고마움을 느끼고 있었다. 하지만 다른 한편으로 패니는 자신이 좀더 건강하지 못한 것이 못내 아쉬웠다. 패니는 에드먼드와 매리가 산책길을 돌아서 사라질 때까지 물끄러미 바라보았다. 마침내 그들의 발소리와 목소리가 작아지면서 사방이 조용해졌다.

제 10 장

시간은 자꾸만 흘러갔다. 15분이 지나고 20분이 지났다. 패니는 여전히 에드먼드와 매리와 자기 자신에 대한 생각에 잠겨서 그 자리에 앉아 있었다. 그 동안 패니는 어느 누구의 간섭도 받지 않은 채 홀로 남겨졌다.

어느 정도 시간이 흐르자 패니는 혼자 그렇게 오랫동안 앉아 있었다는 사실을 깨닫고 놀라기 시작했다. 그녀는 에드먼드와 매리의 목소리와 발소리가 들리는지 조용히 귀를 기울였다. 한참 동안 귀를 기울이자 어디선가 누군가 다가오는 발소리와 말소리가 들렸다.

하지만 그것은 패니가 기다리고 있던 사람들의 것이 아니었다. 패니가 걸어왔던 산책로에서 다가온 사람들은 마리아와 헨리 그리고 러시워스였던 것이다. 그들은 손을 흔들면서 패니를 향해 가까이 다가왔다.

"프라이스 양이 홀로 있군요."

"패니, 어째서 이런 장소에 혼자 앉아 있니?"

그들은 의아스러운 표정을 지으면서 질문을 던졌다. 패니는 차분한 목소리로 어떻게 된 일인지 설명했다.

"가엾은 패니! 어떻게 에드먼드와 크로포드 양이 너를 이런 식으로 남겨둘 수 있니? 차라리 우리와 함께 있는 게 훨씬 나을 뻔했구나."

마리아는 화가 난다는 듯이 큰 목소리로 외쳤다. 그런 다음에 마리아는 얼른 벤치에 앉았다. 두 명의 신사들은 재빨리 마리아의 양 옆에 자리를 잡았다. 그들은 산책로를 따라 걸어오면서 나누던 이야기를 다시 시작했다. 어떤 식으로 저택을 개조할 것인가에 대해서 활기차게 논의했던 것이다.

지금까지는 그 어느 것도 결정된 사실이 없었다. 그러나 헨리 크로포드는 수많은 아이디어와 계획들을 제시했다. 헨리 크로포드가 제안하는 것들에 대해서 마리아는 즉시 동의를 표시했다. 러시워스도 마리아를 따라 고개를 끄덕이면서 동의하곤 했다. 마치 그가 할 수 있는 일은 다른 사람들의 의견에 귀를 기울이는 것뿐이라는 듯한 태도였다. 그가 할 수 있는 이야기라곤 오직 헨리 크로포드와 마리아가 스미스의 저택을 한 번 보았으면 하는 소원뿐인 것 같았다.

몇 분이라는 시간이 더 흘렀다. 어느 한 순간 마리아가 철문을 발견했다. 그녀는 그 문을 지나서 영지 쪽으로 조금 더 걸어가고 싶다고 말했다. 그렇게 하면 그들의 계획에 좀더 도움이 될 것 같다고 제안했던 것이다.

마리아의 말이 떨어지기 무섭게 헨리 크로포드는 그것이야말로 모두가 간절하게 원하는 멋진 생각이라고 말했다.

"주택 개조를 위해서 좋은 아이디어를 얻을 수 있는 유일한 길입니다."

헨리 크로포드는 러시워스를 쳐다보면서 한 마디 덧붙였다. 헨리는 약 7백 미터 가량 떨어진 곳에 있는 둥근 언덕을 발견했다.

"저 철문을 열고 들어가서 반드시 저택을 바라보아야 할 필요가 있습니다."

헨리 크로포드가 완강한 태도로 주장했다. 그런데 불행하게도 그 문은 굳게 잠겨 있었다. 러시워스는 열쇠를 가지고 오지 않은 것에 대해 후회했다. 이곳으로 오기 전에 열쇠를 가지고 오는 게 좋을 것인지 망설였다는 것이었다. 러시워스는 두 번 다시 열쇠를 놓고 오지 않겠다고 말했다. 하지만 그런 말로 인해서 상태가 좋아지는 것은 아무것도 없었다. 어쨌거나 그들은 지금 문을 열고 밖으로 나갈 수가 없었던 것이다.

하지만 마리아는 여전히 그 문을 열고 밖으로 나가고 싶다고 말했다. 마침내 러시워스는 다시 집으로 돌아가서 열쇠를 가지고 오겠다고 말할 수밖에 없었다. 러시워스는 곧장 오던 길을 되돌아가기 시작했다.

"이미 집에서 멀리 와 있기 때문에 그렇게 하는 것이 최선이라고 생각해요."

러시워스가 떠나고 난 후에 헨리가 마리아를 쳐다보면서 말했다.

"그래요. 열쇠를 가지고 올 수밖에 없어요. 그런데 이 집이 예상했던 것보다 훨씬 더 상태가 나쁘다고 생각하지 않아요?"

마리아가 궁금하다는 듯이 물었다.

"아닙니다. 절대로 그렇지 않아요. 오히려 그와 정반대입니다. 집의 양식이 최고라고 생각하지는 않지만 생각했던 것보다 더욱 웅장하고 훌륭해요. 그리고 사실대로 말하자면 나중에 소더튼을 본다고 하더라도 마리아 양과 함께 하는 지금 이 순간처럼 즐거운 마음으로 바라볼 수는 없을 것이라고 생각해요. 내년 여름이 된다고 해도 지금보다 더욱 멋지게 되었다고 볼 수는 없을 겁니다……. 절대로!"

헨리가 나지막하고 은근한 목소리로 말했다.

"당신은 세상일에 무척 밝은 사람이에요. 그래서 세상 사람들이 보는 눈으로 모든 것을 보지 않을 수가 없을 거예요. 다른 사람들이 소더튼이 훨씬 더 좋아졌다고 생각한다면, 당신도 그렇게 생각하실 것이 분명해요."

마리아는 잠시 동안 당황한 표정을 지었다.

"나는 내 자신이 세상일에 밝다고 생각하지 않아요. 그랬다면 여러 가지 점에서 나에게 좋았을 겁니다. 하지만 내 감정은 그렇게 쉽게 변하지 않고 또한 과거에 대한 기억들도 그리 쉽게 잊어버리지 않아요."

헨리의 말이 끝나자 얼마 동안 무거운 침묵이 흘렀다.

"당신은 오늘 아침 마차를 타고 오면서 무척 즐거워하는 것 같았어요. 그런 모습을 보니까 나도 기분이 좋았어요. 당신과 줄리아는 이곳으로 오는 동안 내내 웃고 있더군요."

마리아가 어색한 침묵을 깨면서 말했다.

"그랬나요? 당신의 말을 듣고 보니까 그랬던 것 같군요. 하지만 나는 무엇 때문에 그렇게 웃었는지 거의 기억이 나지 않아요. 아, 그렇군요. 나는 작은 아버지의 늙은 아일랜드인 마부에게 얽힌 몹시 우스꽝스러운 일화들을 들려주었어요. 그리고 줄리아는 워낙 웃는 것을 좋아하죠."

헨리가 어깨를 으쓱거리면서 말했다.

"그렇다면 당신은 줄리아가 나보다 더욱 명랑하다고 생각하시는군요."

"글쎄요……. 그건 잘 모르겠어요. 하지만 줄리아가 당신보다 더욱 잘 웃긴 하죠. 결과적으로 말하자면 함께 시간을 보내기에는 더욱 좋아요. 나는 15킬로미터의 먼 거리를 마차를 타고 오면서 마부의 일화를 가지고 당신을 즐겁게 해 줄 수 있다곤 생각하지 않았어요."

헨리가 솔직하게 대답했다.

"나는 내가 줄리아 만큼 명랑하고 발랄하다고 믿고 있어요. 하지만 지금 나의 처지가 처지인 만큼 줄리아보다 주의해야 할 것이 많거든요."

"맞아요. 그것은 확실하죠. 때로는 활발한 것이 분별력이 부족한 것처럼 보일 때가 있습니다. 하지만 당신을 기다리고 있는 것은 무척 밝은 앞날입니다. 그렇기 때문에 당신이 활발하지 못하다는 것은 말도 안 되죠. 당신의 눈앞에는 눈부신 전망이 있잖아요."

헨리가 의미심장한 표정을 지으면서 말했다.

"전망이라니? 말 그대로의 전망을 말씀하시는 건가요? 물론이에요. 지금 내 눈앞에는 눈부신 전망이 펼쳐지고 있어요. 햇빛이 찬란하게 빛나고 영지는 매우 아름다워요. 하지만 불행하게도 저 철문은 굳게 닫혀 있어요. 마치 나를 구속하고 힘들게 하려는 것 같단 말이에요. 나는 도저히 밖으로 빠져 나갈 수가 없어요."

마리아도 역시 의미심장한 표정을 지었다. 그런 다음에 마리아는 문을 향해 천천히 걸어가기 시작했다.

"러시워스 씨가 곧 열쇠를 가지고 올 거예요!"

헨리는 서둘러 마리아의 뒤를 따라갔다.

"그리고 당신은 열쇠도 없이, 게다가 러시워스 씨의 보호를 받지 않으면 절대로 밖으로 나가려고 하지 않을 거예요. 하지만 지금 내 도움을 받는다면 저 문을 넘어서 어렵지 않게 나갈 수도 있을 겁니다. 당신이 정말로 조금만 더 자유를 얻고 싶다면, 그리고 그것이 금지되어 있다고 생각하지만 않는다면 얼마든지 그렇게 할 수 있을 거라고 생각해요."

헨리는 여전히 의미심장한 표정을 지었다.

"금지되어 있다니? 그건 말도 안 돼요. 나는 얼마든지 나갈 수가 있어요. 그리고 그렇게 할 용의도 있어요. 하지만 러시워스 씨가 금방 이곳으로 돌아올 텐데……. 우리가 러시워스 씨의 눈앞에서 사라질 수는 없어요."

마리아는 헨리를 바라보면서 고개를 흔들었다.

"하지만 비록 우리의 모습이 안 보인다고 해도 프라이스 양이 러시워스 씨에게 우리가 언덕 근처로 갔다고 말해 줄 거예요. 프라이스 양, 그렇게 해 주실 거죠?"

헨리가 패니를 바라보면서 물었다. 패니는 헨리의 제안이 옳지 않다고 생각했다. 그래서 그들의 행동을 말리려고 노력했다.

"마리아 언니, 그렇게 행동하면 다칠 수도 있어. 드레스가 찢어질지도 모르고……. 언덕 밑으로 미끄러질 수도 있어. 그곳으로 가지 않는 게 좋을 거야."

패니가 애원하듯이 말했다. 하지만 패니가 이렇게 말하고 있는 동안 마리아는 이미 문을 넘어서 반대편에 서 있었다. 마리아는 마치 승자와 같은 미소를 짓고 있었다.

"고마워, 패니. 하지만 나와 내 드레스는 이렇게 멀쩡하잖아. 그럼 안녕."

마리아는 헨리와 어깨를 나란히 하면서 언덕 쪽으로 사라졌다. 패니는 다시 홀로 남겨지게 되었다. 패니는 조금 전에 자신의 눈앞에서 벌어졌던 일들이 못마땅했기 때문에 기분이 몹시 언짢았다.

패니는 마리아의 말을 들으면서 경악했고, 헨리 크로포드의 행동에 대해서 분개하고 있었다. 헨리와 마리아는 언덕을 향해 나 있는 휘어진 길을 돌아갔다. 마침내 두 사람은 패니의 시야에서 완전히 사라졌다.

한참 동안이나 패니는 다시 고요한 정적 속에 남게 되었다. 마치 작은 숲 속에 그녀 혼자만이 남아 있는 것 같았다. 에드먼드와 매리도 그녀를 남겨놓은 채 우거진 숲 속으로 들어갔다. 하지만 패니는 에드먼드가 자신의 존재를 까맣게 잊어버리고 있다곤 생각하고 싶지 않았다.

패니는 잠시 동안 우울한 생각에 빠져 있었다. 그런데 갑자기 산책로를 따라 빠르게 걸어오는 발자국 소리가 들렸다. 패니는 그 소리를 듣다가 상념에서 깨어났다. 패니는 아마도 그 사람이 러시워스일 것이라고 생각했다. 그런데 잠시 후에 나타난 사람은 바로 줄리아였다. 줄리아는 땀을 흘리고 숨을 헐떡거리면서 가까이 다가왔다. 줄리아는 패니를 보면서 실망한 표정을 그대로 드러내었다.

"이런! 다른 사람들은 모두 다 어디에 있는 거야? 나는 마리아와 크로포드 씨가 너와 함께 있을 거라고 생각했는데……. "

줄리아가 패니를 보면서 큰 소리로 말했다. 패니는 조금 전에 일어났던 일들을 모두 말해 주었다.

"세상에! 어떻게 그럴 수가 있담! 그들의 모습이 전혀 보이지 않아. 하지만 그리 멀리 갔을 수는 없어. 나는 어느 누구의 도움도 받지 않고 혼자의 힘으로 저 문을 넘어갈 수 있을 거야."

줄리아가 철문 너머에 있는 영지를 바라보면서 말했다.

"줄리아 언니! 곧 러시워스 씨가 열쇠를 가지고 올 거야. 그때까지 기다리도록 해."

패니가 손을 흔들면서 줄리아를 만류했다.

"아니야. 나는 기다리지 않을 거야. 러시워스 씨 가족이라면 이제 더 이상 만나고 싶지 않아. 이제 겨우 러시워스 씨 어머니의 끔찍한 손아귀에서 벗어났는데 말이야. 정말 그건 형벌과도 같았어. 그걸 참느라고 얼마나 힘들었는지 몰라. 그런데 너는 여기에서 이렇게 평화롭고 태평하게 앉아 있었구나. 네가 차라리 나 대신에 그 어머니와 있었더라면 좋았을걸. 하지만 너는 언제나 그런 힘든 일은 잘도 빠져나가더라."

줄리아가 몹시 분개한 어조로 말했다. 그것은 전혀 근거가 없는 비난이었다. 하지만 패니는 그저 잠자코 듣고 있을 수밖에 없었다. 줄리아는 매우 성미가 급했으며, 지금 무척 화가 나 있었다. 패니는 줄리아의 화가 곧 풀릴 것이라는 사실을 잘 알고 있었다. 그래서 줄리아의 말을 건성으로 흘려들었다.

"혹시 조금 전에 러시워스 씨를 만났어?"

패니가 줄리아를 쳐다보았다.

"응, 만났어. 그런데 러시워스 씨는 마치 생사가 달린 급한 일이라도 있는 것처럼 서둘러 달려가고 있었어. 그러다가 나를 만나게 되었지. 러시워스 씨는 자신의 용무가 무엇인지 그리고 모두들 어디에 있는지만을 겨우 말한 후에 또다시 급히 달려가 버렸어."

"그렇게 애를 쓰지 않아도 되는데……. 정말 안 되었구나."

패니가 혀를 차면서 말했다.

"그건 마리아가 알아서 할 일이야. 마리아가 저지른 잘못 때문에 내가 벌을 받아야 한다는 건 말도 안 돼. 지긋지긋한 우리 이모가 가정부를 붙들고 실랑이를 벌이고 있었기 때문에 러시워스 씨의 어머니를 피해서 도망 나올 수가 없었어. 하지만 그 아들은 얼마든지 도망다닐 수 있어."

줄리아는 즉시 울타리를 훌쩍 뛰어 넘었다. 그런 다음에 혹시 에드먼드와 매리를 보았는지 물어보는 패니의 질문을 들은 척 만 척하면서 저쪽으로 걸어가 버리고 말았다. 패니는 러시워스를 다시 만나야 하는 것이 두려웠다. 그래서 에드먼드와 매리가 오랫동안 돌아오지 않고 있다는 사실을 그만 까맣게 잊어버리고 있었다.

패니는 러시워스가 부당한 대접을 받고 있다고 생각했다. 지금까지 일어난 일을 러시워스에게 모두 말해 주어야 하는 사람이 다름 아닌 자신이라는 사실을 깨닫자 몹시 우울한 기분이 되었다.

줄리아가 떠나고 난 후에 5분 가량 지나자 러시워스가 돌아왔다. 패니는 될 수 있는 대로 러시워스의 기분이 상하지 않도록 조심스럽게 이야기했다. 하지만 패니의 노력은 아무런 소용이 없었다. 러시워스의 얼굴에 굴욕감과 불쾌한 감정이 역력하게 드러났던 것이다. 처음에 러시워스는 한 마디도 말을 하지 않았다. 단지 몹시 놀라고 분개한 것이 고스란히 표정에 나타날 뿐이었다. 러시워스는 조용히 문을 향해 걸어가더니, 그곳에서 우뚝 걸음을 멈추고 망연자실하게 서 있었다.

"나에게 여기에서 기다려 달라고 부탁했어요. 마리아 언니는 러시워스 씨가 오면 언덕 근처에 가 있을 거라고 말해 달라고 부탁했어요."

패니가 부드러운 목소리로 말했다.

"미안하지만 나는 그곳으로 가지 않을 겁니다. 크로포드 씨나 마리아 양의 모습이 전혀 보이지 않는 걸요. 내가 언덕에 도착할 무렵이 되면 두 사람은 또다시 어디론가 가고 없을 겁니다. 나는 지금 너무나 많이 걸어서 완전히 지쳐 버렸어요."

러시워스가 퉁명스러운 목소리로 말했다. 그런 다음에 러시워스는 패니 곁에 털썩 주저앉았다. 러시워스는 몹시 침울한 표정을 짓고 있었다.

"이런 일이 일어나다니……. 제가 미안하군요."

패니는 어쩔 줄을 모르면서 말했다. 그리고 러시워스의 마음을 위로해 줄 만한 마땅한 말을 찾지 못해서 애를 태웠다.

"그들이 나를 기다려 줄지도 모른다고 생각했어요."

잠시 동안 어색한 침묵이 흐른 후에 러시워스가 말했다.

"마리아 언니는 러시워스 씨가 곧 뒤따라 올 거라고 생각했어요."

패니가 안타까운 목소리로 대답했다.

"하지만 이곳에서 나를 기다려 주었다면, 내가 뒤따라갈 필요도 없었겠지요."

러시워스가 힘없는 목소리로 말했다. 그것은 조금도 부정할 수 없는 사실이었다. 더 이상 할 말이 없어진 패니는 아무런 말도 하지 않고 잠자코 앉아 있었다.

"프라이스 양, 제발 나에게 솔직히 말해 주세요. 당신도 다른 사람들처럼 크로포드 씨가 그렇게 멋있다고 생각하나요? 나의 눈에는 전혀 그렇게 보이지 않거든요."

잠시 동안 어색한 침묵이 흐르고 난 후에 러시워스가 말했다.

"저는 크로포드 씨가 잘 생겼다고 절대로 생각하지 않아요."

패니가 침착한 목소리로 대답했다.

“잘 생기다니요! 그렇게 체구도 작은 사람을 잘 생겼다곤 절대로 말할 수 없어요. 그의 키는 180cm도 채 되지 않는 걸요. 아니, 175cm도 되지 않을 거라고 생각해요. 나는 크로포드 씨가 못생겼다고 생각해요. 크로포드 남매는 우리와 어울리지 않아요. 그 사람들이 없더라도 이제까지 우리끼리 잘 지내 왔잖아요.”

러시워스가 가느다랗게 한숨을 쉬면서 말했다. 패니는 러시워스의 한숨 소리를 듣지 못했다. 패니는 러시워스의 말에 어떻게 대답하는 게 좋을지 몰라서 머뭇거리고 있었다.

“내가 열쇠를 가지고 오지 않으려고 했다면 충분히 이해할 수 있었을 겁니다. 하지만 마리아 양의 말이 떨어지자마자 나는 곧바로 달려갔단 말입니다.”

러시워스가 다시 화가 난다는 듯이 말했다.

“러시워스 씨는 매우 자상하게 행동하셨어요. 그것은 제가 보장할 수 있어요. 정말 빠르게 달려 가셨을 테지만, 여기에서부터 집까지는 상당히 먼 거리에요. 사람들은 누군가를 기다리고 있을 때에는 누구나 시간을 잘 측정할 수 없는 법이에요. 1분이 마치 10분처럼 느껴지거든요.”

패니가 부드러운 목소리로 말했다. 러시워스는 자리에서 벌떡 일어나더니 문을 향해 천천히 걸어갔다.

“열쇠를 가지고 왔어야만 했는데…….”

러시워스는 문에 기대고 서서 혼자 나지막이 중얼거렸다. 패니는 러시워스의 화가 조금 누그러졌다는 사실을 깨달았다. 그래서 다시 한 번 러시워스를 위로해 보려고 시도했다.

“그들을 따라가지 않는다면 나중에 반드시 후회할 거예요. 저쪽으로 가면 집이 훨씬 더 잘 보일 것이라고 생각하더군요. 두 사람은 아마도 그곳에서 집을 어떻게 개조하는 것이 좋을지 생각하고 있을 거예요. 하지만 그 자리에 러시워스 씨가 없다면 어떤 결정도 내릴 수가 없을 거예요."

패니가 침착한 목소리로 설득했다.

"정말 내가 그곳으로 가 보는 게 나을 거라고 생각하나요? 그곳으로 안 가면 열쇠를 가지고 온 게 우습게 되겠죠?"

러시워스는 패니의 말에 넘어가고 말았다. 러시워스는 열쇠를 사용해서 문을 열고 나가더니, 패니에게 말 한 마디 없이 휑하니 사라지고 말았다.

이제 패니는 오래 전에 그녀를 홀로 남겨 두고 어디론가 가버린 에드먼드와 매리에 대한 생각에 잠겼다. 패니는 더 이상 참지 못하고 그들을 찾아가기로 결심했다. 그들이 아까 지나갔던 길을 따라서 걸어가다가 다시 언덕 위로 향하려는 순간이었다. 매리 크로포드의 목소리와 웃음소리가 패니의 귀에 들리기 시작했다. 그 소리가 점점 더 가깝게 들렸다.

조금 더 걸어가자 그들의 모습이 나타났다. 에드먼드와 매리는 영지를 둘러보고 난 후에 방금 다시 숲 속으로 들어온 것이었다. 산책을 하던 그들은 우연히 영지로 나가는 옆문이 열려 있는 것을 발견했다. 그들은 호기심을 억누르지 못하고 영지까지 나갔던 것이다. 그들은 영지를 가로질러서 패니가 그렇게 보고 싶어 하던 길까지 걸어갔다. 그런 다음에 시원한 나무 그늘에 앉아서 즐거운 시간을 보냈던 것이다. 에드먼드와 매리는 매우 행복한 시간을 보냈던 것이 확실했다. 그래서 시간이 얼마나 지나갔는지 전혀 의식하지 못했던 것이다.

에드먼드는 패니와 함께 있고 싶었다고 말했다. 그리고 만약 패니가 피곤한 상태만 아니었다면 아마도 패니를 데려오기 위해 다시 돌아왔을 것이라고 말했다. 그 말은 어느 정도 패니에게 위안을 안겨주었다. 하지만 홀로 남겨져 있었던 한 시간 동안 느꼈던 마음의 고통을 말끔히 씻어주지는 못했다.

에드먼드는 그 동안 겨우 몇 분밖에 흐르지 않은 것 같았다고 변명했다. 그러자 패니는 그들이 한 시간 동안 무슨 대화를 나누었는지 궁금해서 도저히 견딜 수가 없었다. 하지만 에드먼드와 매리는 패니의 감정 따위는 아랑곳하지 않고 이제 집으로 돌아가자고 말했다. 패니는 어쩔 수 없이 그들을 따라 집으로 돌아갔다. 패니는 그날 하루가 너무나 실망스러웠으며, 침울한 마음을 억누를 수가 없었다.

산책로가 시작되는 지점에 이르자, 러시워스 부인과 노리스 부인의 모습이 나타났다. 두 부인들은 젊은이들이 떠나고 1시간 30분 가량이 흐르자 이제 막 숲 속으로 들어가려고 하던 참이었다. 노리스 부인은 지금까지 너무나 분주한 시간을 보냈기 때문에 산책을 할 수가 없었던 것이다. 조카딸들이 몹시 기분 나쁜 일을 당하고 있는 동안 노리스 부인은 내내 아주 즐거운 시간을 보내고 있었다. 가정부는 꿩에 대해서 자세히 설명을 해 주고 난 다음에 노리스 부인을 데리고 낙농실로 들어갔다. 그곳에서 가정부는 노리스 부인에게 젖소에 대한 자세한 이야기를 들려주었다. 게다가 그곳의 명산품인 크림치즈를 받을 수 있는 교환권까지 주었다.

줄리아가 떠나고 난 후에 두 부인들은 정원사와 마주쳤다. 노리스 부인은 정원사와 인사를 나누고 나서 금방 친해질 수 있었다. 정원사의 손자는 어떤 질병을 앓고 있었다. 노리스 부인은 정원사에게 손자의 병이 어떤 증상인지 들어보고 난 후에 그것이 학질이라는 사실을 가르쳐 주었다. 노리스 부인은 정원사에게 학질을 낫게 할 수 있는 부적을 주겠다고 굳게 약속했다. 정원사는 그 보답으로 자신이 소중하게 키우고 있는 식물들이 있는 온실로 안내해서 매우 귀한 히드꽃 모종을 선사했다.

세 명의 젊은이와 마주치게 된 노리스 부인과 러시워스 부인은 다 함께 집으로 돌아왔다. 그들은 소파에 앉아서 한담을 나누거나 잡지를 읽으면서 다른 사람들이 돌아오기를 기다리고 있었다.

한참 동안 시간이 흐르고 난 후에 마리아와 줄리아 그리고 두 명의 신사가 돌아왔다. 모든 젊은이들이 즐거운 마음으로 산책을 즐겼던 것이 아닌 게 너무나 분명했다. 그리고 애초에 의도했던 주택 개조에 대한 목적을 달성한 것 같지도 않았다. 그들은 하루 종일 서로를 찾기 위해 이리저리 돌아다녔다고 말했다.

마침내 그들이 한 자리에 모였을 때에는 이제 더 이상 평화로운 관계를 회복할 수 없는 지경에 이르고 말았다. 패니는 단번에 그 사실을 눈치 챌 수 있었다. 줄리아와 러시워스의 표정을 보고 패니는 가슴에 상처를 간직하고 있는 사람이 비단 자신만이 아니라는 것을 깨달았다. 두 사람의 얼굴에 침울한 기색이 그대로 드러나 있었던 것이다. 그 반면에 헨리와 마리아는 몹시 명랑한 표정이었다. 헨리는 저녁 식사를 하는 동안 침울한 두 사람의 마음속에 가득 차 있는 원망을 조금이라도 누그러뜨리기 위해 애를 쓰는 것 같았다.

이윽고 저녁 식사가 끝나자 곧바로 차와 커피가 나왔다. 15킬로미터나 되는 먼 거리를 달려서 집으로 돌아가려면 한 순간이라도 시간을 낭비할 수가 없었던 것이다. 식탁에 앉자마자 그들은 서둘러 식사를 하고 차를 마셨다. 그러자 곧바로 현관 앞에 마차가 도착했다. 저녁 식사를 마친 후에 노리스 부인은 안달을 하면서 가정부로부터 꿩알 몇 개와 크림치즈를 얻었다. 그런 다음에 러시워스 부인을 향해 의례적인 치하의 인사를 던졌다. 노리스 부인은 일행을 이끌고 저택에서 나섰다. 바로 그 순간 헨리가 줄리아에게 다가갔다.

"밤공기에 노출되는 것을 꺼리지만 않는다면, 내 동료를 잃고 싶지 않군요."

헨리가 줄리아를 향해 은근한 목소리로 말했다. 줄리아는 헨리가 그런 요청을 할 거라곤 조금도 예상하고 있지 않았다. 하지만 줄리아는 매우 공손하게 헨리의 요청을 받아들였다. 그래서 줄리아는 하루를 시작했을 때처럼 유쾌한 마음으로 일과를 마무리할 수 있게 되었다.

마리아는 헨리의 행동을 보고 조금 실망했다. 하지만 마리아는 헨리가 자신을 더욱 좋아하고 있다는 사실을 확신하고 있었기 때문에 그나마 위안이 되었다. 마리아는 러시워스의 배웅을 정중하게 받아들였다. 러시워스도 마리아를 헨리 옆자리에 앉히지 않고 마차 안에 앉힐 수 있어서 매우 만족스러웠다. 비로소 러시워스도 마음을 놓을 수 있었던 것이다.

"자, 패니! 오늘 하루는 너에게 매우 즐거운 날이었겠구나. 처음부터 끝까지 즐거운 일밖에 없었잖니. 네가 이곳으로 올 수 있게 해 주었던 버트램 부인과 나에게 감사해야만 한단다. 그 덕분에 얼마나 좋은 하루를 보냈니?"

잠시 후에 마차가 달리기 시작하자 노리스 부인이 말했다.

"이모야말로 정말 좋은 시간을 보낸 것 같군요. 무릎 위에 물건이 가득 쌓여 있잖아요. 우리 사이에도 무엇인가 가득 들어 있는 바구니가 놓여 있어요. 이 바구니가 내 팔꿈치를 자꾸 쳐서 너무나 아파요."

기분이 별로 좋지 않았던 마리아가 노리스 부인을 향해 퉁명스러운 어조로 말했다.

"얘야, 그것은 히드꽃 모종이란다. 예쁘지 않니? 정원사가 친절하게도 그걸 나에게 주었단다. 바구니가 자꾸만 거슬린다면 내 무릎 위에 올려놓을 테니까 걱정하지 말거라. 그 바구니를 이리 주렴. 패니야! 그 대신에 이것을 네 무릎 위에 올려놓아라. 이건 크림치즈란다. 그러니까 바닥에 떨어지지 않도록 조심해라. 저녁 식사 시간에 먹었던 맛있는 크림치즈와 같은 것이란다. 정말 착한 위타카 부인이 내가 크림치즈를 가져가지 않으면 도저히 만족할 수가 없었단다. 나는 몇 번이나 사양했지만 위타카 부인의 눈에 눈물이 글썽거려서 할 수 없이 받았단다. 게다가 언니가 크림치즈를 정말 좋아한다는 사실을 알고 있었기 때문에 더 이상 거절할 수가 없었지. 그 위타카 부인은 정말 좋은 사람이야. 페니야! 크림치즈를 잘 붙들고 있거라. 이제 겨우 바구니와 다른 짐꾸러미를 무릎 위에 간신히 올려놓았네."

노리스 부인이 장황하게 이야기를 늘어놓았다.

"또 어떤 걸 빼앗아 온 거예요?"

노리스 부인이 소더튼에 대한 칭찬을 늘어놓자, 조금 기분이 좋아진 마리아가 노리스 부인을 향해 질문을 던졌다.

"빼앗아 오다니! 도대체 무슨 말이냐? 이건 꿩알 네 개에 불과해. 그것도 위타카 부인이 억지로 안겨 준 거란다. 아무리 사양해도 당할 수가 없었어. 내가 혼자 살고 있다는 사실을 알자, 위타카 부인은 그런 동물을 키우는 것이 나에게 위안이 될 것이라고 말했단다. 물론 그럴 거야. 집에 도착하자마자 꿩알을 품어줄 수 있는 암탉이 있는지 하녀에게 물어보아야 하겠구나. 부화가 잘만 되면 우리 집으로 가져오고, 꿩을 키울 수 있는 닭장도 빌려야지. 혼자 있는 외로운 시간에 꿩을 돌본다면 정말 좋을 거야. 그리고 운이 좋아서 꿩들이 잘 자란다면 언니에게도 몇 마리 줄 생각이란다."

노리스 부인이 만족스러운 어조로 말했다. 아름다운 저녁이었다. 따뜻하고 고요한 밤이었다. 마차도 편안하게 밤길을 달리고 있었다.

조용한 침묵이 마차를 가득 채우고 있었다. 모든 사람들이 몹시 지쳐 있었다. 그들은 모두 소더튼에서 머무르는 동안 받았던 마음의 상처와 기쁨을 생각하면서 하루를 회상하고 있었던 것이다.

제 11 장

소더튼에서 보낸 하루가 그리 완벽한 것은 아니었다. 하지만 맨스필드 파크에 도착하고 나서 받은 편지에 비하면, 마리아와 줄리아에게 있어서 그날은 너무나 즐겁고 유쾌한 시간으로 여겨질 지경이었다.

그 편지는 앤티가 섬에서 온 것이었는데 토머스 경이 얼마 있지 않아서 영국으로 돌아올 것이라는 내용을 담고 있었다. 두 자매에게는 아버지를 생각하는 것보다 헨리 크로포드를 생각하는 것이 훨씬 더 기분 좋은 일이었다. 하지만 편지를 받게 되자 두 사람은 아버지를 생각하지 않을 수가 없었다. 그들에게 있어서 그것은 몹시 괴로운 일이었다.

11월은 암흑의 달이었다. 아버지가 돌아오기로 예정되어 있는 달이었기 때문이었다. 토머스 경의 어조로 볼 때, 그것은 거의 확정적인 일이었다. 토머스 경은 사업상의 문제를 거의 마무리했기 때문에 9월에 출발하는 정기선을 탈 수 있을 것이라고 썼다. 그렇게 되면 11월 초순이면 사랑하는 가족들을 다시 만날 수 있을 것이라고 기대하고 있었다.

마리아는 줄리아보다 훨씬 더 우울한 상태였다. 아버지가 영국으로 돌아온다는 것은 곧 남편이 생긴다는 사실을 의미했다. 마리아의 행복을 가장 바라고 있는 사람이 돌아오게 되면, 곧바로 그녀에게 구애를 하고 있는 사람과 결합하게 될 것이었다. 그리고 그 사람은 바로 자신이 미래에 대한 모든 행복을 걸기로 선택한 사람이었다.

그럼에도 불구하고 기대에 부풀어야만 하는 미래를 마리아는 우울한 마음으로 바라보고 있었다. 마리아가 지금 할 수 있는 것은, 그런 감정들을 짙은 안개 속에 감추어 버리는 것이었다. 그렇게 해야만이 겨우 다른 것들을 볼 수 있었던 것이다. 어쩌면 아버지는 11월 초순이 되어도 영국에 도착하지 않을 수 있었다. 대부분의 경우에는 여러 가지 이유로 인해서 일정이 연기되기 때문이었다.

마리아는 모든 사람들이 이런 경우에 별로 생각하고 싶지 않은 그런 사태를 마음속으로 바라면서 일말의 위안을 느끼고 있었다. 아마도 빨라야 11월 중순 무렵에 아버지가 돌아올 것이다. 그 무렵까지는 아직도 3개월이나 남아 있었다. 그리고 3개월은 12주일이었다. 그 동안 얼마든지 많은 변화가 일어날 수도 있는 일이었다.

만약 두 딸들이 자신이 돌아오는 것에 대해서 어떤 감정을 가지고 있는지 토머스 경이 알았더라면 아마도 깊은 상처를 입었을 것이다. 그리고 자신이 돌아올 것이라는 소식을 듣고 또 다른 젊은 숙녀가 얼마나 커다란 흥미를 가지고 있는지 알고 있었다고 해도 그리 큰 위안을 얻지 못했을 것이다.

매리 크로포드가 그 기쁜 소식을 전해 들었던 것은 맨스필드 파크에서 저녁 시간을 보내기 위해 오빠와 함께 길을 걸어가고 있는 도중이었다. 매리는 의례적인 관심을 표명했을 뿐, 겉으로 보기에는 전혀 관심이 없는 것처럼 행동했다. 그리고 담담한 태도로 축하한다는 인사를 던졌다. 하지만 내심으로는 토머스 경의 귀향에 대해 매우 큰 관심을 가지고 있었다.

노리스 부인은 편지의 내용을 세세한 부분까지 매리 크로포드에게 들려주었다. 그것으로 더 이상 편지에 대한 이야기는 오가지 않았다.

그런데 차를 마시고 난 다음이었다. 매리 크로포드는 에드먼드와 패니와 함께 창가에 서서 황혼이 지는 저녁 들판을 응시하고 있었다.

버트램 가의 두 딸들과 러시워스와 헨리는 피아노 앞에서 함께 시간을 보내고 있었다. 갑자기 매리 크로포드가 그 사람들을 향해 고개를 돌리면서 말했다.

"러시워스 씨는 정말 행복한 것처럼 보이는군요. 아마도 마음속으로 11월을 생각하고 있을 거예요."

매리가 그들을 향해 손을 흔들면서 말했다. 에드먼드도 고개를 돌려서 러시워스를 쳐다보았다. 하지만 에드먼드는 아무런 말도 하지 않았다.

"당신의 아버지가 돌아오시는 것이 커다란 사건이겠군요."

매리가 다시 한 마디 덧붙였다.

"맞아요. 오랫동안 집을 비우셨으니까 당연히 그렇겠죠. 아버지께서 여행을 떠나셨던 기간이 길기도 했지만 또한 위험도 많이 뒤따랐으니까요."

이번에는 에드먼드도 고개를 끄덕이면서 대답했다.

"그리고 곧이어 흥미로운 일들이 뒤따를 것 같아요. 당신 누나의 결혼식과 당신의 안수식 등……."

"그렇죠."

"내가 이렇게 이야기한다고 해서 기분 나빠하진 마세요. 하지만 토머스 경이 돌아오신다고 생각하니까 아주 오래 전 이교도의 영웅들이 생각나는군요. 멀고 먼 이국땅에서 위대한 탐험을 마치고 돌아온 영웅들은 안전하게 귀향하면 신들에게 희생 제물을 바치곤 했었죠."

매리가 활짝 웃으면서 말했다.

"이 경우에는 희생 제물을 바치는 일과는 많이 다르죠. 그것은 순전히 마리아의 선택이었으니까요."

에드먼드가 어색하게 미소를 지으면서 대답했다. 그런 다음에 피아노 주위에 모여 있는 사람들을 힐끗 쳐다보았다.

"아, 그래요. 사실은 나도 잘 알고 있으면서 그냥 농담을 한 것뿐이었어요. 마리아가 아니라 다른 어떤 여성이라도 당연히 그렇게 했을 거예요. 마리아가 정말로 행복하다는 것은 의심의 여지가 없어요. 물론 내가 이야기한 다른 희생 제물이 어떤 의미를 담고 있는지 당신은 결코 이해하지 못할 거예요."

"내가 성직자가 되려는 것은 마리아가 결혼하려는 것만큼이나 스스로 선택한 겁니다. 그것은 확실해요."

에드먼드가 진지한 표정을 지으면서 말했다.

"당신의 성향과 아버지의 형편이 매우 잘 들어맞아서 정말 다행이군요. 이 근처에 당신의 몫으로 지정되어 있는 재산이 제법 있을 것이라는 생각이 들거든요."

매리가 궁금하다는 듯이 말했다.

"당신은 그것이 나의 결정에 영향을 미쳤다고 생각하고 있군요."

에드먼드는 잔잔한 미소를 지었다.

"그것은 아니에요. 절대로 그렇지 않았어요."

패니가 큰 목소리로 대화에 끼어들었다.

"그렇게 말해 줘서 고마워, 패니. 하지만 사실 나 자신도 그렇게 단정할 수는 없어요. 오히려 그와 반대라고 할 수 있죠. 내 몫으로 그런 재산이 준비되어 있다는 사실을 알았기 때문에 아마도 쉽게 그런 결정을 내릴 수 있었을 겁니다. 그렇다고 해서 하등 잘못된 것은 없다고 생각해요. 그리고 그것이 내가 극복해야 하는 단점이 되는 것도 아니고……. 일찍부터 상당한 재산을 가지고 있다고 해서 그 사람이 나쁜 성직자가 될 거라고 볼 수는 없거든요. 내가 그 사실 때문에 좋지 않은 영향을 받게 되는 것을 원하지 않아요. 그리고 우리 아버지께서도 너무나 양심적인 분이기 때문에 그런 일이 일어났다면 허용하시지 않으셨을 겁니다. 어느 정도 그것의 영향을 받았다는 것은 나 자신도 인정하지만, 별로 좋지 않은 방향은 아니었다고 생각합니다."

에드먼드가 매리를 바라보면서 설명했다.

"그것은 해군 제독의 아들이 해군에 입대하거나 혹은 육군 대령의 아들이 육군에 입대하는 것과 같은 거예요. 아무도 그것이 잘못되었다고 생각하지 않죠. 주변의 사람들이 가장 도움을 많이 줄 수 있는 분야에서 일하고 싶어 한다는 것은 전혀 놀라운 일이 아니에요. 그리고 그 분야에서 성실하게 본분을 다하지 않을 것이라고 생각할 수도 없구요."

잠시 동안 짧은 침묵이 흐른 후에 패니가 입을 열었다.

"프라이스 양! 그건 그렇지 않아요. 여러 가지 이유가 있겠지만 우선 해군이든 육군이든 간에 상관없이 군인이란 직업은 나름대로 장점이 많아요. 어쩌면 모든 요소들이 그것을 선호하게 만드는 이유가 될 수 있어요. 영웅주의라든가, 멋진 군복이라든가, 심지어 위험성을 내포하고 있다는 것까지도 말이에요. 군인이나 선원들은 이 사회에서 언제나 인정을 받아요. 그렇기 때문에 한 사람이 군인이나 선원이 된다고 해서 놀랄 것은 전혀 없어요."

매리가 손을 내저으면서 말했다.

"하지만 확실한 기반을 갖추고 있는 사람이 성직자가 되려고 한다면 그 동기가 의심스럽다는 말씀이군요. 그렇지 않은가요? 매리 양이 생각하기에는 확실한 재산이라곤 전혀 없는 사람만이 성직을 맡는 게 옳다고 보는 거죠?"

에드먼드가 진지한 어조로 물었다.

"세상에! 재산도 없이 성직자가 된다구요? 그건 절대로 안 돼요. 그것은 미친 짓이라고 할 수밖에 없어요."

매리는 기가 막힌다는 듯이 큰 소리로 대답했다.

"재산이 있는 사람도 성직을 선택하지 않고 또한 재산이 없는 사람도 성직을 선택하지 않는다면 어떻게 교회가 유지될 수 있는지 물어

봐도 될까요? 아마도 대답할 말이 없을 겁니다. 오히려 매리 양이 아까 이야기한 것들이 성직자에게는 이점이 될 수 있어요. 선원이나 군인들처럼 영웅주의나 군복 같은 것들뿐만 아니라 어떠한 유혹이나 보상을 바라고 직업을 선택하는 것이 아니기 때문이죠. 성직자들은 자신의 직업을 선택할 때 진지함이나 선량한 의도가 결여되어 있다는 의심을 받지 않아도 됩니다."

"오, 물론이에요. 어느 누구든지 돈을 벌기 위해 애써 노력해야 하는 것보다 이미 안전한 수입원이 확보되어 있는 것을 선호하기 마련이죠. 그리고 성직자가 가장 원하는 것은 하루 종일 먹고 마시고 살찌는 것 이외에는 아무것도 없어요. 버트램 씨, 그것은 나태함이에요. 성직자가 되려고 하는 생각은 바로 나태함에서 비롯된 것이에요. 편안한 생활을 추구하기 때문이죠. 야망도 없고 좋은 동료들을 원하는 것도 아니고 타인들과 원만하게 지내야 하는 불편함을 참으려고도 하지 않기 때문에 성직자가 되는 겁니다. 성직자는 나태하고 이기적이에요. 오직 그것뿐이에요. 하루 종일 신문이나 읽고, 날씨나 지켜보고 또한 아내와 다투는 것밖에 하지 않아요. 모든 일은 목사보가 다 알아서 처리하고 고작 목사가 하는 일은 식사하는 것이 전부라구요."

매리가 냉소적인 어조로 말했다.

"물론 그런 성직자들도 있습니다. 하지만 지금 매리 양은 대부분의 성직자들이 그렇다고 이야기하지만, 실제로 그런 성직자들을 흔히 찾아볼 수 있는 것은 아니에요. 성직자들을 그런 식으로 매도하면서 질책하고 있지만 그것은 매리 양 자신이 판단할 것은 아니라고 봅니다. 성직자에 대한 편견을 가지고 있는 다른 사람의 영향을 받은 걸 거예요. 그 사람의 견해를 계속 들었기 때문일 겁니다. 매리 양이 성직자들에 대해서 잘 알고 있을 정도로 많은 성직자들을 만날 수 있는 기회는 별로 없었을 거예요. 그리고 매리 양이 성직자들을 비난하고 있긴 하지만 성직자들과 개인적인 친분을 맺을 기회가 거의 없었을 거구요. 아마도 작은 아버지와 함께 살 때 들었던 이야기들을 토대로 말하고 있을 겁니다."

에드먼드는 매리의 얼굴을 똑바로 쳐다보았다.

"내가 말한 것은 성직자에 대한 일반적인 견해입니다. 그리고 일반적인 견해는 대부분 정확하구요. 성직자들의 가정생활을 실제로 볼 수 있는 기회가 별로 없었지만 너무나 많은 사람들이 실제로 목격한 것이기 때문에 절대로 근거가 없는 이야기는 아니에요."

매리가 단정적인 어조로 말했다.

"당신이 성직자에 대해 비난하는 건 아무래도 근거가 부족하군요. 어떤 종파를 막론하고 말이죠. 매리 양의 작은 아버지나 동료 장군들은 아마도 군목들 이외에는 다른 성직자를 거의 알 기회가 없었을 겁니다. 군목들은 좋든 나쁘든 간에 그리 환영받는 존재가 아니거든요."

에드먼드가 부드럽게 미소를 지으면서 설명했다.

"가엾은 윌리엄 오빠! 오빠는 앤트워프에서 무척 친절한 군목을 만났다고 하더군요."

패니가 가볍게 한숨을 내쉬면서 말했다. 그 말은 대화에 참여한다기보다는 오빠를 생각하고 혼자 한탄을 하는 것이었다.

"나는 작은 아버지의 의견을 잘 듣지 않는 편이에요. 그런 것은 생각도 할 수 없어요. 에드먼드 씨가 자꾸만 물으시니까 말하는 것이 낫겠어요. 내가 성직자들을 실제로 관찰할 방법이 전혀 없진 않았어요. 바로 지금 형부인 그랜트 박사의 집에 손님으로 와 있기 때문이죠. 형부는 나에게 매우 잘 대해 주시고 아주 친절해요. 그리고 신사이시고 존경할 만한 분이에요. 그럼에도 불구하고 내 눈에 비친 형부는 굉장히 게으르고 이기적이고 먹는 것만 좋아하는 사람이에요. 음식에 관한 한 굉장히 까다롭고 다른 사람을 위해서는 손가락 하나 까딱하지 않아요. 게다가 요리사가 실수를 하면 언니에게 무척 화를 내죠. 언니는 매우 착한 아내인데도 말이에요. 사실대로 말하자면 오늘 저녁에 오빠와 나는 거의 쫓겨나다시피 집을 나왔어요. 거위 요리가 잘못 되어서 형부가 몹시 화가 나 있었거든요. 우리는 어떻게 해서든지 빠져나올 수 있었지만, 불쌍한 언니는 집에서 그것을 고스란히 견뎌야만 했어요."

매리가 가벼운 한숨을 내쉬면서 말했다.

"당신의 말을 듣고 보니까 왜 그렇게 성직자에 대해 나쁜 생각을 갖고 있는지 알 것 같군요. 당신의 형부는 성격적인 결함을 갖고 있군요. 게다가 자신의 이익만을 충족시키는 나쁜 습관으로 인해 그 결함이 더욱 악화되었어요. 언니가 그것 때문에 고생하는 것을 지켜보는 것이 매리 양에게는 매우 고통스럽겠군요. 패니! 우리의 주장을 내세우기가 어렵게 되었어. 그랜트 박사를 옹호하려는 생각조차도 하지 말아야 하겠어."

에드먼드가 패니를 바라보면서 말했다.

"맞아요, 오빠. 하지만 그렇다고 해서 성직자라는 직업을 포기할 필요는 조금도 없어요. 왜냐하면 그랜트 박사님이 어떤 직업을 선택했다고 하더라도 박사님이 그리 좋은 성품을 갖게 되었을 것 같지는 않기 때문이죠. 만약 박사님이 군인이 되었다면 아마도 지금보다 훨씬 많은 부하들을 거느리고 있었을 겁니다. 그렇게 되면 성직자로 있는 것보다 너무나 많은 사람들이 그 결과로 인해서 고통받고 말았을 거예요. 만약 그랜트 박사님이 성직자보다 더욱 활동적이고 세속적인 직업을 가졌더라면, 아마도 그 성격적인 결점이 더욱 심해지는 결과가 생겼을지도 몰라요. 그런 직업을 가졌다면 자신을 돌아볼 만한 시간도 별로 없고 또한 그럴 필요도 없었기 때문이죠. 그래서 자기 자신에 대한 성찰을 안 하게 되었을 거예요. 하지만 박사님은 현재 상황에서 그것을 피해 갈 수가 없어요. 한 사람이, 특히 그랜트 박사처럼 의식이 있는 사람이 자기 자신을 다스리지 않고 매 주일마다 다른 사람들에게 의무를 다하라고 가르칠 수는 없어요. 또한 주일마다 두 번씩 교회에 가서 그처럼 훌륭한 설교를 할 수는 없을 거예요. 그랜트 박사님은 도저히 자신에 대해서 생각하지 않을 수 없을 거예요. 박사님이 성직자가 아닌 다른 신분이 되어 있다면, 아마도 지금처럼 절제하기 위해 노력하지도 않았을 것이 확실해요."

패니는 두 사람을 번갈아 가면서 쳐다보았다.

"당신의 말에 반박할 만한 증거를 댈 수는 없을 거예요. 하지만 프라이스 양! 자기 성품을 다스리는 일에 의존할 것이 자신의 설교 밖에 없는 사람의 아내가 되는 것보다는 프라이스 양이 좀더 나은 사람과 결혼할 수 있었으면 해요. 왜냐하면 매 주일마다 훌륭한 설교를 하고 나서 월요일 아침부터 토요일 저녁까지 시종일관 음식 투정을 하면서 아내와 다투는 사람과 결혼하는 것이야말로 정말 불운한 일이니까요."

매리는 고개를 설레설레 흔들면서 말했다.

"패니와 자주 다투는 사람이라면 어떤 설교에도 감동은커녕 절대로 교화시킬 수 없는 사람일 거예요."

에드먼드가 애정이 담긴 목소리로 말했다. 패니는 살짝 얼굴을 붉히면서 창가로 다가갔다.

"프라이스 양은 진정으로 칭찬을 들을 만한 사람인 것 같군요."

매리가 여전히 명랑하고 쾌활한 목소리로 말했다. 바로 그 순간 버트램 가의 두 딸들이 자신들과 합류해 달라고 매리를 불렀다. 매리는 가볍고 경쾌한 발걸음으로 피아노가 있는 곳을 향해 걸어갔다.

에드먼드는 매리의 뒷모습을 경탄의 눈초리로 바라보고 있었다. 매리의 상냥한 태도에서부터 가볍고 우아한 걸음걸이까지 모든 것이 에드먼드에게는 경탄의 대상이었던 것이다.

"아, 얼마나 착한 성품인가! 다른 사람들에게 절대로 아픔을 주지 않을 성품이야. 그녀는 또 얼마나 경쾌하고 우아하게 걷는가! 게다가 항상 다른 사람들의 요청을 기꺼이 받아들이고 있지 않은가! 다른 사람의 부탁을 받자마자 곧바로 응답하고 있지 않은가! 이제까지 그런 곳에서 지내 왔다는 것이 정말 유감이야."

에드먼드는 좀처럼 매리의 뒷모습에서 시선을 떼지 못하고 있었다. 패니는 에드먼드의 말에 충분히 동의했다. 에드먼드는 패니와 함께 창가에 나란히 서서 한참 동안이나 창 밖을 내다보고 있었다. 창 밖의 경치는 고요하고 아름다웠다. 구름 한 점 없는 밤하늘은 달빛이 은은하게 비추고 있었으며 어두운 숲의 그림자만이 깊게 드리워져 있었다.

"정말 완벽한 조화야. 모든 것들이 너무나 평화로워. 음악이나 그림으로도 이런 모습을 도저히 나타낼 수가 없어. 오직 시만이 이런 광경을 묘사할 수 있을까? 이러한 광경을 바라보고 있으면 모든 근심과 걱정을 다 내려놓을 수 있을 것 같아. 이런 밤에 창 밖을 내다보고 있으면 이 세상에는 사악하거나 슬픈 일이 전혀 있을 수 없을 것만 같은 느낌이 들어. 자연에 대한 경외심을 조금만 더 가지고 있다면 그리고 사람들이 자기 자신으로부터 벗어나서 이런 자연의 아름다움을 관조할 수만 있다면 슬픈 일도 악한 일도 훨씬 더 적을 텐데……."

패니가 마치 꿈꾸는 듯한 목소리로 말했다.

"패니! 정말 듣기가 좋구나. 너무나 아름다운 밤이야. 이런 아름다운 경치를 보고 너처럼 느낄 수 없는 사람들이 정말 안쓰럽구나. 그런 사람들은 어린 시절부터 자연을 감상하는 방법을 제대로 배우지 못한 사람들이지. 그들은 정말 너무나 많은 것들을 놓치고 있어."

에드먼드가 부드러운 목소리로 대답했다.

"나에게 이런 식으로 생각할 줄 아는 방법을 가르쳐 주었던 사람은 바로 오빠야."

"그렇다면 내가 몹시 영리한 학생을 둔 셈이구나. 아, 저기를 봐. 대각성이 밝게 빛나고 있어."

에드먼드가 손가락으로 하늘을 가리키면서 말했다.

“그래. 그리고 곰 자리도 있어. 카시오페아 별자리를 찾을 수 있었으면 좋겠네.”

패니가 먼 하늘을 바라보면서 말했다.

“카시오페아 별자리를 찾으려면 정원으로 나가야만 해. 우리 그렇게 할까?”

에드먼드가 패니의 얼굴을 바라보면서 질문을 던졌다.

“좋아. 그렇게 해. 밤하늘의 별을 바라본 것도 벌써 한참이 지난 것 같아.”

패니가 고개를 끄덕이면서 대답했다.

“어쩌다가 그렇게 되었는지 모르겠구나.”

에드먼드가 고개를 끄덕이면서 말했다. 바로 그 순간 합창이 다시 시작되었다.

“패니, 합창이 끝날 때까지 조용히 기다리자.”

에드먼드는 이렇게 말하면서 창가에 등을 돌리고 기대어 섰다. 그런데 합창이 계속 이어지자 에드먼드는 악기가 있는 쪽으로 서서히 다가가기 시작했다. 패니는 서글픈 마음으로 에드먼드의 모습을 물끄러미 지켜보고 있었다.

마침내 합창이 끝났다. 에드먼드는 그들을 향해 다가서서 다시 한 번 노래를 듣게 해 달라고 간절하게 요청하고 있었다. 패니는 창가에 서서 홀로 무거운 한숨을 내쉬고 있었다. 바로 그 순간 노리스 부인이 감기에 걸릴지도 모른다고 하면서 패니를 꾸짖기 시작했다.

제 12 장

토머스 경은 11월에 영국으로 돌아올 예정이었다. 그런데 토머스 경은 자신이 도착하기 전에 먼저 장남인 톰을 집으로 보내도록 하겠다는 내용이 담긴 편지를 보냈다. 9월이 다가오자 톰 버트램이 사냥터지기에게 편지를 보냈다. 그런 다음에 톰은 에드먼드에게 다시 전갈을 보냈다.

이윽고 8월 말이 되자 톰이 집으로 돌아왔다. 톰은 여전히 성격이 명랑하고 활기에 가득 차 있었다. 그는 경마와 웨이무스와 신나는 파티들과 친구들에 대한 재미있는 이야기들을 가지고 돌아왔다. 만약 6주일 가량 전이었다면 매리 크로포드는 좀더 흥미를 가지고 톰의 이야기에 유심히 귀를 기울였을 것이다.

하지만 톰이 돌아오고 난 후에 모든 것들이 변했다. 매리 크로포드는 톰과 에드먼드를 서로 비교해 보았다. 결국 매리 크로포드는 자신이 동생인 에드먼드를 더욱 좋아하고 있다는 사실을 확신하게 되었다.

그것은 몹시 짜증 나는 일이었다. 매리는 그 사실이 무척 유감스러웠다. 하지만 그것은 너무나 엄연한 사실이었다. 톰과 결혼하려는 생각은커녕 이제는 그를 매혹시키고 싶다는 생각마저도 들지 않았다.

그저 단순히 미인이 다른 남자들의 이목을 끌고 싶어 하는 정도일 뿐이었다.

톰이 오랫동안 집을 비운 사실만을 보더라도 그가 매리에 대해 별로 관심을 갖고 있지 않다는 것은 확실했다. 그리고 매리 역시 톰에게 좀처럼 관심을 가질 수가 없었다. 지금 당장 톰이 맨스필드 파크의 주인이 되고 토머스 경의 지위를 물려받게 된다고 하더라도 매리는 톰을 받아들일 수 있을 것 같지 않았다.

여러 가지 의무들로 인해서 톰 버트램은 맨스필드 파크로 돌아올 수밖에 없었다. 그와 마찬가지로 헨리 크로포드 역시 노포크로 떠나가야만 했다. 9월 초순에 헨리 크로포드는 반드시 에브링검에서 머무르고 있어야만 했던 것이다.

헨리는 2주일 예정의 여행을 떠났다. 그 2주일은 버트램 가의 두 딸들에게 있어서 무척 지루한 시간이었다. 그 동안 자매들은 자신들의 몸가짐과 처신에 대해 다시 한 번 돌아보아야만 했다. 줄리아는 언니인 마리아에게 질투를 느낀 것을 인정해야만 했다. 그리고 헨리에 대해 불신을 느끼면서 두 번 다시 그가 맨스필드 파크로 돌아오지 않기를 바라야만 했다. 만약 헨리가 자신의 행동을 돌아보고 반성하는 사람이었다면, 자신의 동기가 과연 어디에 있으며 지금까지 온통 허영심에 이끌려서 자신의 욕심만을 채우고 있다는 사실에 대해 고민했을 것이다. 그랬다면 헨리 역시 그 기간 동안 사냥을 하고 휴식을 취하면서 좀더 오랫동안 맨스필드 파크에서 멀리 떨어져 있을 필요가 있다는 사실을 깨달았어야만 했다.

하지만 헨리는 생각이 부족했고 이기적인 사람이었다. 그래서 현재의 순간만을 바라볼 뿐 앞날을 생각하면서 행동할 줄 몰랐다. 아름답고 똑똑하고 흥미로운 두 자매는, 일상생활을 지루하게 여기는 헨리에게 있어서 또 하나의 놀이 대상에 불과했다. 노포크에는 맨스필드 파크의 사교 생활에 비할 만한 것이 하나도 없었다. 그래서 헨리는 미리 예정했던 시간이 되자, 기꺼이 맨스필드 파크로 돌아왔다. 헨리가 단순히 재미를 보기 위해 마음먹고 만난 두 명의 아가씨들은 너무나 반갑게 그를 환영해 주었다.

그 동안 마리아에게 지속적으로 관심을 기울여 주었던 사람은 오직 제임스 러시워스뿐이었다. 러시워스는 자신이 보낸 하루에 대해 상세하게 이야기를 늘어놓았다. 자신의 개에 대한 자랑을 늘어놓고 이웃에 대한 험담을 하기 일쑤였다. 그는 이웃들이 얼마나 질이 떨어지는가에 대해 이야기했다. 그리고 사냥에 대해 뜨거운 열정을 갖고 이야기를 늘어놓았다.

하지만 그런 이야기들은 사냥에 대해 특별한 관심을 가지고 있는 여성이 아니라면, 대부분의 여자들에게 있어서 결코 흥미로운 것이 아니었다. 그래서 마리아는 마음속으로 헨리 크로포드를 애타게 그리워하고 있었다. 줄리아는 자신이 약혼을 하지도 않았고 또한 자신에게 구애를 하는 남자도 없었기 때문에 헨리 크로포드를 얼마든지 그리워할 수 있는 권리가 있다고 생각했다. 줄리아는 그랜트 부인이 암시한 것을 떠올리며 크로포드에 대한 그리움을 정당화하면서 애틋한 소망을 품고 있었다. 그 반면에 마리아는 크로포드의 은밀한 말과 행동이 암시한 것을 가지고 그를 그리워할 수 있다고 생각했다.

모든 것은 헨리 크로포드가 처음 맨스필드 파크에 도착했을 때의 상태와 똑 같았다. 헨리 크로포드는 두 딸들에게 똑같이 재미있고 즐겁게 대해 주었다. 헨리는 두 딸들을 모두 다 놓치고 싶지 않았던 것이다. 그리고 다른 사람들이 눈치 채지 않도록 하기 위해서 자매들에게 지속적으로 관심을 보이거나 구애를 하지 않았다.

헨리의 행동 속에서 좋지 않은 점을 발견했던 사람은 오직 패니뿐이었다. 소더튼에서 하루를 보내고 난 후에, 패니는 헨리 크로포드가 마리아나 줄리아와 함께 있을 때마다 자세히 관찰하지 않을 수가 없었으며 또한 불신과 비난의 눈초리로 차갑게 쳐다보지 않을 수가 없었다. 만약 패니가 다른 측면에서 보여 주었던 것처럼, 이 점에서도 자신의 판단력에 대해 굳은 자신감을 갖고 있었다면, 그래서 자신이 모든 것을 명확하게 바라보고 판단하고 있다는 확신만 있었다면, 평상시와 마찬가지로 자신의 속내를 털어놓을 수 있는 에드먼드에게 자신이 보고 느낀 것에 대해 솔직하게 말했을 것이다. 하지만 패니는 자신의 생각에 대해 확신이 없었기 때문에 그저 한 마디 말을 슬쩍 흘리고 말았을 뿐이었다. 그러나 어느 누구도 패니의 말을 귀담아 듣지 않았다.

"좀 놀라워. 크로포드 씨가 금방 다시 돌아오다니……. 여기에서 벌써 7주일 동안이나 머물러 있었는데 말이야. 나는 크로포드 씨가 변화를 좋아하고 이곳저곳을 돌아다니기를 좋아하는 걸로 알고 있었거든. 그래서 크로포드 씨가 한 번 여기를 떠나고 나면 반드시 다른 곳에 볼 일이 생겨서 그 지역으로 떠날 거라고 생각했어. 크로포드 씨는 맨스필드처럼 조용한 곳보다 훨씬 더 재미있는 곳에 익숙해져 있을 거라고 생각했거든."

패니가 의아하다는 듯이 말했다.

"크로포드 씨가 잘하고 있는 거야. 동생인 매리 양은 너무나 기뻐할 거야. 매리 양은 오빠가 정착하지 못하고 이리저리 돌아다니는 습관이 있는 걸 별로 탐탁하게 생각하지 않아."

에드먼드가 고개를 끄덕이면서 대답했다.

"사촌 언니들이 정말로 크로포드 씨를 좋아하는 것 같아."

"그건 사실이야. 크로포드 씨는 여자들을 어떻게 대해야 하는지 너무나 잘 알고 있단 말이야. 그랜트 부인은 크로포드 씨가 줄리아를 더욱 좋아하고 있다고 생각하는데 실제로는 별로 그런 것 같지 않아. 하지만 그랬으면 좋겠어. 크로포드 씨에게는 결점이 별로 없지만, 단 하나 결혼을 해야만 없어질 수 있는 단점을 하나 갖고 있거든."

"마리아가 약혼만 안 했다면 아마도 나는 크로포드 씨가 줄리아보다 마리아를 더욱 좋아한다고 생각했을 거야."

패니가 조심스러운 태도로 자신의 생각을 밝혔다.

"패니! 그것은 네가 잘못 생각하고 있는 거야. 그거야말로 크로포드 씨가 줄리아를 더욱 좋아한다는 걸 의미하거든. 남자들이 한 여자를 마음에 두고 있는데 아직 확실하게 마음을 결정하지 못하면 오히려 그 여자의 자매나 친한 친구에게 접근하고 친하게 지내는 일이 종종 있어. 크로포드 씨는 생각과 양식이 있는 사람이야. 만약 마리아에게 마음이 이끌리고 있다면 아마도 여기에서 하루라도 더 머물러 있지 않을 거야. 게다가 마리아는 자신의 감정을 솔직하게 표현했기 때문에 그 문제에 대해서는 전혀 걱정이 안 돼."

에드먼드가 단정적인 어조로 말했다. 패니는 자신이 잘못 판단한 것이 틀림없다고 생각하면서 자신의 생각을 바꾸어야 하겠다고 다짐했다. 하지만 일단 에드먼드의 의견에 수긍을 하더라도 자신의 생각을 바꾸는 것은 무척 어려운 일이었다. 다른 사람들이 헨리 크로포드가 줄리아를 선택한 것이 틀림없다고 서로 눈짓과 암시를 주고받는 것도 보았지만 아무런 소용이 없었다. 패니는 자신의 생각이 틀리다고 여길 수가 없었던 것이다. 패니는 이 문제에 대해 어떻게 판단해야 할 것인지 알 수가 없었다.

어느 날 패니는 그것에 대해서 노리스 부인과 러시워스 부인이 어떤 생각을 갖고 있는지 은근히 떠보았다. 하지만 그들도 역시 에드먼드와 비슷한 생각을 가지고 있었다. 하지만 패니는 여전히 의아하게 여기지 않을 수가 없었다. 패니가 두 명의 부인과 대화를 나누고 있을 때, 다른 젊은이들은 모두 춤을 추고 있었다. 하지만 패니 혼자만이 본의 아니게 보호자들 사이에서 앉아 있을 수밖에 없었다.

패니는 톰이 돌아오기만을 간절하게 기다리고 있었다. 톰이 돌아와야만 자신이 춤을 출 수 있는 파트너가 생길 가능성이 있었기 때문이었다. 그 날은 패니가 처음으로 무도회에 참석한 날이었다. 다른 젊은 숙녀들이 처음으로 무도회에 가는 것처럼 화려하게 준비하고 마구 떠들어 대지는 않았지만, 그래도 패니는 저녁에 열릴 무도회만을 생각하면서 오후 시간을 보냈다. 최근에 바이올린 연주자를 새로 고용했고 또한 그랜트 부인과 맨스필드 파크를 방문하기 위해 와 있는 톰의 새로운 친구의 도움을 받아서 다섯 쌍의 젊은이들을 데리고 무도회를 열수가 있었다.

패니는 처음 네 곡의 음악에 맞추어서 춤을 추었다. 패니는 춤을 추는 시간이 매우 행복했다. 그렇기 때문에 단지 15분 동안만이라도 자리에 앉아서 시간을 그냥 흘려보내는 것이 너무나 안타까웠다. 패니는 춤을 출 수 있게 되기를 간절히 기원하면서 춤을 추고 있는 젊은이들을 유심히 바라보고 있었다. 그렇게 하는 동안 패니는 혹시 톰이 돌아오지 않을까 싶어서 열심히 문을 바라보기도 했다. 그러다가 패니는 노리스 부인과 러시워스 부인이 나누는 대화를 우연히 듣게 되고 말았다.

"부인, 조만간 경사스러운 일이 있을 것 같군요."

노리스 부인이 두번째로 파트너가 되어서 춤을 추고 있는 러시워스와 마리아를 바라보며 말했다.

"정말 그렇군요. 지금부터는 무척 만족스러울 거예요. 저 두 사람이 계속해서 춤을 함께 추지 못한다는 것이 유감이군요. 저런 상황에서 젊은이들이 상식적인 관습에서 홀연히 벗어날 수 있어야 하는데……. 내 아들이 아마 그런 제안을 하지 않았나 싶어요."

러시워스 부인이 억지로 웃음을 지으면서 말했다. 하지만 러시워스 부인의 표정은 여전히 근엄했다.

"아마도 그랬을 거라고 생각합니다, 부인. 러시워스 군은 절대로 예절을 벗어나지 않거든요. 하지만 마리아 역시 예의범절에 대해서는 무척 엄격해요. 요즘 젊은이들로부터 좀처럼 찾아보기 힘든 점이지요. 러시워스 부인! 지금 마리아의 얼굴을 한 번 보세요. 조금 전에 연주되었던 두 곡의 음악에 맞추어서 춤을 출 때와 너무나 다르잖아요."

노리스 부인이 손가락으로 마리아를 가리키면서 말했다. 마리아는 무척 행복한 표정을 짓고 있었다. 그녀의 두 눈은 기쁨으로 인해 반짝거리고 있었으며, 생기가 넘치는 모습으로 러시워스에게 무슨 말을 하고 있었다. 줄리아와 그녀의 파트너인 헨리 크로포드가 바로 옆에서 춤을 추고 있었다. 그들 네 사람은 무척 가까운 곳에서 춤을 추는 중이었다. 패니는 마리아의 얼굴이 이전에는 어떤 표정을 짓고 있었는지 기억할 수가 없었다. 패니 자신도 에드먼드와 춤을 추고 있었으며, 마리아에 대해서 전혀 생각하지 않고 있었던 것이다.

"부인! 저렇게 잘 어울리는 한 쌍의 젊은이를 바라보고 있는 것이야말로 정말 즐거운 일이에요. 토머스 경도 분명히 기뻐할 겁니다. 그리고 부인! 또 다른 한 쌍이 태어날 수도 있다고 생각하지 않으세요? 러시워스 군이 아주 좋은 선례를 남겼고, 그렇게 되면 다른 사람들도 그것을 따라하게 되는 법이니까요."

노리스 부인이 젊은이들을 지켜보면서 말했다. 하지만 러시워스 부인은 자신의 아들만을 물끄러미 지켜보고 있었기 때문에 노리스 부인이 지금 무슨 말을 하고 있는 것인지 영문을 알 수가 없었다.

"저기 있는 한 쌍을 보세요, 부인. 어떤 징조가 보이지 않나요?"

노리스 부인이 어리둥절한 표정을 짓고 있는 러시워스 부인을 향해 말했다.

"오, 세상에! 줄리아 양과 크로포드 군 말이군요. 그럼요. 아주 잘 어울리는 한 쌍이지요. 그런데 그의 재산이 얼마나 되나요?"

러시워스 부인이 궁금하다는 듯이 물었다.

"한 해에 4천 파운드라고 하더군요."

"그 정도라면 제법 괜찮군요. 어떤 사람이든지 간에 자신이 가진 재산에 대해 만족할 줄 알아야 해요. 4천 파운드라면 비교적 많은 재산이에요. 게다가 크로포드 군은 매우 상냥하고 예의 바른 젊은이 같군요. 줄리아 양이 행복하기를 바래요."

러시워스 부인이 고개를 끄덕이면서 대답했다.

"부인, 아직 확정된 것은 아니랍니다. 친구들 사이에서만 이야기가 오가고 있을 뿐이에요. 하지만 그렇게 될 것이 거의 확실해요. 크로포드 군이 부쩍 줄리아에게 관심을 쏟고 있거든요."

노리스 부인이 흡족한 목소리로 말했다. 패니는 더 이상 두 부인의 대화를 들을 수가 없었다. 톰 버트램이 무도장으로 들어왔기 때문이었다. 패니는 은근히 톰이 자신을 향해 다가와서 춤을 추자고 제안해 주기를 바라고 있었다. 그리고 반드시 그렇게 할 거라고 믿었다.

톰은 패니가 앉아 있는 곳을 향해서 천천히 다가왔다. 그러나 톰은 패니에게 춤을 추자고 제안하는 대신에 패니 옆자리로 의자를 갖고 왔다. 톰은 그 의자에 털썩 주저앉았다. 그런 다음에 병이 든 말의 현재 상태와, 그리고 조금 전에 마부와 헤어져서 돌아오는 길이라는 것과, 또한 마부의 말에 대한 의견을 털어놓기 시작했다. 패니는 톰이 춤을 추자고 요청하지 않을 것이라는 사실을 알아차렸다. 패니는 미리 그런 행동을 예상하고 있었던 자신이 어리석었다고 생각했다. 톰은 말에 대한 이야기를 끝마치고 나자 탁자 위에 놓여 있던 신문을 펼쳐 들었다.

"패니, 만약 춤을 추고 싶다면 내가 상대해 주겠어."

톰이 패니를 힐끗 쳐다보면서 힘없는 목소리로 말했다.

"아니야. 그만 해, 오빠. 별로 춤추고 싶지 않아."

패니는 여전히 공손한 어조로 대답했다.

"그렇다면 정말 다행이구나. 왜냐하면 나는 지금 피곤해서 죽을 지경이거든. 저렇게 오랫동안 지치지 않고 춤을 출 수 있다니……. 정말 놀라운 일이구나. 모든 사람들이 사랑에 빠져 있지 않다면 어떻게 저런 바보 같은 일 속에서 재미를 느낄 수가 있을까? 아마도 그렇겠지. 저 사람들을 잘 봐, 패니. 저 속에 연인들이 여러 쌍 있다는 사실을 알 수 있을 거야. 물론 예이츠와 그랜트 부인을 제외하고 말이야. 하지만 패니! 우리끼리 하는 말이지만, 그랜트 부인이 정말 가엾지 않니? 저 부인은 다른 젊은이들만큼이나 애인이 필요한 사람이야. 그랜트 박사와 함께 산다는 것이 얼마나 지루하고 힘든 고역이겠니?"

톰은 고개를 돌려서 그랜트 박사가 앉아 있었던 의자를 음흉한 얼굴로 바라보았다. 그런데 놀랍게도 그랜트 박사는 톰의 옆자리에 버티고 서 있었다. 톰은 얼른 얼굴 표정을 바꾸면서 재빨리 화제를 다른 곳으로 돌렸다.

"미국이란 나라에서는 정말 이상한 일들이 많이 발생해요. 그랜트 박사님! 이 사실에 대해서 어떻게 생각하세요? 시사적인 문제와 부딪힐 때마다 저는 언제나 박사님의 의견을 제일 먼저 듣고 싶다니까요."

톰이 신문에 실린 기사를 가리키면서 태연한 얼굴로 말했다. 패니는 톰의 갑작스러운 변화에 웃음을 참기가 어려웠다.

"톰! 여기 있었구나. 마침 춤을 추고 있지 않으니까 우리와 함께 카드 게임을 할 수 있겠구나. 어때, 괜찮지?"

노리스 부인이 큰 소리로 제안했다. 그런 다음에 당장 자리에서 일어나더니 톰을 향해 다가왔다. 아마도 함께 카드를 같이 치자고 강요하려는 것 같았다.

"러시워스 부인을 위해서 카드를 치려고 하는 거야. 어머니께서도 같이 카드 게임을 하고 싶어 하시지만 도저히 그럴 시간이 없구나. 이제 네가 왔으니까 나하고 그랜트 박사하고 카드를 치면 되겠구나. 판은 반 크라운(1크라운은 5실링 정도의 화폐 가치를 갖고 있다:역주)이지만 너는 그랜트 박사와 하면서 반 기니(1기니는 21실링 정도의 화폐 가치를 갖고 있다:역주)를 거는 것이 좋겠구나."

노리스 부인이 나지막한 목소리로 톰에게 속삭였다.

"그렇게 할 수 있다면 정말 기쁠 거예요. 하지만 저는 이제 막 춤을 추려고 하던 참이었어요. 자, 패니! 이리 와."

톰이 자리에서 벌떡 일어났다. 그런 다음에 곧장 패니의 손을 잡더니 무도장으로 이끌었다. 패니도 기꺼이 톰을 따라 일어났다. 하지만 패니는 톰의 행동에 대해 전혀 고맙지 않았다. 패니는 노리스 부인과 톰 중에서 누가 더 이기적인지 알 수가 없었기 때문이었다.

"정말 눈물겹도록 고마운 부탁이야. 두 시간 동안이나 이모와 그랜트 박사 그리고 늙은 부인과 더불어 카드를 치다니……. 그랜트 박사는 언제나 싸우려고만 들고 러시워스 부인은 참견만 하면서 도대체 간단한 계산 이외에는 아무것도 할 줄 모른단 말이야. 제발 이모가 조금만 덜 분주했으면 좋겠어. 그리고 모든 사람들이 있는 앞에서 전혀 아무런 암시도 주지 않고 그런 식으로 부탁하다니……. 그렇게 되면 내가 거절할 수 있는 방법이 전혀 없게 되잖아. 나는 그런 점이 가장 싫어. 부탁하는 척 하면서 그리고 나에게 선택권을 주는 척 하면서 실제로는 억지로 그것을 하게 만드는 그런 행동이 가장 화가 치미는 일이야. 다행스럽게도 내가 너랑 춤추러 간다는 핑계를 떠올리지 못했다면 도저히 피할 재간이 없었겠지. 하지만 이모가 무엇인가에 대해 일단 계획을 세우면 아무도 이모를 말리지 못한다니까……."

제 13 장

톰 버트램의 새로운 친구인 존 예이츠는 상당한 재산을 소유하고 있는 귀족의 작은 아들이었으며, 무척 옷을 잘 차려입고 돈을 넉넉하게 쓴다는 점 이외에는 좀처럼 장점을 찾아보기가 힘들었다. 아마 토머스 경도 예이츠에 대해 그다지 달갑게 생각하지 않았을 것이다. 톰은 웨이무스에서 지내는 동안 예이츠를 알게 되었다. 그들은 그 지역에서 열흘 동안 여러 친구들과 어울리면서 지냈던 것이다. 그리고 톰은 예이츠에게 언제든지 맨스필드를 방문하라고 초대했다. 예이츠는 기꺼이 톰의 초대를 수락했다. 그렇게 해서 소위 우정이라는 것이 그들 사이에서 더욱 돈독하게 되었던 것이다.

예이츠는 예상했던 것보다 훨씬 빨리 맨스필드를 방문했다. 예이츠는 웨이무스를 떠난 후에 제일 먼저 다른 친구의 집을 찾아갔었다. 그런데 그곳에서 열린 성대한 파티가 갑자기 무산되고 말았다. 예이츠는 잔뜩 실망감을 안고 맨스필드 파크에 도착했다. 그 파티는 연극을 하는 파티였기 때문에 예이츠의 머리 속에는 아직까지도 여전히 연극에 대한 생각으로 가득 차 있었다. 연극은 이틀 후에 공연되기로 계획되어 있었으며 예이츠는 그 중에서 한 배역을 맡고 있었다. 그런데 라벤쇼 경의 친척이 갑작스럽게 사망했기 때문에 연극 공연이 취

소되고 연극에 참여하기로 예정되어 있었던 사람들도 죄다 뿔뿔이 흩어지고 말았던 것이다.

그들의 목전에는 명성과 행복이 놓여 있었다. 그리고 그 유명한 라벤쇼 경의 본거지인 콘월의 에클레스포드에서 아마추어 연극을 공연하며 극찬을 받을 수도 있었다. 만약 그렇게 되었다면 아마도 파티는 12개월 동안이나 연장되었을 수도 있었을 것이다. 그 모든 영광들이 바로 코앞에 있었는데, 순식간에 모든 것을 죄다 잃어버리고 말았다.

그 결과로 인해 예이츠가 느꼈던 고통은 매우 극심했다. 예이츠는 연극 이외에 다른 어떤 이야기도 할 수가 없게 되었던 것이다. 에클레스포드의 화려한 연극 무대와 장치와 소품과 의상들 그리고 끝없이 이어지는 리허설과 농담들……. 예이츠는 끊임없이 그것들에 대해 이야기를 늘어놓으면서 지난 일들을 은근히 과시했다. 오직 그것만이 예이츠의 유일한 위안이었다.

다행스럽게도 맨스필드 파크의 사람들 사이에서 연극은 매우 인기가 있었다. 특히 젊은이들 사이에서는 연기에 대한 열정이 대단했다. 그래서 예이츠가 연극에 대해 어떤 이야기를 하면, 어느 누구도 그것을 싫어하지 않았으며 오히려 커다란 관심을 나타내었다. 배역을 결정하는 순서에서 연극의 마지막 에필로그에 이르기까지 모든 것들이 환상적이었다. 연극에 참여하고 싶어 하지 않는 사람은 아무도 없었으며 어느 누구도 연기를 시도하는 것에 대해 망설이지 않았다. 무대에 올리기로 계획되어 있었던 연극은 〈연인들의 맹세〉였으며 예이츠는 극중에서 카셀 백작의 배역을 맡기로 결정되어 있었다.

"보잘것 없는 배역이지요. 게다가 나의 취향에 맞는 것도 아니었어요. 아마도 두 번 다시 그런 역할을 맡지 않을 거예요. 하지만 나는 연극을 하면서 난처한 문제를 일으키고 싶지 않았어요. 내가 에클레스포드에 도착하기도 전에 벌써 라벤쇼 경과 공작이 굵직한 역할 두 개를 맡아 버렸거든요. 물론 라벤쇼 경이 자신의 배역을 나에게 주겠다고 제안하기는 했죠. 하지만 여러분도 알다시피 어떻게 내가 그 배역을 물려받겠어요? 사실 라벤쇼 경은 자신이 연극에 대해 아무런 재능도 없다는 사실을 전혀 모르고 있었어요. 옆에서 지켜보는 사람들이 안쓰러울 지경이었지요. 체구도 자그마하고 목청이 너무 작아 10분만 공연해도 목이 다 쉬어 버린다니까요. 라벤쇼 경 때문에 연극 공연 자체가 커다란 타격을 입었을 정도였어요. 하지만 나는 절대로 문제를 일으키지 않겠다고 결심하고 있었어요. 헨리 경은 공작이 프레드릭 역할을 맡는 것이 적합하지 않다고 여겼어요. 그건 사실 자신이 그 역할을 원하고 있었기 때문이에요. 두 역할 중에서 그나마 배역이 잘 되었던 것은 그것이었는데 말입니다. 헨리 경이 너무나 어색하게 연기해서 얼마나 놀랐는지……. 헨리 경이 맡았던 배역이 연극에서 큰 비중을 차지하지 않은 것이 정말 다행이었어요. 아가사 배역을 맡았던 사람의 연기는 무척 뛰어났어요. 공작도 많은 사람들로부터 호평을 받았어요. 전반적으로 볼 때, 연극은 대성공을 거둘 수 있었어요."

예이츠가 가늘게 한숨을 내쉬면서 설명했다.

"정말 안타깝군요. 너무나 가엾은 일이에요."

예이츠의 이야기를 듣고 있던 사람들은 대부분 이런 식으로 반응했다.

"지금 불평할 만한 것은 아니지만, 그 늙은 미망인이 사망했던 시기는 더 이상 나쁠 수가 없었어요. 그래서 사흘 동안만 그 소식을 전달하지 않았으면 하고 우리 모두가 간절히 바랄 정도였어요. 딱 사흘 동안만 말입니다. 죽은 사람이 나이 많은 노인이었고, 3백 킬로미터나 떨어진 곳에서 일어난 일이었기 때문에 그렇게 해도 별다른 문제가 되진 않을 거라고 생각했지요. 그리고 실제로 그렇게 하자는 제안이 나오기도 했습니다. 그런데 라벤쇼 경이 그 말을 들으려고도 하지 않았죠. 아마도 라벤쇼 경은 영국 전체에서 가장 강직한 사람일 겁니다."

예이츠가 주위의 사람들을 둘러보면서 말했다.

"정말 재미있는 일이군. 코미디의 차원을 넘어서 광대의 희극 같다는 느낌이 들 정도라네. 〈연인들의 맹세〉는 막을 내리고 라벤쇼 경 부부는 〈나의 할머니〉를 공연하기 위해 자기들만 훌쩍 떠났다니 말이야. 그곳에서 과부가 남긴 막대한 재산이 떨어졌을지도 모르지. 친구들 사이니까 하는 말이지만, 아마도 그는 남작의 역할을 연기하면서 성량이 좀 부족하기도 했고 또한 자신의 명성에 흠이 가지나 않을까 싶어서 몹시 두려움에 떨었을지도 몰라. 예이츠, 자네가 겪은 것을 보상해 주기 위해서 하는 말인데, 맨스필드 파크에 작은 극장을 세우는 것이 어떤가? 그리고 자네가 그 극장의 매니저가 되어 주게."

톰이 예이츠를 바라보면서 제안했다. 톰의 말은 그저 한 순간의 생각에 지나지 않았다. 그런데 그 순간에 스쳐 지나갔어야만 했던 생각이 생각으로 끝나지 않았다. 그 자리에 모여 있던 사람들의 마음속에서 연기를 하고 싶다는 욕구가 일어났던 것이다. 그리고 그 욕구는 다름 아닌 톰이 가장 강렬하게 느끼고 있었다. 톰은 지금 집안의 가장이나 다름이 없었으며 새로운 일을 실천에 옮길 수 있는 권한을 가지고 있었다. 게다가 재능과 유머러스한 감각을 가지고 있었기 때문에 손쉽게 연기를 몸에 익힐 수 있었다. 그 생각은 톰의 머리 속에서 좀처럼 떠나지 않았다.

"아! 에클레스포드의 연극과 훌륭한 장면들을 다시 한 번 시도해 볼 수 있다면……."

가끔씩 톰은 이런 식으로 탄식하곤 했다. 그럴 때마다 그의 두 자매들도 똑같은 소원을 말하곤 했다. 오락이나 쾌락이 될 만한 것을 모두 해 보았던 헨리 크로포드였지만, 이것만은 아직까지 한 번도 경험하지 못했던 것이었다. 그래서 헨리는 연극을 실제로 공연한다는 생각으로 인해 잔뜩 들떠 있었다.

"지금 이 순간 나는 너무나 어리석을 정도로 어떤 역할이라도 맡을 준비가 되어 있어요. 샤일록, 리차드 3세 혹은 붉은 코트를 입고 뾰족한 모자를 쓴 희극의 가수에 이르기까지 어떤 역할도 다 좋아요. 어떤 것도 상관없고 모든 역할을 다 해낼 수 있을 것 같다구요. 큰 소리로 미친 듯이 소리칠 수도 있고 한숨을 내쉴 수도 있고 장난을 치면서 이리저리 돌아다닐 수도 있어요. 영어로 쓰인 것이라면, 희극도 좋고 비극도 좋아요. 그냥 연기만 할 수 있으면 됩니다. 한 연극의 반만 되어도, 아니 한 막, 혹은 한 장면만 공연해도 좋아요. 우리를 가로막는 것이 뭔가요? 미모가 모자라나요? 아니에요. 그리고 극장이 반드시 있어야만 하나요? 극장이라는 게 도대체 뭐죠? 우리끼리 즐기는 것이라면, 이 집에 있는 어떤 방이라도 충분합니다."

헨리가 잔뜩 흥분한 목소리로 말했다.

"그리고 커튼이 있어야만 해요. 초록색 나사 천 3미터 정도만 있으면 됩니다. 아마도 그걸로 충분할 겁니다."

톰이 한 마디 거들었다.

"오, 물론이죠. 그 정도라면 충분합니다. 문과 평행하게 무대의 양옆까지만 닿게 커튼을 치고 서너 번 가량 커튼을 내리면 될 테니까요. 이런 경우에는 그것만으로도 충분해요. 그냥 우리끼리 즐겁게 공연을 하면 되니까……. 더 이상 거창하게 할 것도 없습니다."

예이츠가 천천히 고개를 끄덕이면서 말했다.

"그런 식으로 무대를 꾸밀 것까지 없다고 봐요. 시간의 제약도 있고, 지금 예상하지 못한 어려움에 봉착할 수도 있으니까, 크로포드 씨의 의견을 따라야만 한다고 생각해요. 어디까지나 우리가 목표로 하는 것은 정식 무대에서 연극을 하는 것이 아니라 연기를 하는 것이니까요. 굳이 무대 장치를 요구하지 않는 훌륭한 희곡들도 많이 있어요."

마리아가 손을 내저으면서 말했다.

"아니에요. 무슨 일이든지 그냥 적당히 처리하지는 맙시다. 연기를 하려면 정식으로 일층석, 박수석, 일반 관람석 등 모든 것을 갖추고 있는 극장에서 공연합시다. 그리고 희곡의 처음부터 끝까지 모두 연기합시다. 독일 희곡으로 결정합시다. 속임수도 쓰고, 익살맞은 촌극도 집어넣고, 또한 피겨 댄스도 하고, 혼파이프 연주도 하고, 막과 막 사이에 노래도 집어넣도록 합시다. 에클레스포드보다 더욱 훌륭하게 할 수 없다면, 아예 아무것도 하지 않는 편이 나아요."

에드먼드가 고개를 가로저으면서 조롱하듯이 말했다. 에드먼드는 다른 사람들이 하는 말을 들으면서 약간 놀라고 있었던 것이다.

"에드먼드, 그렇게 부정적인 태도로 이야기하지 마. 너는 어느 누구보다도 연극을 좋아하잖아. 게다가 연극을 보기 위해서라면 아무리 먼 곳이라도 마다하지 않고 갈 수 있는 사람이면서……."

줄리아가 짜증난다는 듯이 에드먼드를 쳐다보았다.

"맞아요. 실제로 정식 배우들이 하는 연기는 그렇지요. 훌륭하게 다져진 아름다운 연기 말입니다. 하지만 나는 연기 훈련도 전혀 받지 않은 사람들이 하는 설익은 연기를 보기 위해 이 방 저 방을 걸어 다닐 용의는 전혀 없어요. 많은 교육을 받았고 깍듯한 예절을 몸에 익힌 신사 숙녀분들이 연기를 하기 위해서 아등바등 애쓰는 모습을 보고 싶지 않아요."

에드먼드가 딱 잘라서 말했다. 잠시 동안 어색한 침묵이 흘렀다. 그러나 대화는 다시 연기에 대한 것으로 이어졌다. 오히려 점점 더 열띤 토론이 펼쳐지게 되었다. 그리고 토론이 계속 이어질수록 다른 사람들도 연기에 대한 욕구가 있다는 것을 알게 되었다. 그 자리에 모여 있던 사람들은 모두 점점 더 연기를 하고 싶어 하는 마음을 키우게 되었다. 아무것도 확정된 것은 없었지만, 한 가지 확실한 것은 있었다. 톰 버트램은 희극을 원했으며, 헨리와 버트램 가의 두 딸들은 비극을 원했던 것이다. 하지만 그들은 모두가 만족할 수 있는 희곡을 찾는 것은 이 세상 어느 것보다도 손쉬운 일이라고 생각하고 있었다. 어느 희곡으로 연기를 하든 간에 그들은 일단 연극을 하기로 굳게 마음먹고 있었던 것이다.

에드먼드는 그들의 행동을 지켜보면서 몹시 마음이 불편했다. 에드먼드는 무슨 수를 써서라도 그것을 막아야만 하겠다고 굳게 결심했다. 버트램 부인은 식탁에서 오고 간 대화를 모두 들었지만, 전혀 반대할 기미를 보이지 않고 있었다.

그날 저녁이었다. 에드먼드가 다시 한 번 그들을 만류할 수 있는 기회가 찾아왔다. 마리아와 줄리아 그리고 헨리 크로포드와 예이츠는 당구실에 모여 있었다. 톰은 그들과 함께 있다가 막 응접실로 들어섰다. 바로 그 순간 에드먼드는 응접실의 벽난로 옆에 멈추어 서서 깊은 생각에 잠겨 있었다. 버트램 부인은 조금 떨어진 곳에 있는 소파에 앉아 있었으며, 패니는 버트램 부인과 나란히 앉아서 일을 하고 있던 중이었다.

"우리 당구대처럼 끔찍한 것은 이 세상 그 어디에도 없을 거야. 저 당구대를 어떤 식으로든지 간에 처리해야만 할 것 같아. 앞으로 나는 무슨 일이 있어도 저 당구대에서 당구를 치지 않을 거야. 하지만 방금 한 가지 좋은 생각이 떠올랐어. 저 방은 극장으로 사용하기에 아주 안성맞춤이야. 모양과 길이도 적당하단 말이야. 게다가 문이 양쪽으로 나 있어서 아버지의 방에 있는 책장을 옮겨 놓기만 하면 단번에 두 방이 서로 연결될 수가 있어. 그것이야말로 바로 우리가 간절하게 원하고 있던 거야. 그리고 아버지의 방은 분장실로 사용하면 될 거야. 아주 훌륭한 생각이야. 마치 그것을 위해서 당구실 옆에 있었던 것처럼 말이야."

톰이 응접실로 들어서면서 큰 소리로 말했다.

"형, 설마 진심으로 연극을 공연하려는 건 아니겠지?"

톰이 가까이 다가가자 에드먼드가 나지막한 목소리로 질문을 던졌다.

"진심이라니! 정말로 그렇게 할 거야. 도대체 그 일이 왜 그렇게 놀라운 거야?"

톰이 에드먼드를 바라보면서 물었다.

"나는 그것이 잘못된 일이라고 생각해. 사적으로 연극을 공연하는 것은 대부분의 경우에 실패하고 말았어. 게다가 지금 우리가 처한 상황을 볼 때, 그것은 몹시 지각없는 짓이라고 생각해. 연극을 시도한다는 것은 생각조차 할 수 없는 일이야. 아버지도 안 계신데……. 이 일에 대해 아버지가 어떻게 생각하실 것인가에 대해서는 전혀 고려하지 않고 있잖아. 게다가 아버지는 위험한 상황에 처해 계셔. 이건 정말 무분별하고 경솔한 짓이야, 형. 그리고 마리아 누나를 생각해 봐. 마리아 누나의 여러 가지 상황을 고려해 볼 때, 정말 조심스럽게 행동해야 하잖아."

에드먼드가 애원하듯이 말했다.

"너는 언제나 모든 것을 지나칠 정도로 심각하게 받아들이더구나. 마치 온 나라 사람들을 모두 초대하고 아버지가 돌아오실 때까지 일 주일에 세 번씩 정기적으로 공연을 할 것처럼 말이야. 이것은 그런 공연이 아니야. 그저 우리끼리 재미있게 즐겨 보자는 것뿐이잖아. 그것 이외에 다른 의도는 없어. 무엇인가 새로운 것을 시도해 보자는 것뿐이야. 관중도 필요 없고 선전할 필요는 더욱 없어. 그리고 우리는 어디 한 곳 나무랄 데 없는 완벽한 희곡을 선택할 거야. 나를 믿도록 해. 존경받는 작가가 쓴 고상한 언어로 대화하는 것이 무슨 해가 될 수 있는지 모르겠다. 오히려 우리끼리 속어로 수다를 떠는 것보다 훨씬 낫지. 나는 두려울 것도 없고 마음에 거리끼는 것도 없어. 지금 아버지가 안 계신다는 사실이 반대의 이유가 된다고는 생각하지 않아. 오히려 우리에게 동기를 부여해 준다고 생각해. 아버지가 돌아오시기를 기다리는 것이 어머니에게는 무척 걱정스럽고 힘들 거야.

만약 연극을 통해서 우리가 어머니의 걱정을 덜어드리고 앞으로 몇 주일 동안 어머니의 마음을 즐겁게 만들어 드린다면 매우 유익하게 시간을 보내는 것이라고 생각해. 물론 아버지도 나와 같은 생각일 거라고 확신해. 어머니에게는 무척 힘들고 불안한 시기이니까 말이야."

톰은 고개를 돌려서 어머니를 바라보았다. 에드먼드도 어머니가 있는 곳을 바라보았다. 버트램 부인은 소파 한 쪽에 푹 파묻힌 채, 이제 막 잠을 청하고 있었다. 건강과 부와 편안함과 고요함을 고루 갖춘 여인의 행동이었다. 에드먼드는 어머니의 모습을 보면서 잔잔한 미소를 지었다. 하지만 에드먼드는 연극을 하는 것에 대해 여전히 고개를 설레설레 흔들었다.

"세상에! 이럴 수가……. 이건 말이 안 되잖아. 어머니! 어머니의 걱정과 근심을 이유로 들다니……. 에드먼드, 네가 잘못 짚은 거야."

톰이 의자 위에 몸을 던지면서 껄껄 웃음을 터뜨렸다.

"무슨 문제라도 있니? 나는 안 자고 있었단다."

버트램 부인이 아직 잠에서 덜 깬 목소리로 말했다.

"오, 아니에요. 어머니. 아무도 어머니에게 뭐라고 하지 않았어요."

톰은 서둘러 어머니를 향해 손을 내저었다.

"그런데 에드먼드, 이것 하나만은 확실히 말할 수 있어. 어느 누구에게도 아무런 해가 가지 않을 거야."

톰은 어머니가 다시 끄덕끄덕 졸기 시작하자, 아까와 똑같은 자세와 목소리로 연극에 대해서 말하기 시작했다.

"나는 아무래도 형의 의견에 대해 동의할 수가 없어. 아버지께서는 분명히 이 일에 대해 못마땅해 하실 거야. 그것은 확실해."

에드먼드가 완강한 어조로 말했다.

"하지만 내 생각은 완전히 반대야. 아버지께서는 젊은이들이 가지고 있는 재능을 발휘하거나 더욱 계발하는 것을 어느 누구보다도 좋아하시거든. 아버지는 언제나 연기하는 것이나 시낭송하는 것을 좋아하셨어. 그리고 우리가 어렸을 때, 우리에게 그런 일을 하라고 격려하신 적도 있었어. 나는 아직도 분명하게 기억해. 바로 이 방에서 아버지가 우리를 지켜보고 계셨지. 나는 헤아릴 수조차 없을 정도로 많이 줄리어스 시저의 시체를 놓고 울었으며 햄릿의 구절을 읊었지. 어느 해의 크리스마스 때에는 저녁마다 '내 이름은 노르발'을 외워야 했던 것도 확실하게 기억이 나."

톰도 역시 완강한 태도로 말했다.

"그것은 사정이 달라. 형도 어떤 차이가 있는지 잘 알면서 그래. 아버지는 어린 소년이었던 우리가 나중에 자라서 말을 잘 하게 되기를 바라셨던 것이지, 과년한 딸들이 연기하기를 바라셨던 것이 아니야. 예의범절에 대한 아버지의 관념은 무척 엄격해."

에드먼드가 심각한 표정을 지었다.

"그것은 나도 다 알아. 나도 너만큼이나 아버지에 대해서 잘 알고 있어. 그리고 아버지의 과년한 딸들이 아버지에게 누가 될 행동을 하지 않도록 주의할 거야. 그러니까, 에드먼드! 너는 네 할 일이나 해. 나는 가족들을 돌보는 일을 할 테니까."

톰이 불쾌한 표정으로 말했다.

"형이 그렇게까지 연극을 공연해야겠다면 조용히 하고 일을 크게 벌이지 않기를 바래. 그리고 극장을 꾸미는 것은 시도하지 않는 게 좋다고 생각해. 그것은 아버지가 안 계신 동안 아버지의 집을 멋대로 사용하는 것이 되니까 어떤 이유로도 용서가 될 수 없어."

에드먼드가 고집스러운 어조로 말했다.

"그런 문제라면 나도 할 말이 있어. 우리가 연극을 공연하더라도 아버지의 집에 어떤 해도 끼치지 않을 거야. 너 만큼이나 이 집을 잘 관리하고자 하는 마음이 나에게도 있으니까 말이야. 집의 구조를 변경하는 것에 대해서도 아버지는 반대하지 않으실 거야. 책꽂이를 옮기거나 문을 떼어내거나 당구실에서 일주일 동안 당구를 치지 않는다고 해서 반대하실 게 뭐가 있겠어? 만약 반대하신다면, 아버지는 우리가 이 방에 있으면서 다른 방에는 왜 가지 않느냐고 화를 내는 것과 마찬가지야. 아버지가 안 계신 동안 누이들의 피아노를 다른 곳으로 옮긴다고 해서 화를 내실까? 천만에! 그건 말도 안 되는 일이야."

톰이 화가 난다는 듯이 소리쳤다.

"만약 집의 구조를 변경하는 것이 그 자체로 잘못된 것이 아니라고 해도 비용이라는 측면에서 볼 때에는 올바르지 않은 일이야."

에드먼드는 여전히 자신의 고집을 굽히지 않았다.

"그 정도의 구조 변경에 들어가는 비용은 정말 사소한 거야. 아마 다 해서 20파운드 정도 들겠지. 그것도 극장으로 변경할 때의 일이야. 하지만 우리는 정말 최소한의 것만 할 거야. 초록색 커튼을 달고, 목수가 해야 할 일도 조금 있겠지. 그게 전부야. 목수가 할 일도 크리스토퍼 잭슨이 집에서 혼자 다 할 수 있을 테니까, 비용을 운운하는 것은 너무나 지나친 일이야. 그리고 잭슨이 모든 것을 처리한다면 아버지도 절대로 화를 낼 만한 이유가 없어. 제발 이 집에서 너만이 모든 것을 올바르게 보고 판단할 수 있다고 생각하지 마. 연기하는 것이 싫다면 너는 안 해도 좋아. 하지만 다른 사람들을 지배하려고 하진 말란 말이야."

톰이 손을 흔들면서 말했다.

"내가 연기를 하는 일은 절대로 없을 거야. 나는 연극을 반대하는 입장이니까……."

에드먼드가 고개를 가로저으면서 대답했다. 톰은 에드먼드의 말이 끝나지도 않았는데, 이미 방에서 나가고 있었다. 에드먼드는 혼자 난롯가에 앉아서 상념에 잠겼다. 불꽃이 타닥타닥 소리를 내면서 타오르고 있었다.

패니는 두 사람의 대화를 모두 들었다. 패니는 전적으로 에드먼드의 편이었다. 패니는 에드먼드를 위로하기 위해 난롯가로 다가갔다.

"어쩌면 모든 사람들이 만족하는 희곡을 발견하지 못할 수도 있어. 톰 오빠가 원하는 것과 언니들이 원하는 것이 완전히 다른 것 같기 때문이야."

패니가 부드러운 목소리로 말했다.

"그런 건 바라지도 않아, 패니. 만약 연기를 해야만 하겠다고 고집을 부리면 어떤 것이라도 찾아낼 거야. 누이들에게 말해서 연기를 하지 않도록 설득해 봐야 하겠어. 그것이 지금 내가 할 수 있는 전부야."

에드먼드가 불꽃을 바라보면서 말했다.

"노리스 이모는 오빠 편일 거라고 생각해."

"어쩌면 그럴지도 모르지. 하지만 이모는 형이나 누이들을 움직일 만한 영향력을 갖고 있지 않아. 내가 형이나 누이들을 설득하지 못한다면 그냥 가만히 내버려 둘 거야. 이모를 통해서 무엇을 어떻게 해보려고 시도하지는 않을 거야. 가족들 사이에서 생기는 불화와 반목이야말로 가장 큰 죄라고 할 수 있어. 그렇게 하느니, 차라리 그냥 가만히 있는 편이 나아"하고 에드먼드가 가늘게 한숨을 내쉬면서 말했다.

다음날 아침에 에드먼드는 누이들과 만나서 이야기를 나눌 수 있는 기회가 있었다. 그들은 톰 만큼이나 에드먼드의 충고를 듣기 싫어했다. 에드먼드가 말하는 것에 대해 좀처럼 수긍하려고 하지 않았으며, 자신들의 쾌락을 쫓고자 하는 일에 있어서 아주 완강한 태도를 보였다. 어머니인 버트램 부인도 그들의 계획에 반대하지 않았다. 아버지가 이 일을 알게 되면 달가워하지 않을까 하는 걱정 같은 것도 아예 하지 않았다. 그들의 가정 못지않게 훌륭한 가문에서 가장 모범적인 여인들이 연기를 하는 일이 이전에도 있었기 때문에 이번에 그들이 연극을 한다고 해서 하나도 잘못된 것이 아니었다. 형제자매와 가까운 친구들만이 참여하고 전혀 소문이 날 일도 없는 그런 계획에 대해서 비난하는 것은 지나치게 소심한 태도라고 할 수 있었다.

줄리아는 지금 마리아가 처해 있는 상황이 몹시 중요한 것인 만큼, 마리아는 어느 정도 조심을 해야 할 필요가 있다고 인정하는 것 같았다. 하지만 줄리아는 자신은 연극을 해도 괜찮다고 생각했다. 자신은 자유로운 입장이기 때문에 어떤 것도 마음대로 할 수가 있다고 생각했던 것이다.

하지만 정작 마리아는 자신이 약혼했기 때문에 도리어 어떠한 제약도 받을 필요가 없다고 생각하고 있었다. 그래서 줄리아보다도 더 부모님의 허락을 받을 필요가 없다고 말했던 것이다. 에드먼드는 이제 연극을 중단시킬 수 있다는 희망을 모두 버렸다. 그럼에도 불구하고 그는 포기하지 않고 자신의 생각을 다시 한 번 되풀이하고 있었다. 바로 그 순간 헨리와 매리가 방으로 들어섰다. 두 사람은 이제 막 목사관에서 오는 길이었다.

"친애하는 버트램 양! 우리 극장에는 사람이 부족하진 않겠군요. 그대로 따라하는 졸개들이 많이 있으니까요. 크로포드 씨! 우리 누이도 극단의 일원이 되고 싶어 합니다. 그리고 늙은 두에나 배역이나 혹은 수줍은 콩피단테 배역도 기꺼이 맡겠다고 합니다. 매리 양께서는 절대로 하고 싶어 하지 않을 그런 배역을 말입니다."

에드먼드가 그들을 쳐다보면서 큰 소리로 말했다. 마리아는 화가 난 듯이 에드먼드를 노려보았다.

'이제 뭐라고 말할 거야? 만약 매리 크로포드가 나와 같은 생각을 갖고 있더라도 여전히 우리가 틀렸다고 할 셈이야?' 마리아의 눈초리는 마치 이렇게 말하고 있는 것 같았다. 역시 마리아의 생각이 들어맞았다. 에드먼드는 입을 굳게 다물 수밖에 없었다. 에드먼드는 연기라는 것은 천재에게도 환상을 심어 줄 만큼이나 매력이 있는 것이라고 인정하지 않을 수가 없었다. 그리고 사랑의 힘이란 정말 놀라운 것이었다. 에드먼드는 연기의 매력에 대해서만 언급했을 뿐 더 이상 다른 이야기를 하지 않았던 것이다.

결국 그들의 계획은 계속 진행되었다. 에드먼드의 반대는 전혀 소용이 없었다. 노리스 부인이 반대할 것이라고 생각했던 에드먼드의 예상은 완전히 빗나가고 말았다. 노리스 부인은 장조카와 질녀들의 이야기에 조용히 귀를 기울였다. 그리고 미처 5분도 지나지 않아서 고개를 끄덕였다. 그들은 노리스 부인에게 큰 힘을 발휘할 수 있는 존재였던 것이다.

그 일로 인해 그리 큰 비용이 발생하는 것은 아니었다. 더욱이 노리스 부인 자신이 부담해야 하는 비용은 한 푼도 없었다. 노리스 부인은 앞으로 연극을 하기 위해 계획을 세우고 부지런히 준비를 하게 되면 자신이 이 집에서 커다란 비중을 차지하게 될 것이라는 사실을 예감했다. 무엇보다도 노리스 부인은 자신의 집을 떠나 맨스필드 파크에서 살 수 있는 적당한 핑계가 생긴 것에 대해 은근히 기뻐하고 있었다.

노리스 부인은 한 달 내내 자신의 집에서 기거하고 있었다. 게다가 자신의 돈을 써 가면서 말이다. 이제 노리스 부인은 조카들을 돕기 위해 맨스필드 파크에서 머무를 수 있게 되었던 것이다. 사실 노리스 부인은 그 계획이 너무나 반가웠다.

제 14 장

패니의 예상이 적중했다. 모든 사람들이 만족할 만한 희곡을 찾는 것은 그렇게 간단한 일이 아니었던 것이다. 톰은 이미 목수에게 무대 장치를 만들도록 하라는 지시를 내렸다. 목수는 치수를 재고 난 후에 여러 가지 제안을 내놓았다. 그리고 난항을 겪고 있던 두 가지 문제도 원만하게 해결되었다.

그 결과로 인해 애초의 계획이 수정되고 일이 더욱 커지면서 비용도 역시 필연적으로 증가하게 되었다. 어쨌거나 목수는 이미 일에 착수했지만, 여전히 무대에 올릴 희곡은 결정되지 않고 있었다. 목수의 업무를 제외한 다른 준비 작업도 이미 시작되었다. 초록색 나사 옷감 뭉치가 노스햄튼에서 도착했다. 노리스 부인이 직접 옷감을 재단했다. 노리스 부인이 재단을 잘 했기 때문에 70센티미터 정도의 옷감을 절약할 수 있었다. 하녀들이 공연에 사용하기 위한 커튼을 만들기 시작했다.

그럼에도 불구하고 그들은 아직까지도 희곡을 결정하지 못하고 있었다. 희곡을 선택하기 위해 의논하는 동안 사흘이 흘러갔다. 에드먼드는 그들이 희곡을 찾지 못하게 되는 것을 내심 바라기에 이르렀다.

연극을 공연하기 위해 신경을 써야 할 일들이 너무나 많았던 것이 사실이었다. 또한 많은 사람들이 만족해야만 하고 좋은 배역이 많이 필요했던 것도 사실이었다. 무엇보다도 희곡이 비극이면서 동시에 희극이어야 했다는 점이 연기에 대한 뜨거운 열정에도 불구하고 결정을 내리지 못했던 결정적인 이유였다.

비극을 원하는 사람들은 버트램 가의 두 딸들과 헨리 크로포드와 예이츠였다. 그 반면에 톰은 희극을 주장하고 있었다. 희극을 원하는 사람은 비단 톰 혼자만이 아니었다. 예의상 드러내놓고 주장하지는 않았지만 매리 크로포드 역시 희극을 선호하고 있는 것이 분명했다.

희극을 공연하겠다는 톰의 결심은 너무나 확고했다. 게다가 톰은 그들 사이에서 큰 힘을 가지고 있었다. 그래서 톰은 동지를 만들 필요가 없었다. 그러한 의견 차이와는 별개로 그들은 전체적으로 등장인물이 별로 없으면서도 동시에 모든 등장인물이 중요한 존재여야만 했고 또한 세 명의 여자 주인공이 있는 희곡을 찾아야만 했던 것이다.

유명한 희곡은 모두 다 조사해 보았지만 허사로 돌아가고 말았다. 햄릿, 맥베드, 오셀로, 더글라스, 게임스터 등은 비극을 원하는 사람들조차도 탐탁치 않게 여기고 있었다. 그 이외에도 수많은 희곡이 거론되었지만 그럴 때마다 여러 가지 반대에 부딪혀서 결정을 내리지 못했다. 어떤 희곡을 제안해도 누군가가 반대를 하고 나섰으며, 결국 끝도 없이 똑같은 말을 반복하고 있었던 것이다.

"오, 안 돼! 그것만은 절대로 안 돼. 마구 소리를 질러대는 비극은 하지 맙시다."

"등장인물이 너무나 많아요. 그리고 여성의 역할이 좋지 않아요."

"오, 톰! 그것만 빼고 다른 것은 어떤 것도 괜찮아. 그건 배역을 정하기가 거의 불가능할 거야. 어느 누구도 그런 역할을 맡으려고 하지 않을 테니까……."

"그 연극은 처음부터 끝까지 우스꽝스러운 것들만 가득 차 있어요."

"그건 괜찮을 것 같아. 하지만 주인공의 역할이 보잘것 없잖아."

"내 의견을 꼭 말해야만 한다면, 그 희곡은 영어로 쓰여진 작품 중에서 가장 재미없고 무미건조한 것이라고 생각해요."

"반대를 하고 싶진 않지만, 이것보다 더욱 나쁜 희곡은 찾을 수 없을 거예요."

누군가 한 가지 희곡을 제안하면 반드시 다른 누군가가 이렇게 말하곤 했다.

패니는 그들의 대화에 조용히 귀를 기울이고 있었다. 그들의 생각을 지배하고 있는 것은 다름 아닌 이기심이었다. 비록 그들이 그 사실을 드러내지 않고 있긴 했지만 말이다. 그 사실을 눈치 챈 패니는 도저히 실소를 금할 수가 없었다. 그리고 도대체 이 일이 어떻게 끝날 것인지 무척 궁금했다.

패니는 이제까지 한 번도 연극을 본 적이 없었기 때문에 아무 작품이나 무대에 올려지길 기대했다. 다만 패니는 자신의 만족을 위해서 그렇게 되기를 기대해서는 안 된다고 생각하고 있었다.

"이건 아니야. 이런 식으로 시간을 낭비한다는 것은 죄악이야. 서둘러 무엇인가 결정해야만 해. 어떤 것이라도 상관없어. 오직 결정만 내리면 돼. 모든 것을 충족할 수는 없어. 등장인물이 적으면 적은 대로 희곡을 수정해서 약간 늘리면 되고, 등장인물이 너무 많으면 손질해서 줄이면 돼. 어떤 배역이 연극에서 차지하는 비중이 적다면, 그것을 중요하게 만들면 되는 거야. 이 순간부터 나는 절대로 일을 어렵게 만들지 않겠어. 나에게 어떤 역할을 준다고 해도 다 받아들이겠어. 단지 그것이 해학적인 역할이기만 하면 돼. 다른 조건은 하나도 없어."

마침내 톰이 두 손을 치켜들면서 말했다. 그 무렵까지 톰은 벌써 다섯 번이나 〈법률의 상속인〉이라는 희곡을 제안했었다. 그는 자신이 듀베리 경의 배역을 맡아야 할 것인지, 아니면 판그로스 박사의 배역을 맡아야 할 것인지 결정조차 내리지 못하고 있었다. 하지만 톰은 다른 사람들에게 〈법률의 상속인〉에 등장하는 인물들 속에 비극적인 요소가 많이 깃들어 있다고 설득시키기 위해 애를 썼다. 하지만 아무도 그의 말을 믿으려고 하지 않았다.

톰이 설득하기에 지쳐서 입을 다물자 잠시 동안 무거운 침묵이 흘렀다. 그러다가 톰은 탁자 위에 어지럽게 놓여 있던 희곡의 대본들 가운데 한 권을 집어 들어서 훑어보기 시작했다.

"좋아요. '연인들의 맹세!' 라벤쇼 경도 이 연극을 할 수 있었는데, 우리라고 해서 하지 말란 법이 있을까요? 이 희곡이야말로 우리에게 매우 적당할 것이라는 생각이 드네요. 내 생각이 어때요? 중요한 두 개의 역할이 비극적이니까 예이츠와 크로포드 씨가 맡을 수 있을 거예요. 그리고 내가 집사의 역할을 맡으면 되겠군요. 별로 중요한 인물이 아니니까……. 아무도 이 역할을 원하지 않을 거예요. 하지만 나는 별로 상관이 없어요. 이전에도 말했지만 어떤 역할이라도 기꺼이 맡아서 최선을 다할 각오가 되어 있거든요. 나머지 역할은 누구든지 채워 주기만 하면 될 겁니다. 카셀 백작과 아날트만이 남아 있으니까요."

톰이 다른 사람들을 둘러보면서 큰 소리로 말했다. 그 자리에 모여 있던 사람들은 즉시 톰의 제안을 받아들였다. 그들은 결정을 내리지 못하고 있는 것에 대해 지칠 대로 지쳐 있었다. 그러다가 톰의 말을 듣게 되자 그 이상 자신들의 욕구를 만족시킬 수 있는 것은 아무것도 없을 것 같다는 생각이 들었던 것이다.

예이츠는 그 희곡에 대해 특히 만족했다. 예이츠는 에클레스포드에서 남작의 역할을 은근히 탐내고 있었었던 것이다. 그래서 라벤쇼 경이 대사를 낭송할 때마다 마음속으로 그를 원망했다. 어쩌다가 혼자 남아 있게 되면 남작의 대사를 홀로 낭송하곤 했던 것이다. 무대를 휩쓸면서 열정적인 윌덴하임 남작의 역할을 하는 것이 예이츠의 야망이었다. 남작이 해야 하는 대사 중에서 절반 이상을 이미 암송하고 있었기 때문에 예이츠는 재빨리 자신이 그 역할을 맡겠다고 제안했다.

하지만 예이츠는 반드시 자신이 그 역할을 맡아야만 한다고 주장하지는 않았다. 예이츠는 프레드릭의 대사도 역시 열정적으로 말할 수 있었기 때문에 그 역할도 맡을 의향이 있다고 말했던 것이다. 헨리 크로포드도 남작이나 프레드릭의 역할 중에서 어느 것이라도 맡을 준비가 되어 있었다. 예이츠가 한 역할을 맡으면 헨리는 다른 역할을 가져가면 된다고 말했다.

그들 두 사람은 서로 고맙다고 잠시 동안 인사를 나누었다. 마리아 버트램은 문제의 아가사 배역에 대해 커다란 관심을 가지고 있었다. 마리아는 예이츠를 쳐다보면서 배역을 분담하는 과정에 있어서 반드시 배우들의 키와 체격을 고려해야만 한다고 주장했다. 마리아는 예이츠의 키가 헨리보다 조금 더 크기 때문에 남작의 역할이 적절할 것 같다고 말했다.

마리아의 말에 어느 정도 일리가 있다고 모든 사람들이 인정했기 때문에 프레드릭과 남작의 역할은 무난히 결정되었다. 예이츠와 헨리도 기꺼이 그 역할을 맡겠다고 수락했다. 마침내 마리아는 자신이 원하던 아가사 배역을 가지게 되었다. 이제 세 인물의 배역이 결정되었다. 아직까지도 러시워스가 맡아야 할 배역이 결정되지 않았지만, 그는 언제나 마리아가 원하는 대로 했기 때문에 별로 문제가 될 것은 없었다. 그런데 줄리아가 문제를 제기하고 나섰다. 그녀 역시 마리아처럼 아가사를 연기하고 싶었던 것이다. 줄리아는 매리 크로포드의 핑계를 대면서 자신의 배역 결정을 자꾸만 지연하고 있었다.

"그 사람이 없는 자리에서 배역 결정을 한다는 것은 올바른 일이 아니에요. 이 희곡은 여자의 역할이 그리 많지 않아요. 아멜리아와 아가사의 배역은 마리아와 내가 맡으면 될 것 같아요. 그런데 크로포드 씨! 당신 누이동생이 맡을 수 있는 역할이 없군요."

줄리아가 걱정스러운 어조로 말했다. 헨리는 머리를 흔들면서 동생을 고려하지 않아도 된다고 설명했다. 매리는 자신이 직접 연기하는 것을 원하지 않는 것이 확실하다고 말했던 것이다. 결국 그 말은 매리에 대해 더 이상 고려하지 않아도 된다는 것을 의미했다.

그러자 톰이 즉시 헨리의 말에 반박하고 나섰다. 만약 매리 크로포드가 배역을 맡겠다고 수락한다면, 모든 점에서 아멜리아의 역할에 적격이라는 주장이었다.

"그 배역은 마치 매리 양을 위해서 만들어진 것처럼 잘 들어맞아요. 아가사 배역은 내 누이들 중에서 한 명이 맡으면 되거든요. 그 배역은 무척 코믹한 것이기 때문에 내 누이들 중에서 누가 맡더라도 좋을 거예요."

톰이 단정적인 어조로 말했다. 잠시 동안 어색한 침묵이 흘렀다. 마리아와 줄리아는 둘 다 조바심을 내고 있는 것이 분명했다. 두 사람은 아가사 배역이 자신에게 가장 잘 들어맞는다고 생각하고 있었으며, 다른 사람들이 자신들에게 그 역할을 맡겨 주기를 내심 기대하고 있었던 것이다. 헨리 크로포드는 그런 그녀들의 마음을 전혀 모른다는 듯이 훌쩍 대본을 집어 들더니 제1장을 펼쳐 들었다. 헨리는 그 문제에 대해 종지부를 찍고 말았다.

"나는 줄리아 양이 아가사 배역을 맡지 말아달라고 부탁하고 싶어요. 만약 줄리아 양이 그 배역을 맡는다면 내가 맡은 근엄한 역할을 제대로 연기할 수 없기 때문이에요. 줄리아 양은 이 배역을 맡으면 안 됩니다. 절대로 안 돼요. 나는 줄리아 양이 슬픔에 잠긴 창백한 표정을 짓고 있는 모습을 보면 아마 제대로 연기를 할 수가 없을 겁니다. 줄리아 양과 나는 너무나 많이 웃으면서 오랫동안 함께 시간을 보냈어요. 줄리아 양과 마주 바라보고 있으면 분명히 그 생각이 날 거예요. 그렇게 되면 프레드릭 연기는 망가지고 말 겁니다."

헨리가 줄리아를 쳐다보면서 정중하고 담담한 어조로 말했다. 하지만 그의 말은 줄리아의 감정에 그 어떤 영향도 주지 못했다. 줄리아는 헨리가 마리아를 향해 보낸 눈길을 보고 말았던 것이다. 그 눈길을 보자, 줄리아의 감정은 큰 상처를 입고 말았다. 그것은 아주 계획적인 일이었다. 교활한 계략이었던 것이다.

줄리아는 버림을 받았으며, 마리아가 선택되었다. 마리아는 가까스로 승리의 미소를 억누르고 있었다. 하지만 그 모습은 오히려 마리아가 그 사실을 잘 알고 있다는 것을 말해 주고 있었다. 줄리아가 겨우 감정을 추스르고 이제 막 반박하려고 하는 순간이었다. 톰이 줄리아에게 불리한 발언을 하고 나섰다.

"아, 그래요. 마리아가 아가사 배역을 맡아야만 해요. 마리아야말로 완벽하게 그 역할을 소화할 수 있을 거예요. 줄리아는 자신이 비극을 좋아한다고 생각하고 있지만 그것은 옳지 않아요. 줄리아는 비극에 전혀 어울리지 않아요. 우선 줄리아의 표정에서 비극적인 점을 좀처럼 찾아볼 수 없거든요. 전체적인 분위기도 비극적이지 않고 또한 지나치게 빨리 걷고 지나치게 빨리 말해요. 그리고 비극적인 표정도 제대로 짓지 못할 겁니다. 줄리아는 차라리 늙은 시골 여자를 맡는 것이 훨씬 나을 거예요. 그래요. 농부의 아내! 줄리아, 너에게는 그 역할이 잘 어울릴 거야. 농부의 아내도 좋은 배역이야. 내가 장담해. 그 늙은 여자는 남편의 과장된 성격을 매우 잘 뒷받침해 주거든. 너는 농부의 아내를 맡도록 해."

톰이 명령하듯이 말했다.

"농부의 아내라니! 지금 무슨 말을 하는 건가? 그 배역은 연극 중에서 가장 시시하고 보잘것 없는 역할인데……. 자네는 지금 말도 안 되는 소리를 하고 있어. 자네의 누이동생이 그런 하찮은 배역을 맡다니……. 그런 말을 한다는 것 자체가 동생에 대한 모독이라네. 에클레스포드에서는 가정교사가 그 배역을 맡곤 했다네. 그 배역은 가정교사 이외에는 다른 어느 누구도 할 수 없다고 생각했었네. 좀더 공정하게 해 주었으면 좋겠네, 매니저 씨. 만약 자네가 지금 이곳에 모여 있는 극단원들이 얼마나 큰 재능을 갖고 있는지 깨닫지 못한다면 매니저로서의 자격이 없다고 보네."

예이츠가 약간 흥분한 어조로 말했다.

"그렇지 않아, 이 친구야! 극단원들이 실제로 연기를 하기 전까지는 추측을 할 수밖에 없다네. 줄리아를 모욕하려는 의도는 전혀 없었어. 단지 두 명의 아가사가 존재할 수 없고, 농부의 아내는 한 명이 있어야만 해. 나도 늙은 집사의 역할에 만족하고 있지 않은가? 내가 줄리아에게 모범을 보였다고 생각했네. 만약 자신이 맡은 역할이 하찮은 것이라고 해도 그것을 잘만 연기한다면 오히려 칭찬을 받을 수 있을 거라네. 줄리아가 익살스러운 역할을 맡는 것이 싫다면 농부의 아내 대신에 농부의 대사를 말하도록 하면 되겠네. 차라리 농부와 아내의 역할을 완전히 바꾸어 버리면 되겠군. 이 희곡에 따르면 농부는 무척 근엄하고 처량한 배역이니까……. 그렇게 한다고 해도 연극에 큰 차이가 있지는 않을 거야. 그리고 농부의 아내가 하는 대사가 나올 때마다 내가 기꺼이 농부의 역할을 해 주겠네. 농부의 대화를 익살스럽게 바꾸면 될 거야."

톰이 고개를 끄덕이면서 말했다.

"아무리 농부 아내의 배역을 옹호하더라도 줄리아 양에게 적합한 배역이라고 보기는 불가능합니다. 줄리아 양에게 억지로 그 배역을 맡겨서는 안 된다고 생각해요. 설사 그 배역을 맡는다고 해도 절대로 허락하면 안 됩니다. 줄리아 양은 다른 사람에 대한 예의상 그렇게 한다고 말할 수 있어요. 하지만 나는 그렇게 내버려 둘 수는 없어요. 줄리아 양은 아멜리아의 배역에 잘 어울려요. 아멜리아는 제대로 연기하는 것이 아가사보다도 더욱 힘든 인물이에요. 사실 이 연극 중에서 가장 연기하기 어려운 인물이 바로 아멜리아라고 생각합니다. 어느 정도 힘도 있어야 하고 멋있어야 하고 과장되지 않으면서도 쾌활하고 장난스럽고 또한 단순한 성격을 잘 나타내야만 하거든요. 무척 훌륭한 여배우들도 그 배역을 제대로 소화하지 못하는 것을 많이 보았어요. 사실 직업적인 여배우들이 가지고 있지 못한 점이 단순함이에요. 그 배역은 전문적인 여배우들이 가지고 있지 못한 섬세한 느낌을 요구하고 있어요. 그 배역은 양가의 귀부인이 맡아야만 해요. 그 사람이 바로 줄리아 양입니다. 줄리아 양! 그 배역을 맡아 주실 거죠?"

헨리가 줄리아를 향해 돌아서면서 제안했다. 줄리아는 어떻게 대답하는 것이 좋을지 몰라서 잠시 동안 망설이고 있었다. 그러자 톰이 다시 한 번 헨리의 주장을 반박하고 나섰다.

"안 돼요. 안 됩니다. 줄리아가 아멜리아를 맡으면 안 돼요. 줄리아에게 어울리는 배역이 아니에요. 줄리아도 그 배역을 좋아하지 않을 겁니다. 그 배역을 잘 소화해 내지도 못할 거구요. 우선 줄리아는 키가 너무 크고 강인한 인상을 주지요. 하지만 아멜리아는 키카 작고 연약하고 가녀린 체격을 가진 사람이어야만 합니다. 그러니까 크로포드 양에게 적절한 배역입니다. 아니, 크로포드 양만이 이 배역을 맡을 수 있어요. 크로포드 양은 아멜리아에 딱 어울려요. 그리고 훌륭하게 그 배역을 소화할 수 있을 거라고 확신해요."

톰이 딱 잘라서 말했다. 하지만 헨리 크로포드는 톰의 말에 수긍하지 않았다.

"제발 우리의 말을 들어 주세요. 반드시 그렇게 해 주셔야만 합니다. 등장인물의 성격을 연구하고 나면 그 배역이 당신에게 맞는지 아닌지 느낄 수 있을 겁니다. 줄리아 양은 비극을 선택했어요. 하지만 오히려 희극이 당신에게 더욱 잘 어울린다고 확실하게 말할 수 있어요. 연극 중에서 내가 감옥에 갇혀 있을 때, 아멜리아는 음식물이 든 바구니를 가지고 나를 방문하도록 예정되어 있어요. 그 일을 거부하지 않으실 거죠? 그렇죠? 당신이 바구니를 들고 나를 방문하기 위해 찾아올 거라고 생각해요."

헨리가 애원하듯이 말했다. 헨리의 애원은 줄리아에게 영향을 미쳤다. 줄리아의 마음이 조금씩 흔들리기 시작했던 것이다. 하지만 헨리가 단순히 줄리아를 달래려고 하는 것일까? 그리고 이전에 당했던 모욕을 잊어버리도록 만들기 위한 의도일까? 줄리아의 머리 속에서 이런 생각이 스치고 지나갔다. 줄리아는 헨리를 믿지 않고 있었다. 헨리가 줄리아를 버린 것은 확실했다. 어쩌면 헨리가 줄리아를 갖고 희롱하고 있을지도 모른다는 생각이 들었다.

줄리아는 미심쩍은 눈초리로 마리아를 쳐다보았다. 마리아의 표정을 보면 그 사실을 알 수 있을 것 같았던 것이다. 만약 마리아가 분노하고 경계하는 빛을 띠고 있다면 헨리의 말을 믿을 수가 있었다. 하지만 마리아는 지금 너무나 평온하고 만족스러운 표정을 짓고 있었다. 줄리아는 자신이 상처를 입을 때, 마리아가 행복할 수 있다는 사실을 너무나 잘 알고 있었다.

"내가 음식이 든 바구니를 가지고 방문하면 표정 연기를 제대로 할 수 없을지도 몰라요. 그런 일이 생기는 게 두렵지 않나 보군요. 분명히 그럴 거라고 생각했는데……. 그렇다면 내가 아가사일 경우에만 그런가 보군요."

줄리아는 너무나 화가 나서 떨리는 목소리로 성급하게 말했다. 그런 다음에 줄리아는 차가운 눈길로 헨리를 노려보았다. 헨리는 어리둥절한 표정을 짓고 있었다. 마치 무슨 말인지 모르겠다는 듯한 얼굴이었다.

"크로포드 양이 아멜리아 배역을 맡아야만 한다니까요. 아주 멋지게 아멜리아 연기를 할 수 있을 거라구요."

톰이 어깨를 으쓱거리면서 말했다.

"연극을 하기 위해 내가 어떤 인물이든지 기꺼이 맡을 거라고 생각하지 말아요. 나는 절대로 아가사 역할을 하지 않을 거예요. 그리고 다른 어떤 배역도 맡지 않을 거예요. 아멜리아야말로 모든 등장인물들 중에서 내가 가장 혐오하는 배역이라구요. 나는 정말로 아멜리아라는 인물이 싫어요. 몹시 기분 나쁘고 오만방자하고 부자연스럽고 왜소한 인물이니까요. 나는 언제나 희극을 싫어하고 있었어요. 그리고 이것은 희극 중에서도 가장 저질이에요."

줄리아는 잔뜩 화가 나서 큰 소리로 말했다. 그런 다음에 빠른 걸음으로 방에서 나갔다. 그 자리에 모여 있던 사람들은 모두 머쓱한 표정을 지으면서 무거운 침묵을 지키고 있었다. 하지만 어떤 사람도 줄리아를 동정하지 않았다. 다만 패니만이 줄리아에 대해 커다란 연민을 느끼고 있었다. 처음부터 모든 장면을 조용히 지켜볼 수 있었던 패니는 지금처럼 줄리아의 마음을 동요하도록 만든 것이 바로 질투심이라는 사실을 잘 알고 있었던 것이다.

줄리아가 방에서 나가고 난 후에 얼마 동안 어색한 침묵이 흘렀다. 하지만 그것도 잠시였다. 톰이 다시 모든 사람들의 관심을 연극으로 집중시켰던 것이다. 톰은 예이츠의 도움을 받아가면서 어느 장면이 필요할 것인지 희곡을 열심히 살펴보기 시작했다.

그 동안 마리아와 헨리는 구석 자리에서 나지막한 목소리로 대화를 나누고 있었다. 갑자기 마리아가 앞으로 나서면서 선언했다.

"나는 아가사 배역을 기꺼이 줄리아에게 넘겨 줄 의사가 있어요. 어쩌면 나는 그 배역을 훌륭하게 연기하지 못할 수도 있어요. 하지만 줄리아가 나보다 못할 것이라고 확신할 수는 있어요."

마리아가 사람들을 둘러보면서 말했다. 그러자 미리 예상했던 대로 모든 사람들이 마리아를 칭찬하기 시작했다.

잠시 후에 톰 버트램과 예이츠는 좀더 많은 의논을 하기 위해 이제는 '극장'이라고 불리는 방으로 들어갔다. 그래서 다른 사람들도 자연스럽게 이리저리 흩어지게 되었다. 마리아는 자신이 직접 목사관으로 찾아가서 매리 크로포드에게 아멜리아 배역을 맡아 달라고 부탁하기로 결심했다. 그래서 패니는 혼자 남겨지게 되었다.

잠시 후에 패니는 탁자 위에 버려지듯이 놓여 있던 희곡을 집어 들었다. 패니는 이제까지 말로만 듣던 희곡을 직접 읽어볼 수가 있었다. 연극에 대한 호기심이 걷잡을 수 없을 정도로 일어나기 시작했던 것이다. 패니는 열심히 희곡을 읽어나갔다. 가끔씩 패니는 깜짝 놀라면서 희곡을 읽는 것을 중단할 수밖에 없었다. 이런 희곡을 골랐다는 사실에 대해 너무나 놀라고 말았던 것이다.

사적인 연극 공연을 하기 위해 이런 희곡을 제안하고 받아들이다니! 아가사와 아멜리아는 둘 다 가족 공연을 하기에는 너무나 적절하지 못한 인물들이었다. 한 인물은 언어 때문에, 다른 한 인물은 상황 때문에 정숙한 여인이 연기하기에는 매우 좋지 않았던 것이다.

패니는 사촌들이 이 희곡의 내용에 대해서 제대로 파악하고 있다는 생각을 할 수가 없었다. 에드먼드가 이 사실을 알게 되면 반드시 책망을 할 것이라고 생각했다. 패니는 에드먼드가 그들을 일깨워 주기를 간절히 바라고 있었다.

제 15 장

매리 크로포드는 기꺼이 아멜리아의 배역을 맡았다. 마리아 버트램이 목사관에서 돌아오자마자 러시워스가 맨스필드 파크에 도착했다. 그들은 다시 연극에 등장하는 인물 중에서 한 명의 배역을 결정할 수가 있었다. 러시워스는 카셀 백작과 아날트 중에서 하나를 선택하도록 하라는 제의를 받았다. 러시워스는 어떤 배역을 선택하는 것이 좋을지 알 수가 없었다. 그래서 러시워스는 마리아에게 조언을 얻고 싶다고 말했다. 두 인물이 완전히 서로 다른 유형이라는 사실을 파악하고 난 다음에 러시워스는 런던에서 그 연극을 한 번 관람한 적이 있었다는 사실을 떠올리게 되었다.

러시워스는 아날트가 몹시 어리석고 멍청한 인물이라고 생각했기 때문에 얼른 백작의 배역을 선택했다. 마리아 버트램은 러시워스가 그 연극에 대해서 알면 알수록 좋을 것이 없었기 때문에 재빨리 올바른 결정을 내렸다고 말했다. 러시워스는 백작과 아가사가 함께 연기할 수 있는 장면이 있었으면 좋겠다고 내심 바라고 있었다. 하지만 마리아는 그렇지 않았다. 그래서 러시워스가 그런 장면을 찾을 수 있지 않을까 하는 희망을 가지고 대본을 검토하는 동안 인내심을 갖고 차분하게 기다릴 수가 없었다.

마리아는 직접 대본을 들고 생략하거나 줄여야 할 필요가 있다고 생각하는 대사가 있을 때마다 러시워스의 동의를 구해서 과감하게 삭제하고 말았다. 그런 다음에 러시워스에게 백작의 역할은 많은 의상을 갈아 입어야만 하기 때문에 미리 러시워스가 의상의 색깔을 골라야만 한다고 지적해 주었다.

러시워스는 내심 화려한 의상을 입는다는 사실이 무척 마음에 들었지만 겉으로는 그런 점이 못마땅한 것처럼 행동했다. 러시워스는 화려한 의상을 입은 자신의 외모에 대해서 생각하는 일에 골몰한 나머지 다른 사람들의 입장에 대해서 생각할 만한 겨를이 없었다. 그리고 앞으로 어떤 불쾌한 일이 일어날 것인지, 연극으로 인해서 어떤 일이 벌어질 것인지 전혀 생각하지 못하고 있었다. 하지만 마리아는 벌써부터 그런 사태에 대해 적절히 대비하고 있었다.

연극을 공연하기 위한 준비가 거의 마무리되고 있었다. 그런데 아침 내내 밖에 나가 있었던 에드먼드가 집으로 돌아왔다. 에드먼드는 아직까지도 어떤 일이 벌어지고 있는지 잘 모르고 있었다. 에드먼드가 응접실로 들어섰을 때, 톰과 마리아와 예이츠가 한창 열띤 논쟁을 벌이고 있었다.

"드디어 우리가 공연하게 될 연극을 골랐네. 그 연극은 바로 〈연인들의 맹세〉야. 나는 카셀 백작 배역을 맡았는데, 제일 처음에는 푸른색 의상을 입고 출연한다네. 그 다음에는 분홍색 새틴 외투를 입고 등장하지. 나중에는 사냥복을 입도록 예정되어 있는데 그것도 역시 무척 화려한 것이라네. 과연 내가 그걸 좋아할지 어떨지 잘 알 수가 없네."

러시워스가 재빨리 에드먼드를 향해 다가오더니, 즐거운 표정으로 그 소식을 알려 주었다. 패니는 조바심을 내면서 열심히 에드먼드를 바라보고 있었다. 러시워스의 말을 듣는 동안 패니의 가슴은 심하게 두근거렸다. 패니는 에드먼드의 표정을 쳐다보면서 대뜸 그의 생각을 알아차렸다.

"세상에! 〈연인들의 맹세〉라니!"

에드먼드는 깜짝 놀라면서 어이가 없다는 듯이 커다랗게 외쳤다. 그런 다음에 형과 누나들도 자신과 같은 생각일 것이라고 확신하면서 그들을 향해 빙글 돌아섰다.

"맞네. 오랫동안 어렵사리 의논을 한 끝에 그것만이 우리 모두를 만족시킬 수 있다는 결론을 내렸다네. 아무리 찾아봐도 〈연인들의 맹세〉처럼 뛰어난 작품이 없었어. 이전에는 왜 이 작품이 있다는 걸 생각하지 못했는지 정말 의아스러울 정도라네. 에클레스포드에서 내가 이미 다 관람한 것도 커다란 이점이라네. 그 장면을 그대로 따라하면 될 것 같단 말이야. 그리고 이미 배역도 거의 다 결정되었다네."

예이츠가 잔뜩 흥분한 목소리로 말했다.

"하지만 여자 배역은 어떻게 할 생각인가요?"

에드먼드가 심각한 표정을 지으면서 마리아를 바라보았다.

"라벤쇼 부인이 연기했던 배역을 내가 맡기로 했고, 아멜리아는 크로포드 양이 맡기로 했어."

마리아가 자신도 모르게 살짝 얼굴을 붉히면서 대답했다. 하지만 마리아는 크로포드 양도 참여하기로 결정했다는 이야기를 하면서 조금 자신만만한 태도를 취했다.

"나는 이런 종류의 희극을 선택하고 나서 배역을 그토록 쉽게 결정할 수 있을 거라곤 꿈에도 생각하지 못했어요. 우리가 그 희곡을 공연하다니……."

에드먼드가 어머니와 노리스 부인과 패니가 앉아 있는 벽난로를 향해 다가오면서 말했다. 에드먼드는 무척 분개한 표정을 지으면서 의자에 걸터앉았다.

"나는 세 번 등장하고 마흔두 개의 대사를 하게 된다네. 정말 굉장하지 않은가? 하지만 화려한 의상을 입어야 한다는 게 좀 마음에 들지 않아. 푸른색 드레스나 분홍색 새틴 코트를 입은 내 모습을 상상하기가 좀 어렵네."

러시워스가 에드먼드를 향해 다가오면서 말했다. 에드먼드는 러시워스의 말에 아무런 대답도 할 수가 없었다. 때마침 그 순간 목수가 톰 버트램에게 물어볼 것이 있다고 하면서 그를 방에서 데리고 나갔다. 곧이어 예이츠와 러시워스도 톰을 따라 방에서 나갔다.

"예이츠 씨가 있는 곳에서 이 연극에 대한 나의 생각을 제대로 말할 수가 없었어요. 만약 그런 일이 벌어지면 에클레스포드에 있는 예이츠 씨의 친구들을 폄하할 수밖에 없거든요. 하지만 이제는 말해야만 해요. 마리아 누나! 이 희곡은 사적인 공연으로는 너무나 부적합하다고 생각해. 우리는 이 희곡을 포기해야만 해. 누나가 이 연극 대본을 조금만 주의 깊게 읽어본다면 분명히 그렇게 할 수밖에 없다고 생각해. 일단 첫 장면이라도 어머니와 이모에게 읽어드려, 누나! 그분들은 절대로 이 연극을 받아들일 수 없을 테니까……. 물론 아버지의 의견을 구할 필요는 전혀 없을 거야."

에드먼드가 즉시 말문을 열었다.

"하지만 우리는 너와 생각이 달라. 나도 이 연극에 대해서 잘 알고 있어. 몇 군데만 삭제하면 전혀 반대할 부분이 없어. 물론 부적절하다고 여겨지는 일부분만 삭제를 할 거야. 그리고 이 연극이 사적인 공연을 하기에 적당하다고 생각하는 아가씨가 비단 나 혼자만이 아니야."

마리아가 상기된 표정으로 항의했다.

"정말 미안하지만 지금 이 자리에서 가장 큰 어른은 바로 누나야. 누나가 모범을 보여 주어야만 해. 다른 사람이 실수를 저지르면 누나가 그것을 바로잡아 주어야 한단 말이야. 올바른 행실이 어떤 것인지 보여 주도록 해, 누나. 누나의 행동이 바로 이 장소에 모여 있는 모든 사람들에게 훌륭한 표본이자 법이라고 할 수 있어."

에드먼드가 진지한 표정을 지으면서 맞섰다. 에드먼드의 말은 마리아의 존재를 부각시키고 있었다. 결국 에드먼드의 말은 마리아에게 효과가 있었다. 다른 사람들을 좌지우지하는 것을 어느 누구보다도 좋아하는 사람이 바로 마리아였던 것이다.

"네 말에도 일리가 있어, 에드먼드. 네가 좋은 의도로 말한다는 것도 잘 알겠어. 하지만 그건 너무나 지나친 생각인 것 같아. 다른 사람들에게 내 생각을 억지로 강요할 수는 없어. 그렇게 하는 것이야말로 예의에 어긋나는 거잖아."

마리아가 작은 목소리로 대답했다.

"내가 그렇게 하라고 말하는 것 같아? 아니야. 단지 실제로 모범을 보이란 말이야. 누나가 맡은 역할을 꼼꼼히 살펴보니까 도저히 할 수 없을 것 같다고 말해. 누나가 생각했던 것보다 훨씬 더 어렵고 대담한 역할이기 때문에 도저히 할 수 없다고 아주 단호하게 말해. 그렇게 하면 될 거야. 사리를 분별할 수 있는 사람이라면 누나가 어떤 의도를 가지고 그렇게 말하는지 다들 이해할 거야. 마침내 그들도 그 희곡을 포기하겠지. 누나의 행실은 한 치도 나무랄 데가 없는 것이 될 거야."

에드먼드가 한결 부드러운 목소리로 타일렀다.

"얘야, 정숙한 숙녀의 행실에 누가 될 만한 일은 하지 말거라. 토머스 경도 달가워하지 않으실 거야. 그리고 패니야. 종을 좀 울려 주겠니? 이제 식사를 해야 할 것 같구나. 지금쯤이면 줄리아도 식사 시간에 맞추어서 옷을 갈아입었을 거란다."

버트램 부인이 패니에게 손짓하면서 말했다.

"어머니! 아버지도 분명히 이 희곡을 달가워하시지 않을 겁니다."

에드먼드가 손을 내저으면서 패니를 향해 종을 울리지 말라고 만류했다.

"그래, 마리아. 에드먼드가 지금 이야기하는 것을 들었니?"

버트램 부인이 마리아를 쳐다보면서 질문을 던졌다.

"내가 이 배역을 맡지 않는다면, 아마도 줄리아가 얼른 맡고 말 거예요."

마리아가 다시 상기된 어조로 말했다.

"그게 무슨 말이야? 누나가 왜 그렇게 말하는지 뻔히 알고 있으면서도 그 배역을 맡는다는 거야?"

에드먼드가 깜짝 놀라면서 소리쳤다.

"분명해. 줄리아는 우리가 처한 상황이 다르기 때문에 나처럼 별로 조심하지 않아도 된다고 생각할 거야. 그렇게 말할 것이 너무나 뻔해. 그건 안 돼. 미안하지만 에드먼드, 나는 지금 공연에서 빠질 수가 없어. 모든 게 다 확정되었기 때문이야. 내가 지금 연극에서 빠지면 모든 사람들이 무척 실망할 거야. 아마도 오빠는 몹시 화를 내고 말 거야. 만약 우리가 네가 말한 것처럼 행동해야 한다면 어떤 공연도 할 수가 없을 거야."

마리아가 단호한 태도로 말했다.

"나도 방금 마리아와 똑같은 말을 하려던 참이었다. 모든 희곡에 반대만 한다면 절대로 공연을 할 수 없을 거란다. 게다가 그렇게 되면 지금까지 준비에 쓴 모든 비용을 버린 것과 같아. 그렇게 해서 좋을 것이 하나도 없다. 나는 그 희곡에 대해서는 잘 몰라. 하지만 마리아가 말한 대로 만약 조금 부끄러운 부분이 있다면 그 내용을 삭제하면 될 거야. 사실 대부분의 연극들이 그렇단다. 우리 모두가 너처럼 지나치게 고지식하게 행동할 필요는 없어. 그리고 러시워스 씨도 함께 연기할 예정이기 때문에 해가 될 것은 없을 거야. 나는 단지 톰이 목수에게 일을 시키면서 처음부터 제대로 했었으면 하고 바랄 뿐이야. 저 옆문들을 고치기 위해 반나절 동안이나 일한 것이 그만 헛수고가 되고 말았으니까 말이다. 하지만 커튼은 잘 될 거란다. 하녀들이 아주 일을 잘 하고 있거든. 그리고 커튼 고리들도 몇 십 개 정도는 되돌려 보낼 수 있을 것 같단다. 그렇게 고리를 많이 달아야 할 필요가 없어. 나는 조금이나마 낭비를 줄이고 재료를 잘 활용할 수 있도록 도움이 되었으면 하고 바랄 뿐이란다. 지금처럼 젊은이들이 한 자리에 많이 모여 있을 때에는 그들을 감독할 수 있는 확실한 사람이 한 명 정도는 있어야 한단다. 아! 톰에게 오늘 어떤 일이 있었는지 말해 주는 것을 잊어 버렸구나. 조금 전에 양계장에 갔다가 돌아 나오는 길이었단다. 딕 잭슨이 나무판자 두 개를 들고 하인들이 드나드는 문을 향해 다가가고 있는 것을 보았단다. 분명히 자기 아버지에게 갖고 가는 길이었을 거야. 아마도 딕의 엄마가 아버지에게 전할 말이 있어서 그 아이를 아버지에게 보냈을 거야. 그리고 딕의 아버지가 그 아이에게 나무판자를 가져오라고 시켰을 거란다. 딕이 나를 보더니 어쩔 줄 모르는 표정을 지었었지. 그 순간 하인들의 저녁 식사를 알리는 종이 울리고 있었기 때문에 그 아이가 무슨 짓을 하고 있었는지 나는 잘 알고 있단다. 나는 그런 식으로 다른 사람들의 물건을 탐내는 사람들을 증오한단다. 잭슨 가족이 바로 그런 사람들이야. 다른 사람들의 물건을, 기회만 있으면 슬쩍 빼돌린단 말이다. 내가 언제나 그렇게 말하곤 했었단다. 그래서 나는 그 아이를 향해 똑바로 말했었지. 내가 아버지에게 그 판자를 직접 가져다 줄 테니까 빨리 집으로 가라고 말이야. 그 아이는 몹시 바보 같은 표정을 짓더니 내가 따끔한 말을 하는 것이 두려웠는지 한 마디 말도 없이 횡하니 돌아서서 가 버렸단다. 딕은 고작 열 살밖에 먹지 않은 약간 덜떨어진 아이란다. 정말 자신이 부끄러운 줄을 알아야 할 텐데……. 이 일로 인해 아마도 한참 동안은 그 아이가 집안의 물건을 빼돌리지는 못할 거야. 토머스 경이 일년 내내 그 가족에게 일을 시키면서 얼마나 잘 대해 주었는데……. 어째서 그렇게 욕심을 부리는지 알 수가 없구나."

노리스 부인이 혀를 끌끌 차면서 말했다. 하지만 어느 누구도 노리스 부인의 말에 대꾸를 하지 않았다. 잠시 후에 사람들이 다시 응접실로 돌아왔다. 에드먼드는 연극을 그만 두라고 시도한 것만으로 만족해야만 한다는 것을 깨달았다.

그들은 무거운 분위기 속에서 저녁 식사를 했다. 노리스 부인은 다시 한 번 딕 존슨을 꾸중한 일화를 의기양양하게 늘어놓았다. 하지만 연극이나 그 준비 상황에 대해서는 아무도 입을 열지 않았다. 에드먼드가 반대하고 있어서 톰마저도 연극에 대한 이야기를 하는 것을 자제하고 있었기 때문이었다.

마리아는 헨리 크로포드가 자리에 없기 때문에 그 주제를 피하는 것이 낫다고 생각하고 있었다. 만약 헨리 크로포드가 이 자리에 있었다면 얼마든지 마리아에게 유리한 이야기를 할 수 있었을 것이다. 예이츠는 줄리아의 환심을 사기 위해 노력했다. 하지만 줄리아가 여전히 침울한 표정을 짓고 있었기 때문에 연극에 참여할 수 없어서 유감이라는 말밖에 다른 어떤 이야기도 할 수가 없었다.

러시워스의 머리 속에는 온통 자신이 맡은 역할과 의상만이 가득 차 있었다. 그래서 곧 그것에 대한 이야기를 다 하고 나자 더 이상 할 말이 없었던 것이다.

하지만 두 시간 가량 지나자, 다시 연극에 대한 주제로 대화가 돌아가고 말았다. 아직까지도 결정해야 할 것들이 너무나 많이 남아 있었던 것이다. 저녁이 되자 다시 용기를 얻은 톰과 마리아와 예이츠는 응접실에 모였다. 그들은 탁자에 빙 둘러 앉아서 대본을 펼쳐 놓고 회의를 하고 있었다.

그들이 연극에 대해서 한창 토론하고 있을 때, 갑자기 반가운 손님이 찾아와서 회의를 중단하게 되었다. 그들은 바로 헨리와 매리 크로포드였다. 날은 이미 어두워지고 있었다. 두 사람은 늦은 시간이지만 어쩔 수 없이 찾아올 수밖에 없었다고 말했다. 그들은 두 사람을 무척 반갑게 맞아주었다.

"어떻게 지내요?"

헨리가 질문을 던졌다.

"결정된 사항이 있나요?"

매리가 호기심을 드러내면서 물었다.

"아닙니다. 당신들이 안 계셔서 아무것도 할 수가 없었어요."

톰이 손을 내저으면서 대답했다. 반가운 인사가 오고 간 후에 헨리 크로포드는 탁자에 빙 둘러앉아 있는 세 사람과 함께 자리를 잡았다. 매리 크로포드는 버트램 부인이 있는 곳으로 다가갔다.

"드디어 희곡을 선택하게 되어서 부인에게 축하의 말씀을 드려야 할 것 같아요. 그 동안 저희가 소란을 떨면서 불편하게 만들었는데, 정말 너무나 잘 참아 주셨어요. 연극을 하는 배우들도 기쁘겠지만, 이제까지 인내심을 가지고 곁에서 지켜보았던 분들도 무척 기쁠 거예요. 노리스 부인뿐만 아니라 부인과 똑같이 그 힘든 과정을 잘 참아 주신 분들은 모두 정말 기뻐하실 거라고 생각해요."

매리 크로포드는 버트램 부인에게 상냥한 목소리로 칭찬을 늘어놓았다. 그런 다음에 그녀는 매우 조심스럽게 패니 뒤쪽에 있는 에드먼드를 힐끗 쳐다보았다.

버트램 부인은 매리를 향해 고맙다고 인사했다. 하지만 에드먼드는 여전히 무거운 침묵을 지키고 있었다. 에드먼드는 자신이 방관자에 지나지 않는다는 사실을 명백하게 보여주고 있었던 것이다.

잠시 동안 벽난로 주위에 앉아 있는 사람들과 담소를 나누고 난 후에, 매리 크로포드는 탁자를 향해 다가갔다. 매리 크로포드는 그들 곁에 서서 회의를 지켜보고 있을 생각인 것 같았다.

"어머, 여러분! 초가집과 맥주집도 준비가 잘 되어가고 있는데 제 운명은 어떻게 되는 건가요? 제발 저에게 알려 주세요. 아날트는 누가 맡기로 했나요? 저는 지금 이 자리에 계신 신사분들 가운데 누구와 사랑을 나누게 되는 건가요?"

갑자기 매리가 생각났다는 듯이 큰 소리로 물었다. 잠시 동안 무거운 침묵이 흘렀다. 그런 다음에 한꺼번에 많은 사람들이 슬픈 사실을 말하기 시작했다. 아직까지도 누가 아날트 배역을 맡을 것인지 결정하지 못하고 있었던 것이다.

"러시워스 씨는 카셀 백작을 하기로 했어요. 하지만 아무도 아날트의 배역을 맡지 않았군요."

"나는 두 인물 중에서 하나를 선택할 수 있었어요. 그런데 카셀 백작이 더 나은 것 같았어요. 화려한 의상을 여러 번 갈아입어야 한다는 점이 마음에 좀 걸리긴 하지만……."

러시워스가 가볍게 한숨을 내쉬었다.

"선택을 아주 잘 하신 것 같아요. 아날트는 좀 진지하고 무거운 역할이거든요."

매리 크로포드가 밝고 명랑한 표정으로 대답했다.

"백작의 대사가 마흔두 개나 됩니다. 결코 만만한 배역이 아니지요."

러시워스가 손을 내저으면서 혀를 내둘렀다.

"아날트 배역을 맡겠다는 사람이 없는 것도 놀라운 것은 아니에요. 그건 너무나 당연한 일이에요. 아멜리아는 몹시 급진적이고 당돌한 여자예요. 그러니까 남자들이 두려워할 수도 있어요."

잠시 후에 매리 크로포드가 한 마디 덧붙였다.

"가능하기만 했다면 제가 기꺼이 그 배역을 맡았을 겁니다. 그런데 집사와 아날트가 나란히 등장하기 때문에 어쩔 수가 없었어요. 하지만 이대로 물러서지는 않겠어요. 무슨 방법이 있을 거예요. 다시 한 번 생각을 해 보아야 하겠어요."

톰이 큰 소리로 말했다.

"자네 동생이 그 배역을 맡아야만 해. 자네 동생이 그렇게 안 할 거라고 생각하나?"

예이츠가 작은 목소리로 톰에게 속삭였다.

"아예 부탁조차도 하지 않을 거야."

톰이 단호한 어조로 차갑게 대답했다. 매리 크로포드는 이것저것 다른 이야기를 하다가 다시 벽난로 주위에 앉아 있는 사람들을 향해 천천히 다가갔다.

"저분들은 내가 회의에 참석하는 것을 원하지 않는 것 같아요. 회의하는 도중에 내가 질문을 던지니까 예의상 대답을 하긴 하더군요. 하지만 내가 자꾸 참견해서 싫어하는 것 같았어요. 그런데 에드먼드 씨! 연기를 하지 않겠다고 하셨으니까, 이해관계가 전혀 없는 사람으로서 자문을 해 주실 수 있겠군요. 그래서 묻는 말인데, 아날트 배역을 어떻게 처리해야 하죠? 한 배우가 두 가지 역할을 동시에 연기하는 것이 실제로 가능한가요? 그 일에 대해 어떻게 생각하세요?"

매리 크로포드가 궁금하다는 듯이 질문을 던졌다.

"제가 할 수 있는 충고는 희곡을 다른 것으로 바꾸라는 겁니다."

에드먼드가 침착한 목소리로 대답했다.

"모든 것이 원만하게 진행된다면 특별히 아멜리아 배역이 싫은 것은 아니에요. 그렇지만 나 때문에 문제가 생기는 것은 원하지 않아요. 그리고 지금 저 탁자에 둘러앉아 있는 분들은 당신의 충고를 들으려고 하지 않을 거예요. 절대로 당신의 충고를 받아들이지 않을 거예요."

매리 크로포드가 탁자 주위에 앉아 있는 사람들을 바라보면서 말했다. 에드먼드는 더 이상 아무런 말도 하지 않았다.

"만약 에드먼드 씨가 등장인물 중에서 끌리는 사람이 있다면 아날트일 거라고 생각해요. 왜냐하면 그 사람은 성직자이거든요."

잠시 동안 어색한 침묵이 흐른 후에 매리가 슬쩍 떠보듯이 말했다.

"그런 상황이라고 해도 나를 끌어들이지는 못해요. 만약 내가 연기를 한다고 하더라도, 연기가 몹시 서툴러서 그 인물을 우스꽝스럽게 만들고 말 테니까요. 아무리 애를 써도 나는 아날트를, 지나치게 경직되어 있고 경건한 설교자처럼 연기할 수 없을 겁니다. 성직자라는 직업을 선택하는 사람은 어느 누구라도 아마 무대에서 그 직업을 가진 사람으로 분장하고 싶어 하지 않을 거예요."

에드먼드가 심각한 표정을 지으면서 대답했다. 매리 크로포드는 더 이상 말을 할 수가 없었다. 매리는 차를 마시고 있는 탁자 쪽으로 의자를 가까이 끌어당겼다. 그런 다음에 노리스 부인과 대화를 나누기 시작했다.

"패니! 네 도움이 필요해."

톰이 회의를 하다 말고 패니가 있는 곳을 향해서 큰 소리로 외쳤다. 그 탁자에서는 한창 열띤 회의로 끊임없이 대화가 이어지고 있는 중이었다. 패니는 톰이 자신에게 심부름을 시키려는 것이라고 생각하면서 얼른 자리에서 일어섰다. 그런 식으로 부름을 받는 것에 워낙 익숙해져 있어서 아무리 에드먼드가 그렇게 하지 말라고 타일러도 여전히 그 습관을 극복하지 못하고 있었던 것이다.

"아, 패니! 자리에서 일어날 필요는 없어. 지금 당장 네 도움을 받으려는 게 아니야. 우리는 연극에서 네 도움이 필요해. 네가 농부의 아내 역할을 해 주어야만 되겠어."

톰이 의자에 등을 기대면서 말했다.

"내가? 제발 나를 시키지 말아 줘. 나에게 세상을 다 준다고 해도 나는 연기하지 않을 거야. 안 돼. 정말이야. 나는 연기를 못 해."

패니는 깜짝 놀라고 말았다. 패니는 의자에 다시 주저앉으면서 외쳤다.

"안 돼. 너는 연극을 해야만 해. 너를 빼줄 수가 없어. 그렇게 놀랄 필요는 없잖아. 그냥 아무것도 아닌 역할이야. 대사를 다 합해 봐야 여섯 번이나 될까? 그리고 네가 하는 말을 아무도 듣지 않아도 상관없어. 그러니까 네가 하고 싶은 대로 작은 목소리로 대사를 말하면 돼. 하지만 네가 없어서는 안 돼."

톰의 태도는 아주 완강했다.

"고작 여섯 번에 불과한 대사를 말하는 것이 두렵나요? 만약 나와 같은 역할을 맡았다면 어떻게 하려고 합니까? 나는 마흔두 줄이나 되는 대사를 외워야만 하는데……."

러시워스가 어깨를 으쓱하면서 말했다.

"대사를 외워야 하는 것이 두려운 게 아니에요. 단지 나는 연기를 못 하겠다는 말이에요."

갑자기 패니는 지금 이 방에서 말하고 있는 사람이 자신뿐이라는 사실을 발견했다. 모든 사람들이 패니를 물끄러미 쳐다보고 있었던 것이다.

"아니야. 괜찮아. 우리끼리 하는 연극이니까 괜찮을 거야. 네 역할이 무엇인지 기억하기만 해. 나머지는 우리가 다 가르쳐 줄 테니까……. 네가 등장하는 장면은 딱 둘이야. 그리고 농부는 내가 맡을 거야. 내가 너를 잘 이끌어 주도록 하겠어. 패니, 너는 잘 연기할 수 있어. 내가 장담하겠어."

톰이 패니를 바라보면서 말했다.

"안 돼! 정말이야, 오빠. 제발 나를 좀 빼 줘. 오빠는 예상조차 하지 못할 거야. 내가 연기를 한다는 건 불가능해. 그리고 내가 그 역할을 맡아서 연기를 한다고 해도 오빠는 실망하고 말 거야."

패니가 간절한 표정으로 애원했다.

"네가 부끄러워해야 할 이유는 아무것도 없어. 너는 잘할 수 있을 거야. 그리고 다들 이해해 줄 거야. 네가 완벽하기를 예상하는 사람은 아무도 없어. 우선 갈색 드레스와 하얀색 앞치마 그리고 모자를 구해야만 해. 얼굴과 눈 가에 주름살을 몇 개 그려 넣으면 돼. 그렇게 하면 영락없이 늙은 여자로 보일 거야."

톰이 손을 내저으면서 말했다.

"제발 나를 빼 줘. 부탁이야, 제발!"

패니는 점점 더 얼굴을 붉히면서 외쳤다. 패니는 걱정스러운 얼굴로 에드먼드를 바라보았다. 에드먼드는 패니를 다정한 얼굴로 바라보고 있었지만, 이런 자리에서 공연히 참견해서 형의 심기를 건드리고 싶지 않았다. 그래서 에드먼드는 패니에게 격려하는 듯이 그저 미소만 짓고 있었다.

하지만 패니가 아무리 애원해도 소용이 없었다. 톰은 전혀 들으려고 하지 않았던 것이다. 톰은 자신의 입장을 되풀이하기만 했다. 게다가 이제 패니를 종용하는 것은 톰만이 아니었다. 마리아와 헨리와 예이츠가 패니를 설득하는 일에 가세했던 것이다. 그들은 톰처럼 완강하지 않았다. 좀더 부드럽고 정중한 태도로 부탁하고는 있었지만, 그들도 물러서려고 하지 않았다. 그들 모두가 종용하기 시작하자 패니는 더 이상 견딜 수가 없었다. 바로 그 순간에 문제를 해결해 주었던 것은 바로 노리스 부인이었다.

"아무것도 아닌 걸 가지고 소란을 부리지 마라. 패니, 이렇게 사소한 일에 사촌들을 힘들게 만들다니……. 부끄럽지도 않니? 사촌 언니와 오빠가 너에게 이렇게 잘 대해 주는데 말이다. 그냥 순순히 역할을 맡고 더 이상 시끄럽게 하지 말거라. 알겠니?"

노리스 부인이 작지만 모든 사람들이 들을 수 있는 목소리로 패니를 질책했다.

"그런 식으로 심하게 몰아붙이지 마세요. 패니를 그런 식으로 몰아붙이는 것은 부당해요. 패니가 연기하고 싶어 하지 않는 것이 보이잖아요. 우리처럼 스스로 선택하게 그냥 내버려 두세요. 패니의 판단에 맡기시라구요. 더 이상 패니를 다그치지 마세요."

에드먼드가 더 이상 참지 못하고 외쳤다.

"알겠다. 더 이상 다그치지 않도록 하마. 하지만 이모와 사촌들이 저렇게 부탁하는데 여전히 고집을 부리고 있잖니? 패니는 정말 너무나 고집이 세고 고마운 걸 모르는구나. 자기 자신의 처지를 생각하면 어떻게 배은망덕한 행동을 할 수가 있단 말이니?"

노리스 부인이 차가운 목소리로 말했다. 에드먼드는 너무나 화가 나서 말조차 하지 못하고 있었다. 매리 크로포드는 깜짝 놀라서 두 눈을 동그랗게 뜨고 노리스 부인과 패니를 번갈아 가면서 바라보았다. 패니의 눈에서 뜨거운 눈물이 흐르기 시작했다.

"아, 이곳은 너무 덥군요."

매리가 조심스럽게 말하면서 의자를 탁자 반대편으로 옮겼다. 매리는 패니를 향해 가까이 다가갔다.

"너무 신경 쓰지 말아요, 프라이스 양. 오늘 저녁은 불쾌지수가 무척 높아요. 그래서 모든 사람들이 짜증이 나 있는 것 같아요. 그러니까 다른 사람들의 말에 너무 신경 쓰지 말아요."

매리 크로포드가 친절하고 나지막한 목소리로 패니를 향해 속삭였다. 매리 자신도 기분이 침체되어 있었지만, 패니에게 계속 말을 하면서 위로하려고 애를 썼다. 매리는 헨리에게 눈짓을 하면서 더 이상 아무도 패니를 다그치지 말라고 신호를 보냈다. 패니에게 친절하고 선량한 행동을 보임으로써 매리는 잃었던 에드먼드의 호감과 마음을 재빨리 다시 사로잡고 말았다.

패니는 매리 크로포드를 그리 좋아하지 않았다. 하지만 지금 매리가 보여 준 친절한 마음씨에 대해서는 도저히 고마워하지 않을 수가 없었다. 매리는 패니가 하고 있던 바느질거리를 보고 자신도 그렇게 바느질을 잘 할 수 있게 되었으면 좋겠다고 말했다. 그런 다음에 패니에게 패턴을 하나 달라고 정중하게 부탁했다. 매리는 사촌 언니가 결혼하고 나면, 패니가 곧 사교계에 데뷔하게 될 테니까 지금 외모에 신경을 쓰고 있는 것 같다고 말했다. 또한 매리는 항해를 하고 있는 윌리엄의 최근 소식을 들었는지를 물었다. 그리고 윌리엄이 멋진 젊은이일 거라고 말하면서, 그를 꼭 한 번 만나보고 싶다고 덧붙였다.

매리는 패니에게 윌리엄이 이번에 방문하게 되면 초상화를 꼭 그려

놓도록 하라고 조언했다. 패니는 매리의 말이 아첨이라고 생각하고 있었지만, 그리 듣기 싫지는 않았다. 그래서 우울한 기색을 나타내야 한다고 생각하고 있었지만, 자신도 모르는 사이에 활기차게 대답하고 말았다.

탁자에서는 여전히 연극에 대한 회의가 진행되고 있었다. 매리는 아직도 패니와 이야기를 나누고 있었다. 갑자기 톰이 매리를 부르는 소리가 들렸다. 톰은 아무리 애를 써도 자신이 집사 배역을 맡으면서 아날트 배역까지 소화할 수는 없을 것 같다고 유감스러운 어조로 말했다. 톰은 어떻게 해서든지 두 가지 역할을 다 할 수 있는 방법을 모색하고 있었지만, 이제는 포기하는 수밖에 없었다.

"이 근처에서 그 배역을 맡길 만한 사람을 찾는 것은 별로 어렵지 않을 거예요. 이 근방에서 살고 있는 젊은이들 가운데 우리 극단에 들어오고 싶어서 안달하는 젊은이가 여섯 명도 넘을 겁니다. 우리는 얼마든지 적당한 인물을 고를 수 있어요. 그 중에서 한두 명 정도는 괜찮은 사람이 있어요. 올리버 가족이나 찰스 매독스는 신뢰해도 괜찮을 겁니다. 톰 올리버는 매우 똑똑한 친구죠. 그리고 찰스 매독스는 정말 신사다운 사람입니다. 그러니까 내일 아침 일찍 내가 말을 타고 스토크로 가서 그들 중에 한 사람을 물색해 보겠어요."

톰이 신중한 목소리로 덧붙였다. 톰의 말이 끝나자, 마리아는 걱정스러운 눈길로 에드먼드를 돌아보았다. 마리아는 에드먼드가 이런 식으로 일이 자꾸만 커지는 것에 대해 반대해 줄 것을 내심 기대하고 있었다. 마리아는 애초부터 일이 커지는 것을 원하지 않고 있었던 것이다. 하지만 에드먼드는 입을 굳게 다문 채, 아무런 말도 하지 않고 있었다.

"나는 이 일에 반대하지 않을 거예요. 신사분들이 어련히 잘 알아서 처리하시겠지요. 그런데 내가 그 신사들을 만나 본 적이 있나요? 그래요. 찰스 매독스 씨는 얼마 전에 우리 언니네 집에서 식사를 한 일이 있어요. 내 말이 맞지, 오빠? 아주 차분하게 보이는 젊은이였던 기억이 나네요. 그 젊은이에게 한 번 부탁해 보기로 하죠. 완전히 모르는 사람보다는 차라리 그 사람과 함께 연기하는 것이 낫겠어요."

매리 크로포드가 어색한 침묵을 깨면서 차분한 목소리로 말했다. 톰은 찰스 매독스가 적당하다고 수긍하면서 내일 아침 일찍 찾아가 보도록 하겠다고 다시 한 번 다짐했다.

그러자 이제까지 입을 열지 않고 있었던 줄리아가 마리아와 에드먼드를 쳐다보면서 마침내 입을 열었다.

"맨스필드 극단이 이웃들 사이에 신선한 활기를 불어 넣겠군요."

줄리아가 냉소적인 어조로 말했다. 에드먼드는 미동도 하지 않고 무거운 침묵을 지키고 있을 뿐이었다. 에드먼드는 여전히 진지한 표정을 짓고 있었다.

"상황이 이상하게 돌아가고 있군요. 낙관적인 생각만 하고 있을 수는 없겠어요. 매독스 씨에게 대사를 좀 줄여 주겠다고 제안하는 게 좋겠어요. 물론 우리가 다 함께 연습하기 전에 내 대사도 좀 줄여야 할 것 같아요. 정말 기분이 좋지 않아요. 일이 처음에 예상했던 것과는 너무나 다르게 돌아가고 있잖아요."

매리가 나지막한 목소리로 패니를 향해 말했다.

제 16 장

매리가 어떤 말을 해도 패니는 그날 저녁에 벌어졌던 일을 잊어버릴 수가 없었다. 이윽고 밤이 되자 패니는 잠자리에 들었다. 패니는 침대 속으로 들어간 후에도 좀처럼 그 일을 떨쳐버리지 못했다. 패니의 신경이 아직까지도 충격으로 인해 날카롭게 곤두서 있었던 것이다. 톰은 모든 사람들이 모여 있는 곳에서 공공연히 패니에게 비난을 퍼부으면서 고집을 부렸던 것이다. 게다가 노리스 부인의 질책과 꾸중을 생각하자 패니의 마음은 마치 납덩이를 얹은 것처럼 몹시 무거웠다.

그런 식으로 모든 사람들의 시선을 한 몸에 받았지만 그것은 전주곡에 불과했다. 앞으로 시간이 흐르면서 훨씬 더 나쁜 일들이 일어날 것이다. 패니는 결국 자신이 연기를 하지 않고는 배길 수 없을 것 같다는 생각이 들었다. 그리고 노리스 부인이 자신의 처지를 마구 들추면서 고집이 세고 고마움도 모르는 사람이라고 비난했던 것을 떠올리자, 패니의 마음은 너무나 우울했다. 더욱이 내일이 되면 어떤 일이 일어날지 모른다고 생각하자 마음은 더욱 무거워졌다. 매리 크로포드가 패니를 보호해 줄 수 있었던 것은 오늘뿐이었다.

만약 톰과 마리아가 오늘처럼 똑같이 강압적인 태도로 나온다면 어떻게 해야 하나? 그리고 에드먼드마저 없다면 어떻게 해야 하나? 패니는 이 모든 질문에 대한 해답을 찾지 못한 채 잠들고 말았다. 그리고 다음날 아침에 일어났을 때에도 역시 마음이 무척 혼란스러웠다.

패니는 맨스필드에 도착한 그날부터 지금까지 작은 다락방을 침실로 사용하고 있었다. 하지만 패니는 자신의 방에서 어떠한 위안도, 해답도 얻을 수가 없었다. 그래서 옷을 입자마자 그녀는 다른 방으로 들어갔다. 그 방은 다락방보다 더욱 넓었기 때문에 이리저리 걸어 다니면서 생각할 만한 공간이 있었던 것이다.

얼마 전부터 패니는 그 방의 주인처럼 되어 버렸다. 이전에 그 방은 교실로 사용했던 곳이었다. 하지만 이제는 버트램 가의 딸들이 성장해서 더 이상 그곳을 교실로 이용하지 않게 되었다. 얼마 전까지만 해도 가정교사가 그 방을 사용하고 있었다.

그들은 교실에서 공부하고 책을 읽고 글을 썼으며 이야기를 나누고 웃으면서 지냈었다. 그런데 3년 전에 가정교사가 떠나면서 그 방은 아무런 쓸모가 없어졌다. 한참 동안 아무도 그 방을 찾는 사람이 없었다. 오직 패니만이 그 방을 찾았다.

패니는 그 방으로 들어가서 화분에 물을 주거나 아직도 그 방에 보관되어 있는 책들을 읽어보기도 했다. 처음에 패니는 자신의 방이 공간이 너무나 부족했기 때문에 그 방을 찾아갔다. 하지만 점차 시간이 흐르면서 패니는 그 방에 있는 것이 편안하게 느껴지기 시작했다. 패니는 자신의 물건을 그 방에 갖다 놓고 차츰 차츰 더욱 많은 시간을 그곳에서 보내게 되었다. 패니가 그 방에 들어가는 것을 막는 사람은 아무도 없었다. 패니는 자연스럽게 별로 힘들이지 않고 그 방을 사용하게 되었으며, 이제는 모두가 그 방을 패니의 방으로 여기게 되었던 것이다.

마리아가 열여섯 살이 되면서 그 방을 동쪽 방이라고 부르곤 했었다. 하지만 이제 그 방은 다락방만큼이나 패니의 방이 되어 있었던 것이다. 다락방이 워낙 작았기 때문에 패니가 그 방을 사용하는 것을 이상하게 여기는 사람은 아무도 없었다.

마리아와 줄리아는 아주 넓고 좋은 방을 사용하고 있었다. 그래서 더욱 좋은 방을 자신들이 가지고 있다는 우월감이 있어서인지는 몰라도 패니가 그 방을 소유하는 것을 묵인하고 있었다. 노리스 부인도 패니가 그 방을 사용하도록 가만히 내버려두고 있었다. 하지만 노리스 부인은 패니에게 한 가지 단서를 붙였다. 그것은 패니를 위해서 그 방에 불을 지피지 말라는 내용이었다.

패니가 그 방을 자유롭게 사용할 수 있었던 것은 사실 아무도 그 방을 쓰고 싶어하는 사람이 없었기 때문이었다. 때때로 노리스 부인은 마치 그 방이 집안에서 가장 좋은 방인 것처럼 말하면서 패니에게 그 방을 쓰도록 묵인하는 것이 커다란 선심을 쓰는 양 얘기하곤 했다.

그 방은 남쪽을 향하고 있었다. 그래서 초봄이나 늦가을에도 불을 피우지 않고 사용할 수가 있었다. 패니는 그 방에서 시간을 보내는 것을 매우 좋아했다. 그래서 햇살이 따뜻하게 비치기만 한다면 추운 겨울이 온다고 하더라도 기꺼이 그 방에 들어가곤 했다.

그 방에서 홀로 편안하게 지내는 시간은 패니에게 언제나 커다란 위안을 안겨 주었다. 마음에 상처를 받거나 언짢은 일이 있을 때마다 패니는 그 방으로 들어갔다. 그리고 위안을 얻었다. 또한 깊은 사색에 잠겨야 할 필요가 있을 때마다 역시 그 방을 찾았다.

용돈을 받게 되면서부터 패니는 책과 화분을 수집하고 있었다. 그 방에는 책들과 패니의 화분들과 책상이 놓여 있었고, 패니가 나름대로 솜씨를 발휘해서 완성한 미술 작품들도 있었다. 그래서 패니는 일이 손에 잡히지 않거나 생각에 잠기고 싶을 때마다 그곳으로 들어갔다. 그 방에 있는 것들 하나하나가 모두 소중한 기억들을 간직하고 있었던 것이다. 모든 것들이 패니에게 다정한 친구가 되었으며 소중한 기억들을 간직하고 있었다.

패니에게는 고통스러운 시간들이 많았다. 사람들이 패니를 오해하는 일은 종종 있는 일이었으며, 그녀의 감정을 완전히 무시할 때도 많았다. 패니의 생각을 하찮은 것으로 무시해 버릴 때도 많았다. 또한 폭언이나 조롱이나 무시를 당해서 고통받는 일도 많았다. 하지만 그런 일이 일어날 때마다 무엇인가 패니에게 위안을 주는 것이 반드시 있었다. 버트램 부인이 다정한 말 한 마디를 건네주거나 가정교사가 패니를 격려해 주기도 했다. 하지만 그 무엇보다도 패니에게 가장 소중하고 언제나 위안을 주는 존재가 있었다. 그것은 바로 에드먼드였다.

에드먼드는 패니의 보호자이며 동시에 친구였다. 에드먼드는 다른 사람들 앞에서 패니의 생각을 지지하고 패니의 의도를 설명해 주었다. 패니가 눈물을 흘릴 때에는 울지 말라고 다정하게 감싸주었다. 에드먼드는 애정 어린 말과 표정으로 패니를 위로했다. 그래서 패니는 눈물 속에서도 기쁨을 찾을 수 있었다. 그 방에서는 과거의 모든 기억들이 함께 뒤섞이고 조화가 되어서 이제는 슬프고 괴로웠던 일들마저도 아련한 추억으로 아름답게 느껴지게 되었던 것이다.

그 방은 패니에게 있어서 가장 소중한 것이었다. 패니는 집안에 있는 가장 훌륭한 가구를 준다고 하더라도 그 방에 있는 것들과 바꾸지 않았을 것이다. 사실 그 방에 있는 것들은 처음부터 평범한 가구들이었으며 어린 아이들이 험하게 사용해서 무척 낡은 것들이었다. 그 방에서 가장 우아한 장식품이라고 해 봐야 줄리아가 만든 낡은 발받침대가 고작이었다. 그것은 응접실에 갖다 놓을 수 없을 만큼이나 형편이 없었기 때문에 그 방에 놓여지게 되었던 것이다. 그리고 스테인드 글라스를 제작하기 위해서 만든 세 점의 투명화가 창문 제일 아래칸에 붙여져 있었다. 가운데 부분에 있는 투명화는 틴턴 사원이었으며 그 한쪽 옆으로는 이탈리아의 동굴 그림이 있었고 다른 쪽에는 컴버랜드의 달빛이 비치는 호수 그림이 자리잡고 있었다. 벽난로 선반 위에는 다른 방에는 차마 놓을 수 없는 가족의 그림들이 놓여져 있었다. 그리고 그 옆의 벽 위에는 4년 전에 윌리엄이 지중해에서 보내 주었던 선박의 모습을 스케치한 작은 그림이 걸려 있었다. 그 그림 밑에는 선박의 돛만큼이나 큰 글씨로 H.M.S. 앤트워프라고 적혀 있었다.

패니는 지금 지치고 외로운 한 마리 작은 새처럼 그 위안의 둥지로 날아들었다. 좀처럼 갈피를 잡을 수 없었던 혼란스러운 마음을 가다듬고 싶었던 것이다. 혹시 에드먼드의 초상화를 보면 좋은 생각이 떠오르지 않을까? 창문을 열고 제라늄 화분에게 신선한 공기를 쐬어주다 보면 신선한 한 줄기 바람에 힘을 얻어서 나도 정신적으로 강인하게 될 수 있지 않을까? 패니는 이런 생각을 하면서 창 밖으로 펼쳐지는 풍경을 물끄러미 응시하고 있었다.

패니는 그저 단순히 자신이 연극을 하게 되는 것이 두려웠던 것은 아니었다. 패니는 자신이 앞으로 어떻게 하는 게 좋을지 전혀 갈피를 잡을 수가 없었던 것이다. 모든 것들이 혼란스럽게 느껴졌다. 방 안을 서성거리는 동안 패니의 마음속에 깃들어 있던 혼란은 점점 더 커져만 갔다. 다른 사람들이 정중하게 부탁한 것을, 다른 사람들이 정말로 원하는 것을 거절한 것이 과연 올바른 것이었을까? 지금까지 나에게 큰 은혜를 베풀어 주었던 사람들이 계획하고 있는 연극에 참여하는 것을 거절한 것이 과연 올바른 일이었을까? 지금 그들은 나의 도움을 원하고 있는데……. 그것은 그릇된 이기심의 발로가 아니었을까? 혹시 나의 존재가 다른 사람들 앞에 드러나는 것을 두려워한 것이 아니었을까? 에드먼드가 아무리 반대한다고 해서, 또한 토머스 경이 싫어할 것이라고 생각한다고 해서 다른 사람들이 모두 부탁하는데 끝까지 완강하게 거절해야만 했을까? 패니는 연기를 한다는 것이 너무나 두렵고 끔찍하게 여겨졌다. 그래서 이제 패니는 자신의 진정한 동기와 순수한 마음을 의심하게 되었다. 주위를 둘러보면서 패니는 사촌들이 선물한 것들을 하나씩 살펴보았다. 그러자 사촌들이 자신에게 강요하고 있는 것이 정당하게 여겨지기 시작했다. 창가에 있는 탁자 위에는 여러 개의 바느질 그릇들과 상자들이 가지런히 놓여 있었다. 그것들은 주로 톰이 선사한 것들이었다. 그 선물들에 담긴 추억들이 떠오르면서 패니는 자신이 얼마나 그들에게 많은 빚을 지고 있는가에 대해 생각하게 되었다.

그러자 패니는 더욱 마음의 갈피를 잡을 수가 없었다. 패니는 자신의 의무가 무엇이고, 어떻게 하면 그 의무를 다할 수 있을 것인가를 알고 싶었다. 바로 그 순간 누군가 문을 두드리는 소리가 들렸다. 패니는 그 소리를 듣고 깊은 상념에서 깨어났다.

"들어오세요."

패니가 부드러운 목소리로 말했다. 패니가 의문을 느낄 때마다 언제나 그것들을 솔직하게 털어놓곤 했던 사람이 방으로 들어섰다. 그 사람은 바로 에드먼드였다. 에드먼드의 모습을 보게 되자, 패니의 눈빛이 환하게 빛나기 시작했다.

"패니, 나와 잠깐 얘기할 시간이 있을까?"

에드먼드는 몹시 초조한 표정을 짓고 있었다.

"물론이야."

패니가 손으로 의자를 가리키면서 대답했다.

"한 가지 의논하고 싶은 게 있어서……. 네 생각을 듣고 싶었어."

에드먼드가 머뭇거리면서 말했다.

"내 생각을?"

패니는 약간 당황하면서 대답했다. 하지만 다른 한편으로는 에드먼드가 자신의 충고를 듣고 싶다고 말해서 무척 기뻤다.

"응. 네 의견을 듣고 조언을 구하고 싶었어. 나는 지금 어떻게 하는 게 좋을지 잘 모르겠어. 너도 이미 보았겠지만, 이 연극 공연은 점점 더 극한 상황으로 치닫고 있어. 가장 최악의 희곡을 선택한데다가, 이제는 잘 알지도 못하는 이웃 젊은이의 도움까지 얻으려고 하고 있어. 그렇게 되면 우리끼리 조용히 연극을 즐기자는 처음의 취지가 완전히 어긋나는 거야. 내 말은 찰리 매독스가 나쁘다는 것은 아니야. 하지만 그가 이런 식으로 우리와 함께 뒤섞여서 연극을 하다보면 지나치게 친해지게 될 거야. 그래서 좋을 것은 하나도 없거든. 그 생각을 하면 더 이상 참을 수가 없어. 그런 일은 어떤 수를 써서라도 미연에 방지해야만 할 것 같아. 너도 나와 같은 생각이니?"

에드먼드가 걱정스러운 표정으로 질문을 던졌다.

"나도 그렇게 생각해. 하지만 어떻게 해야 돼? 톰 오빠의 뜻은 아주 확고한데……."

"단 한 가지 방법밖에 없어, 패니. 내가 아날트 배역을 맡아야만 해. 그렇지 않으면 톰을 진정시킬 수 없다는 사실을 나는 너무나 잘 알고 있거든."

에드먼드가 조심스럽게 패니의 표정을 바라보면서 설명했다. 패니는 아무런 대답도 할 수가 없었다.

"내가 좋아서 연극을 하는 게 아니야. 어떤 남자라도 그렇게 일관성을 유지하지 못하고 행동하는 것처럼 보이는 것을 좋아할 리가 없어. 모두들 처음부터 내가 연극에 반대하고 있었다는 사실을 알고 있는데, 이제 와서 연극에 참여한다고 하면 몹시 우습게 보일 거야. 게다가 다들 처음보다 일을 크게 벌리고 있는데……. 하지만 다른 방법이 없어. 혹시 다른 방법을 알고 있니, 패니?"

에드먼드가 간절한 표정으로 질문했다.

"아니, 지금 당장은 아니지만……."

패니가 천천히 말했다.

"그게 무슨 말이지? 당장은 아니지만? 너는 지금 나와 다르게 판단하고 있는 것 같은데……. 좀더 생각해 봐, 패니. 어쩌면 너는 이웃 청년이 이런 식으로 우리가 하는 연극에 참여함으로써 어떤 좋지 않은 문제가 발생할지 제대로 인식하지 못할 수도 있어. 하지만 그 청년이 우리 중의 일원으로 받아들여지면 수시로 우리 집을 드나들게 될 거야. 그렇게 되면 그를 제재할 수 있는 방법이 없겠지. 그리고 연극 연습을 하려면 얼마나 마음대로 드나들겠니? 아무리 생각해도 어처구니가 없는 일이야. 게다가 패니, 네가 매리 양의 입장이 되어서 생각해 봐. 전혀 모르는 사람과 연기를 해야 한다는 것을 한 번 생각해 보란 말이야. 매리 양도 감정을 갖고 있을 텐데……. 우리가 매리 양을 배려해 주어야 한다고 생각해. 나는 어제 밤에 매리 양과 네가 나누는 대화를 들었어. 그래서 매리 양이 낯선 사람과 연기하는 것을 얼마나 꺼리고 있는지 알게 되었어. 아마도 매리 양은 그런 상황을 전혀 예상하지 못한 채 연기를 하겠다고 약속했을 거야. 그 당시에는 그런 사실을 아무도 짐작조차 할 수 없었을 테니까……. 그렇기 때문에 그런 상황에 처한 매리 양을 외면한다는 것은 말도 안 되는 일이야. 우리는 매리 양의 감정을 좀더 존중해 주어야만 해. 패니, 너도 그렇게 생각하지 않니? 머뭇거리지 말고 대답해 봐."

에드먼드의 음성은 몹시 다급했다.

"매리 양의 처지가 몹시 측은하게 여겨져. 하지만 나는 오빠가 더 가엾다고 생각해. 그렇게 반대하던 일을 해야만 하니까 말이야. 게다가 오빠는 이모부가 이 일을 얼마나 반대하실지 잘 알고 있잖아. 결국 오빠가 다른 사람들에게 지는 꼴이 되고 말 거야."

패니가 무거운 한숨을 내쉬었다.

"내가 얼마나 연기를 못하는지 보고 나면, 다들 자신들이 승리했다고 느끼진 못할 거야. 하지만 어쨌거나 그들이 이기는 것은 분명해. 그렇지만 나는 이대로 밀고 나가야만 해. 내가 굴복함으로써 이 일이 널리 알려지는 것을 미연에 막을 수만 있다면, 우리의 어리석은 모습을 우리끼리만 볼 수 있다면, 나는 보답을 받는 셈이 될 거야. 지금 현재 상태에서는 내가 아무런 영향력도 미치지 못해. 내가 할 수 있는 일은 아무것도 없어. 이미 내가 그들의 기분을 상하게 만들었기 때문에 좀처럼 내 말을 들으려고 하지 않을 거야. 하지만 내가 조금만 양보해서 그들의 기분을 맞추어 준다면 연극 공연을 우리 사이에서만 진행하도록 설득할 수 있을지도 몰라. 그렇지 않으면 지금 당장이라도 낯선 사람들을 불러들여서 일을 더욱 크게 벌일 기세란 말이야. 내가 양보한다면 오히려 그것이 이득일지도 몰라. 내가 원하는 것은 연극 공연을 러시워스 부인과 그랜트 박사 가족까지 제한하는 거야. 그렇게 하는 것이 훨씬 낫지 않을까?"

에드먼드가 진지한 어조로 질문을 던졌다.

"그럴 것 같아. 그게 오히려 이득이 될 거야."

패니가 천천히 고개를 끄덕였다.

"하지만 아직까지 너는 내 생각에 완전히 동의하는 것은 아니잖아. 혹시 나의 목적을 달성할 수 있는 다른 방법이 있다면 말해 주겠니?"

에드먼드가 패니의 얼굴을 바라보면서 물었다.

"아니야, 없어. 다른 방법이 생각나지 않아."

패니가 고개를 흔들면서 대답했다.

"그렇다면 패니! 내게 그렇게 해도 좋다고 말해 줘. 그렇지 않으면 내 마음이 편안하지 않아."

에드먼드가 간절한 목소리로 부탁했다.

"오빠!"

"만약 네가 내 의견을 반대한다면, 나는 나 자신조차도 믿을 수가 없어. 그렇지만 형이 닥치는 대로 함께 연기할 수 있는 사람을 찾아서 사방으로 돌아다니도록 내버려 둘 수는 없어. 그건 말도 안 돼. 형은 단지 그 사람이 신사의 외양만 갖추고 있으면 무조건 함께 연기하려고 들 거야. 형은 그 사람의 내면은 절대로 보지 못할 거야. 그리고 나는 네가 크로포드 양의 감정을 좀더 배려해 줄 거라고 생각했어."

에드먼드는 한숨을 내쉬면서 고개를 가로저었다.

“물론 오빠가 그렇게 해 준다면 크로포드 양은 몹시 기뻐할 거야. 틀림없이 안도의 한숨을 내쉴 거야.”

패니가 에드먼드를 바라보면서 말했다. 패니는 의식적으로 다정하게 말하기 위해 노력하고 있었다.

“크로포드 양은 어제 밤에 너에게 무척 상냥하게 대해 주었어. 그래서 내가 이런 생각을 하게 되었을지도 몰라.”

“맞아, 오빠. 매리 양은 어제 나에게 무척 친절하고 상냥했어. 나도 그렇게 하고 싶어. 크로포드 양이 힘들지 않도록…….”

패니는 말끝을 흐리고 말았다. 더 이상 마음에도 없는 말을 할 수가 없었던 것이다. 패니의 양심이 슬쩍 고개를 치켜들고 있었다. 하지만 에드먼드는 그것으로 충분하다고 생각했다.

“아침 식사를 마치고 나면 곧바로 형을 만나서 이야기할 거야. 그렇게 하면 모두들 좋아하겠지. 자, 패니! 네가 책을 읽고 있는 걸 내가 방해했구나. 이제 더 이상 너를 방해하지 않도록 하겠어. 하지만 너에게 먼저 이야기를 하지 않으면 마음이 편안하지 않았을 거야. 밤새 잠자리에 드러누워 있어도, 산책을 해도 어제 밤의 일이 좀처럼 머리 속에서 떠나질 않았어. 이건 분명히 잘못된 일이야. 하지만 이렇게 해서라도 그 잘못을 줄여야만 할 것 같아. 만약 형이 일어났으면 지금 당장 찾아가서 말할 거야. 그렇게 하면 아침 식사를 할 때 모든 사람들이 즐거운 마음으로 할 수 있을 테니까……. 어리석은 광대 짓을 모두의 동의 아래 한다는 기대감에 들떠서 말이지. 그 동안 너는 책 속에서 중국으로 여행을 다녀오겠구나. 맥카트니 경이 어떻게 되었지?”

에드먼드는 책상 위에 놓여 있던 책을 펼치면서 물었다. 그런 다음에 다른 책들도 뒤적거렸다.

“책상 위에 《크랩의 이야기》와 《게으름뱅이》가 놓여 있네. 어려운 책을 읽다가 지루해지면 이걸 읽으면 되겠구나. 이 방에서 책을 읽고 있으면 정말 좋을 것 같구나. 패니! 이제 내가 이 방에서 나가면 우리가 지금까지 이야기한 것들을 머리 속에서 말끔히 지워버려. 그리고 책상에 앉아서 편안하게 책을 읽도록 해. 하지만 이 방이 좀 쌀쌀한 것 같으니까 너무 오래 있진 않도록 해."

에드먼드가 부드러운 목소리로 말했다. 잠시 후에 에드먼드가 방에서 나갔다. 하지만 패니는 이제 더 이상 책을 읽을 수가 없었다. 마음이 너무나 혼란스러웠던 것이다. 에드먼드는 생각조차 할 수 없고, 가장 듣고 싶지 않았던 말을 패니에게 했던 것이다.

지금 패니의 머리 속에는 온통 연극에 대한 것으로 가득 차 있었다. 연극 이외에는 다른 것을 생각할 수가 없었다. 에드먼드가 연기를 하다니! 에드먼드가 그토록 강경하게 반대하지 않았던가? 이제까지 에드먼드의 말을 들으면서, 그의 감정을 모두 알고 있다고 생각했었는데……. 어떻게 해서 에드먼드의 말과 행동이 그토록 다를 수 있단 말인가? 에드먼드는 자기 자신마저도 속이고 있지 않는가? 지금 너무나 그릇된 일을 하고 있지 않은가? 그렇다. 그것은 모두 매리 크로포드 때문이었다. 패니는 에드먼드에게 매리가 얼마나 커다란 영향력을 미치고 있는지 새삼스럽게 깨달았다. 그래서 패니는 자신이 너무나 슬프고 비참하다는 느낌이 들었다. 이제까지 패니의 마음속에서 들끓고 있었던 자신의 행동에 대한 후회와 의혹들은 전혀 문제가 되지 않았다. 더욱 크고 깊은 의혹과 걱정과 문제로 인해서 그것들은 완전히 사라지고 말았던 것이다.

이제 패니에게는 그 어떤 것도 중요하지 않았다. 모든 것을 철저히 방관하면서 가만히 지켜보기만 할 것이다. 사촌들이 어떤 말을 하고 비난의 화살을 퍼붓는다고 하더라도, 그것은 패니와 전혀 상관없는 일이었다. 더 이상 그들의 말과 행동으로 인해서 패니가 흔들리는 일은 결코 없을 것이다. 지금 패니의 마음속에는 온통 고뇌만이 가득 차 있었다.

제 17 장

그날은 톰 버트램과 마리아 버트램에게 있어서 '승리의 날'이었다. 이제까지 에드먼드의 고집을 꺾을 수 있을 거라고 예상했던 사람은 아무도 없었다. 그래서 승리자들이 누렸던 기쁨은 더욱 컸다. 이제 더 이상 그들의 소중한 계획을 방해하는 것은 아무것도 없었다.

그들은 에드먼드가 심경에 변화를 일으킨 것이 질투라고 하는 약점 때문이라는 사실을 잘 알고 있었다. 그들은 자신들이 원하는 대로 모든 일들이 진행되고 있다는 사실을 깨달았다. 그래서 두 사람만이 남아 있을 때, 그들은 서로를 축하하면서 승리의 기쁨을 만끽했다.

에드먼드는 아직도 우울하고 진지한 표정을 짓고 있었다. 연극을 공연한다는 것 자체에 대해 여전히 못마땅한 마음을 갖고 있다고 말할 수도 있었다. 그리고 특히 희곡 자체에 대해서 반대할 수밖에 없다고 말할 수도 있었다. 하지만 결국 이긴 쪽은 톰과 마리아였다. 에드먼드는 연기를 하기로 결정했으며, 그것도 오로지 이기적인 동기에서 어쩔 수 없이 연기하게 되었던 것이다. 에드먼드는 고상하고 차원 높은 도덕적인 경지에서 추락하고 만 것이다. 그래서 톰과 마리아는 기분이 우쭐했을 뿐만 아니라 그들의 위상도 한층 더 높아지게 되었다.

그러나 톰과 마리아는 에드먼드 앞에서 행동을 조심했다. 입가에 웃음을 머금은 것 이외에는 그들의 마음속에 담겨진 승리감과 기쁨을 좀처럼 표시하지 않았던 것이다. 톰과 마리아는 사실 자신들도 찰스 매독스를 연극에 포함시키고 싶지 않았다고 말했다. 그렇지만 인원이 모자라기 때문에 어쩔 수 없이 부를 수밖에 없었다고 변명했던 것이다. 그리고 굳이 그렇게 하지 않아도 되어서 정말 다행이라고 여기는 듯이 행동했다.

"우리도 가족만이 공연에 참가하는 것을 원하고 있었어. 우리 사이에 낯선 사람이 끼어들면 절대로 편안할 수가 없을 거야."

톰과 마리아는 에드먼드를 만날 때마다 약속이라도 한 듯이 이렇게 말했다. 에드먼드가 관객을 제한했으면 좋겠다는 뜻을 은근히 밝히자, 그들은 기꺼이 그 제안을 수용하겠다고 대답했다.

이제 가족들 사이에 화목이 찾아오게 되었고, 서로를 격려하는 분위기가 만들어지게 되었다. 노리스 부인은 에드먼드의 의상을 마련해 주겠다고 제안했다. 예이츠는 아날트가 등장하는 마지막 장면은 남작과 많은 액션이 있는 중요한 장면이라고 강조했다. 그러자 러시워스는 에드먼드의 대사가 몇 마디나 되는지 계산해 주겠다고 자청했다.

"어쩌면 패니도 지금쯤은 우리의 요청을 들어줄 수 있을지도 몰라. 너라면 패니를 설득할 수도 있을 거야."

톰이 에드먼드를 쳐다보면서 말했다.

"아니야. 패니는 너무나 완강해. 절대로 연기하지 않을 거야."

에드먼드가 손을 내저으면서 대답했다.

"아, 그렇다면 할 수 없지."

톰은 단지 이렇게 말할 뿐, 더 이상 아무런 강요도 하지 않았다. 하지만 패니는 아직까지도 여전히 위협을 느끼고 있었다. 자신에게 다시 위험이 닥치지나 않을까 몹시 신경이 쓰였던 것이다.

목사관에서도 역시 웃음꽃이 활짝 피었다. 환한 미소를 짓고 있는 크로포드 양은 여느 때보다도 더욱 사랑스러웠다. 그녀는 이전보다 훨씬 더 명랑한 모습이었으며, 그녀의 사랑스럽고 명랑한 모습을 보고 에드먼드는 도저히 감탄하지 않을 수 없었다.

“그녀의 감정을 존중하고 배려해 주는 것이 옳았어. 그렇게 하기를 정말 잘 한 거야.”

에드먼드는 사랑스러운 매리의 모습을 쳐다보면서 나지막한 목소리로 중얼거렸다. 그렇게 해서 그날 아침 시간이 달콤하게 흘러갔다. 그런데 이 사건을 통해서 패니에게도 다행스러운 결과가 생겨났다. 매리 크로포드의 간곡한 부탁에 못 이겨서 그랜트 부인이 패니의 배역을 맡기로 동의했던 것이다. 오직 그것만이 패니를 기쁘게 해 주었던 단 한 가지 소식이었다.

하지만 에드먼드가 그 기쁜 소식을 전달해 주었을 때, 패니는 기쁘면서도 다른 한편으로는 너무나 가슴이 아팠다. 패니가 이런 좋은 소식을 들을 수 있었던 것이 바로 매리 크로포드의 노력 때문이었던 것이다. 패니가 고마워해야 하는 사람이 매리 크로포드였던 것이다. 그리고 그런 좋은 소식을 갖고 올 수 있도록 해 주었던 매리 크로포드의 행동에 대해 에드먼드가 진심으로 감탄하고 있었던 것이다.

이제 패니는 안전했다. 하지만 안전과 마음의 평화가 함께 찾아온 것은 아니었다. 안전한 상황에 놓여 있음에도 불구하고 패니의 마음은 전혀 평온하지 않았던 것이다. 패니 자신이 잘못한 것은 아무것도 없었다. 하지만 어떻게 된 일인지 도무지 마음의 안정을 찾을 수가 없었다.

패니는 마음속 깊은 곳에서 에드먼드의 결정이 잘못된 것이라고 생각하고 있었다. 에드먼드가 줏대도 없이 행동하고 있다는 사실을 도저히 용서할 수가 없었다. 게다가 그런 식으로 행동하면서도 에드먼드가 행복할 수 있다는 사실이 패니를 더욱 비참하게 만들고 있었다. 패니의 마음은 질투심으로 가득 차서 마구 요동치고 있었다. 그런데 매리 크로포드는 사랑스럽고 명랑한 미소를 지으면서 나타났던 것이다. 그것은 마치 패니 자신에 대한 모욕처럼 느껴졌다.

매리 크로포드가 가까이 다가와서 상냥하게 말을 걸었지만, 패니는 거의 아무런 대답도 할 수가 없었다. 패니 주위에 모여 있던 사람들은 모두 들떠 있었으며 몹시 분주하게 행동하고 있었다. 그들의 존재는 모두 중요했다. 모든 사람들이 연극에 대해 흥미를 가지고 있는 것이 분명했으며, 자신만의 역할과 의상과 좋아하는 장면과 친구들과 동지들을 갖고 있었다. 서로 의논을 나누고, 의견들을 비교하고, 기발한 제안을 하면서 분주하고 즐거운 시간을 보내고 있었던 것이다.

지금 이 자리에서 자신의 처지에 대해 서글퍼하고 있었던 존재는, 별로 중요하지 않았던 존재는 오직 패니 혼자였다. 패니는 어느 누구와도 함께 어울릴 수가 없었다. 그녀의 존재는 있으나 없으나 마찬가지였다. 그들의 분주한 소용돌이 속에 섞여 있어도, 동쪽 방의 고독 속에 홀로 남겨 있어도 어느 누구도 찾는 이가 없었던 것이다.

패니는 이런 식으로 철저하게 홀로 남겨지는 것이 어떤 것보다 견디기 어려웠다. 그 반면에 그랜트 부인은 그들 사이에서 매우 중요한 존재로 떠올랐다. 모든 사람들이 그랜트 부인의 성품을 칭찬했다. 그들은 그랜트 부인을 배려해 주었으며, 그녀의 존재를 간절히 원하고 있었다. 그들은 모두 그랜트 부인에게 관심을 쏟고 칭찬을 아끼지 않았다.

그래서 패니는 자신의 역할을 대신 맡게 된 그랜트 부인을 부러워하기까지 했다. 패니는 마음속으로 곰곰이 생각해 보았다. 그리고 그랜트 부인은 충분히 존경받을 만한 존재였지만, 자신은 그렇지 않다는 결론을 얻었다. 그러자 패니는 조금 마음이 편안해지는 것을 느꼈다. 만약 자신이 가장 좋은 배역을 맡았다고 하더라도 좀처럼 편안하게 그들과 어울리면서 연극에 참여할 수가 없었을 것이라는 생각이 들었던 것이다. 게다가 이모부를 생각하면, 이 연극은 마땅히 비난을 받아야만 했던 것이다.

하지만 슬픔을 삼켜야만 했던 사람은 비단 패니 혼자만이 아니었다. 패니도 이내 그 사실을 알아차렸다. 줄리아 역시 마음에 커다란 상처를 입고 괴로워하고 있었던 것이다. 하지만 줄리아도 잘못이 없는 것은 아니었다.

헨리 크로포드는 줄리아의 감정을 가지고 장난을 치고 있었다. 하지만 줄리아는 그러한 일을 허용하고 있었으며, 심지어 헨리의 관심을 얻기 위해 노력까지 했다. 줄리아는 언니인 마리아에게 질투를 느끼면서 자매간에 경쟁을 하고 있었다.

이제 헨리가 줄리아보다 마리아에게 더욱 큰 관심을 갖고 있다는 것은 너무나 확연한 사실이었다. 줄리아는 혼란에 사로잡힌 자신의 마음을 다스리려고 노력하지 않았다. 그녀는 아무런 생각도 없이 혼란의 소용돌이에 휘말리고 말았다. 줄리아는 우울한 표정으로 침묵을 지키고 앉아 있거나 어느 누구도 가까이 다가올 수 없을 만큼 무거운 표정을 짓고 있었다. 호기심도 보이지 않았고 어떤 재미있는 일이 있어도 즐거워하지 않았다. 단지 예이츠가 관심을 보이면 억지로 명랑한 태도로 이야기를 할 뿐이었다. 줄리아는 서슴없이 다른 사람들의 연기를 조롱했다.

헨리는 처음에 하루, 이틀 정도는 그의 특유의 과장된 농담과 아첨의 말로 줄리아의 마음을 풀어주려고 노력했다. 하지만 한두 번 거절을 당하자 더 이상 시도조차 하려고 하지 않았다. 헨리는 연극 공연 때문에 너무나 분주했기 때문에 마리아와 비밀스러운 연애를 즐기기에도 바빴던 것이다.

헨리는 이내 줄리아와의 감정싸움에 대해 무관심하게 되었다. 아니, 내심 그것이 오히려 잘 된 일이라고 생각하고 있었다. 이것을 기회로 삼아서 그랜트 부인의 은근한 기대를 종식시킬 수 있었기 때문이었다. 그랜트 부인은 줄리아가 연극에서 제외되고, 또한 모두에게 무시당한 채 자리를 지키고 있는 것을 보고 마음이 무척 언짢았다.

하지만 그것은 사실 그랜트 부인 자신의 행복과는 전혀 무관한 일이었다. 또한 헨리의 판단이 옳은 것이라고 생각했다. 더욱이 헨리가 매력적인 미소를 지으면서 자신과 줄리아는 서로에게 전혀 마음이 없다고 말했기 때문에, 그랜트 부인은 헨리에게 그저 마리아에 대해서 조심하라고 당부할 뿐이었다.

그랜트 부인은 헨리에게 마리아에 대해 지나칠 정도로 관심을 쏟지 말라고 신신당부하고 난 후에 젊은 사람들과 더불어 즐거운 시간을 보내느라고 곧 줄리아에 대해서는 완전히 잊어버리고 말았다. 게다가 그랜트 부인은 자신이 가장 소중하게 여기는 두 젊은이들이 특히 즐거워하는 모습을 마음껏 지켜볼 수 있었던 것이다.

"줄리아가 헨리를 사랑하지 않는 것 같구나."

그랜트 부인이 매리를 향해 넌지시 말했다.

"줄리아는 오빠를 사랑해요. 내가 장담해요. 줄리아뿐만 아니라 두 자매가 모두 오빠와 사랑에 빠졌는 걸요."

매리 크로포드의 목소리는 얼음처럼 차가웠다.

"둘 다! 말도 안 된다. 그래서는 절대로 안 돼. 헨리에게는 그런 말을 하지 말거라. 러시워스 씨의 처지를 생각해 봐라……. 그건 안 되는 일이야."

그랜트 부인이 머리를 설레설레 흔들었다.

"나한테 그런 말을 하지 말고, 마리아에게 러시워스 씨의 입장을 좀 생각하라고 말하는 게 나을 거예요. 그게 마리아에게도 좋을 거예요. 러시워스 씨는 막대한 재산을 소유하고 있어요. 한 해 동안 벌어들이는 수입도 굉장하죠. 나는 가끔씩 다른 사람의 손에 그 재산이 있었으면 얼마나 좋을까 하는 생각을 하기도 해요. 하지만 러시워스 씨, 그 사람 자체에 대해서 생각해 본 적은 없어요. 그만한 재산을 가지고 있는 사람이라면 한 군을 대표할 수도 있을 거예요. 직업을 가질 필요도 없으니까, 충분히 그럴 수 있을 거예요."

매리가 혀를 차면서 대답했다.

“러시워스 씨는 곧 국회로 진출할 거란다. 토머스 경이 돌아오면 구의원 정도는 될 수 있을 거라고 생각한다. 하지만 이제까지 러시워스 씨를 그런 방면으로 내보내 줄 수 있는 사람이 없었지.”

“토머스 경은 돌아오면 매우 큰일을 해 낼 것 같군요. 혹시 호킨스 브라운이 교황을 모방하면서 쓴 ‘담배에게 부치는 글’이라는 시를 기억하세요?

축복받은 잎이여! 그 향기로운 연기가 전해준다.
변호사들에게는 겸손을, 성직자에게는 의미를…….

이런 시예요. 나는 그것을 본떠서 이렇게 말하겠어요.

> 축복받은 기사여! 당신의 근엄한 표정이 전해준다.
> 자녀들에게는 부유함을, 러시워스에게는 의미를…….

어때요, 언니? 근사하지 않아요? 토머스 경이 돌아오면 모든 것이 달라질 것 같아요.”

매리가 조롱하는 듯한 미소를 지으면서 말했다.

“토머스 경이 가족들과 함께 있는 것을 보면 아마도 그의 존재가 얼마나 중요한지 너도 곧 알게 될 거란다. 그가 없다면 우리가 이렇게 잘 지낼 수 있을 거라곤 생각하지 않는단다. 그는 무척 근엄하고 당당한 사람이야. 가장으로서 마땅히 지녀야 할 품성을 고루 갖추고 있을 뿐더러 가족들을 잘 통솔하는 분이란다. 버트램 부인도 남편이 집에 없으니까 허수아비처럼 보인단다. 그리고 노리스 부인을 통제할 사람은 오직 토머스 경밖에 없어. 하지만 매리! 마리아가 헨리를 좋아한다는 이상한 생각은 하지 말거라. 줄리아가 헨리를 사랑하지 않는 것은 확실하단다. 만약 그렇다면 어떻게 어제 밤에 예이츠와 그렇게 놀아날 수가 있었겠니? 헨리와 마리아가 좋은 친구 사이인 것 같지만 마리아는 소더튼에 대해서 각별한 애정을 가지고 있으니까 절대로 그럴 리가 없다고 생각한다."

그랜트 부인이 손을 내저었다.

"만약 혼인 서약서에 서명을 하기 전에 헨리가 적극적으로 끼어들기만 한다면, 절대로 러시워스 씨에게 승산이 있다고 보지 않아요."

매리가 여전히 조소를 머금고 말했다.

"조금이라도 그런 기미가 보인다면 당장 무슨 조치를 취해야만 해. 연극이 끝나자마자 곧 헨리와 진지하게 대화를 해서 마음속으로 무슨 생각을 하고 있는지 알아봐야만 해. 만약 헨리가 진심으로 마리아를 생각하는 것이 아니라면 잠시 동안 다른 곳으로 보내야 할 거야."

그랜트 부인이 나지막한 목소리로 대답했다. 하지만 그랜트 부인의 생각과는 달리, 줄리아는 몹시 괴로워하고 있었다. 그러나 가족들조차도 그런 사실을 좀처럼 눈치 채지 못하고 있었다. 줄리아는 헨리를 사랑했으며, 지금도 여전히 사랑하고 있었다.

줄리아는 마음속에 소중한 소망을 품고 있었다. 하지만 그 소망은 전혀 가져서는 안 되는 것이었다. 그리고 그 소망이 좌절되자 엄청난 실망감과, 헨리에게 이용당했다는 배신감에서 오는 쓰라린 고통을 느껴야만 했다. 줄리아는 타고난 온화한 기질과 씩씩한 기상으로 그 고통을 겨우 견뎌내고 있었다. 언제나 사이좋게 지내왔던 언니가 이제는 가장 큰 적이 되고 말았던 것이다.

두 자매는 몹시 어색한 사이가 되고 말았다. 줄리아는 헨리가 마리아에 대해 더 이상 관심을 가지지 않기를 바라는 마음을 버릴 수가 없었다. 그리고 마리아가 러시워스뿐만 아니라 자기 자신에게 수치스러운 행동을 한 것에 대해서 형벌을 받았으면 하는 바람을 버리지 못하고 있었다. 두 자매는 성격적으로 별로 모난 데가 없었으며 생각이나 견해에서도 크게 다르지 않았다. 그래서 그들의 이해가 충돌하지 않을 때에는 얼마든지 원만하게 지낼 수가 있었다. 하지만 이런 어려운 상황이 닥치자 두 자매들 사이에 애정이나 원칙이란 것이 전혀 없다는 사실이 입증되었다. 두 자매들은 서로에게 자비를 베풀지도 않았으며, 정당하게 행동하지도 않았다. 상대방을 존중하거나 상대방에게 연민을 느끼지도 않았다.

마리아는 자신이 승리했다는 사실을 알고 있었다. 그리고 동생의 고통이나 아픔에 전혀 상관하지 않고 자신의 목적만을 추구했다. 줄리아는 헨리가 마리아에 대해 두드러지게 관심을 쏟는 모습을 보면서 도저히 질투심을 억누를 수가 없었다. 그래서 표정이나 말을 통하여 줄리아의 속마음을 환하게 꿰뚫어볼 수가 있었다.

패니는 줄리아를 지켜보는 동안 모든 것을 알게 되었다. 그녀는 줄리아에 대해 연민을 느꼈다. 하지만 패니와 줄리아 사이에는 그들을 이어줄 만한 우정이 전혀 없었다. 줄리아는 패니에게 좀처럼 자신의 이야기를 하지 않았으며, 패니도 역시 감히 말을 붙일 생각을 하지 못했다. 그들은 철저히 홀로 남은 채, 무거운 고독 속에서 각자의 고통과 치열하게 싸우고 있었다. 단지 패니의 의식만이 그들을 연결시키고 있을 뿐이었다.

정작 줄리아의 형제자매들과 이모인 노리스 부인은 그녀의 이런 심경 변화에 대해 별로 관심을 쏟지 않았다. 그리고 줄리아의 침울한 태도가 어디에서부터 비롯되었는지 전혀 눈치 채지 못했다. 아마도 그것은 그들의 마음이 다른 것들로 가득 차 있었기 때문이었을 것이다. 톰은 연극에만 온통 신경이 쏠려 있었으며, 연극과 관련된 것이 아니라면 그의 눈에 전혀 들어오지도 않았다. 에드먼드는 연극에서의 역할과 실제 역할 사이를 오가면서 심한 갈등을 겪고 있었다. 일관된 행동을 보이는 것이 더욱 중요한지 아니면 사랑을 최우선적인 과제로 삼아야 하는지 고민하고 있었기 때문에 줄리아를 눈여겨볼 겨를이 없었던 것이다. 에드먼드는 자신의 문제에 너무나 깊이 파묻혀 있었던 것이다.

노리스 부인도 역시 너무나 분주했다. 극단의 여러 가지 잡다한 문제들을 감독하고, 조금이라도 비용을 아껴가면서 의상을 준비하는 일을 지휘하고 있었던 것이다. 토머스 경의 돈을 한 푼이라도 아끼기 위해서 노리스 부인은 정작 토머스 경의 딸들의 행동을 지켜보거나 심정을 헤아릴 만한 여유가 없었던 것이다. 하지만 아무도 노리스 부인의 수고에 대해 감사하지 않았다.

제 18 장

모든 일들이 원활하게 진행되고 있었다. 무대와 배우, 의상 모든 것들이 착착 준비되고 있었다. 커다란 문제점이라고 할 수 있는 것은 아무것도 없었다. 그러나 며칠이 지나자 패니는 모든 사람들이 한결같이 즐거운 마음으로 지내고 있는 것은 아니라는 사실을 눈치 채기 시작했다. 처음에는 패니가 견딜 수 없을 정도로 모든 사람들이 잔뜩 들떠 있었지만 언제까지나 계속 그럴 수만은 없었던 것이다.

그들은 모두 나름대로 화가 나 있었으며, 서서히 짜증을 내기 시작하고 있었다. 에드먼드는 특히 여러 모로 화를 낼 일이 많았다. 처음에 에드먼드는 소박한 무대를 예상하고 있었다. 하지만 에드먼드의 예상과는 정반대로 무대 장치를 그리는 화가가 시내에서 초빙되었다. 화가는 무대 장치를 만들기 위해 열심히 작업을 하기 시작했다. 그래서 비용이 엄청나게 증가했을 뿐만 아니라 연극 공연에 대한 것이 조금씩 외부로 알려지게 되었다. 또한 톰은 애초에 약속했던 것과는 달리 만나는 사람들마다 초대를 하기 시작했다. 톰은 화가가 지나치게 느린 속도로 작업하자, 이내 안달을 내기 시작했다. 톰은 인내심을 가지고 느긋하게 기다릴 수가 없었던 것이다.

톰이 맡은 역할은 하나가 아니었다. 톰은 집사의 배역 이외에도 자신이 맡을 수 있는 사소한 역할들은 모두 맡기로 예정되어 있었다. 그렇기 때문에 톰은 여러 개의 배역을 해내어야만 했다. 물론 톰은 자신이 맡은 모든 역할들을 이미 모조리 다 완벽하게 해낼 수 있을 만큼 준비가 되어 있었다. 그래서 당장 실제로 연기를 하지 못하게 되자 어쩔 줄을 모르고 있었다. 허송세월하는 시간이 늘어날수록 톰은 자신이 맡은 역할들이 모두 너무나 하찮은 것들이라는 사실을 의식하기 시작했다. 그리고 다른 희곡을 선택하지 않은 것에 대해 내심 후회하고 있었다.

패니는 언제나 공손하게 다른 사람의 말에 조용히 귀를 기울이는 사람이었다. 아니, 어쩌면 그들 중에서 다른 사람의 말을 들어주는 유일한 사람인지도 몰랐다. 그래서 그들 대부분이 문제가 있거나 불평할 것이 있으면 조금도 망설이지 않고 패니를 찾아갔다. 그들은 모두 예이츠가 연기를 못한다고 생각하고 있었다. 그 반면에 예이츠는 헨리 크로포드의 연기를 못마땅하게 여기고 있었다. 톰 버트램은 너무나 빨리 대사를 말했기 때문에 무슨 말을 하는지 좀처럼 알아들을 수가 없었다. 그랜트 부인은 자꾸만 웃음을 터뜨려서 일을 그르치곤 했다. 에드먼드는 자신의 역할을 제대로 소화하고 있지 않았다.

가장 곤혹스러운 사람은 바로 러시워스였다. 러시워스는 대사를 할 때마다 반드시 누군가가 뒤에서 대사를 일러 주어야만 했던 것이다. 패니는 이 모든 사실을 잘 알고 있었다. 또한 패니는 어느 누구도 불쌍한 러시워스와 연습을 하려고 하지 않는다는 사실도 알고 있었다. 러시워스는 다른 사람들과 마찬가지로 패니를 찾아와서 잔뜩 불평을 늘어놓았다. 패니가 보기에도 마리아가 러시워스를 피하고 있다는 것이 너무나 확연했다. 마리아와 헨리 크로포드는 그들이 함께 등장하는 첫번째 장면을 쓸데없이 너무나 자주 연습하곤 했다. 그래서 러시워스가 마리아에 대해 끊임없이 불평을 늘어놓았다. 그런 불평을 감수해야만 하는 고통은 패니가 고스란히 겪을 수밖에 없었다.

모든 사람들이 연극에 대해 만족하지 못하고 있었으며, 그다지 즐겁게 여기지도 않았다. 그들은 모두 무엇인가가 결핍되어 있거나 아니면 다른 사람들에 대한 불만을 갖고 있었다. 어떤 사람은 대사가 너무 길거나 어떤 사람은 대사가 너무 짧았다. 어느 누구도 제대로 주의를 집중하지 않고 있었으며 언제 자신들이 등장해야 하는지조차도 잘 알고 있는 사람이 없었다. 불평을 하는 것 이외에는 어느 누구도 제대로 대본을 따라하는 사람이 없었다.

패니는 자신이 다른 어떤 누구보다도 이 연극을 통해서 순수한 즐거움을 만끽하고 있는 사람이라고 믿고 있었다. 헨리 크로포드의 연기는 훌륭했다. 그래서 극장 안으로 조용히 숨어 들어가서 1막의 리허설을 지켜보는 것은 무척 즐거운 일이었다. 패니는 마리아 역시 연기를 매우 잘 한다고 생각했다. 아니, 어쩌면 지나치게 잘 하는 것 같았다. 세번째 리허설이 되자, 패니만이 그들의 유일한 관객이었다. 때로는 관객으로, 때로는 대사를 일러주는 사람으로 패니는 아주 쓸모가 있었다.

패니의 판단에 따르면, 가장 뛰어난 연기자는 바로 헨리 크로포드였다. 헨리 크로포드는 에드먼드보다 훨씬 자신감에 넘쳤으며 톰보다 판단력이 월등했다. 그리고 예이츠보다 재능이나 취향에서 월등히 앞서고 있었다. 패니는 남자로서 헨리를 그다지 좋아하지 않았다. 하지만 가장 훌륭한 배우라는 것을 인정하지 않을 수가 없었다. 그리고 패니와 다른 생각을 가지고 있는 사람은 별로 많지 않았다.

하지만 예이츠는 헨리가 지나치게 부드럽고 단순하게 연기를 한다고 흥분해서 소리치곤 했다. 그러던 어느 날, 마침내 러시워스가 험악한 표정으로 패니를 찾아오는 날이 오고야 말았다.

"도대체 이 연극에서 좋은 점이 하나라도 있다고 생각해요? 도대체 아무리 생각해도 그 친구를 칭찬할 수가 없다구요. 패니 양에게만 하는 말이지만 그렇게 왜소하고 음흉한 친구가 좋은 배우라고 하다니……. 너무나 우스꽝스러운 일이라구요."

러시워스가 분통을 터뜨리면서 소리쳤다. 이 순간부터 러시워스의 질투심은 다시 불붙고 말았다. 헨리 크로포드에 대한 부푼 소망을 품게 된 마리아는 러시워스의 질투심을 잠재우려는 노력을 전혀 하지 않고 있었다. 그리고 러시워스가 마흔두 개나 되는 대사를 외울 확률은 점점 더 줄어들고 있었다. 도대체 러시워스가 그걸 모두 외울 때까지 어떻게 참고 있어야 하는지 아무도 그 방법을 알지 못했다. 단지 러시워스 부인만이 그것을 알고 있는 것처럼 행동했다. 아들의 역할이 좀더 비중 있는 것이 아니라는 사실에 대해 일단 유감을 표시한 러시워스 부인은 리허설이 좀더 진전이 되어서 아들의 역할을 충분히 이해할 수 있게 될 때까지 맨스필드 파크에 오지 않겠다고 말했던 것이다.

하지만 다른 사람들은 러시워스가 대사의 첫번째 줄이라도 외워 주기만을 바라고 있었다. 그래서 대사를 일러주는 사람을 따라 끝까지 대사를 마칠 수 있게 되기만을 바라고 있었던 것이다. 러시워스의 처지를 불쌍히 여긴 패니는 그에게 어떻게 해서든지 대사를 외울 수 있도록 도와주려고 애를 썼다. 자기가 알고 있는 모든 것을 동원해서 러시워스를 도와주려고 노력했던 것이다. 인위적으로 러시워스가 대사를 떠올릴 수 있도록 시도하기도 했다. 마침내 패니는 러시워스의 대사를 모두 암기할 수 있게 되었다. 하지만 정작 러시워스는 조금도 진전이 없었다.

패니가 애초에는 연극에 대해 편안한 마음을 가지지 못했고 여러 가지를 염려하면서 조바심을 내었던 것이 사실이었다. 하지만 러시워스를 도와주는 것 이외에도 다른 많은 일들이 패니의 시간과 관심을 요구하고 있었다. 패니는 그들 중에서 자신만이 마음이 불편한 사람이 아니라는 것과 또한 자신이 그들 사이에서 할 일이 없거나 쓸모가 없는 존재가 아니라는 사실을 곧 알게 되었다. 오히려 그녀의 시간과 동정을 필요로 하는 사람들이 많았던 것이다. 처음에 암울한 날들을 예상했던 패니의 생각은 전혀 근거가 없는 것이었다는 사실이 입증되었다. 패니는 모든 사람들에게 매우 유용한 존재였으며 그들 중에서 아마도 가장 큰 마음의 평화를 누리고 있는 사람인지도 몰랐다. 게다가 바느질거리가 매우 많았기 때문에 패니의 일손이 절실하게 필요했다. 패니가 다른 사람들보다 훨씬 잘 지내고 있다는 사실을 노리스 부인도 알고 있는 것이 분명했다.

"패니! 지금이 너한테는 무척 재미있는 시간인 모양이구나. 하지만 이런 식으로 네가 편한 대로 이 방 저 방을 돌아다니면서 구경만 하고 다녀서는 안 된다. 네 일손이 필요하단 말이다. 나는 옷감을 더 사오지 않고, 그냥 있는 것만으로 러시워스 씨의 외투를 만들어 내느라고 서 있기가 힘들 정도란다. 나는 지금까지 너무나 고되게 일을 하고 있었단다. 그러니까 너도 와서 마무리를 하는 일에 도움을 좀 주어야만 할 것 같구나. 솔기가 세 개밖에 없으니까 금방 할 수 있을 거란다. 연극을 감독하는 일만 할 수 있다면 얼마나 좋았을까! 내가 장담하건대, 네가 가장 팔자가 좋단다. 네가 좀더 일을 거들어야 빠르게 일이 진행이 될 거란다."

노리스 부인이 손짓으로 패니를 부르면서 질책했다. 패니는 잠자코 일감을 집어 들었다.

"패니가 그렇게 들떠있는 것도 무리는 아니란다. 너도 알겠지만 모든 것이 패니에게는 새로운 일이잖니? 너와 나도 연극을 무척 좋아했었어. 그리고 나는 아직도 연극을 좋아한단다. 내가 좀더 한가해지면 나도 리허설하는 것을 지켜 볼 생각이야. 패니, 무엇에 대한 연극이니? 한 번도 내게 말해 주지 않았잖니?"

노리스 부인보다는 친절한 성품의 이모인 버트램 부인이 패니를 옹호하고 나섰다.

"언니! 지금 패니에게 그런 걸 물어보지 마세요. 패니는 일을 하면서 동시에 이야기를 할 수 있는 애가 아니란 말이에요. 연극은 〈연인들의 맹세〉예요."

노리스 부인이 차가운 목소리로 말했다.

"내일 저녁에 세 막을 리허설할 거예요. 그 자리에 참석하시면 모든 배우들을 한 무대에서 보실 수 있을 거예요."

패니가 부드러운 목소리로 버트램 부인을 향해서 대답했다.

"커튼을 다 칠 때까지 기다리는 게 나을 거예요. 하루나 이틀만 있으면 커튼을 달 수 있을 거니까요. 커튼도 없이 연극을 공연한다는 건 말도 안 돼요. 조금만 기다리면 커튼이 아름답게 접혀 올라갈 테니까 두고 보세요."

노리스 부인이 패니의 말을 가로막았다. 버트램 부인은 어쩔 수 없이 가만히 기다리기로 한 것 같았다. 하지만 패니는 버트램 부인처럼 편안하게 기다릴 수가 없었다. 패니는 내일을 잔뜩 기대하고 있었다. 세 막의 리허설을 하게 된다면 에드먼드와 매리 크로포드가 처음으로 함께 연기를 하게 될 것이기 때문이었다. 3막에서 두 사람이 함께 등장하도록 되어 있었던 것이다.

패니의 관심은 특히 그 부분에 온통 쏠려 있었다. 패니는 그들이 어떻게 연기할 것인지 기대 반 두려움 반으로 기다리고 있었다. 3막의 전체적인 주제는 사랑이었다. 숙녀를 너무나 사랑했던 신사는 간절히 결혼을 원하고 있었다. 게다가 신사의 상대역인 숙녀 역시 사랑을 고백했던 것이다.

패니는 그 장면을 읽고 또 읽어 보았다. 그럴 때마다 패니의 마음은 마치 찢어지는 것처럼 아팠다. 하지만 그 상황 자체가 너무나 흥미로웠기 때문에 패니는 그들이 어떤 식으로 그 장면을 연기할 것인지 지켜볼 수 있기를 내심 기대하면서 기다리고 있었다. 그들은 아직까지 그 장면을 한 번도 연습하지 않았던 것이다.

마침내 아침이 밝아오고 있었다. 그들은 하루 종일 저녁 리허설을 위해서 열심히 준비했다. 패니의 가슴은 저녁에 펼쳐질 연극 공연으로 인해 좀처럼 진정되지 않았다. 패니는 노리스 이모의 지휘 아래 부지런히 일손을 놀렸다. 패니는 무거운 침묵을 지키면서 열심히 일했다. 하지만 패니의 마음속에는 온통 불안과 근심으로 가득 차 있었다.

이윽고 정오가 되자 패니는 간신히 몸을 빼낼 수 있었다. 패니는 곧장 동쪽 방으로 들어갔다. 모든 것을 잊어버리고 싶었던 것이다. 헨리 크로포드는 방금 더 이상 연습할 필요도 없는 1막을 다시 한 번 연습하자고 제안하고 있었다. 패니는 혼자만의 시간을 가지고 싶었다. 게다가 절대로 러시워스와 마주치고 싶지 않았다.

패니는 동쪽 방으로 가다가 복도에서 흘낏 밖을 내다보았다. 목사관에서 집을 향해 걸어오고 있는 두 숙녀의 모습이 보였다. 그들의 모습을 보았지만, 패니는 여전히 혼자 남아 있고 싶었다. 그래서 서둘러 동쪽 방으로 들어갔다. 패니는 일을 하면서 또한 생각에 잠기기도 하면서 아무의 방해도 받지 않고 혼자 조용한 시간을 보내고 있었다. 그렇게 15분 정도가 흘렀다. 누군가가 방문을 조용히 두드리는 소리가 들렸다.

"지금 이 방에 있나요, 프라이스 양? 여기가 동쪽 방이 맞죠. 프라이스양, 너무나 미안하지만 도움을 받고 싶어서 이렇게 일부러 여기까지 찾아 왔어요."

매리 크로포드가 방으로 들어서면서 말했다. 그 순간 패니는 몹시 놀랐다. 하지만 마치 안주인이 손님을 맞이하듯이 공손한 태도로 인사하면서 불도 피워져 있지 않은 빈 벽난로를 걱정스러운 눈빛으로 바라보았다.

"신경을 쓰지 말아요. 나는 전혀 춥지 않아요. 이곳에서 잠시만 머무르면 돼요. 프라이스양, 부탁이에요. 3막에 나오는 대사를 좀 들어주겠어요? 여기 대본을 가지고 왔으니까 나랑 함께 연습을 해 주시면 정말 고맙겠어요. 오늘 저녁에 대비해서 우선 에드먼드와 단 둘이서 리허설을 하려고 왔는데 전혀 보이질 않네요. 만약 에드먼드가 있다고 해도 마음을 굳게 먹지 않으면 함께 연습을 할 수 있을 것 같지가 않아요. 내 대사는 한두 개 정도밖에 없으니까 제발 나를 도와주세요."

매리가 간절한 어조로 부탁했다. 패니는 공손하게 부탁을 들어 주겠다고 대답했다. 하지만 패니의 목소리는 가늘게 떨리고 있었다.

"내가 맡은 역할을 본 적이 있으세요? 아, 여기 있군요. 처음에는 별 거 아니라고 생각했어요. 그런데 세상에……. 여기를 좀 보세요. 이 대사와 그리고 여기 이 대사도 보세요. 어떻게 내가 에드먼드 씨의 얼굴을 똑바로 쳐다보면서 이런 말을 할 수가 있겠어요? 프라이스 양은 할 수 있겠어요? 하지만 프라이스 양은 사촌이니까 나와는 처지가 다르겠군요. 프라이스 양, 나랑 연습을 꼭 해 주셔야만 해요. 프라이스 양을 에드먼드 씨라고 생각하면 좀 나을 수도 있으니까요. 그리고 때때로 프라이스 양의 얼굴에서 에드먼드 씨의 모습을 볼 때도 있어요."

매리는 연극 대본을 펼쳐들고 패니에게 보여주었다.

"그래요? 내가 할 수 있는 한 기꺼이 도와 드리겠어요. 하지만 나는 그냥 읽을 수밖에 없어요. 실제로 말하는 것처럼 할 수는 없거든요."

패니가 잠시 동안 머뭇거리다가 말했다.

"걱정하지 말아요. 물론 프라이스 양은 그저 대본을 보면서 읽기만 하면 돼요. 자, 여기 있어요. 우선 의자 두 개를 가져다가 무대 앞으로 가지고 와야만 해요. 저기에 교실에서 쓰는 의자가 있군요. 극장을 위해서 만들어진 것은 아니지만 그래도 저 정도면 될 거예요. 작은 여자 아이들이 앉아 공부를 하면서 발을 흔들거릴 때 사용하는 것처럼 생겼군요. 가정교사와 토머스 경이 이 의자가 지금과 같은 용도로 쓰이는 것을 알면 뭐라고 할까요? 토머스 경이 지금 우리의 모습을 볼 수 있다면 아마도 성호를 그으면서 탄식했을 거예요. 지금 온 집안이 리허설을 하느라고 야단이거든요. 예이츠는 사방을 돌아다니면서 마구 소리를 지르고 있어요. 이 방으로 올라오는 중에도 소리가 다 들리더라구요. 그리고 물론 극장은 지칠 줄 모르고 리허설을 하는 아가사와 프레드릭이 차지하고 있구요. 아마도 그들이 완벽하게 연기하지 못하면 오히려 놀랄 정도예요. 5분 전에 내가 들여다보았는데, 그들이 포옹하려고 하는 바로 그 장면이었어요. 그런데 그만 러시워스 씨가 나와 함께 그 장면을 목격하게 된 거예요. 러시워스 씨의 표정이 이상하게 일그러지기 시작했어요. 그래서 나는 얼른 러시워스 씨의 귀에 대고 '훌륭하게 아가사 배역을 잘 해낼 거예요. 마리아에게는 천성적으로 모성애가 넘치거든요. 목소리와 표정에서 완벽하게 모성을 느낄 수 있어요'라고 작은 목소리로 말했어요. 너무 잘하지 않았어요? 그 말을 듣자 곧바로 러시워스 씨의 표정이 밝아졌거든요. 자, 이제부터 내가 독백을 하겠어요."

매리는 서서히 독백을 하기 시작했다. 패니는 자신이 에드먼드의 배역을 하고 있다는 사실을 염두에 두고 조심스럽게 매리와 리허설을 하기 시작했다. 그러나 패니의 목소리나 표정은 너무나 여성스러워서 남자라고 생각하기가 몹시 어려웠다. 그럼에도 불구하고 매리 크로포드는 용기를 내어서 연습을 하기 시작했다. 그들이 그 장면의 절반가량을 끝냈을 무렵이었다. 갑자기 누군가 문을 두드리는 소리가 들렸다. 두 사람은 연습을 중단할 수밖에 없었다. 문을 열고 들어선 사람은 바로 에드먼드였다.

에드먼드가 그런 식으로 갑작스럽게 나타나리라곤 전혀 예상하지 못했던 일이었다. 그래서 세 사람의 얼굴에는 제각기 놀라움과 어색함과 기쁨의 표정이 떠올랐다. 에드먼드는 매리와 똑같은 이유로 패니의 방을 찾아온 것이었다. 그래서 에드먼드는 약간 어색한 표정을 지으면서도 매리와 똑같이 은근히 기뻐하고 있었다.

에드먼드도 역시 손에 대본을 들고 있었다. 에드먼드도 패니에게 자신과 함께 연습하면서 저녁 리허설에 준비할 수 있도록 도와달라고 부탁하기 위해 찾아온 것이었다. 에드먼드는 매리가 집에 와 있다는 사실을 전혀 알지 못하고 있었던 것이다. 전혀 예상하지 않고 있었는데, 갑자기 함께 있게 되자 두 사람은 몹시 즐거운 표정을 지었다. 그들은 서로의 생각이 비슷했다는 사실에 대해 웃음을 터뜨리면서 패니의 친절한 마음씨를 칭찬했다.

하지만 패니는 그들과 똑같이 즐겁게 웃음을 터뜨릴 수가 없었다. 패니의 마음은 즐거워하는 그들의 모습을 바라보면서 무겁게 가라앉았다. 패니는 자신이 그들 두 사람 모두에게 아무것도 아닌 존재라는 사실을 느꼈기 때문에 그들이 자신을 찾아왔다는 사실이 전혀 아무런 위안도 되지 않았던 것이다.

에드먼드는 매리에게 함께 연습을 하자고 제안했다. 매리는 처음에는 몹시 망설였다. 하지만 에드먼드가 간절하게 부탁하고 고집을 부리자 더 이상 거절할 수가 없었다. 그래서 이제 패니는 대사가 나와야 할 시점만 지적해 주면서 그들이 연기를 지켜볼 수밖에 없었다. 그들은 패니에게 그들의 연기를 지켜보면서 비판을 해 달라고 정중하게 부탁했다.

패니는 진심으로 그들의 부탁을 들어주고 싶었다. 하지만 도저히 그렇게 할 수가 없었다. 그렇게 하겠다는 생각조차 할 수가 없었던 것이다. 패니가 설사 비판을 할 수 있는 자격이 있다고 해도 양심상 그렇게 할 수가 없었다. 패니는 지금 객관적인 시각으로 그들을 대할 수 있을 것 같지가 않았던 것이다. 겨우 그들에게 대사가 나와야 할 시점을 일러주는 것만 할 수가 있었다. 아니, 그것조차도 패니에게는 몹시 힘들고 벅찬 일이었다. 패니는 대본에 신경을 집중할 수가 없었던 것이다.

그들의 모습을 지켜보면서, 패니는 자신의 존재를 까맣게 잊어버리고 있었다. 에드먼드가 연기에 몰입하면서 점차 감정이 고조되는 모습을 보자, 패니의 마음은 너무나 심하게 동요되기 시작했다. 그래서 에드먼드에게 도움을 주어야 하는 바로 그 순간에 대본을 덮고 다른 곳으로 눈을 돌리고 말았던 것이다. 그들은 패니가 지루해서 그런 것이라고 판단했다. 그래서 패니가 지루하게 여기는 것도 당연하다고 말하면서 패니에게 고마운 마음을 표시했다. 그리고 패니의 입장을 가엾게 여긴다고 한 마디 덧붙였다. 그랬다. 그들은 패니의 처지를 동정해야 마땅했다. 하지만 그들은 패니의 심정을 조금도 헤아리지 못하고 있었다.

마침내 그 장면이 모두 끝났다. 에드먼드와 매리는 서로의 연기를 칭찬했다. 패니는 어쩔 수 없이 그들에게 잘 했다는 칭찬을 덧붙여야만 했다. 그들이 떠나고 나자 패니는 다시 홀로 남아서 방금 있었던 일을 되새겨 볼 수 있었다. 그들의 연기는 너무나 자연스러웠으며 감정이 고스란히 살아 있었다. 그래서 훌륭한 한 장면이 될 것은 너무나 자명했다. 그리고 그 장면을 바라보는 패니에게는 또다시 한없는 고통이 될 것이 분명했다. 하지만 아무리 고통스럽고 괴로운 일이라고 하더라도 패니는 그날 저녁에 다시 한 번 그 고통을 참고 견뎌야만 했다.

오늘 저녁에는 3막의 리허설이 처음으로 열릴 예정이었다. 그랜트 부인과 크로포드 남매는 저녁 식사를 마치는 대로 다시 돌아오기로 했다. 모든 사람들이 그날 저녁을 들뜬 마음으로 기다리고 있었다. 즐거운 마음이 모두에게 전염된 것 같았다. 톰은 자신의 목적이 거의 달성되었다는 사실에 대해 기뻐하고 있었으며, 에드먼드는 아침에 연습을 하고 난 후부터 줄곧 활기에 넘쳐 있었다. 자질구레하게 골치 아픈 문제들도 모두 다 자연스럽게 해결되는 것 같았다. 그들은 모두 리허설을 앞두고 긴장하고 있었으며, 어서 저녁이 오기를 기다리고 있었다.

이윽고 여자들이 먼저 극장으로 들어가기 시작했다. 곧이어 남자들도 여자들의 뒤를 따라 걸어갔다. 버트램 부인과 노리스 부인 그리고 줄리아를 제외하고는 모든 사람들이 아직 이른 시간부터 극장에 모여 있었다. 그들은 극장 내부에 불을 환하게 밝히고 아직 준비가 덜 끝난 극장의 상태에 대해서 이야기를 나누었다. 그들은 그랜트 부인과 크로포드 남매가 어서 빨리 도착해서 리허설을 시작할 수 있게 되기를 기다리고 있었다.

얼마 있지 않아서 크로포드 남매가 도착했다. 하지만 그랜트 부인의 모습은 보이지 않았다. 그랜트 부인은 도저히 올 수가 없었던 것이다. 그랜트 박사가 몸이 불편하다고 투덜거리면서 아내를 보내주지 않았던 것이다. 하지만 매리는 그랜트 박사의 말을 전혀 믿지 않고 있었다.

"그랜트 박사님이 아프답니다. 아까부터 몸이 불편하다고 말했거든요. 오늘 저녁에 꿩요리를 입에 대지도 않았어요. 고기가 질기다고 불평하면서 접시를 그냥 물려버리고 말았어요. 그 이후부터 계속 아프다고 말하고 있어요."

매리 크로포드가 비아냥거리는 어조로 말했다. 그랜트 부인이 리허설에 참석할 수 없다니! 너무나 실망스러운 일이었다. 그랜트 부인은 언제나 명랑한 태도로 모두의 기분을 맞추어 주었던 것이다. 그렇게 귀중한 존재인 그녀가 지금 당장 필요한 순간에 없었던 것이다. 그들은 그랜트 부인 없이 연기를 할 수가 없었다. 리허설을 시작할 수가 없었던 것이다.

저녁의 계획이 모두 어긋나고 말았다. 어떻게 해야 좋을지 몰라서 다들 당황하고 있었다. 특히 농부의 배역을 맡았던 톰은 절망하고 말았다. 그러다가 한두 명씩 패니를 쳐다보면서 이렇게 말하기 시작했다.

"프라이스 양이 그랜트 부인의 대사를 읽어주기만 해도 얼마나 좋을까!"

그들은 모두 입을 모아서 이렇게 말했던 것이다. 곧이어 모든 사람들이 패니를 에워싸고 간절하게 애원하기 시작했다.

"물론 네가 그 일을 싫어하는 건 잘 알고 있어. 하지만 네가 그 일을 맡아 주었으면 좋겠어. 부탁이야, 패니."

에드먼드마저도 애처로운 목소리로 부탁했다. 하지만 패니는 아직까지도 망설이고 있었다. 도저히 엄두를 낼 수가 없었던 것이다. 매리 크로포드에게 그 역을 맡겨도 되지 않을까? 자기 방에 가 있었다면 안전했을 텐데, 왜 리허설을 보기 위해서 이 방에 와 있었단 말인가? 패니는 리허설을 지켜보는 것이 몹시 화나고 괴로운 일이라는 사실을 너무나 잘 알고 있었던 것이다. 패니는 아예 그곳에 오지 말아야 했다는 것도 잘 알고 있었다. 그렇기 때문에 지금 이런 벌을 받아도 마땅했다.

"그냥 대사를 읽기만 하면 돼요."

헨리 크로포드가 다시 간절한 목소리로 부탁했다.

"패니는 분명히 잘 할 수 있을 거야. 지난번에도 그랜트 부인의 대사를 스무 군데나 지적해 주었는걸……. 패니, 그랜트 부인의 대사를 다 알고 있잖아, 그렇지?"

마리아가 얼른 헨리의 말에 한 마디 덧붙였다. 패니는 차마 모른다고 말할 수가 없었다. 게다가 그들 모두가 아직까지도 간절하게 부탁하고 있었다. 마침내 패니는 그 부탁을 들어줄 수밖에 없었다. 에드먼드가 호소하는 듯한 눈길로 패니를 응시하면서 그렇게 해 주기를 여러 차례에 걸쳐 말했던 것이다. 패니는 최선을 다해 보겠다고 대답했다. 그들은 모두 흡족한 미소를 지으면서 리허설을 시작하기 위해 준비했다. 패니의 가슴은 심하게 두근거리기 시작했다.

마침내 리허설이 시작되었다. 그들은 모두 소란하게 리허설에 열중하고 있었기 때문에 현관에서 들리는 이상한 소리를 전혀 듣지 못하고 있었다. 한창 리허설이 진행되고 있을 무렵이었다. 갑자기 방문이 활짝 열리면서 줄리아가 나타났다. 줄리아의 얼굴은 하얗게 질려 있었다.

"아버지가 오셨어요. 방금 현관으로 들어오셨단 말이에요."

줄리아가 다급한 목소리로 외쳤다.

제 19 장

그 순간 그곳에 모여 있던 사람들이 깜짝 놀라면서 당황했던 것은 말로 표현할 수가 없을 정도였다. 그들 대부분에게 있어서 절대적인 공포의 순간이 도래했던 것이다. 마침내 토머스 경이 집으로 돌아왔다. 그 소식이 사실이라는 것을 모두가 확신할 수 있었다. 어쩌면 줄리아가 실수를 했다거나 속임수를 썼을지도 모른다는 희망조차 품을 수가 없었다. 줄리아의 표정이 그것이 한 치도 부인할 수 없는 사실이라는 것을 드러내고 있었던 것이다.

그들은 모두 깜짝 놀라서 한 마디도 할 수가 없었다. 잔뜩 일그러진 표정으로 서로의 얼굴을 마주 바라볼 뿐이었다. 어떻게 해서 이런 순간에 이토록 끔찍한 일이 벌어질 수 있는지 다들 놀라고 있었던 것이다.

예이츠는 이 일을 단순히 리허설을 방해하는 기분 나쁜 일 정도로 생각할 수 있었다. 러시워스는 오히려 잘 된 일이라고 생각할지도 몰랐다. 하지만 다른 사람들의 마음은 자책감과 놀라움으로 인해 무겁게 내려앉았다.

"우리는 이제 어떻게 되는 걸까? 앞으로 어떻게 해야 하지?"

그들의 얼굴에 떠올랐던 표정이 이렇게 말하고 있었다. 무거운 침묵이 그들의 어깨를 내리누르고 있었다. 사방에서 문이 열리는 소리와 부산스럽게 오가는 발자국 소리를 선명하게 들을 수가 있었다.

제일 먼저 말을 꺼낸 것은 바로 줄리아였다. 질투심과 슬픔도 어디론가 사라지고 말았다. 지금 그들 모두가 당면한 문제 앞에서 이기심도 모두 다 사라졌던 것이다. 그런데 줄리아가 들어온 순간에 프레드릭이 아가사의 손을 가슴에 꼭 부여잡고 뜨거운 사랑의 눈길로 그녀의 말에 귀를 기울이고 있었다. 줄리아의 놀라운 말에도 불구하고, 헨리는 여전히 마리아의 손을 놓지 않고 아직까지도 그대로 잡고 서 있었던 것이다.

그 모습을 보자 줄리아의 상처받은 마음에 또다시 고통이 밀려들기 시작했다. 창백하게 질렸던 줄리아의 얼굴이 벌겋게 상기되었다. 그런 다음에 줄리아는 뒤로 홱 돌아섰다.

"나는 아버지 앞에서 얼마든지 당당하게 행동할 수 있어요. 두려울 건 하나도 없어요."

줄리아는 재빨리 방에서 나가 버렸다. 줄리아가 방을 나가자, 그들 모두는 다급하게 움직이기 시작했다. 두 형제는 무엇인가를 해야 한다는 것을 느꼈는지, 거의 동시에 서로를 향해 한 걸음 다가갔다. 그저 한두 마디 나누는 것으로 충분했다. 이런 순간에 의견의 차이가 있을 수 없었던 것이다. 그들은 둘 다 곧장 응접실로 가야 한다고 생각했다. 마리아도 톰과 에드먼드와 함께 방을 나섰다. 줄리아가 급히 방에서 나갈 수밖에 없도록 만들었던 그 상황이 마리아에게는 더할 나위가 없을 정도로 달콤하고 힘을 주는 것이었기 때문에 마리아는 세 남매 중에서 가장 담대하게 행동할 수 있었다. 그런 순간에 헨리 크로포드가 자신의 손을 꼭 잡고 있었다는 것은 수많은 의혹과 염려를 떨쳐버릴 수 있도록 만들어주는 결정적인 증거가 되었던 것이다. 마리아는 그것을 진지한 결단을 내릴 만한 증거로 받아들였다. 그래서 당당한 태도로 아버지를 대해도 될 것이라고 생각했다.

“나도 가야 할까요? 내가 같이 가는 것이 낫지 않을까요? 내가 같이 가는 것이 올바른 일이 아닐까요?”

러시워스는 헨리와 마리아의 뒤를 졸졸 따라가면서 이런 질문을 반복했다. 하지만 두 사람은 러시워스의 말을 들은 척도 하지 않고 걸어 나갔다. 그들이 방문을 나가자마자 헨리 크로포드가 나서서 러시워스의 질문에 대답을 해 주었다. 헨리는 러시워스에게 잠시도 지체하지 말고 재빨리 따라가서 토머스 경에게 인사를 하라고 말해 주었다. 러시워스는 그 말에 힘을 얻은 것처럼 기쁜 표정으로 서둘러 방에서 나갔다.

이제 극장에는 패니와 크로포드 남매와 예이츠만이 남게 되었다. 사촌들은 패니의 존재를 전혀 의식하지 않았던 것이다. 패니 역시 자신이 토머스 경의 애정을 받고 있다는 생각을 하지 못했기 때문에 자녀들과 똑같이 행동해야 한다고 생각하지 않았다. 패니는 사촌들이 나가고 난 후에 혼자 남아서 잠시 동안 마음을 가라앉힐 수 있는 시간이 생긴 것을 다행스럽게 여겼다.

사실 패니가 느낀 두려움은 다른 사람들보다 훨씬 더 컸다. 그것은 결백하다고 해도 두려움을 느끼는 패니의 연약한 기질 때문이기도 했다. 패니는 거의 실신할 지경에 이르렀다. 이모부에 대해 항상 가지고 있던 두려움이 다시 돌아오고 있었다. 그리고 그 두려움과 함께 패니는 이모부에 대한 일말의 동정심을 느꼈다. 아니, 지금 이모부 앞에 서 있을 사람들 모두에 대해서 동정심을 느꼈다. 특히 에드먼드에 대한 염려는 이루 말로 형용할 수 없을 만큼이나 컸다. 패니는 겨우 자리를 찾아서 앉았다. 두려운 생각이 한꺼번에 몰려와서 온몸이 사시나무 떨듯이 떨리고 있었던 것이다.

그 반면에 다른 세 사람은 더 이상 어떠한 제약도 받지 않게 되자, 화를 내기 시작했다. 전혀 예상하지 못했던 순간에 갑자기 토머스 경이 일찍 돌아온 것이 너무나 운이 나쁜 것이라고 한탄했다. 그들은 무자비하게도 토머스 경의 여행이 더욱 오래 걸렸으면 좋았을 것이라고 말했다. 아니, 토머스 경이 아직도 앤티가 섬에 남아 있기를 바란다고 말하기까지 했다.

크로포드 남매는 예이츠보다 심하게 말하지 않았다. 그들은 가족이라는 것에 대한 이해심도 있었으며 또한 곤란한 상황이 이제 곧 닥칠 것이라고 판단하고 있었던 것이다. 크로포드 남매는 더 이상 연극을 공연하기는 다 틀렸으며, 이제까지 계획했던 모든 것들이 물거품이 되었다는 사실을 잘 알고 있었다. 하지만 예이츠는 토머스 경이 돌아왔다고 하더라도 잠시 동안 연극이 중단되었을 뿐이며, 오늘 저녁이 지나면 다시 괜찮아질 것이라고 생각하고 있었다.

예이츠는 토머스 경을 맞이하는 일이 끝나고, 또한 토머스 경이 어느 정도 휴식을 취하고 여유를 되찾게 되면, 그가 보는 앞에서 리허설을 다시 할 수도 있을 것이라고 말하기까지 했다. 헨리와 매리는 예이츠의 말을 비웃었다. 그들은 조용히 그 집을 빠져 나가서 가족들끼리 남아 있도록 하는 것이 좋겠다고 결정했다. 그리고 예이츠에게 그들과 함께 목사관으로 가서 하룻밤을 지내자고 제안했다. 하지만 예이츠는 부모의 권리나 가족 간의 오붓한 시간 같은 것에 대한 개념이 전혀 없는 사람이었다. 예이츠는 그런 것이 필요하다는 사실을 조금도 모르고 있었다.

“고마워요. 그렇지만 나는 그냥 이곳에 남아서 토머스 경에게 귀국인사를 하겠어요. 그리고 토머스 경이 도착하자마자 모든 사람들이 도망가는 것은 그다지 보기 좋은 일이 아니라고 생각하거든요.”

예이츠는 단호하게 그들의 제안을 거절했다. 패니는 이제 막 마음이 진정되기 시작했다. 그리고 더 이상 이모부에게 가 보지 않는 것이 예의에 어긋나는 일이라는 생각이 들기 시작했다. 예이츠는 그냥 남아 있기로 결정했고, 패니는 인사도 없이 돌아가게 되어서 미안하다는 크로포드 남매의 사과를 대신 전달해 주기로 약속했다. 매리와 헨리가 떠날 준비를 하는 것을 보고 난 다음에 패니는 이모부 앞에 서야 하는 끔찍한 의무를 수행하기 위해서 방을 나섰다.

잠시 후에 패니는 응접실 앞에 도착했다. 응접실까지 오는 시간이 너무나 짧은 것 같았다. 패니는 호흡을 가다듬으면서 용기가 솟아나기를 기다렸다. 하지만 패니는 절대로 자신에게 용기란 생기지 않을 것이며, 어느 누구도 자신에게 용기를 주지 못할 것이라는 사실을 잘 알고 있었다.

패니는 처절한 심정으로 손잡이를 돌렸다. 응접실을 환하게 밝히고 있는 불빛이 비치면서, 그곳에 모여 있던 가족들의 모습이 눈앞에 나타났다. 응접실로 들어서는 순간, 패니는 누군가 자신의 이름을 부르는 것을 들었다.

"그런데 패니는 어디 있니? 왜 나의 작은 패니가 보이지 않는 거야?"

바로 그 순간 토머스 경이 주위를 돌아보면서 말했다. 그런 다음에 패니의 모습을 보자, 한없이 다정한 표정을 지으면서 패니에게 다가왔다. 패니는 갑작스러운 이모부의 다정함에 깜짝 놀라고 말았다. 토머스 경은 그녀를 향해 '사랑스러운 패니'라고 부르면서 다정하게 뽀뽀를 했다. 그런 다음에 패니가 너무나 많이 성장했다고 하면서 즐거운 탄성을 지르는 것이었다. 패니는 어떻게 행동하는 것이 좋을지, 어디에 시선을 두어야 좋을지 몰라서 어쩔 줄을 몰랐다. 토머스 경의 행동이 너무나 당황스러웠던 것이다.

토머스 경은 이제까지 한 번도 친절하고 다정한 모습으로 패니를 대했던 적이 없었다. 토머스 경의 태도는 아주 많이 변한 것 같았다. 토머스 경의 목소리는 기쁨으로 인해 잔뜩 들떠 있었으며 몹시 부드럽고 다정했다. 그래서 이전에는 너무나 근엄해서 두렵기만 했던 토머스 경의 모습을 찾아보기가 힘들 정도였다.

토머스 경은 패니를 불빛이 환하게 비치는 곳으로 데려가더니, 다시 한 번 그녀의 모습을 찬찬히 살펴보았다. 그런 다음에 패니의 건강에 대해서 이것저것 질문을 던졌다. 하지만 토머스 경은 이내 자신의 말을 정정하면서 전혀 물어볼 필요가 없다고 말했다. 왜냐하면 패니의 외모에서 이미 해답을 찾았기 때문이었다. 이전에는 창백했던 패니의 얼굴에 지금은 발그레 홍조가 감돌고 있었다. 그래서 토머스 경은 패니가 건강해졌을 뿐만 아니라 이전보다 훨씬 더 예뻐졌다고 생각했던 것이다.

토머스 경은 다시 패니의 가족에 대한 안부를 물었다. 특히 토머스 경은 윌리엄의 안부를 가장 궁금하게 여겼다. 토머스 경이 그런 식으로 친절하고 다정하게 자신을 대하자, 패니는 그 동안 토머스 경을 사랑하지 않았으며 내심 토머스 경이 돌아온 것을 반기지 않았던 자신을 꾸짖을 정도였다. 패니는 용기를 내어서 고개를 들고 토머스 경의 얼굴을 바라보았다. 토머스 경은 이전보다 훨씬 더 야위어 있었으며, 더운 기후와 피곤으로 인해 몹시 지쳐 보였다. 토머스 경의 피부는 심하게 그을려 있었다. 그런 토머스 경의 모습을 보자 패니의 마음은 더욱 아팠다. 그리고 물론 토머스 경은 짐작조차 하지 못하고 있겠지만, 많은 사람들이 지금 그에게 원망을 퍼붓고 있을 것이라는 생각이 들자 마음이 찢어지는 것처럼 아팠다.

토머스 경은 단연코 그 자리에 모여 있던 사람들의 중심이었다. 토머스 경의 제안으로 모든 사람들이 벽난로 주위에 빙 둘러앉았다. 지금 이 순간 토머스 경에게는 얼마든지 말할 수 있는 권리가 있었다. 오랫동안 헤어져 있다가 다시 집으로 돌아와서 가족에게 둘러싸여 있게 되자, 토머스 경은 평상시와 달리 유난히 말이 많았다.

토머스 경은 여행에 대해서 모두 이야기를 하고 싶어 했다. 그리고 두 아들이 질문도 하기 전에 이미 그것에 대해 대답을 할 준비를 갖추고 있었다. 출장 막바지에 이르자 앤티가의 사업이 빠른 속도로 번창하기 시작했다. 토머스 경이 처음 도착한 곳은 리버풀이었다. 토머스 경은 운이 좋게도 리버풀까지 오는 정기선을 타는 대신에 개인 선박을 탈 수 있는 기회를 얻었다.

토머스 경은 자신에게 일어났던 모든 일과 사건과 여행에 대해 세세하게 모두 이야기를 해 주었다. 토머스 경은 버트램 부인 옆자리에 앉아서 자신의 주위에 모여 있는 가족들의 얼굴을 둘러보면서 진심으로 흡족한 표정을 지었다. 말을 하는 동안에도 토머스 경은 틈틈이 갑자기 자신이 집으로 돌아왔는데도 불구하고 가족들이 모두 집에 있어서 너무나 다행이라고 말하곤 했다. 모든 가족들이 한 자리에 모여 있기를 간절하게 바랐지만, 설마 정말로 그럴 것이라곤 기대조차 하지 않았던 것이다. 물론 러시워스의 존재도 잊혀지지 않았다. 토머스 경은 이미 따뜻하게 러시워스와 악수를 나누고 반겼던 것이다. 그리고 러시워스라면 이미 맨스필드 내의 가장 내밀한 가정사에도 함께 참여할 수 있다고 토머스 경이 직접 못을 박았다. 러시워스의 외모는 흠잡을 만한 것이 전혀 없었다. 토머스 경은 이미 러시워스를 마음에 들어하고 있었던 것이다.

토머스 경은 특히 아내의 말에 조용히 귀를 기울였다. 버트램 부인은 토머스 경을 다시 만나게 되어서 정말로 기뻐하고 있었다. 그녀는 갑작스러운 남편의 도착이 너무나 기뻤다. 심지어 20년이라는 긴 세월 동안 살아오면서 오늘처럼 가슴이 설레었던 적이 없을 정도였다. 그녀의 심장은 심하게 두근거렸으며 좀처럼 진정할 수가 없었다. 그래서 하던 일도 접어놓고 퍼그마저도 딴 곳에 데려다 놓아야만 했다. 그리고 남편에게 소파를 내어 주고 오로지 남편의 말에 대해서만 집중하려고 노력했다. 그녀는 어느 누구도 자신의 즐거움을 방해하지 않기를 바라고 있었다.

토머스 경이 집을 비운 동안에도 버트램 부인은 시간을 나름대로 유용하게 보냈었다. 양탄자를 짜는 일도 많이 진척되어서 이제는 가장자리가 많이 마무리되었다. 그리고 자녀들도 그녀만큼이나 올바르게 처신하면서 유용하게 시간을 보냈다고 쉽사리 말했다. 버트램 부인은 남편을 다시 만나고, 그의 이야기를 들어주고, 그의 이야기에 흠뻑 젖어드는 것이 무척 행복하게 여겨졌다. 그래서 이제 버트램 부인은 자신이 그 동안 얼마나 남편을 그리워했었는지 새삼스럽게 깨달았다. 만약 남편이 더 오래 집을 비웠다면 도저히 견딜 수 없었을 것이라고 생각하기 시작했다.

노리스 부인은 몹시 분주하게 행동하고 있었다. 노리스 부인은 현재 토머스 경이 자신의 집에서 어떤 일이 벌어지고 있는지 알게 되면 어떻게 하나 하는 두려움을 품고 있었던 것도 아니었다. 그녀는 자신의 판단이 옳다고 굳게 믿고 있었던 것이다. 단지 토머스 경이 집으로 들어서자 거의 본능적으로 러시워스의 분홍색 새틴 코트를 감추었을 뿐이었다.

노리스 부인의 태도에서 당황하거나 놀란 기색은 거의 찾아볼 수가 없었다. 오히려 노리스 부인은 형부가 그런 식으로 갑작스럽게 나타난 것에 대해서 화가 나 있었다. 토머스 경은 그녀가 할 일을 아무것도 남겨주지 않았던 것이다. 자신이 제일 먼저 방에서 불려 나가서 토머스 경을 만나고, 다른 가족들에게 그 기쁜 소식을 전달했어야 했던 것이다.

그런데 토머스 경은 아내와 자녀들이 그리 놀라지 않을 것이라고 믿어서인지, 집사가 문을 열어주자마자 가족들에게 알릴 시간조차 주지 않고 즉시 응접실로 집사를 따라 들어와 버렸던 것이다. 노리스 부인은 의당 자신이 해야만 할 일, 다시 말하자면 토머스 경이 도착했는지 아니면 사망했는지 가족 모두에게 알리는 그 중요한 일을 빼앗긴 것이라고 생각했으며, 마치 기만을 당한 것처럼 느끼고 있었다. 그래서 이제 법석을 떨 일이 하나도 없었음에도 불구하고 노리스 부인은 온통 법석을 떨면서 분주하게 이리저리 돌아다니고 있었다. 모든 가족들이 평온하고 오붓한 시간을 원하고 있었다. 하지만 노리스 부인은 야단법석을 떨면서 자신의 중요성을 드러내기 위해 애를 쓰고 있었다.

만약 토머스 경이 음식을 먹겠다고 했으면 아마도 노리스 부인은 단숨에 주방으로 달려가서 가정부를 달달 볶고 또한 시종에게 심부름을 시키면서 귀찮게 했을 것이다. 하지만 토머스 경은 좀처럼 식사를 하려고 하지 않았다. 토머스 경은 단호하게 음식을 거절하면서 차를 마실 시간까지 기다렸다가 차만 마시겠다고 말했다. 그럼에도 불구하고 노리스 부인은 도중에 토머스 경의 이야기를 끊으면서 이것저것을 제안했다. 토머스 경이 영국으로 오는 도중에 겪었던 가장 흥미로운 순간에 대해 이야기하고 있을 무렵이었다. 프랑스의 사략선(전시에 적의 상선을 나포할 수 있는 허가를 받은 민간 무장선:역주)에 대한 경계 경보가 최고조에 달해 있을 때였다.

"형부! 차를 마시는 것보다는 수프를 드시는 게 훨씬 나을 거예요. 그러니까 수프를 좀 드세요."

노리스 부인은 인정사정없이 토머스 경의 이야기를 끊었다.

"처제는 여전히 모든 사람을 편안하게 해 주려고 애를 쓰는군. 하지만 수프보다는 차를 마시겠소."

토머스 경은 전혀 짜증을 내지 않고 온화한 어조로 대답했다.

"그렇다면 언니! 당장 차를 가져오라고 하세요. 베들리를 재촉하는 게 어떨까요? 오늘따라 유난히 꾸물거리는 것 같아요."

노리스 부인은 기어이 자신의 뜻을 관철시키고야 말았다. 그런 다음에 토머스 경의 이야기는 다시 이어질 수 있었다. 마침내 이야기가 끝났다. 당장 말하고 싶었던 이야기들을 모두 다 했던 것이다. 그래서 토머스 경은 한 사람씩 사랑하는 가족들의 얼굴을 둘러보면서 행복에 잠겼다. 그러나 침묵은 그리 오랫동안 이어지지 않았다. 기쁨으로 인해 잔뜩 들떠 있었던 버트램 부인의 말이 많아졌던 것이다.

"여보! 우리 아이들이 요즘 재미있는 걸 하면서 지내고 있었어요.

연극을 공연하기 위한 준비를 하고 있었어요. 그래서 모두 연기를 하면서 활기차게 지내고 있었다구요."

버트램 부인이 느닷없이 말했다. 그 순간 버트램 가문의 자녀들이 얼마나 놀랐는지! "정말인가! 무슨 연극을 하고 있었는데?"

토머스 경이 궁금하다는 듯이 물었다.

"오! 아이들이 직접 말씀해 드릴 거예요."

버트램 부인이 부드러운 목소리로 대답했다.

"곧 모든 것을 말씀드리도록 하겠어요. 하지만 아버지는 지금 몹시 피곤하실 거예요. 지금 아버지가 꼭 들으셔야 할 만큼 중요한 것은 아니에요. 내일 아침에 말씀드려도 충분해요."

톰이 얼른 큰 소리로 아무런 일도 아니라는 듯이 말했다. 그런 다음에 톰은 재빨리 화제를 다른 곳으로 돌렸다.

"저희는 지난 주에 무엇인가를 하고 싶었고 또한 어머니를 재미있게 해 드리려고 몇 장면만 연습하고 있었어요. 아무것도 아니에요. 10월이 시작되면서 계속 비가 내렸어요. 그래서 며칠씩 집에서 나가지 못하고 갇혀 지내야만 했거든요. 10월 3일 이후로 총을 손에 잡아보지도 못했다니까요. 처음 사흘 간은 그럭저럭 괜찮았는데, 그 이후로는 아무것도 할 수가 없었어요. 첫날에 저는 맨스필드 숲으로 나가고 에드먼드는 이스턴을 지나가면 나타나는 작은 숲으로 갔거든요. 저희 두 사람은 모두 여섯 쌍의 꿩을 잡아왔어요. 물론 마음만 먹었다면 그 여섯 배도 잡을 수 있었겠지만 아버지의 꿩을 그런 식으로 마구잡이로 잡아들일 수는 없었죠. 아버지가 떠나셨을 때에 비해 숲은 전혀 손상되지 않았어요. 사실 올해처럼 맨스필드 숲 속에 꿩이 많이 있었던 것을 본 적이 없었거든요. 아버지께서도 곧 사냥을 나가셨으면 좋겠어요."

톰이 미소를 지으면서 말했다. 일단 위기는 모면한 셈이었다. 패니의 놀란 가슴은 겨우 진정이 되었다. 하지만 차를 마시고 난 직후였다. 토머스 경은 자신의 방을 너무나 그리워했기 때문에 지금 당장 보고 싶다고 말하면서 자리에서 벌떡 일어났다. 모든 사람들이 당황하기 시작했다. 토머스 경은 다른 가족들이 그의 방을 어떻게 바꾸어 놓았는지 미처 말할 틈도 주지 않고 성큼성큼 응접실에서 나가 버렸다. 그들은 모두 깜짝 놀라서 할 말을 잃고 있었다. 제일 먼저 말을 꺼낸 사람은 에드먼드였다.

"무슨 행동이라도 해야 하지 않겠어?"

에드먼드가 다급한 어조로 말했다.

"손님들은 어떻게 하지? 패니, 크로포드 양은 지금 어디 있니?"

마리아가 궁금하다는 듯이 물었다. 마리아는 아직도 자신의 손을 가슴에 부여잡고 있던 헨리의 감촉을 느끼고 있었으며, 다른 것은 아무것도 생각할 수가 없었다. 패니는 크로포드 남매가 떠났다는 사실을 알려 주면서 그들이 남긴 인사말을 전달했다.

"그렇다면 예이츠가 혼자 남아 있겠군! 얼른 가서 그 친구를 만나는 게 좋겠어. 이제 곧 모든 것들이 낱낱이 밝혀지겠군. 그 친구가 우리에게 조금이라도 도움이 되어야 할 텐데……."

톰이 큰 소리로 외쳤다. 톰은 서둘러 극장을 향해 달려갔다. 톰이 도착했을 때, 토머스 경과 예이츠는 이제 막 인사를 나누고 있었다.

조금 전 자신 방에 도착했을 때, 토머스 경은 사방에 촛불들이 환하게 밝혀져 있는 것을 보고 무척이나 놀랐다. 토머스 경은 얼른 사방을 둘러보았다. 토머스 경은 최근에 그 방이 어떤 용도로 사용되고 있었는지 알게 되었다. 가구들이 마구 제멋대로 놓여져 있었다. 당구실 문 앞에 놓여 있던 책장이 사라진 것이 토머스 경에게는 특히 놀라운 일이었다.

하지만 토머스 경은 그것 때문에 놀랄 만한 시간조차 없었다. 당구실에서 들려온 이상한 소리가 토머스 경을 더욱 놀라게 만들었던 것이다. 누군가가 시끄러운 목소리로 떠들고 있었다. 그 목소리는 토머스 경이 알지 못하는 낯선 목소리였으며, 말을 한다기보다는 거의 울부짖는 소리에 가까운 것이었다.

토머스 경은 문을 향해 천천히 걸어갔다. 문을 열면 그 소리의 주인공을 만날 수 있을 것 같았기 때문이었다. 그런데 문을 열자마자 극장의 무대 위에 자신이 우뚝 서 있는 것이었다. 그리고 미친 듯이 소리를 지르고 있는 한 젊은이와 딱 마주치고 말았다. 그 젊은이는 마치 토머스 경을 향해 한 방 주먹을 날려서 뒤로 넘어뜨릴 기세였다. 그 사람은 바로 예이츠였다. 그 순간 예이츠는 문을 열고 들어선 사람이 토머스 경이라는 사실을 단번에 알아차렸다.

예이츠는 그날 저녁 리허설을 시작하고 나서 아마도 가장 좋은 연기를 선보이고 있었을 것이다. 예이츠와 토머스 경이 마주쳤던 바로 그 순간 톰 버트램도 다른 문을 열고 방으로 들어섰다. 톰은 당혹감을 감출 수가 없었다. 본의 아니게 토머스 경은 처음으로 무대에 발을 내딛었다. 순식간에 토머스 경의 얼굴이 딱딱하게 굳어졌다. 윌덴하임 남작의 열정적인 모습을 연기하고 있던 예이츠는 서서히 양가에서 잘 자라난 아들의 모습을 되찾아가고 있었다.

예이츠는 토머스 경을 향해 허리를 숙이면서 인사했다. 예이츠는 정중한 태도로 토머스 경에게 사과를 하고 있었다. 그 광경은 톰이 무슨 일이 있어도 놓치고 싶지 않은 진정한 연기의 한 장면이었다. 아마도 그 장면은 그 무대 위에서 펼쳐지는 마지막 장면이 될 것이었다. 그리고 가장 훌륭한 명연기 장면이 틀림없다고 톰은 확신하고 있었다. 그렇게 해서 그 극장은 성공적으로 문을 닫을 수 있게 되었던 것이다.

하지만 지금은 한가롭게 그런 생각을 할 때가 아니었다. 톰은 자신이 얼른 앞으로 나서서 두 사람을 소개해야 한다고 생각했다. 그래서 톰은 어색하지만 최선을 다해서 그들을 소개했다. 토머스 경은 오래된 습관과 성품 때문에 표면적으로는 예이츠와 공손하게 인사를 나누었다. 하지만 예이츠와 처음 마주쳤을 때부터 그의 모습이 별로 마음에 들지 않았으며 그런 사람을 알게 되었다는 사실도 전혀 달갑지 않았다. 예이츠의 가족과 주변 사람들에 대해서 토머스 경은 이미 들어서 알고 있었다. 그래서 톰이 '특별한 친구'라고 그를 소개했을 때, 아들의 그렇고 그런 수많은 친구들 중의 하나가 분명한 예이츠와 맞닥뜨린 것이 좀처럼 반갑게 여겨지지 않았다.

무사히 다시 집으로 돌아왔다는 행복감이 아니었다면 토머스 경은 아마도 치밀어 오르는 분노를 참을 수가 없었을 것이다. 토머스 경은 영국으로 돌아오자마자 다름 아닌 바로 자신의 집에서 당황해야만 했고 연극 공연이라는 말도 안 되는 우스꽝스러운 상황에 처하게 된 것이었다. 게다가 전혀 지인으로서 받아들이고 싶지 않은 젊은이와 그것도 가장 좋지 않은 상황에서 어쩔 수 없이 마주쳐야만 했다. 그리고 그 젊은이가 자신의 집에서 자신보다도 더욱 편안한 모습으로 장황하게 인사말을 늘어놓으면서 자신의 상황과 처지를 아랑곳하지 않고 있었던 것이다.

톰은 아버지의 생각을 전부 다 읽고 있었다. 톰은 아버지가 언제나 그랬던 것처럼 마음속의 생각들을 표정에 나타내지 않기를 간절하게 바라고 있었다. 하지만 톰은 아버지의 얼굴을 쳐다보면서 아버지가 몹시 화를 내고 있다는 것을 어느 때보다도 더욱 명확하게 알 수가 있었다. 아버지가 그 방의 천장과 벽토들을 힐끗 쳐다보는 것은 충분히 그럴 만한 이유가 있다는 것도 알 수가 있었다. 토머스 경이 근엄한 목소리로 당구대가 어떻게 되었느냐고 물었을 때 그것은 단순한 호기심에서 묻는 것이 아니라는 것도 너무나 명확하게 알 수가 있었다. 토머스 경과 톰 사이의 어색한 순간은 다행스럽게도 곧 끝나게 되었다. 연극 공연에 대해서 만족하지 않느냐는 예이츠의 열화 같은 질문에 토머스 경은 겨우 차분한 목소리로 짤막하게 그렇다고 대답했을 뿐이었다. 그런 다음에 세 사람은 다 함께 응접실로 돌아갔다. 토머스 경의 표정은 매우 어두워져 있었다. 가족들 중에서 토머스 경의 표정을 놓친 사람은 아무도 없었다.

"너희가 극장으로 꾸며놓은 것을 보고 돌아오는 길이다. 내가 돌아올 것을 전혀 예상하지 못했던 모양이지. 내 방 바로 옆에 있더구나. 정말이지 너무나 놀랍기만 한 일이구나. 나는 너희들이 연기를 한다고 해도 그 정도까지 큰일을 벌이고 있으리라곤 상상조차 하지 못했다. 촛불에 비친 것을 보면 극장은 아주 잘 꾸며 놓았더구나. 신실한 크리스토퍼 잭슨이 아주 잘 해 놓았어."

토머스 경이 차분한 목소리로 말했다. 그런 다음에 토머스 경은 얼마든지 주제를 바꿀 수 있었을 것이다. 만약 그랬다면 가족들은 편안한 마음으로 집에서 일어났던 일들을 이야기하면서 느긋하게 커피를 즐길 수도 있었을 것이다. 하지만 예이츠는 토머스 경의 말 뒤에 숨은 진의를 전혀 파악하지 못하고 있었다. 분별력이 전혀 없었던 것이다. 그래서 다른 사람들의 눈에 뜨이지 않게 조용히 그 자리에 앉아서 토머스 경이 하는 이야기를 듣고 있는 대신에 불쑥 앞으로 나서더니 연극 공연에 대한 이야기를 계속 늘어놓았다.

예이츠는 토머스 경에게 연극 공연에 대한 질문을 퍼부으면서 계속 괴롭히고 있었다. 그리고 마침내 자신이 에클레스포드에서 얼마나 실망했었는지에 대해 자초지종을 모두 털어놓고야 말았다. 토머스 경은 최대한 정중하게 이야기를 듣고 있었다. 하지만 예이츠의 행동거지에서 탐탁하지 않은 점이 너무나 많은 것을 발견하게 되었고, 그의 이야기를 처음부터 끝까지 듣고 나서 그의 사고방식이 전혀 바람직하지 않다는 인식을 더욱 확고하게 만드는 결과를 낳고 말았다. 예이츠가 이야기를 마쳤을 때, 토머스 경은 그저 고개를 한 번 끄덕였을 뿐 더 이상 그에게 동조할 수가 없었다.

"그렇게 해서 저희가 연기를 시작하게 되었던 겁니다. 이 친구, 예이츠가 에클레스포드에서 연기의 바람을 몰고 왔어요. 그래서 모든 사람들이 전염되고 말았던 겁니다. 그런 것들은 원래 전염성이 강하잖아요. 그리고 아버지가 이전에 우리에게 연기하는 것을 장려했기 때문에 더욱 빨리 물들었을 겁니다. 마치 고향의 땅을 밟는 것과 같은 기분이었어요."

톰이 잠시 동안 생각에 잠겨 있다가 말했다. 예이츠는 얼른 톰의 말을 받아서 토머스 경에게 자신들이 무엇을 어떻게 해 왔다는 것을 설명하기 시작했다. 시간이 흐르면서 점차적으로 자신들의 안목이 넓어졌고 처음에 부딪혔던 어려움들을 어떻게 극복했으며, 현재 모든 것들이 순조롭게 진행되고 있다는 사실에 대해 설명했다.

예이츠는 너무나 자신의 이야기에 몰두하고 있었기 때문에 주위에 둘러앉아 있는 친구들의 표정이 돌변하면서 몸 둘 바를 모르는 채 안달하고 있다는 것도 전혀 의식하지 못하고 있었다. 친구들이 의식적으로 헛기침을 하는 것도 듣지 못했으며 정면으로 바라보고 있는 사람들이 얼굴을 잔뜩 일그리고 있다는 사실조차도 제대로 감지하지 못했다. 토머스 경이 이마를 잔뜩 찌푸리면서 도대체 어떻게 된 일이냐는 듯한 표정으로 딸들과 에드먼드를 번갈아 가면서 바라보는 것도 알아차리지 못했던 것이다.

토머스 경은 특히 에드먼드의 얼굴을 뚫어져라 쳐다보면서 무언으로 책망하고 있었다. 에드먼드는 토머스 경의 질책을 고스란히 온몸으로 느끼고 있었다. 패니도 역시 그 사실을 명백히 보고 느끼고 있었다. 패니는 의자를 이모가 앉아 있는 소파 뒤로 슬쩍 밀면서 몸을 숨기고 있었다. 그리고 자신의 눈앞에서 벌어지는 모든 것들을 묵묵히 지켜보고 있었다. 패니는 토머스 경이 그토록 근엄하게 책망하는 표정으로 에드먼드를 바라볼 것이라곤 전혀 상상조차 하지 못했던 것이다. 게다가 에드먼드가 그런 대접을 받아 마땅하다는 생각은 더욱 견디기 어려운 일이었다.

"에드먼드, 나는 네 판단에 모든 것을 믿고 맡겼다. 그런데 너는 도대체 무엇을 하고 있었던 거냐?"

토머스 경의 표정은 마치 이런 식으로 소리치고 있는 것 같았다.

"오! 오빠는 아니에요. 다른 사람들은 모두 그런 표정으로 바라보셔도 되지만 오빠만은 아니에요."

패니는 이모부 앞에 무릎을 꿇으면서 이렇게 말하고 싶었다. 하지만 그 말은 패니의 가슴 속에서만 맴돌 뿐이었다.

"사실대로 말씀드리자면 토머스 경께서 도착하셨을 때, 저희는 막 리허설을 하고 있는 도중이었습니다. 처음 3막을 공연하려고 했는데 끝까지 마무리하지 못했어요. 크로포드 남매도 집으로 돌아갔어요. 모든 배우들이 뿔뿔이 흩어졌기 때문에 오늘 밤에는 더 이상 아무것도 할 수가 없군요. 하지만 내일 저녁 저희 리허설에 와 주시는 영광을 베풀어 주신다면 연극이 어떤 식으로 마무리되더라도 두렵지 않을 것입니다. 젊은 연기자들인 저희에게 부디 관용을 베풀어 주시기를 부탁드립니다."

예이츠는 여전히 시끄럽게 떠들어대고 있었다.

"예이츠 군, 관용을 베풀어 드리지요. 하지만 더 이상 리허설은 안 됩니다."

토머스 경이 근엄한 목소리로 대답했다.

"나는 조금 전에 집으로 돌아왔어요. 나는 진심으로 집에 돌아와서 행복하기를 원했어요. 그리고 관대한 아버지가 될 수 있기를 바랐어요."

토머스 경은 약간 누그러진 음성으로 이렇게 덧붙였다. 그런 다음에 예이츠로부터 눈길을 돌리더니 다른 사람들을 쳐다보았다.

"마지막으로 받은 편지에서 크로포드 남매에 대한 이야기를 들었는데, 그들이 괜찮은 사람들이라고 생각하느냐?"

토머스 경이 차분한 목소리로 질문을 던졌다. 그 질문에 대답할 준비가 되어 있는 사람은 오직 톰뿐이었다. 톰은 특별히 두 사람을 좋아하지는 않았지만 그렇다고 해서 애정이나 연기 문제로 해서 질투를 할 일도 없었던 것이다.

"크로포드 씨는 신사입니다. 매우 재미있는 사람이지요. 동생인 크로포드 양은 상냥하고 예쁘고 무척 우아하면서도 생기가 넘치는 아가씨입니다."

톰은 두 사람에 대해서 호평을 늘어놓았다.

"크로포드 씨가 신사라고는 말할 수 없어요. 키도 170센티미터 밖에 안 된다는 사실도 말씀을 드려야만 해요. 그렇지 않으면 토머스 경께서는 아주 잘 생긴 사람을 예상하실 테니까요."

러시워스가 토머스 경을 쳐다보면서 불쑥 말했다. 러시워스는 더 이상 입을 다물고 있을 수가 없었던 모양이었다. 토머스 경은 러시워스의 말이 무슨 뜻인지 잘 이해하지 못했다. 그래서 토머스 경은 깜짝 놀란 표정을 지으면서 러시워스를 물끄러미 쳐다보았다.

"제 생각을 말하라고 하시면, 시종일관 연극 리허설을 한다는 것이 그리 유쾌한 것은 아니라고 말씀드리고 싶어요. 좋은 것도 지나치면 그 반대가 되는 법입니다. 저는 처음부터 연기하는 것이 별로 마음에 들지 않았어요. 그것보다는 차라리 우리끼리 편안하게 앉아서 아무것도 하지 않는 것이 훨씬 낫다고 생각합니다."

러시워스가 어깨를 으쓱거리면서 말했다. 토머스 경은 러시워스의 얼굴을 다시 한 번 쳐다보고 나서 흡족한 미소를 지었다.

"자네가 이 문제에서 나와 똑같은 생각을 하고 있다니까 무척 기쁘군. 정말 흡족해. 내 나이의 사람은 언제나 신중하고 예민하게 행동하기 마련이지. 그리고 우리 아이들과 달리 도덕관념이 강하다는 것도 너무나 당연하네. 그리고 집에서 시끄럽게 유흥을 즐기지 못하게 하고 또한 조용한 가정을 원하는 것도 아이들보다는 내가 훨씬 더 강하겠지. 하지만 자네의 나이에 그런 것을 느낀다는 것은 참 바람직한 일이야. 비단 자네뿐만 아니라 자네 주위의 사람들을 위해서도 무척 바람직하다고 볼 수 있네. 나와 같은 생각을 가지고 있는 동지가 있다는 것이 무척 기쁘군 그래."

토머스 경이 부드러운 미소를 지으면서 러시워스를 바라보았다. 토머스 경은 의도적으로 러시워스의 견해를 높이 사고 있는 것처럼 말하고 있었다. 토머스 경은 러시워스가 그리 똑똑하지 않다는 사실을 잘 알고 있었다. 하지만 토머스 경은 러시워스가 가지고 있는 의식과 관념들이 그의 말에서 나타나는 것보다 훨씬 뛰어나다고 생각했던 것이다.

토머스 경은 러시워스가 훌륭한 젊은이라고 판단하고 있었다. 그래서 토머스 경은 러시워스에게 높은 점수를 주려고 했던 것이다. 그 자리에 모여 있던 많은 사람들은 웃음을 참느라고 억지로 애를 써야만 했다. 러시워스는 토머스 경의 칭찬에 황송해서 어쩔 줄을 모르고 있었다. 러시워스는 토머스 경의 칭찬을 듣고 몹시 기뻐하고 있었다. 그럼에도 불구하고 러시워스는 더 이상 아무런 말도 하지 못했다. 그리고 오히려 그것으로 인해서 토머스 경은 러시워스를 더욱 좋아하게 되었다.

제 20 장

다음날 아침에 에드먼드는 혼자 아버지를 찾아갔다. 어떻게 해서 모든 가족들이 연기를 시작하게 되었는지에 대해 이야기하기 위해서였다. 에드먼드는 자신이 연기에 참여하게 된 것을 옹호하면서, 그 당시에는 정당한 동기에 의해 어쩔 수 없이 시작하게 되었다는 것을 말하고 싶었다. 그리고 자신이 뜻을 굽히게 되었던 것은 선한 동기에서 비롯된 것이긴 하지만 어쨌거나 판단력이 흐리게 되었다는 것은 솔직하게 인정하려고 했다.

에드먼드는 자신의 정당함을 주장하면서도 다른 사람들에게 해를 입히지 않기를 바라고 있었다. 하지만 에드먼드가 전혀 변호를 해 주지도 않아도 될 사람이 단 한 명 있었다. 그 사람은 바로 패니였다.

"저희 모두는 처음부터 끝까지 다소간 잘못이 있어요. 저희 모두요. 단지 패니만 제외하고……. 모든 것을 올바르게 판단하고 자신의 뜻을 끝내 굽히지 않았던 사람은 오직 패니밖에 없어요. 패니는 내내 연극에 대해 반대했었어요. 패니는 아버지의 뜻을 항상 생각하고 있었어요. 아버지가 흡족하게 여길 정도로 행동했던 사람은 오직 패니뿐이었어요."

에드먼드가 고개를 떨구면서 말했다. 에드먼드는 지금 아버지가 몹시 화가 나 있을 것이라고 생각하고 있었던 것이다. 그랬다. 사실 토머스 경은 자신이 부재중인 때, 다름 아닌 자신의 자녀들이 그토록 부적절한 행동을 했다는 사실에 대해 할 말을 잃고 있었다.

토머스 경은 에드먼드의 설명을 다 듣고 나서 불쾌한 기분을 떨쳐버리려는 듯이 아무런 말도 없이 아들의 손을 꼭 잡아 주었다. 토머스 경은 될 수 있는 대로 빨리 모든 가족들이 자신의 존재를 완전히 망각하고 있었다는 사실을 잊어버리기 위해 애를 썼다. 서둘러 그 기억을 되새겨주는 모든 물건들을 치워버리고 집을 이전 상태로 되돌려 놓고 싶었던 것이다.

하지만 토머스 경은 다른 자녀들을 불러서 책망을 하지는 않았다. 토머스 경은 그 일의 자초지종을 캐내다가 오히려 더욱 큰 상처를 입고 싶지 않았던 것이다. 그 대신에 자녀들이 스스로의 잘못을 깨달을 것이라고 믿고 싶었다. 그리고 그 자리에서 책망할 것은 책망하고 증거물들을 모조리 치워버리는 것으로 충분하다고 생각했다.

하지만 토머스 경이 결코 그대로 지나칠 수 없는 사람이 한 명 남아 있었다. 굳이 야단을 치지 않아도 스스로 자신의 행동을 반성할 것이라고 여기면서 그냥 내버려둘 수 없는 사람이 있었던 것이다. 그 사람은 바로 노리스 부인이었다. 토머스 경은 노리스 부인이 중간에 나서서 자녀들을 막았어야만 했다고 말하지 않을 수가 없었다. 토머스 경은 노리스 부인 역시 자신과 똑같이 그 일에 반대했을 것이라고 굳게 믿고 있었던 것이다. 젊은이들이 그런 일을 벌였던 것은 분명히 생각이 모자라는 어리석은 행동이었다. 좀더 분별력을 갖고 사리를 올바르게 판단했어야만 했다.

하지만 그들은 아직까지 젊은이들에 불과했다. 사실 토머스 경은 에드먼드를 제외하고는 어느 누구도 신뢰하지 못하고 있었다. 그래서 자녀들이 그런 일을 저질렀다는 것보다도 노리스 부인이 그것을 묵과했을 뿐만 아니라 오히려 지지하고 후원해 주었다는 사실에 대해 너무나 놀라고 말았던 것이다.

노리스 부인은 무척 당황할 수밖에 없었다. 노리스 부인은 그저 할 말을 잃고 묵묵히 침묵을 지키고 있었다. 그것은 그녀가 지금까지 살아오는 동안 처음 있는 일이었다. 노리스 부인은 토머스 경이 보기에 뻔히 잘못된 것을 전혀 그렇게 느끼지 못했다는 사실을 자백해야만 하는 자신이 너무나 수치스러웠다. 그리고 그런 사실을 알았다고 하더라도 자신이 젊은이들에게 아무런 영향력을 미치지 못했으며, 자신이 말리더라도 아무런 소용이 없었을 것이라는 사실을 인정하고 싶지도 않았던 것이다.

노리스 부인이 할 수 있었던 것은 재빨리 대화의 주제를 토머스 경이 듣기 좋은 쪽으로 돌리는 것밖에 없었다. 노리스 부인은 자신이 얼마나 토머스 경의 가족들의 평안과 이익을 위해서 열심히 노력했는지 스스로를 은근히 치하하는 말을 얼마든지 할 수가 있었다. 그래서 따뜻한 난롯가에 앉아 있다가 서둘러 이 집으로 왔었어야만 했던 일이 얼마나 많았는지, 그래서 자신이 열심히 노력하고 희생했었는지를 밝혀야만 했다. 때로는 버트램 부인과 에드먼드의 말을 거역하기까지 하면서 생활비를 절감했다는 것과, 하인들이 절대로 나태하게 지낼 수 없도록 만들었다는 것에 대해서 세세히 장황하게 설명을 늘어놓았다.

노리스 부인이 가장 자랑스럽게 내세울 수 있었던 것은 소더튼이었다. 토머스 경이 집을 비운 동안 그녀가 이루어 놓았던 업적 중에서 가장 영광스러운 것이 러시워스 가문과 형성해 놓은 인맥이었던 것이다. 그것은 어느 누구도 감히 부인할 수 없는 사실이었다. 노리스 부인은 제임스 러시워스가 마리아를 사랑하고 구애하게 되었던 것을 모두 자신의 공으로 돌렸다.

"내가 적극적으로 나서서 러시워스 부인과 사교를 시작하고 또한 언니에게 먼저 러시워스 부인을 방문하라고 종용하지 않았더라면 아마도 지금까지 아무런 성과도 없었을 거예요. 러시워스 씨는 그저 착하기만 하고 겸손하기만 해서 누군가 나서서 그를 이끌어 주지 않으면 안 되거든요. 게다가 우리가 가만히 앉아 있었다면 그를 잡으려고 하는 아가씨들이 얼마든지 많았을 거예요. 하지만 나는 온갖 수단과 방법을 동원했어요. 어떤 수를 써서라도 언니를 설득하고야 말 거라고 생각했어요. 그리고 설득하는 일에 성공했지요. 형부도 소더튼까지의 거리가 얼마나 먼 것인지 잘 알고 있을 거예요. 계절도 한겨울이어서 거기까지 가는 길은 무척 험난했어요. 하지만 나는 언니를 설득하고야 말았어요."

노리스 부인이 자랑스러운 표정으로 이야기를 늘어놓았다.

"처제가 우리 집사람과 아이들에게 얼마나 바람직한 영향을 주는 사람인지 잘 알고 있소. 하지만 내가 우려하는 것은 절대로 일어나지 말았어야 할……."

토머스 경이 손을 내저으면서 말했다. 그런데 노리스 부인이 토머스 경의 말을 도중에서 끊었다.

"형부! 그날의 도로 상태가 어땠었는지 보셨어야만 했어요. 말이 네 마리나 있었지만 절대로 그 길을 지나가지 못할 거라고 생각했었거든요. 늙은 마부는 류머티즘 때문에 마부석에 앉을 수 없을 정도였지만 친절하게도 우리를 그곳까지 태워 주었어요. 내가 미가엘 축일(9월 29일을 가리킨다:역주) 이후로 줄곧 치료를 해 주고 있었는데 드디어 완쾌가 되었어요. 하지만 지난 겨울에는 그의 상태가 정말 좋지 않았어요. 그날도 증세가 심한 날 중의 하나였어요. 출발하기 전에 마부에게 나오지 말라고 말하기 위해서 그의 방으로 찾아갔어요. 그는 막 가발을 쓰고 있는 중이었어요. 그래서 내가 말했지요. '가지 않는 게 좋겠어요. 버트램 부인과 나는 무사히 갈 수 있을 거예요. 스티븐도 얼마나 성실한지 잘 알고 있잖아요. 그리고 찰스도 종종 마차를 손수 몰아본 적이 있으니까 걱정할 필요는 없어요.' 이렇게 말했지만 아무리 말려도 소용없다는 사실을 곧 알았어요. 마부의 태도는 요지부동이었거든요. 지나치게 간섭하고 안달하는 것도 싫었기 때문에 더 이상 아무런 말도 하지 않았어요. 하지만 마차가 흔들리거나 거친 길을 달리게 될 때마다 얼마나 내 마음이 아팠던지……. 돌길 위에 서리와 눈이 잔뜩 쌓여서 정말 길의 상태가 최악이었어요. 그래서 내내 마부 걱정으로 마음을 놓을 수가 없었어요. 또한 내가 말을 얼마나 아끼는지 형부도 잘 아시잖아요. 샌드크로프트 힐에 다다랐을 때 내가 어떻게 했는지 아세요? 아마 형부도 들으시면 웃으실 거예요. 내가 마차에서 내린 후에 그 언덕을 따라 걸어서 올라갔어요. 정말이에요. 걸어서 올라갔다구요. 내가 마차에서 내렸다고 해서 무게가 현저하게 줄어들지는 않았겠지만, 그래도 조금은 짐이 덜어지지 않았겠어요? 나는 그 고상한 말들이 헉헉대면서 마차를 끌고 올라가고 있다는 사실을 뻔히 알면서 편안히 앉아서 갈 수가 없었어요. 결국 지독한 감기에 걸리고 말았지만 그런 것쯤은 아무렇지도 않아요. 그곳에 가서 내가 이루고자 하던 목적을 달성했으니까요."

노리스 부인은 토머스 경을 똑바로 쳐다보면서 말했다.

"러시워스 가족과 친분을 쌓을 수만 있다면 거꺼이 그런 수고를 치를 만하다고 생각하오. 또한 언제나 그럴 수 있기를 바라오. 러시워스 씨는 특출한 점은 없지만 어제 밤에 그의 이야기를 듣고 믿을 만한 점이 있다고 생각했소. 특히 연기를 한다고 부산을 떨고 온 집안을 혼란스럽게 만드는 것보다 조용하게 가족 간의 오붓한 파티를 여는 것을 좋아한다는 점이 마음에 들었소. 그의 생각과 견해는 내가 바라는 것 그대로였소."

토머스 경이 고개를 끄덕이면서 대답했다.

"맞아요. 형부 말씀이 옳아요. 형부가 러시워스 씨를 더 많이 만날수록 더욱 마음에 들어하실 거예요. 형부 말씀대로 특출나게 뛰어난 인물은 아니지만 말도 못하게 많은 장점을 가지고 있거든요. 그리고 형부를 얼마나 존경하던지……. 내가 웃을 수밖에 없었다니까요. 왜냐하면 모두들 나 때문에 러시워스 씨가 형부를 존경하게 되었다고들 생각하고 있거든요. 일전에 그랜트 부인이 내게 이런 말을 하더군요. '노리스 부인, 러시워스가 부인의 친아들이었다고 해도 토머스 경을 지금보다 더 많이 존경하도록 만들 수는 없을 거예요.' 글쎄 이렇게 말했다니까요."

노리스 부인은 지금도 웃음이 나온다는 듯이 말했다. 마침내 토머스 경은 연극에 대한 이야기를 하지 않기로 결정했다. 노리스 부인이 교묘한 방법으로 화제를 돌렸던 것이다. 토머스 경은 노리스 부인의 아첨에 어느 정도 마음이 풀리고 말았다. 그리고 사랑하고 아끼는 사람들을 위해서라면 얼마든지 헌신하는 노리스 부인도 가끔은 판단이 흐려질 수도 있다는 생각이 들자, 그 일은 그 정도 선에서 접어두기로 했던 것이다.

그날 아침에 토머스 경은 무척 바쁜 시간을 보내야만 했다. 가족들과 대화를 나누는 일은 아무것도 아니었다. 예전에 하던 대로 맨스필드 파크의 잡다한 일상사들을 관리하는 일을 다시 시작해야만 했던 것이다. 집사와 토지 관리인을 만나서 서류를 점검하고, 꼼꼼히 계산해야 할 필요가 있는 것들을 확인해야만 했다. 그 와중에 짬을 내어서 마구간과 정원의 상태를 점검하고 집에서 가장 가까운 곳에 있는 농장을 방문했다. 토머스 경은 활동적이면서도 체계적으로 일을 처리하는 사람이었다. 그래서 한 집안의 가장으로서 저녁 식탁의 상좌에 앉기 전까지 그 모든 일들을 처리했을 뿐만 아니라 목수를 만나서 최근에 당구실에 설치한 것들을 모조리 철거하도록 명령했다. 그리고 무대 장치를 그리는 화가까지 해고했다. 토머스 경은 그 화가가 노스햄튼까지 떠난 것을 확인하고 난 후에 겨우 마음을 놓을 수 있었다. 화가는 한 방의 바닥 전체를 완전히 망쳐놓고 말았다. 그리고 마부의 스폰지도 모두 못 쓰게 만들어 놓았으며, 잔심부름꾼들을 나태한 불평쟁이로 만들어 놓았다.

토머스 경은 하루나 이틀 정도만 지나면 그 동안 있었던 일을 생각나도록 만드는 모든 것들을 없애버릴 수 있기를 간절히 바라고 있었다. 특히 토머스 경은 〈연인들의 맹세〉 대본들을 몽땅 없애버리고 싶었다. 그래서 집안에 있는 〈연인들의 맹세〉 대본들을 눈에 뜨이는 대로 모조리 불태워 버리고 말았다.

비로소 예이츠는 토머스 경의 진의를 조금씩 알아차리기 시작했다. 하지만 예이츠는 도대체 토머스 경이 왜 그런 행동을 하는지 그 이유를 알 수가 없었다. 톰과 예이츠는 아침 내내 사냥터에 나가 있었다. 그래서 톰은 예이츠를 만난 자리에서 아버지의 까다로운 성품에 대해 사과하면서 앞으로 어떤 일들이 벌어질 것인지 설명할 수 있는 기회를 가지게 되었다. 그 말을 들은 후에 예이츠가 얼마나 비통한 심정에 빠졌는지 충분히 상상할 수 있을 것이다. 예이츠는 똑같은 방법으로 두 번이나 실망스러운 일을 겪어야만 했던 것이다. 그것은 지독한 불운의 연속이라고 할 수밖에 없었다.

예이츠는 너무나 분개하고 있었다. 만약 친구인 톰과 막내 여동생의 체면을 생각하지 않았더라면, 예이츠는 토머스 경의 말도 안 되는 처사를 공격하면서 치열하게 논쟁을 벌일 수도 있을 것이라고 생각했다. 예이츠는 맨스필드 숲에 있는 동안, 그리고 집으로 돌아올 때까지 자신의 생각을 굳게 믿고 있었다. 하지만 토머스 경은 감히 접근할 수 없는 위엄을 갖추고 있었다. 예이츠는 식탁에 앉아서 토머스 경을 힐끗 쳐다보았다. 예이츠는 이내 토머스 경을 가만히 내버려두는 것이 현명하다고 생각하게 되었다.

결국 예이츠는 잠자코 식탁에 앉아 있을 수밖에 없었다. 예이츠는 이전에도 까다롭고 다루기 힘든 아버지들을 많이 보았던 적이 있었다. 그리고 그런 아버지들 때문에 불편한 일을 겪었던 적도 많았다. 하지만 이제까지 살아오면서 토머스 경처럼 도덕적으로 엄격하고 독

재적인 사람을 도무지 본 일이 없었던 것이다. 토머스 경의 자녀들만 아니었다면, 한시라도 함께 있는 것을 견딜 수 없는 사람이었다. 그리고 토머스 경은 자신의 둘째 딸인 아름다운 줄리아에게 고마운 마음을 품어야만 할 것이다. 줄리아만 아니었더라면 예이츠가 토머스 경의 집에서 사흘 정도 더 묵으려고 하지도 않았을 것이기 때문이었다.

저녁 시간은 외면상으로 평화롭게 흘러갔다. 하지만 그 자리에 앉아 있었던 사람들의 마음은 도저히 그럴 수가 없었다. 토머스 경은 부드러운 미소를 지으면서 딸들에게 음악을 연주해 달라고 부탁했다. 그렇기 때문에 딸들 사이에 불화가 있었다는 사실도 전혀 드러나지 않았다. 마리아는 좀처럼 불안한 마음을 억누르지 못하고 있었다. 한시도 지체하지 않고 헨리 크로포드가 나타나 주기를 고대하고 있었던 것이다. 단 하루에 불과했지만, 헨리가 오지 않고 지나가 버린다는 생각을 하자 몹시 마음이 불안했던 것이다.

마리아는 아침 내내 헨리가 나타나기를 기다리고 있었다. 그렇지만 저녁이 되어도 애타게 기다리는 헨리의 모습은 보이지 않았다. 러시워스는 아침 일찍 소더튼에 좋은 소식을 전해 주겠다고 하면서 집을 나섰다. 마리아는 러시워스가 소식을 전하고 난 후에 다시 돌아오는 수고를 하지 않기를 은근히 바라고 있었다.

그런데 정작 목사관에서는 아무도 찾아오지 않았다. 한 사람도 맨스필드 파크로 오지 않았던 것이다. 그 대신에 그랜트 부인이 버트램 부인에게 보낸 축하 메시지만 전달되었을 뿐이었다. 그 동안 여러 주일이 흘렀지만 두 가족이 한 번도 만나지 않고 지낸 것은 오늘이 처음이었다. 8월이 시작되고 나서 이런저런 일로 해서 두 가족이 함께 모이지 않은 채 24시간이라는 긴 시간이 지나갔던 것은 이번이 처음이었던 것이다.

그날은 마리아에게 있어서 슬프고 안타까운 하루였다. 하지만 다음날이 되어도 사정은 좀처럼 좋아지지 않았다. 재회의 뜨거운 순간이 지나자마자 깊은 고통의 순간이 곧바로 뒤따랐던 것이다. 다음날 아침이 되자 헨리 크로포드가 맨스필드 파크를 방문했다. 그랜트 박사가 토머스 경을 만나서 인사를 해야 한다고 충고했던 것이다. 그래서 헨리는 그랜트 박사와 함께 찾아왔다.

그들은 이른 아침에 집사의 안내를 받으면서 조찬실로 들어왔다. 대부분의 가족들이 그 자리에 모여 있었다. 곧이어 토머스 경이 조찬실로 들어왔다. 마리아는 들뜨고 기쁜 마음으로 사랑하는 사람과 아버지가 인사를 나누는 모습을 물끄러미 지켜보고 있었다. 마리아의 가슴은 뜨겁게 벅차오르고 있었다. 헨리는 마리아와 톰 사이에 자리를 잡았다.

"지금은 잠시 중단되었지만 혹시 연극 공연을 다시 시작할 계획이 있나요? 그렇다면 언제라도 다시 맨스필드로 오겠어요. 나는 작은 아버지와 베스에서 만나기로 예정되어 있어서 지체없이 떠나가야만 하거든요. 하지만 〈연인들의 맹세〉를 다시 시작할 수 있다면 반드시 내가 참여할 겁니다. 다른 볼 일을 모두 마다하고 곧장 이곳으로 달려올 거예요. 작은 아버지를 만나면 이 사실에 대해 분명히 이야기를 해 놓겠습니다. 나 없이 연극을 공연하면 절대로 안 됩니다. 베스, 노포크, 런던, 요크……. 내가 어느 장소에 있든지 간에 연극을 공연한다는 것을 알려만 주시면 곧바로 달려 올 테니까요."

헨리가 나지막한 목소리로 톰을 향해 말했다. 그 질문에 대답해야 할 사람이 마리아가 아니라 톰이었던 것이 다행이었는지도 모른다.

"다른 곳으로 떠나시게 되었다니까 정말 유감이군요. 하지만 연극 공연은 이제 모두 끝났다고 봐야죠."

톰이 의미심장한 눈빛으로 토머스 경을 쳐다보면서 즉시 대답했다.

"그게 무슨 뜻이죠?"

"화가도 어제 오후에 보내 버렸고 극장도 내일이면 이제 그 형체조차도 알아볼 수 없을 겁니다. 애초부터 이렇게 될 줄 알았었는데……. 그런데 베스에 가기에는 좀 계절이 이른 것 같군요. 사람들이 별로 없을 텐데요."

톰이 담담한 어조로 말했다.

"작은 아버지께서는 언제나 이 무렵 그곳으로 가시곤 했어요."

"언제 떠나려고 하십니까?"

"내일이면 아마 반베리까지는 가 있을 겁니다."

"베스에서는 누구의 마구간을 사용하죠?"

톰이 궁금하다는 듯이 질문을 던졌다. 그런 다음에 그것에 대한 대화가 한참 동안이나 이어졌다. 자존심이 있는 마리아는 헨리가 자신과 대화해 주기를 침착하게 기다리고 있었다.

잠시 후에 헨리가 마리아를 향해 몸을 돌렸다. 헨리는 이미 톰에게 말한 것들을 다시 한 번 이야기하기 시작했다. 물론 마리아에게는 좀 더 부드러운 태도로 훨씬 강하게 유감을 표시한 것이 달랐다. 하지만 헨리의 태도나 표현이 무슨 소용이 있단 말인가? 헨리는 다른 곳으로 떠날 예정이었다. 자발적으로 가는 것이 아니라고 해도 스스로 선택해서 이곳을 떠나려는 의도가 아닌가? 작은 아버지 때문에 간다는 사실을 제외한다면, 다른 일들은 모두 헨리가 스스로가 원해서 만들어진 것들이었다. 헨리는 어쩔 수 없이 가는 것이라고 했지만, 마리아는 그가 무척 독립적인 성격이라는 사실을 잘 알고 있었다.

아! 헨리는 마리아의 손을 잡아서 그의 가슴에 꼭 끌어안고 있지 않았던가? 그런데 지금은 그 손과 가슴이 아무런 움직임도 없었다. 마리아의 꿋꿋한 정신만이 오직 그녀를 지탱하고 있었다. 마리아의 가슴 속에는 수많은 감정만이 마구 요동치고 있었다. 헨리가 하는 말들은 그의 행동과 좀처럼 일치하지 않았다. 다른 사람들이 모두 있는 자리였기 때문에 마리아는 헨리의 말을 듣는 동안 가슴 속에서 요동치고 있는 감정들을 가까스로 억제하고 있었다.

하지만 그 시간은 별로 길지 않았다. 곧이어 사람들이 헨리의 이름을 부르면서 그를 향해 가까이 다가왔던 것이다. 그들은 모두 헨리가 작별 인사를 하기 위해 맨스필드 파크를 방문한 것이라고 생각하고 있었다.

그러나 그 시간은 너무나 짧았다. 헨리는 마지막으로 마리아의 손을 잡고 허리를 깊이 숙이면서 작별 인사를 나누었다. 마리아는 어느 누구와도 있고 싶지 않았다. 오직 고독만이 마리아에게 친구가 될 수 있었던 것이다. 헨리는 멀리 떠나버리고 말았다. 조금 전에 이 집에서 사라졌으며, 이제 두 시간만 지나면 그들의 교구를 떠나고 있을 것이다. 그렇게 해서 헨리의 이기적인 허영심에서 비롯된 마리아와 줄리아의 헛된 희망들은 물거품이 되어버리고 말았다.

줄리아는 헨리가 떠났다는 사실을 확인하자 겨우 안도의 한숨을 내쉴 수 있었다. 헨리의 존재 자체가 줄리아에게 몹시 불쾌하게 여겨지기 시작했던 것이다. 줄리아도 헨리를 잃고 만 지금, 굳이 언니에게 복수를 할 필요는 없었다. 줄리아는 자신이 헨리로부터 버림받았다는 사실을 잊어버릴 수 있었다. 게다가 다른 사람들에게 이 사실을 굳이 알릴 이유가 없어졌던 것이다. 헨리 크로포드가 가버린 지금, 줄리아는 언니를 동정할 수도 있는 여유를 되찾고 있었다.

패니는 좀더 순수한 동기에서 헨리가 떠났다는 소식을 듣고 기뻐할 수 있었다. 패니는 저녁 식사를 하면서 그 소식을 듣고 오히려 축복이라고 느꼈다. 다른 모든 사람들은 헨리의 장점들을 칭찬하면서 그가 떠났다는 사실이 유감스럽다고 말했다. 하지만 사람들의 감정은 제각기 어느 정도 차이가 있었다. 에드먼드는 진심으로 헨리가 떠난 것을 유감스럽게 생각했다. 하지만 버트램 부인은 전혀 관심도 없이 건성으로 다른 사람들의 말에 동의하고 있었다. 노리스 부인은 이제 와서야 헨리가 줄리아를 사랑했던 것이 사실인가에 대해 신중하게 생각하면서 결국 아무런 결과도 없었다는 것을 의아하게 여기고 있었다. 그리고 자신이 그들의 결합을 추진하는 일에 태만했던 것은 아닌가 하는 두려움마저도 느끼고 있었다. 하지만 노리스 부인이 신경을 써야 할 일이 어디 한두 가지였던가? 아무리 자신이 열심히 노력해도 원하는 것을 모두 다 이룰 수는 없는 일 아닌가? 다시 이틀이 지난 후에 예이츠도 떠났다. 예이츠가 떠나는 것에 대해서 토머스 경은 각별하게 신경을 쓰고 있었다. 토머스 경은 가족들끼리만 남아 있고 싶었다. 이런 시기에 예이츠보다 더욱 좋은 사람이 손님으로 와 있는다고 해도 짜증이 날 일이었다. 하물며 속물이고 뻔뻔하고 게으르고 대접하는 일에 비용도 많이 드는 예이츠는 어느 모로 보나 화가 치미는 존재였다. 예이츠의 인품도 별로 마음에 들지 않는데다, 톰의 친구이면서 줄리아에게 구애를 하고 있다는 점 때문에 더욱 불쾌한 존재였던 것이다.

토머스 경은 헨리에 대해서 무관심했다. 헨리가 떠나든지 아니면 그곳에 더욱 오랫동안 머무르든지 아무런 상관이 없었다. 하지만 예이츠가 떠나는 날에는 그를 현관까지 배웅하면서 즐거운 여행을 하기를 바란다고 말했다.

토머스 경의 말 속에는 진심이 담겨 있었다. 토머스 경은 예이츠를 배웅하는 것을 무척 만족스러워했다. 예이츠는 맨스필드 파크에 마련되었던 극장이 모두 무너져 내리고 연극과 관련된 것들이 모두 제거되는 것을 보고야 말았다.

예이츠가 맨스필드 파크를 떠났을 때, 그곳은 서서히 예전의 근엄함을 되찾고 있었다. 토머스 경은 예이츠가 떠나는 것을 지켜보면서 연극과 관련되어 있는 것들 중에서 최악의 요소를, 그리고 그 일을 기억나게 하는 것들 중에 마지막 요소를 제거하는 것이 되기를 바라고 있었다.

노리스 부인은 재빨리 토머스 경의 심기에 거슬릴 수 있는 한 가지 물건을 보이지 않게 치워 놓았다. 그것은 바로 노리스 부인 자신이 너무나 멋지게 재능을 한껏 발휘해서 만든 커튼이었다. 노리스 부인은 그 커튼을 자신의 오두막으로 가지고 갔다. 때마침 오두막에 녹색 천으로 된 커튼이 필요했던 것이다.

제 21 장

토머스 경의 귀환은 〈연인들의 맹세〉 이외에도 여러 가지 측면에서 커다란 변화를 일으켰다. 토머스 경의 통솔 하에서 맨스필드는 완전히 다른 장소가 되어 버렸던 것이다. 그들이 사교를 즐기던 사람들 중에서 어떤 사람들은 멀리 보내 버리기도 했고 또한 섭섭한 관계가 되어버린 사람들도 있었다. 모든 것이 과거와 똑같이 음울할 뿐이었다. 가족들끼리 하는 파티도 좀처럼 활기가 없었다. 목사관과도 거의 연락이 없었다. 토머스 경은 대부분의 경우에 다른 사람들과 친하게 지내는 것을 꺼려했다. 특히 한 가족을 제외하고는 어떤 가족들과도 어울리려고 하지 않았다. 토머스 경은 오직 러시워스 가문만을 가족들의 모임에 포함시키려고 할 뿐이었다.

에드먼드는 아버지가 그런 식으로 행동하는 것을 별로 의아하게 생각하지 않았다. 그랜트 박사 가족이 모임에서 제외되는 것을 제외하고는 다른 것은 하나도 섭섭하지 않았다.

"그랜트 박사 가족은 마땅히 우리와 함께 해야 하는데……. 그들은 마치 우리 가족이라도 되는 것처럼 여겨져. 우리의 일부분인 것 같아. 나는 아버지께서 집을 비우신 동안 그들이 얼마나 어머니와 이모에게 큰 관심과 호의를 베풀어 주었는지 아버지가 좀 알아 주셨으면 해. 자칫 그들이 무시당한다고 생각하지나 않을까 걱정이 돼. 하지만 사실 아버지께서는 그들을 잘 모르시기도 하지. 아버지가 영국을 떠나셨을 때, 그들이 이곳에 온 것은 1년도 채 되지 않았었으니까 충분히 그럴 수 있을 거야. 만약 아버지께서 그들을 좀더 잘 아셨다면 그들과 교제하는 것을 틀림없이 좋아하셨을 거야. 그들은 아버지가 좋아하실 만한 사람들이거든. 때때로 우리끼리 있으면 재미가 없고 활기도 없을 때가 있어. 누이들도 요즘은 영 기운이 없는 것 같고, 톰도 마음이 불편한 것이 것이 분명해. 그랜트 박사 부부는 우리에게 활기를 불어넣어 줄 수 있을 거야. 만약 그렇게 된다면 우리는 저녁 시간을 훨씬 더 즐겁게 보낼 수 있었을 거야. 아버지도 물론 그러실 텐데……."

에드먼드가 패니에게 아쉬운 어조로 말했다.

"오빠는 그렇게 생각해? 내가 보기에는 이모부는 다른 어떤 사람과도 함께 하는 것을 좋아하시지 않을 것 같아. 이모부는 오빠가 방금 말한 고요한 분위기를 소중하게 생각하시는 것 같거든. 그리고 예전에 비해서 우리 생활이 더욱 심각하게 변했다고 보이지도 않아. 나는 지금 이모부가 외국으로 떠나시기 전을 말하는 거야. 내 기억에 따르면 이 집의 분위기는 언제나 이랬었어. 이모부가 계시면 모두 별로 웃지도 않았었어. 한 가지 달라진 것이 있다면 이모부가 오랫동안 집을 비우셔서 생기는 어색함 같은 것이랄까……. 하지만 이전에도 이모부가 시내로 출타 중이었을 경우를 제외한다면, 저녁 시간이 즐거운 것이었던 기억은 없어. 어떤 젊은이라도 존경하고 어려워하는 어른이 집에 있다면 좀처럼 흥겹게 저녁 시간을 보낼 수 없을 거야."

패니가 차분한 어조로 대답했다.

"그래, 패니! 네 말이 맞는 것 같구나. 이제 저녁 시간이 과거의 시절로 되돌아간 것 같아. 변화된 것이 아니었어. 흥겹고 활기차게 저녁 시간을 보내는 것이 새로웠었나 봐. 겨우 몇 주일밖에 되지 않았는데, 그 인상이 무척이나 강했었나 봐. 이전에는 이렇게 살지 않았던 것처럼 느끼고 있었거든."

에드먼드가 잠시 동안 생각을 정리한 후에 말했다.

"아마 내가 다른 사람들보다 더욱 심각한 사람인지도 몰라. 적어도 나에게는 저녁 시간이 그렇게 길게 여겨지지 않거든. 나는 이모부가 서인도에 대해서 해 주시는 이야기를 듣는 것이 정말 좋아. 나는 몇 시간이라도 들을 수 있을 거야. 다른 어떤 것보다도 그것이 재미있어. 하지만 나는 다른 사람들과 처지가 조금 다르니까 그럴 수도 있어."

패니가 어깨를 으쓱거리면서 말했다.

"왜 그런 말을 하는 거야, 패니? 혹시 네가 현명하고 신중하기 때문에 다른 사람들과 다르다는 말을 듣고 싶은 거야? 네가 칭찬을 받고 싶다면 아버지가 계신 곳으로 가 봐. 아마도 만족하게 될 거야. 아버지가 너에 대해서 어떻게 생각하는지 물어보란 말이야. 아마 그래도 칭찬을 들을 거야. 비록 그 칭찬이 주로 용모에 관한 것이 되더라도 참아야만 해. 곧 아버지가 네 마음의 아름다움도 보게 될 날이 올 테니까 조금만 더 참고 기다려."

에드먼드가 패니를 바라보면서 미소를 지었다. 패니는 그런 말을 처음 듣는 것이었기 때문에 무척 당황할 수밖에 없었다.

"아버지는 네가 무척 예쁘다고 생각하셔, 패니. 그것이 내가 말하고자 하는 요지야. 비단 나뿐만 아니라 어느 누구라도 그렇게 말할 거야. 또한 너를 제외하고 어느 누구라도 이전에는 네가 그렇게 예쁜 것을 왜 몰랐을까 하고 생각할 거야. 하지만 사실 이제까지 아버지는 너의 아름다움을 전혀 느끼지 못하고 계셨어. 그런데 이제는 너의 아름다움에 감탄을 하고 계셔. 네 안색은 그 동안 무척 좋아졌어. 표정도 얼마나 풍부해졌는지 몰라. 그리고 네 몸매도……. 패니, 그럴 것 없어. 그렇게 수줍어할 필요는 없어. 이모부인데 뭘 그래. 이모부가 네 외모를 보고 감탄하는 것에 대해 수줍어할 게 뭐가 있어? 너는 정말 아름다워. 그렇기 때문에 주목을 받는다고 해서 지나치게 다른 사람들의 눈을 의식하거나 경직될 필요는 하나도 없어. 귀여운 소녀에서 아름다운 여인으로 성장해 나가는 하나의 과정일 뿐이야. 신경 쓸 것은 하나도 없어."

에드먼드가 부드러운 목소리로 말했다.

"오빠, 그렇게 말하지 마. 제발 부탁이야."

패니는 몹시 당혹스러운 표정을 지었다. 패니는 에드먼드가 생각하는 것보다 더욱 곤혹스러워하고 있었던 것이다. 패니의 당혹스러운 표정을 보자, 에드먼드는 그것에 대해서 더 이상 이야기를 하지 않았다.

"아버지는 모든 측면에서 너에게 만족하고 계셔. 단지 나는 네가 아버지와 대화를 더욱 많이 했으면 좋겠어. 저녁 시간에 좀처럼 말을 하지 않고 침묵을 지키고 있는 사람이 바로 너란 말이야."

에드먼드가 진지한 목소리로 말했다.

"하지만 옛날보다는 훨씬 더 많이 이야기하는 거야. 그건 확실해. 어제 밤에도 내가 이모부에게 노예 인신매매에 대해서 묻는 것을 들었잖아?"

패니가 항의하듯이 반문했다.

"들었어. 하지만 그것 하나만 했잖아. 나는 네가 그 다음에 다른 질문들을 계속 던졌으면 좋겠다고 생각했어. 만약 네가 그렇게 했다면 아버지도 무척 좋아하셨을 거야."

에드먼드가 어깨를 으쓱거리면서 말했다.

"사실 너무나 물어보고 싶은 것들이 많았어. 하지만 다들 침묵만을 지키고 있었잖아. 언니들이 아무런 관심도 없다는 표정으로 한 마디 말도 하지 않고 앉아 있는데 내가 함부로 나서고 싶지 않았어. 이모부는 친딸들이 관심을 보이고 흥미를 느끼게 되기를 바라셨을 거야.

그런데 어떻게 내가 관심을 표명하면서 질문을 계속할 수가 있어?"

패니가 손을 내저었다.

"크로포드 양이 옳았어. 네가 다른 사람들의 주목을 받고 칭찬받는 것을 두려워하는 것 같다고 일전에 크로포드 양이 말했거든. 다른 여자들은 무시를 당하고 관심을 받지 못할 때 두려워하는데……. 목사관에 갔을 때 크로포드 양을 만나서 너에 대한 이야기를 한 적이 있었어. 크로포드 양은 분별력이 있어. 다른 사람의 성격을 그렇게 잘 파악하는 사람은 이제까지 한 번도 만나지 못했어. 그것도 그렇게 젊은 여성인데……. 정말 놀라운 일이야. 아주 오랫동안 너와 함께 지냈던 사람들보다도 더 너를 잘 파악하고 있고 이해하는 것 같았어. 가끔씩 지나가는 말이나 혹은 무심코 던진 한 마디 말을 통해서 보면 크로포드 양이 다른 사람들의 성격도 정확하게 알고 있다는 것을 느낄 수가 있어. 크로포드 양은 우리 아버지에 대해서 어떻게 생각할까? 분명히 아버지를 잘 생기고 훌륭한 신사이고 인품이 뛰어난 분이라고 존경할 거야. 하지만 아버지를 거의 만나지 못했기 때문에 지금은 아버지를 배타적인 사람이라고 생각할지도 몰라. 두 사람이 함께 시간을 많이 보낸다면 분명히 서로를 좋아하게 될 텐데……. 아버지께서도 크로포드 양의 명랑한 성품을 좋아하실 거야. 그리고 크로포드 양도 아버지의 장점을 알아볼 수 있을 거야. 두 사람이 좀더 자주 만날 수 있었으면 해. 그리고 크로포드 양이 혹시라도 아버지가 자신을 탐탁하지 않게 여긴다고 생각할까봐 걱정이 되기도 해."

에드먼드가 가벼운 한숨을 내쉬었다.

"크로포드 양은 언제나 자신만만하기 때문에 그런 염려 따위는 전혀 하지 않을 거야. 그리고 이모부가 처음에는 가족들하고만 있고 싶어하는 것도 당연해. 그렇기 때문에 그걸 가지고 뭐라고 말할 수는 없을 거야. 얼마 안 있으면 두 가족이 이전처럼 다시 만나게 될 거야."

패니가 차분한 목소리로 말했다.

“이번 10월 달은 아마도 크로포드 양이 태어난 후에 시골에서는 처음 보내는 달일 거야. 툰브리지나 첼튼햄은 시골이라고 말할 수 없거든. 이곳의 11월은 날씨가 별로 좋지 않은데……. 그래서 걱정이야. 겨울이 다가오니까 그랜트 부인도 크로포드 양이 맨스필드 파크의 생활에 대해 지루하게 여기지나 않을까 무척 걱정하고 있어.”

에드먼드가 진지한 표정으로 말했다. 패니는 에드먼드에게 하고 싶은 말이 무척 많았다. 하지만 지금은 아무것도 말하지 않는 편이 훨씬 나을 것이라고 생각했다. 매리 크로포드 양에 대해서는 어느 것 하나도 언급하지 않는 것이 차라리 나았다. 그렇지 않으면 혹시라도 그녀에 대해서 좋지 않은 발언을 할 수도 있기 때문이었다. 크로포드 양이 자신에 대해서 호평을 해 주었던 것은 당연히 고마움을 느껴야 할 것이다. 그래서 패니는 다른 것으로 화제를 돌리고 말았다.

“내일 이모부가 소더튼에서 식사를 하실 것 같아. 오빠와 톰 오빠도 함께 가는 걸로 알고 있어. 이 집에는 식구들이 얼마 남지 않을 거야. 이모부가 러시워스 씨를 계속 좋아했으면 좋겠어.”

패니가 걱정스러운 어조로 말했다.

“패니, 그것은 불가능해. 아버지는 내일 소더튼을 다녀오시고 나면 분명히 러시워스 씨를 지금처럼 좋아하지는 않을 거야. 두 사람이 다섯 시간 동안이나 함께 있게 될 테니까 말이야. 내일은 얼마나 지루한 하루가 될 것인지 벌써부터 그게 걱정스러워. 나의 예상처럼 나쁜 일이 일어나지 않는다고 해도 말이야. 일단 하루를 보내고 나면 아버지에게 러시워스 씨가 어떤 인상을 심어 줄 것인지 확실해. 아버지도 더 이상 자신을 속일 수 없을 거야. 사실 모두가 안 되었다는 생각이 들어. 차라리 러시워스 씨와 마리아가 만나지 않았더라면 더욱 좋았을 것이라는 생각도 들고…….”

에드먼드가 깊은 한숨을 내쉬었다. 패니는 에드먼드의 말에 진심으로 공감하고 있었다. 에드먼드의 말이 옳았다. 토머스 경도 러시워스에 대해 실망감을 느끼기 시작하고 있었던 것이다. 아무리 러시워스에 대해서 호의를 가지고 있고, 러시워스가 토머스 경에게 예의바르게 경의를 표시했다고 하더라도, 이미 토머스 경은 어느 정도 진실을 파악하고 있었다. 러시워스는 다른 젊은이에 비해 열등했다. 학업뿐만 아니라 사업 분야에 대해서도 무지했으며 자신의 뚜렷한 주관도 없었다. 그리고 자의식도 별로 없었다.

토머스 경은 러시워스와는 전혀 다른 사윗감을 기대하고 있었다. 그래서 마리아의 문제에 대해 심각하게 고민하기 시작하고 있었다. 토머스 경은 마리아의 감정을 이해해 보려고 노력했다. 마리아가 러시워스에 대해 가지고 있는 감정은 기껏해야 무관심이었다. 그것은 조금만 살펴보아도 금방 알 수 있는 것이었다. 마리아는 러시워스에 대해 냉정하고 무관심하게 행동했다. 마리아는 러시워스를 좋아하지도 않았으며, 좋아할 수도 없었던 것이다.

토머스 경은 이 문제에 대해 마리아와 진지하게 대화를 나누어 보도록 해야 하겠다고 생각했다. 러시워스 가문과 인척 관계를 맺는 것은 분명히 유리했다. 그리고 그들의 약혼이 이미 오래 전부터 공공연한 비밀이었던 것도 사실이었다. 하지만 그런 것들을 위해서 마리아의 행복을 희생시킬 수는 없었다. 어쩌면 러시워스와 오랫동안 교제를 하지 않은 상태에서 성급하게 결정을 내렸을 수도 있었다. 그리고 어쩌면 마리아도 러시워스에 대해서 더욱 잘 알아보지 않았던 것을 후회하고 있을 수도 있었다.

토머스 경은 진지하게 딸을 생각하는 마음에서 마리아를 불렀다. 마리아에게 자신이 우려하고 있는 점을 이야기하고, 마리아가 진정으로 원하는 것을 물어보았다. 그리고 솔직하고 진지하게 대답해 줄 것을 간곡하게 부탁했다. 만약 마리아가 러시워스와 결혼해서 행복하지 않을 것이라고 생각한다면, 딸의 행복을 위하여 어떠한 난관이라도 무릅쓸 수 있으며 파혼도 불사하겠다고 말했다. 토머스 경은 딸을 위해서라면 얼마든지 그렇게 해서라도 자유롭게 해 줄 용의가 있었던 것이다.

마리아는 아버지의 말을 들으면서 잠시 동안 갈등했다. 하지만 그것은 한 순간에 지나지 않았다. 아버지의 말이 끝나고 나자, 마리아는 전혀 동요하지 않고 그 자리에서 단호하게 대답했던 것이다. 마리아는 아버지가 자신에 대해 신경을 써 주는 것에 대해 고마워하고 있다고 말했다. 하지만 러시워스에 대해 자신이 가지고 있는 생각이나 마음에 변화가 일었거나 조금이라도 파혼을 하고 싶어 할 것이라고 생각했다면 그것은 명백한 오해라고 말했다. 마리아는 러시워스의 성품이 매우 훌륭하다고 생각하고 있으며, 그와 함께 한다면 반드시 행복할 것이라고 굳게 믿고 있다고 말했다.

토머스 경은 마리아의 말을 들으면서 흡족한 표정을 지었다. 어쩌면 흡족할 수 있다는 것이 반가워서 자신의 판단에 따라 더 이상 강요할 수 없었던 것인지도 몰랐다. 러시워스 가족과 인척 관계를 맺는 것을 포기해야만 한다면 그것은 분명히 괴로운 일이었을 것이다. 러시워스는 아직 젊은 나이였다. 그래서 얼마든지 향상될 수 있는 여지가 남아 있었다. 아니, 반드시 그래야만 했다. 좋은 인맥을 형성하게 되면 러시워스도 그렇게 될 것이라고 토머스 경은 나름대로 유추했다.

마리아는 자신의 행복에 대해 확신을 가지고 있는 것 같았다. 그리고 편견이나 맹목적인 사랑에 눈이 어두워져 있지도 않았다. 그렇다면 토머스 경은 마리아의 말을 믿어야만 했다. 마리아의 감정은 열정적인 것은 아니었다. 토머스 경도 그럴 거라고 생각하고 있지 않았다. 하지만 그렇다고 해서 마리아가 편안한 결혼 생활을 하지 않을 것이라는 법은 없었다. 남편이 다른 사람들보다 뛰어난 지도자가 아니더라도 마리아가 만족할 수만 있다면 분명히 모든 조건은 만족스러운 것이었다. 사랑해서 결혼하는 여성이 아니라면, 대부분의 여인들은 자신의 가족에 대한 애착이 매우 강했다. 그래서 소더튼과 맨스필드가 가까이 있는 것은 당연히 하나의 커다란 장점이 분명했으며, 앞날을 생각해 보더라도 그것은 분명히 마리아에게 있어서 커다란 즐거움일 수 있었던 것이다.

토머스 경은 나름대로 모든 것을 해석했다. 게다가 파혼을 하게 되면 반드시 겪어야만 하는 당혹스러운 일들과 주위의 책망을 피해 갈 수 있었다. 그리고 자신의 지위와 영향력을 더욱 크고 강력하게 만들어 줄 수 있는 결혼이 확고하게 되었다. 토머스 경은 마리아의 성향에 대해 진지하게 고려했다. 결국 아무리 생각해도 마리아에게 이로운 것밖에 없었다. 이런 것들을 생각하자, 토머스 경은 더할 나위가 없을 정도로 만족스러웠다.

그 결정에 대해 만족한 사람은 비단 토머스 경만이 아니었다. 마리아 역시 만족했다. 마리아는 이제 돌이킬 수 없이 자신의 운명의 향방을 결정지을 수 있는 것이 오히려 홀가분했던 것이다. 다시 한 번 소더튼에 자기 자신의 운명을 맡긴 것이다. 이제 마리아는 헨리 크로포드로 하여금 자신의 마음과 행동을 좌지우지하면서 평탄한 앞날을 망치도록 내버려두지 않게 되었던 것이다. 마리아는 헨리로부터 벗어나겠다고 생각했다. 그것이 안전한 일이었던 것이다. 마리아는 두 번 다시 흔들리지 않겠다고 자기 자신에게 다짐했다. 마리아는 아버지의 방에서 나갔다. 그리고 앞으로는 러시워스를 대할 때마다 더욱 조심스럽게 행동해서 아버지가 자신을 의심하는 일이 없도록 하겠다고 결심했다.

헨리 크로포드가 맨스필드를 떠나고 나서 나흘 안에 토머스 경이 마리아와 이런 대화를 나누었다면 아마도 그녀의 대답은 완전히 달랐을 것이다. 그 당시까지만 해도 마리아의 감정은 안정을 되찾지 못하고 있었으며, 아직 헨리 크로포드에 대한 희망을 완전히 버리지 못하고 있었던 것이다. 그래서 러시워스라는 현실적인 존재를 감내하고 받아들이기로 확고하게 결심하지 못했던 것이다.

하지만 그 이후로 나흘이 지나도록 헨리 크로포드는 맨스필드 파크로 돌아오기는커녕 편지 한 장, 소식 한 줄 전해 오지 않았다. 두 사람이 헤어져 있을 때만이 가질 수 있는 애틋한 그리움이나 연인의 사랑하는 마음을 드러내는 그 어떠한 증거도 없었던 것이다. 마리아의 마음은 서서히 식어갔다. 그리고 마리아의 자긍심과 복수심은 오히려 마음의 상처에서 하루 빨리 벗어나도록 만들어 주었다.

헨리 크로포드는 마리아의 행복을 산산조각으로 깨뜨리고 말았다. 하지만 헨리 크로포드가 그녀에게 그런 영향을 끼쳤다는 사실을 절대로 그가 알게 할 수는 없었다. 마리아의 명예와 체면을 잃어버릴 수는 없었던 것이다. 그리고 헨리가 자신의 앞날까지 망가뜨리게 해서는 결코 안 되는 일이었다. 헨리에 대한 그리움으로 인해 마리아가 맨스필드 파크에서 마음을 졸이며 아파하고 있다는 소문이 떠돌도록 만들 수는 없었다. 게다가 헨리가 이 사실을 알아서도 안 되는 일이었다. 이제 곧 독립해서 소더튼과 런던에서 누릴 수 있는 화려한 삶을 헨리를 위해 거부한다고 생각하도록 만들어서는 안 되었다.

지금 이 순간 마리아에게 있어서 독립하는 것이 무엇보다도 가장 급선무였다. 맨스필드에서 벗어나 독립하고 싶다는 생각은 더욱 간절해졌다. 마리아는 아버지가 자신의 행동을 제약하는 것을 점점 더 참기가 힘들어지고 있었던 것이다. 아버지가 집을 비운 동안 누렸던 자유를 너무나 간절하게 누리고 싶었던 것이다. 마리아는 아버지와 맨스필드에서 한시라도 빨리 벗어나야만 했다. 그리고 상처받은 영혼을 치유받기 위하여 마음껏 부와 지위를 누릴 필요가 있었다. 마리아는 흥청거리는 세상 속에서 위안을 찾고 싶었다. 마리아는 이제 확고한 결단을 내렸다. 그 어떤 것도 마리아의 마음을 움직일 수가 없었다.

그런 마리아에게 더 이상 시간을 지연한다는 것은 참을 수 없는 것이었다. 결혼식 준비를 위해서 필요한 시간마저도 견디기가 어려웠다. 러시워스 역시 마리아만큼이나 조급한 마음으로 결혼식을 기다리고 있었다. 마리아의 마음은 결혼식을 올리기 위한 모든 준비를 이미 끝마친 상태였다. 마리아는 평온하고 고요한 집을 증오하고 있었으며, 아버지로부터 제약을 받아야만 한다는 사실이 무척 싫었다. 실연으로 인한 아픔이 너무나 컸으며, 그런 만큼 자신이 결혼하려고 하는 사람에 대한 경멸감도 컸다. 하지만 오히려 그런 것들로 인해서 마리아는 결혼식을 올릴 마음의 준비를 빨리 내릴 수 있었던 것이다. 그 나머지는 시간이 흐르면 저절로 해결될 것이었다. 새로운 마차와 가구들은 봄이 오면 런던에서 장만할 예정이었다. 그 때가 되면 마리아는 그런 것들을 마음대로 고를 수 있을 것이다.

이제 중요한 결정을 내린 것이다. 결혼식을 올리기 위한 준비를 하는 일은 몇 주일이면 충분히 마칠 수 있을 것처럼 보였다. 러시워스 부인은 이제 한 걸음 뒤로 물러날 준비가 되어 있었다. 그리고 자신의 아들에게 선택되는 행운을 안은 젊은 여인을 위해 기꺼이 자리를 내어줄 준비도 모두 마쳤다.

11월 초가 되자 러시워스 부인은 귀부인들이 으레 하는 대로 하녀와 시종들과 마차까지 모두 베스로 옮겨갔다. 그곳에서 저녁이면 파티를 열고 다른 귀부인들과 카드를 치면서 소더튼에 대한 자랑을 마음껏 늘어놓을 것이다. 11월 중순이 되기 전에 두 사람의 결혼식이 거행되었다. 그리고 소더튼에는 새로운 안주인이 들어오게 되었다.

결혼식은 모든 것이 완벽했다. 신부의 드레스는 무척 고상하고 우아했으며, 들러리들도 역시 신부보다 조금 못했지만 역시 우아했다. 신부의 아버지가 신랑에게 신부를 인계했다. 신부의 어머니는 혹시라도 슬픔에 못 이겨서 쓰러질 것을 대비하기 위해 손에 소금을 들고 서 있었다. 노리스 부인은 눈물을 흘리기 위해서 노력하고 있었다. 결혼식 주례는 그랜트 박사가 맡았다.

결혼식은 훌륭하게 끝났다. 이웃에서도 두 사람의 결혼식은 흠잡을 만한 것이 전혀 없다고 했다. 단지 소더튼으로 가기 위해 결혼식장인 교회 앞에서 신랑, 신부와 줄리아가 타고 갈 마차가 열두 달 전부터 러시워스가 타고 다니던 그 마차라는 것이 한 가지 흠이었을 뿐이었다. 그것을 제외하고는 이웃들의 엄격한 심사를 통과할 수 있을 만큼 근사한 결혼식이었던 것이다.

마침내 결혼식이 끝나자, 신랑과 신부는 소더튼으로 떠났다. 토머스 경은 모든 신부 아버지들이 의당 느끼는 것처럼 심란하고 서글픈 심정이었다. 오히려 심란하고 서글픈 마음이 들지나 않을까 걱정하던 사람은 바로 버트램 부인이었다. 하지만 정작 결혼식이 끝나자 버트램 부인은 아무렇지도 않았건만 토머스 경이 그런 심정이 들었던 것이다. 노리스 부인은 결혼식이 열리는 날에 도움을 줄 수 있는 것이 마냥 기쁘기만 했다. 그날 하루를 맨스필드 파크에서 보내면서 언니를 정신적으로 위로하고 또한 가족들 틈에 끼어서 새로운 러시워스 부부의 건강을 위해 축배를 들었다. 노리스 부인은 어느 누구보다도 흐뭇하고 즐거운 마음이었다. 그들이 결합할 수 있도록 해 주었던 장본인이 바로 노리스 부인 자신이었던 것이다. 모든 일을 성사시킨 것이 바로 자신이라고 생각했던 노리스 부인은 마치 승리를 거둔 개선장군 같았다. 그런 노리스 부인의 모습을 보았던 사람들은 아마도 그녀가 결혼 생활의 어려움과 불행을 전혀 모르고 살아온 것으로 생각했을 것이다. 그리고 자신이 키우다시피한 질녀의 성품을 조금도 모르고 있는 것이 아닐까 의아했을 것이다.

신혼 부부는 며칠 후에 브라이튼으로 떠날 예정이었다. 그곳에 집을 얻어서 몇 주일 가량 보낼 예정이었던 것이다. 어디를 가더라도 마리아에게는 새롭고 신기한 곳이었다. 브라이튼은 겨울에도 마치 여름처럼 흥겨운 분위기를 유지하고 있는 곳이었다. 새로운 장소에서 느끼는 재미도 서서히 식어가면 그 다음에는 더욱 넓은 런던으로 떠날 예정이었다.

줄리아도 그들과 함께 브라이트으로 가기로 예정되어 있었다. 이제 더 이상 자매들 간에 경쟁할 일이 없었다. 그래서 두 자매들은 서서히 이전의 다정한 관계를 회복해가고 있었다. 이제는 이런 시기에도 서로 함께 있는 것을 기쁨으로 여길 정도로 친숙함을 되찾았던 것이다. 특히 러시워스 부인이 된 마리아에게, 러시워스 이외에도 다른 동행이 있다는 것은 매우 중요한 일이었다. 줄리아도 마리아만큼이나 새롭고 신기한 것을 동경했으며 쾌락을 추구했다. 그래서 마리아의 들러리 역할을 하는 것도 얼마든지 견딜 수 있었던 것이다.

그들이 떠나고 나자 맨스필드 파크에는 큰 변화가 일어났다. 그들이 떠나면서 생긴 빈 자리가 크게 느껴졌으며, 그 공백을 메우는 일에 상당한 시간이 필요했던 것이다. 최근 들어서 마리아와 줄리아가 가족에게 큰 즐거움을 안겨 주지 못했지만 가족의 수가 현저히 줄어들자, 도저히 딸들을 그리워하지 않을 수가 없었다. 심지어 버트램 부인마저도 딸들을 보고 싶어했다. 그런 상황에서 마음이 여리고 따뜻하기 그지없는 패니의 마음은 어떠했겠는가? 패니는 공연히 이리저리 서성거리면서 애정이 가득 깃든 마음으로 사촌 언니들을 생각했다. 사실 마리아와 줄리아는 패니의 애정을 받을 만한 일을 한 적이 한 번도 없었다. 그럼에도 불구하고 패니는 두 자매들을 그리워하고 있었다.

제 22 장

마리아와 줄리아가 떠나고 나자 맨스필드 파크에서 패니의 존재가 중요한 것으로 떠오르기 시작했다. 가족들이 응접실에 모였을 때, 패니는 이제 집에서 유일한 젊은 아가씨였다. 지금까지는 언제나 두 사촌 언니들 뒤에서 겸손하게 세번째 자리로 밀려나 있곤 했지만, 지금 패니는 가족들 중에서 가장 꽃다운 존재가 되었던 것이다.

그렇게 되자 패니에게 한 번이라도 시선이 더 머물게 되는 것은 당연했다. 사람들은 한 번이라도 더 패니의 존재를 떠올리면서 관심을 갖게 되었다.

"패니는 어디 있지?"

이런 질문이 자주 들리기 시작했다. 그것은 단지 심부름을 시키기 위해 패니를 찾았던 것이 아니었다. 맨스필드 파크의 가족들 내에서만 패니의 가치가 높아진 것은 아니었다. 목사관에서도 패니를 더욱 존중하기 시작했던 것이다. 노리스 이모부가 죽고 나서 패니는 목사관으로 1년에 한두 번 갈까 말까 했었다. 하지만 이제 패니는 목사관에서도 환영받는 존재가 되었으며 손님의 대우를 받게 되었다.

11월은 음침하고 먼지 안개가 잔뜩 끼는 날이 많았다. 그런 날에 패니는 매리 크로포드에게 있어서 가장 좋은 친구가 되어 주었다. 어느 날 패니는 우연히 목사관을 방문하게 되었다. 그 이후부터 목사관에서 패니에게 와 달라는 부탁을 자주 했던 것이다. 그래서 패니는 목사관으로 계속 찾아가게 되었다.

그랜트 부인은 동생인 매리를 위해서 단조로운 생활에 변화를 찾아주고 싶은 마음을 품고 있었다. 그랜트 부인은 패니가 자주 목사관을 방문하도록 초청함으로써 매우 큰 친절을 베풀고 있으며, 패니의 발전을 위한 가장 좋은 기회를 제공하고 있다고 생각했다. 하지만 그것은 사실 자기 기만에 불과했던 것이다.

어느 날 패니는 노리스 부인의 심부름으로 마을에 가게 되었다. 그런데 목사관 근처에서 갑자기 거센 소나기를 만났다. 패니는 목사관 영내에 있는 커다란 참나무 가지 밑에서 비를 피하고 있었다. 그런데 목사관에서 일하는 하인 한 명이 패니의 모습을 발견하고는 막무가내로 들어오라고 말했다. 패니는 들어가고 싶지 않았기 때문에 계속 손을 흔들면서 거절하고 있었다. 하지만 그랜트 박사가 직접 우산을 들고 나오자 패니는 어쩔 수 없이 빨리 목사관으로 들어가야만 했다. 그 당시에 매리 크로포드는 우울한 마음으로 사납게 쏟아지는 빗줄기를 창문을 통해서 바라보고 있었다. 매리 크로포드는 아침에 운동을 하려고 계획을 세워 두었다. 그러나 비 때문에 모든 계획이 수포로 돌아가고 말았던 것이다. 매리 크로포드는 하루 종일 가족들 이외에는 다른 사람을 만날 수 없을 거라는 생각을 하면서 우울한 표정을 짓고 있던 참이었다. 바로 그 순간 현관에서 시끄러운 소리가 나더니 비에 흠뻑 젖은 패니 프라이스 양이 들어왔던 것이다.

매리 크로포드는 패니를 보자 몹시 기뻐했다. 비가 내리는 날, 아무도 찾아오지 않는 시골집에 뜻하지 않게 반가운 손님이 찾아온 것이다. 매리 크로포드는 즉시 쾌활한 태도를 되찾았다. 매리 크로포드는 패니가 비에 흠뻑 젖어 있는 것을 발견하고는 마른 옷가지를 갖다 주면서 패니를 위해 수선스럽게 움직였다. 어쩔 수 없이 자신에게 쏟아지는 관심을 받아야만 했던 패니는 안주인의 도움과 하녀들의 시중을 받게 되었다.

비는 한 시간 동안이나 쉬지 않고 내렸다. 그 동안 패니는 아래층에 있는 응접실에서 비가 그치기를 하염없이 기다릴 수밖에 없었다. 갑작스러운 패니의 방문은 매리 크로포드에게 있어서 더할 나위가 없을 정도로 반갑고 즐거운 일이었다. 어쩌면 패니 덕분으로 인해 매리 크로포드는 저녁 식사 시간이 다가올 때까지 활기차게 지낼 수 있을지도 모르는 일이었다.

그랜트 부인과 매리 크로포드는 몹시 친절하고 상냥한 태도로 패니를 대했다. 만약 패니가 자신의 존재가 방해가 된다고 생각하지만 않았더라면, 그리고 한 시간이 지나면 곧 날이 개일 것이라는 사실을 미리 알기만 했더라면, 패니도 편안하게 앉아서 시간을 보낼 수 있었을 것이다. 그랬다면 패니를 집까지 데려다주기 위해서 그랜트 박사의 마차가 집 앞에 대령하는 일을 모면할 수도 있었을 것이다.

패니는 자신이 그런 험상궂은 날씨에 사라졌다고 집에서 놀라지나 않을까 걱정할 필요가 전혀 없었다. 패니가 마을에 나갔다는 사실을 알고 있는 사람은 두 이모 외에 없었으며, 그들도 별로 걱정하지 않을 것이라는 사실을 패니는 너무나 잘 알고 있었던 것이다.

창 밖이 서서히 밝아오기 시작했다. 문득 패니는 방 한쪽에 세워져 있는 하프를 발견했다. 패니는 매리 크로포드에게 하프에 대해서 몇 가지 질문을 던졌다. 자연스럽게 패니의 입에서 하프 연주를 듣고 싶다는 이야기까지 나오게 되었다. 패니는 하프가 도착하고 나서 이제까지 한 번도 제대로 연주를 듣지 못했다는 고백을 하게 되었다. 매리 크로포드는 그 말을 믿기가 어려웠다. 하지만 패니에게 있어서 그것은 지극히 당연하고 간단한 문제였다. 패니는 악기가 도착하고 나서 목사관에 올 기회가 거의 없었기 때문에 매리 크로포드의 연주를 들을 만한 기회가 없었던 것이다. 매리 크로포드는 이미 오래 전에 패니가 하프 연주를 듣고 싶어 했었다는 사실을 떠올렸다. 매리 크로포드는 자신이 패니에 대해 너무나 무심했던 것이 마음에 걸렸다.

"지금 연주해 드릴까요? 어떤 곡을 듣고 싶으세요?"

매리 크로포드는 서둘러 자리에서 일어나더니 하프 앞으로 걸어갔다. 매리 크로포드는 패니를 향해 상냥한 목소리로 질문했다. 곧이어 매리 크로포드의 연주가 시작되었다. 매리 크로포드는 자신의 하프 연주를 들어 줄 사람이 생긴 것이 무척 기뻤다. 그 청중은 무척 감사하는 마음으로 자신의 연주에 경탄하는 사람이었던 것이다. 게다가 패니는 음악을 감상할 줄도 아는 사람이었다. 매리 크로포드는 패니가 창 밖으로 시선을 돌릴 때까지 하프를 계속 연주했다. 날씨가 점차 환하게 개이기 시작하고 있었다. 패니의 눈빛만 보아도 그녀가 무슨 생각을 하고 있는지 분명했다.

"15분만 더 있다가 돌아가세요. 날씨를 좀더 두고 봐야 할 거예요. 날씨가 개이는 듯 하다고 해서 밖으로 나가서는 안 돼요. 구름이 심상치 않거든요."

매리가 패니를 바라보면서 말했다.

"그렇지만 구름이 이미 지나가고 있어요. 아까부터 줄곧 지켜보고 있었거든요. 남쪽에서 소나기가 몰려왔나 봐요."

패니가 여전히 창 밖을 응시하면서 대답했다.

"남쪽이든 북쪽이든, 하늘에 먹구름이 잔뜩 끼여 있는 것을 보면 알아요. 구름이 아직까지 저렇게 끼여 있는데, 지금 밖으로 나가서는 안 돼요. 그리고 프라이스 양에게 하프를 더 연주해 드리고 싶군요. 무척 아름다운 곡이 있어요. 에드먼드 씨가 가장 좋아하던 곡이지요. 이곳에 더 계시면서 사촌 오빠가 가장 좋아하는 곡을 들어 보셔야 해요."

매리 크로포드가 패니의 팔을 잡아끌면서 만류했다. 패니는 매리 크로포드의 말을 따를 수밖에 없다는 것을 느끼고 있었다. 패니는 매리 크로포드의 말을 들으면서, 머리 속으로 에드먼드의 모습을 떠올렸다. 패니는 지금 그 방에 에드먼드가 앉아 있다고 상상했다. 어쩌면 그녀가 지금 앉아 있는 이 자리에서 자신이 좋아하는 곡이 멋지게 연주되는 것을 한없이 즐거운 마음으로 듣고 있을지도 모른다는 생각이 들었다. 패니 자신도 그 곡이 좋았지만, 에드먼드가 좋아하는 것은 무엇이든지 다 좋아하고 싶었다. 하지만 패니는 그 곡이 끝나자 마침내 이제는 더 이상 지체할 수 없다는 것을 깨달았다. 아무래도 서둘러 돌아가야만 할 것 같았다. 패니의 확고한 태도를 알아차리자, 그들도 더 이상 붙잡지 않았다. 매리 크로포드와 그랜트 부인은 패니에게 꼭 다시 목사관으로 찾아와 줄 것을 부탁했다. 그리고 패니가 산책을 할 때에는 꼭 함께 가자고 말하면서, 또한 하프 연주가 듣고 싶으면 언제든지 찾아와서 부탁하라고 당부했다.

버트램 가문의 두 딸들이 떠나고 난 후에, 채 2주일이 지나지 않아서 그들 사이에 친밀한 관계가 맺어지게 되었다. 물론 그것은 매리 크로포드가 무엇인가 새로운 것을 찾고 있었기 때문에 시작된 일이었다. 그렇기 때문에 패니의 감정과는 전혀 무관한 것이라고 할 수 있었다. 어쨌거나 패니는 거의 사흘에 한 번 가량 목사관을 방문했다. 마치 무엇에 홀린 것과 같았다. 그곳에 가지 않고는 마음이 편안하지 않았던 것이다. 그렇다고 해서 매리 크로포드에게 애정을 가지고 있거나 혹은 그녀와 생각이나 사고가 비슷했던 것도 아니었다.

사실 맨스필드 파크에서 매리 크로포드가 찾을 만한 사람은 패니를 제외하고는 아무도 없었다. 그런 상황이 되자 매리 크로포드가 찾는다고 해서 패니가 꼭 그녀를 만나야 할 의무감이 있는 것도 아니었다. 매리 크로포드와 대화를 하면서 때때로 재미있는 순간도 있었지만 진정으로 커다란 기쁨을 얻는 것도 아니었다. 그 사소한 재미조차도 패니가 진심으로 존중하고 아끼는 사람들이나 사물들을 농담거리로 삼아서 얻는 것이기도 했다.

그럼에도 불구하고 패니는 자주 목사관을 방문했다. 그리고 11월의 날씨 중에서 드물게 따뜻한 날이면 매리 크로포드와 함께 그랜트 부인이 가꾸어 놓은 숲길을 마냥 걷기도 했다. 때때로 이제는 나뭇잎을 다 떨구어 버리고 더 이상 그늘도 없는 나무 밑 벤치에 앉아서 시간을 흘려보내기도 했다. 전혀 예상하지 못했던 순간에 찾아온 가을날의 향기에 흠뻑 취해서 패니는 부드러운 목소리로 그 아름다움에 감탄사를 늘어놓았다. 두 사람은 가을 정취를 즐기면서 한없이 앉아 있곤 했다. 그러다가 갑자기 차가운 바람이 몰아치면서 노란 나뭇잎들이 우수수 떨어지면 그들은 벌떡 일어나서 따뜻한 온기를 찾아 서둘러 집으로 향했다.

"아름다워요. 너무나 아름다워요. 이 숲 속으로 들어올 때마다 얼마나 나무들이 아름답게 자라났는지 깜짝 놀라게 됩니다. 3년 전만 해도 이 숲은 밭을 따라 나 있는 조악한 관목에 불과했거든요. 이렇게 멋진 숲이 될 것이라고는 좀처럼 생각할 수 없었는데, 지금은 멋진 산책로가 되어 버렸어요. 이 숲 속에 산책로가 나 있어서 그 가치가 있는지, 아니면 그저 바라보기만 해도 아름다운 경치를 가지고 있어서 그 가치가 있는지, 지금은 뭐라고 말하기가 어렵군요. 아마 3년만 지나도 우리는 이 나무숲이 어떤 모양이었는지 잊어버리고 말 거예요. 시간의 힘이란 정말 놀랍죠. 또한 우리 인간들의 마음이 얼마나 쉽게 변하는지도 놀라워요."

어느 날 패니는 매리 크로포드와 함께 벤치에 앉아 주위를 둘러보면서 이런 대화를 나누었다.

"맞아요."

매리 크로포드가 고개를 끄덕이면서 대답했다.

"자연의 힘 중에서 다른 어떤 것보다도 더욱 신비로운 것이 있다면 아마도 그것은 기억일 거라고 생각해요. 기억이란 우리들이 가지고 있는 그 어떠한 지적인 능력보다도 더욱 큰 능력을 갖고 있어요. 그와 동시에 기억은 그 한계와 기복을 갖고 있어요. 하지만 기억 속에는 우리가 이해할 수 없는 그 무엇인가가 깃들어 있는 것 같아요. 기억이란 때로는 그처럼 한없고 우리 마음대로 움직이는 것 같다가도 또한 때로는 한없이 나약하고 혼란스럽기만 하거든요. 그리고 가끔씩 우리가 통제할 수 없을 정도로 제멋대로 굴기도 하죠. 우리의 존재는 어떻게 보면 기적이라고도 할 수 있어요. 그러나 특히 우리에게 주어진 회상하는 능력과 망각하는 능력은 우리가 이해할 수 있는 경지를 벗어난 것 같아요."

패니가 마음속에 떠오르는 상념을 고백했다. 하지만 매리 크로포드는 그 말에 전혀 감동을 받지 않았으며 별로 주의 깊게 듣고 있지도 않았다. 그래서 매리 크로포드는 아무런 대답도 없이 그저 잠자코 있었다. 패니는 그 사실을 깨닫고, 매리 크로포드가 관심을 가질 만한 것들을 떠올렸다.

"이렇게 말하는 게 약간 주제넘을지도 모르지만 나는 그랜트 부인의 안목에 정말 감탄하지 않을 수가 없어요. 이 정도로 아름답게 나무를 가꿀 수 있었다니……. 이 산책로는 조용하고 단순한 아름다움을 가지고 있어요. 지나칠 정도로 인위적인 요소를 찾아볼 수가 없어요."

패니가 매리 크로포드를 바라보면서 말했다.

"그래요. 이런 곳치고는 제법 괜찮은 편이죠. 이런 곳에서 규모를 따지지는 않죠. 사실 우리끼리 하는 말이지만 맨스필드에 오기 전까지 시골 목사관에서 이런 나무숲을 가꾸려고 한다는 것조차 상상하지 못했거든요."

매리 크로포드가 주위에서 자라고 있는 나무들을 둘러보면서 대답했다.

"상록수 나무들이 저렇게 크게 자라고 있는 것을 보니까 참 기뻐요. 이모부의 정원사는 항상 이곳의 토양이 맨스필드 파크보다 더욱 비옥하다고 말하곤 했어요. 월계수 나무와 상록수들이 이렇게 잘 자라는 것을 보니까 정원사의 말이 맞는 것 같아요. 저 상록수들을 보세요! 얼마나 아름답고 신비로운지! 다시 한 번 생각해 보면 자연의 다양함이란 너무나 놀라운 거예요. 어떤 나라 사람들은 낙엽이 지는 나무들을 변종이라고 믿고 있어요. 또한 다른 나라 사람들은 활엽수들만 나무라고 생각하죠. 똑같은 토양에서 똑같은 햇빛을 받고 있지만, 나무들이 서로 다른 존재의 법칙을 갖고 있다는 건 정말 놀라운 일이에요. 크로포드 양은 내가 정신없이 떠들어 댄다고 생각할 거예요. 하지만 나는 야외에만 나오면, 특히 야외에서 앉아 있노라면 이렇게 상념이 끝도 없이 이어지게 되는 일이 많아요. 아무리 평범한 자연의 산물을 보고 있어도 한없이 상상의 나래를 펼치지 않을 수 없게 되거든요."

패니가 꿈꾸는 듯한 어조로 말했다.

"사실 나는 루이 14세의 궁정에 있었던 그 유명한 공화정 시대의 총독과 같은 사람이에요. 이 숲을 바라보고 있어도 마치 나 자신의 모습을 보는 것처럼 조금도 신비롭게 여겨지지 않거든요. 만약 1년 전에 누군가가 이곳이 나의 집이 될 예정이고 몇 달이라는 기간 동안 여기에서 살게 될 것이라고 말했다면, 그 사람의 말을 좀처럼 믿을 수 없었을 거예요. 내가 이곳에서 거의 5개월이나 살았다니! 게다가 이렇게 조용한 분위기 속에서 말이에요."

매리 크로포드가 주위를 둘러보면서 말했다.

"맞아요. 매리 양에게는 너무나 조용한 곳이었을 거예요."

패니가 고개를 끄덕였다.

"적어도 이론적으로는 그렇게 생각해야만 했어요. 하지만 어느 정도 시간이 지나고 보니까 지금처럼 행복한 여름을 보낸 적이 결코 없었어요. 결국 무엇이 어떻게 될지는 아무도 예측할 수가 없죠."

매리 크로포드의 두 눈이 반짝반짝 빛나고 있었다. 패니의 가슴이 두근거리기 시작했다.

"그럴 수 있어요."

패니는 조용히 고개를 끄덕였다.

"내가 예상했던 것보다는 훨씬 더 전원에 잘 적응한 것 같아요. 상황만 갖추어진다면 시골에서 6개월 동안 보내는 것도 얼마든지 즐거울 수 있다고 생각해요. 그리 크지 않은 고상한 집에서 다른 가족들과 어울리면서 이웃의 훌륭한 가문들과 교제를 할 수 있다면 수많은 재산이 있는 도시에서 사는 것보다 더욱 훌륭한 삶이라고 생각해요. 쾌락과 유흥으로 가득 차 있는 곳을 떠나 이 세상에서 가장 함께 있고 싶은 사람과 얼굴을 맞대고 사는 것이 나쁠 것은 없어요. 그런 모습을 한 번 상상해 보세요. 두려울 것이 없지 않나요, 프라이스 양? 우리는 이제 러시워스 부인이 된 마리아를 부러워할 필요가 조금도 없어요."

매리 크로포드가 진지한 어조로 말했다.

"나는 마리아 언니를 부러워하지 않아요!"

패니가 깜짝 놀라면서 대답했다. 하지만 매리 크로포드는 패니의 말에 귀를 기울이는 것 같지 않았다.

"아니, 러시워스 부인을 비난하면 안 된다고 생각해요. 앞으로 얼마나 많은 시간을 러시워스 부인 덕분에 즐겁고 화려하게 지낼 수 있을지 벌써부터 기대가 되는 걸요. 내년에는 우리 모두가 소더튼에서 많은 시간을 보내게 될 거라고 생각해요. 마리아 버트램 양처럼 그런 결혼을 하는 것은 다른 사람들에게도 커다란 축복이에요. 왜냐하면 러시워스 씨의 부인으로서 갖는 가장 큰 즐거움은 바로 손님들로 붐비는 저택에서 최고의 무도회를 여는 것일 테니까요."

매리 크로포드가 여전히 진지한 태도로 말했다. 패니는 입을 꾹 다물고 있었다. 매리는 한참 동안이나 생각에 잠겨 있었다.

"저기를 보세요. 그 사람이 오네요."

갑자기 매리 크로포드가 고개를 들면서 큰 소리로 외쳤다. 그 사람은 러시워스가 아니라 에드먼드였다. 에드먼드가 그랜트 부인과 함께 그들이 있는 곳을 향해 걸어오는 모습이 보였던 것이다.

"언니와 버트램 씨에요. 장자인 톰 버트램 씨가 지금 이 자리에 없어서 그를 버트램 씨라고 부를 수 있게 된 것이 정말 기뻐요. 에드먼드라고 부르는 것은 어쩐지 어감이 딱딱했거든요. 어디인지 모르게 딱딱하게 들리고 어린 동생 같은 느낌이 들어서 정말 싫어요."

매리 크로포드가 에드먼드의 모습을 지켜보면서 말했다.

"사람마다 느끼는 것이 정말 다르군요. 나는 버트램 씨라고 부르는 것이 차갑게 느껴지고 아무런 의미도 없는 것 같거든요. 전혀 다정함도 없고 특징도 없게 느껴져요. 그 호칭은 그저 그가 신사라는 것을 말해 줄 뿐이에요. 하지만 에드먼드라는 이름 속에는 고상한 느낌이 깃들어 있어요. 그 이름은 영웅주의와 명성을 내포하고 있죠. 에드먼드는 왕과 왕자와 기사들의 이름이죠. 그 이름 속에는 기사도 정신과 따뜻한 애정이 살아 숨쉬고 있는 것 같아요."

패니가 큰 소리로 외쳤다.

"그 이름 자체가 좋다는 것은 나도 인정해요. 에드먼드 경이라고 부르면 어감이 무척 좋거든요. 하지만 이름 뒤에 씨라는 존칭을 붙이면 그런 느낌이 싹 사라지죠. 에드먼드 씨라고 하면 존 씨나 토머스 씨라고 부르는 것과 별반 다를 게 없어요. 자, 얼른 자리에서 일어서는 게 어떻겠어요? 이런 날씨에 야외에 있다고 훈계를 하기 전에 얼른 일어나서 그의 실망하는 얼굴을 보도록 해요."

매리 크로포드가 자리에서 일어나면서 말했다. 에드먼드는 두 사람을 만나자 몹시 기쁜 표정을 지었다. 에드먼드는 매리 크로포드와 패니가 친하게 지내고 있다는 말을 듣고 무척 흡족한 마음이 들었던 것이다. 하지만 두 사람이 나란히 있는 모습을 본 것은 이번이 처음이었다. 자신이 가장 사랑하고 소중하게 여기는 두 사람이 우정을 나누는 것이야말로 그가 무엇보다도 바라는 것이었다. 에드먼드는 그 우정을 통해서 패니와 매리 모두 커다란 도움과 혜택을 서로 주고받는다고 생각했다.

"어때요? 무분별하게 행동했다고 우리를 꾸짖지 않을 건가요? 꾸중을 듣고 두 번 다시 이런 행동을 하지 않겠다고 용서를 빌기 위해서가 아니라면, 도대체 무엇 때문에 우리가 여기에 앉아 있었다고 생각하세요?"

매리 크로포드가 장난스러운 미소를 지었다.

"만약 두 사람 중에 한 사람이 혼자 앉아 있었다면 아마도 혼을 내었겠죠. 하지만 두 사람이 함께 못된 짓을 저질렀기 때문에 관대하게 용서할 수 있는 겁니다."

에드먼드 역시 부드러운 미소를 지으면서 대답했다.

"그래도 오랫동안 앉아 있지는 않았을 거예요. 내가 아까 숄을 갖고 오기 위해 이층으로 올라갔을 때, 계단의 창문을 통해서 두 사람의 모습을 보았거든요. 그 당시에는 천천히 걷고 있었어요."

그랜트 부인이 큰 소리로 말했다.

"날씨가 정말 좋아요. 이런 날씨를 즐기기 위해 몇 분 동안 앉아 있었다고 해서 무분별하다고 말할 수는 없어요. 달력을 보고 날씨를 판단해서는 안 된다니까요. 11월은 5월보다 날씨가 더욱 변덕스러우니까, 달력을 보지 말고 나름대로 날씨를 판단해야 할 때도 있거든요."

에드먼드가 어깨를 으쓱거리면서 말했다.

"세상에! 두 분은 내가 이제까지 사귀었던 친구들 중에서 가장 매정한 사람들이에요. 너무나 실망스러워요. 우리가 잠시라도 장난스럽게 행동하면 금방 걱정한다니까요. 우리가 야외에서 얼마나 고생하고 있었는지, 또한 우리가 얼마나 추웠는지 전혀 모르잖아요. 버트램 씨는 이미 그런 줄 알고 있었어요. 여자들이 마음대로 조종하기가 가장 힘든 사람이라고 오래 전부터 생각해 왔거든요. 처음부터 버트램 씨에 대해서는 거의 희망을 가지고 있지 않았어요. 하지만 그랜트 부인! 나의 친언니인데 어쩌면 그럴 수가 있어요. 나는 언니를 걱정하게 만들고 놀라게 할 권리가 있다고 생각했거든요."

매리 크로포드가 손을 내저으면서 투덜거렸다.

"매리야! 자신을 너무 과대 평가하지 말거라. 절대로 나를 마음대로 움직일 수 없을 거야. 물론 나도 가끔씩 놀랄 때가 있지만 그것은 다른 일 때문이란다. 그리고 만약 내가 날씨를 변화시킬 수 있는 능력이 있었다면 너와 패니 양에게 동쪽에서 불어오는 매서운 바람이 휘몰아치도록 만들었을 거야. 하지만 여기를 봐라. 밤에도 날씨가 무척 따뜻하기 때문에 로버트가 화분을 그대로 내버려 둔 거란다. 그렇지만 이런 날씨가 끝나면 갑작스럽게 날씨가 변할 거야. 차가운 서리가 내리면 모두 깜짝 놀라고 말 거란다. 그보다 더 나쁜 일이 있어. 조금 전에 요리사를 만났는데, 칠면조 고기가 내일이 지나면 상할 거라고 말해 주었어. 나는 일요일까지 요리할 준비를 하지 않았으면 했거든……. 그랜트 박사가 일요일이면 힘든 하루를 보내기 때문에 그 날 준비를 하면 맛있게 드실 수 있을 텐데……. 이런 것이 정말 불만이야. 날씨가 계절에 맞지 않는 것이 말이야."

그랜트 부인이 한숨을 내쉬면서 말했다.

"그런 것이 바로 한적한 시골 마을에서 사는 재미 아니겠어요? 그러니까 나를 정원사나 양계장 주인에게 소개시켜 주세요."

매리 크로포드가 짓궂은 표정을 지었다.

"얘야, 그랜트 박사를 웨스트민스터 사원이나 성 바울 교회의 사제로 추천해 다오. 그렇게만 해 준다면 내가 기꺼이 정원사나 양계장 주인을 알아보마. 그런데 애석하게도 맨스필드에는 그런 사람이 없단다. 내가 어떻게 해 주었으면 좋겠니?"

그랜트 부인도 장난스러운 미소를 지으면서 물었다.

"오! 언니는 지금 하고 있는 일 이외에는 아무것도 할 수 없어요.

날마다 형부에게 시달리면서도 절대로 화를 내지 않는 것 말이에요."

매리 크로포드가 언니를 바라보면서 싱긋 웃었다.

"고맙구나. 하지만 매리, 우리가 살아가면서 그런 짜증나는 일들을 모두 피해갈 수는 없단다. 네가 아무리 정원사나 양계장 주인을 만난다고 해도, 너 역시 나름대로 어렵고 짜증나는 일들이 있을 거야. 아니, 어쩌면 정원사나 양계장 주인이기 때문에 더 그럴 수도 있겠구나. 시간도 잘 안 지킬 뿐더러 지나치게 많은 돈을 요구하거나 가끔씩 속임수를 쓰곤 해서 원망을 많이 살 거란다."

그랜트 부인이 머리를 설레설레 저으면서 말했다.

"나는 그런 것을 겪지 않아도 될 만큼 부자가 될 생각이에요. 수입이 많은 것이야말로 행복을 보장받는 가장 좋은 열쇠라고 들었거든요. 행복을 얻는 일에 필요한 모든 것들을 줄 수 있으니까요."

매리 크로포드가 고개를 똑바로 치켜들면서 말했다.

"부자가 될 생각이라……."

에드먼드가 의미심장한 표정을 지었다. 패니는 그 표정을 읽을 수가 있었다.

"물론이에요. 당신은 아닌가요? 우리 모두 부자가 되고 싶어하지 않나요?"

매리 크로포드가 두 눈을 동그랗게 뜨면서 질문을 던졌다.

"나의 욕망이 어떤 것이든 간에, 내 능력으로 어떻게 할 수 없는 일들이 있는 법이죠. 나는 사실 크로포드 양이 어느 정도의 부를 원하는지 잘 모르겠어요. 어쩌면 크로포드 양은 자신이 원하는 만큼 부자가 될 수 있을지도 모르죠. 그저 1년에 몇 천 파운드 하는 식으로 선택하기만 하면 의심의 여지도 없이 그 수입이 생길 수도 있어요. 하지만 지금 내가 원하는 것은 단지 가난하게 살지만 않게 되는 것이에요."

에드먼드가 정색을 하면서 대답했다.

"절제하고 절약하고 수입에 맞추어 원하는 것을 구입하면서 말이죠. 무슨 말인지 이해해요. 당신 같이 출세할 수 있는 길과 인맥이 제한되어 있는 사람에게는 아주 적절한 계획이에요. 가난하지 않게 생활을 유지하는 것 이외에 당신이 무엇을 바랄 수 있겠어요? 당신에게는 이제 시간이 많이 남아 있지 않아요. 친척들도 당신을 도와줄 수 있는 위치에 있지 않아요. 몹시 부유하거나 높은 지위에 있는 친척들이 없기 때문에 상대적으로 당신이 열등감을 느낄 필요도 없어요. 정직하고 가난하게 사는 것이 정답이죠. 하지만 나는 당신이 하나도 부럽지 않아요. 그리고 당신을 존경할 수도 없을 거예요. 나는 정직하면서 부유한 사람들을 훨씬 더 존경하니까요."

"부유하든 가난하든 정직한 것을 당신이 얼마나 존경하는지 내가 전혀 상관할 바가 아니에요. 나는 가난하게 살고 싶지 않아요. 그것이야말로 내가 절대로 되고 싶지 않은 것이니까요. 세속적인 눈으로 볼 때, 그저 중간에 속하는 것, 그런 삶 속에서 정직하게 살아가는 것을 당신이 절대로 경멸하지 않았으면 하고 바랄 뿐입니다."

에드먼드가 정색을 하면서 매리 크로포드를 바라보았다.

"나는 중간 이상의 삶이라고 해도 역시 경멸해요. 얼마든지 다른 사람들보다 뛰어날 수 있는데, 평범하게 묻혀서 사는 일에 만족하는 것을 경멸하지 않을 수가 없어요."

매리 크로포드가 에드먼드의 얼굴을 똑바로 응시하면서 말했다.

"하지만 어떻게 해야 뛰어나게 될 수 있죠? 정직하게 살면서 어떻게 다른 사람들보다 뛰어나게 될 수 있는 건가요?"

에드먼드가 궁금하다는 듯한 표정을 지었다. 에드먼드의 질문은 대답하기가 그리 쉬운 것이 아니었다. 그래서 매리 크로포드는 나지막하게 탄식을 하면서 길게 말꼬리를 늘일 뿐이었다.

매리 크로포드는 한참 동안이나 생각에 잠겨 있었다.

"당신은 국회의원이 되거나 아니면 10년 전에 벌써 군대에 입대했었어야만 했어요.”

매리 크로포드가 고개를 치켜들면서 대답했다.

“지금 이 상황에서 그것은 그리 적절한 방법이 아니군요. 내가 국회의원이 되려고 한다면 아마도 다른 생계 수단이 없는 차남들을 대표하는 특별 모임이 생길 때까지 기다려야만 할 겁니다. 크로포드 양! 아무리 내가 그 방면에서 뛰어난 사람이 되고 싶어도 나에게는 좀처럼 기회조차 주어지지 않습니다. 그런 생각을 하면 나 자신이 정말 비참하죠. 절대로 기회도 없고 가능성도 없단 말입니다. 하지만 그것은 또 다른 성격의 문제예요.”

에드먼드의 표정이 사뭇 진지하게 변하고 있었다. 지금 에드먼드가 강렬한 자의식을 느끼고 있다는 것이 역력하게 드러났다. 매리 크로포드는 부드러운 미소를 짓고 있었지만, 역시 에드먼드가 처한 비극적인 상황을 제대로 인식하고 있는 것 같았다.

패니는 그런 두 사람의 모습을 지켜보고 있는 것이 서글펐다. 패니는 그랜트 부인의 곁에 서 있었다. 그랜트 부인에게 관심을 보여 주어야 하는데, 패니는 도저히 그럴 수가 없었다. 온통 에드먼드와 매리 크로포드에게 관심이 쏠려 있었던 것이다. 그래서 패니는 즉시 집으로 돌아가는 게 좋겠다고 결심했다. 패니는 그 말을 할 수 있는 기회를 엿보고 있었다.

바로 그 순간 맨스필드 파크의 커다란 시계가 3시를 알려 주었다. 패니는 자신이 다른 때보다도 훨씬 더 오래 집을 비우고 있었다는 사실을 깨달았다. 그래서 어떻게 해서든지 빨리 목사관을 나가서 집으로 돌아가야 하겠다고 생각했다.

마침내 패니는 결단을 내리고 서둘러 집으로 돌아가야 하겠다고 인사했다. 비로소 에드먼드도 버트램 부인이 패니를 찾고 있었으며, 자신도 패니를 데려오기 위해 목사관으로 왔다는 사실을 떠올렸다.

패니는 더욱 서두를 수밖에 없었다. 패니는 에드먼드가 자신과 함께 떠날 것이라고 전혀 예상하지 못했기 때문에 혼자 서둘러 집으로 돌아가려고 했다. 하지만 그들 모두는 다 함께 걸음을 빨리 해서 목사관으로 돌아가게 되었다. 맨스필드 파크로 가려면 목사관을 통과할 수밖에 없었던 것이다.

그들은 목사관 현관 앞에 서 있던 그랜트 박사를 만나게 되었다. 그들은 잠시 동안 그랜트 박사와 이야기를 나누게 되었다. 그들의 대화를 들으면서 패니는 에드먼드가 자신과 함께 맨스필드 파크로 돌아가려고 한다는 사실을 알게 되었다. 에드먼드도 패니와 함께 떠나려 하고 있었다. 패니는 그 사실이 너무나 고마웠다.

이제 막 목사관을 떠나려고 할 무렵이었다. 그랜트 박사가 내일 함께 양고기를 먹지 않겠느냐고 하면서 에드먼드를 초대했다. 그러자 초대받지 못한 패니가 불쾌한 마음을 느낄 틈도 없이, 그랜트 부인이 패니를 향해 돌아서더니 함께 오라고 정중하게 초대하는 것이었다. 그것은 이전까지 한 번도 없었던 일이었다.

그래서 패니는 몹시 놀라고 당황하게 되었다. 이제까지 살아오는 동안 처음 있는 일이었기 때문이었다. 패니는 맨스필드 파크에서 자신이 처리해야 할 일도 있고 또한 자신이 혼자 결정할 만한 일도 아니라고 얼버무리면서 에드먼드를 바라보았다. 에드먼드가 이 일에 대해 어떻게 생각하는지 도움을 얻고 싶었던 것이다.

에드먼드는 패니가 정식으로 초대를 받았다는 사실에 대해 기뻐하고 있는 기색이 역력했다. 에드먼드는 패니에게 눈짓을 하면서 버트램 부인의 반대만 아니라면 초대에 응하지 않을 이유가 전혀 없다고 말했다. 그리고 버트램 부인에게 하루 정도 패니가 없는 것이 커다란 불편이 될 것이라고 볼 수는 없었다. 그래서 에드먼드는 즉시 초대를 수락하라고 단호하게 조언을 해 주었다.

에드먼드의 적극적인 권유에도 불구하고 패니는 선뜻 자기 마음대로 결정을 내릴 수가 없었다. 그러자 그랜트 부인은 별다른 연락이 없으면 패니가 함께 식사하기 위해 찾아오는 것으로 알고 있겠다고 말했다.

"저녁 식사가 무엇인지 알고 있어요? 칠면조 요리에요. 아주 맛있을 거예요."

그랜트 부인이 따뜻한 미소를 지으면서 패니를 바라보았다. 그런 다음에 남편의 얼굴을 바라보면서 한 마디 덧붙였다.

"여보! 요리사가 내일 칠면조 요리를 해야만 한다고 우기고 있어요."

"좋아요, 아주 좋아. 오히려 더욱 잘된 일이오. 어쨌거나 우리 집에 그렇게 맛있는 음식이 있다니 정말 기쁘군. 하지만 에드먼드 군과 패니 양은 어떤 음식이 나오는지 모르고 있는 게 더욱 좋을 수도 있었는데……. 우리 중에서 어느 누구도 메뉴가 무엇인지 알고 싶어하지 않았소. 음식이 나올 때까지 잔뜩 기대하고 있을 수 있었을 테니까……. 우리는 친구들끼리 시간을 가지는 것을 원하는 것이지, 맛있는 식사를 기대하고 있는 것이 아니오. 칠면조나 거위, 양의 다리 혹은 다른 어떤 음식이 나와도 좋소. 우리는 당신과 요리사가 만드는 대로 먹을 거요."

그랜트 박사가 큰 소리로 말했다. 두 사촌은 집을 향해 나란히 걸어갔다. 그들은 목사관에서 내일 식사 초대를 한 것에 대해 이야기를 나누었다. 에드먼드는 패니가 초대받은 것에 대해서 무척 만족스러운 표정을 지었다. 특히 패니가 매리 크로포드와 가깝게 지내게 된 것을 몹시 기뻐하면서, 그것이 매우 바람직한 일이라고 여기고 있었다.

그들은 아무런 말도 없이 집으로 걸어갔다. 저녁 식사 초대에 대한 이야기가 끝나자, 에드먼드는 깊은 생각에 잠겨서 더 이상 대화를 나누고 싶어하지 않았던 것이다.

제 23 장

"그런데 왜 그랜트 부인이 저녁 식사에 패니를 초대했을까? 갑자기 패니를 초대해야 하겠다고 생각한 이유가 뭘까? 패니는 이런 식으로 목사관의 초대를 받아서 식사를 했던 적이 한 번도 없었는데……. 그리고 나는 패니를 보내줄 수 없단다. 물론 패니도 가고 싶어하지 않을 것이 분명하고……. 패니! 사실은 너도 가고 싶지 않은 거지?"

버트램 부인이 의아하다는 듯한 표정을 지었다.

"어머니가 그런 식으로 패니에게 물으시면, 당연히 가고 싶지 않다고 대답하죠. 하지만 패니는 분명히 가고 싶어 할 거예요. 그리고 패니가 참석하지 말아야 할 이유가 없어요."

에드먼드가 앞으로 나서더니 패니가 말하려는 것을 만류했다.

"왜 그랜트 부인이 패니를 초대했는지 도무지 알 수가 없구나. 이전에는 한 번도 그런 적이 없었거든. 이따금씩 네 누나들을 초대한 일은 있지만 한번도 패니를 초대한 일은 없었단다."

버트램 부인이 고개를 갸우뚱거리면서 여전히 의아한 표정을 지었다.

"제가 가면 안 될 거라고 생각하시면……."

패니가 가느다란 목소리로 말을 시작했다.

"하지만 어머니는 저녁 내내 아버지와 함께 계실 거잖아요."

에드먼드가 다시 한 번 패니의 말을 잘랐다.

"그렇겠지."

버트램 부인이 고개를 끄덕이면서 대답했다.

"어머니, 아버지의 생각을 여쭈어 보시는 게 어떻겠어요?"

에드먼드가 어깨를 으쓱거리면서 제안했다.

"그것 참 좋은 생각이구나. 그렇게 하자꾸나, 에드먼드. 토머스 경이 돌아오시는 대로 패니가 없어도 되는지 내가 한 번 물어 보마."

버트램 부인이 아들을 향해서 미소를 지었다.

"좋으실 대로 하세요. 하지만 제가 말씀드리려고 했던 것은 패니가 초대를 수락하는 것이 옳은지 아니면 거절하는 것이 옳은지 아버지의 의견을 한 번 들어보자는 것이었어요. 아버지께서도 처음으로 초대받은 것이기 때문에 그랜트 부인의 입장을 보나 패니의 입장을 보나 반드시 참석하는 것이 옳다고 생각하실 겁니다."

"글쎄……. 나는 잘 모르겠구나. 어쨌거나 아버지에게 여쭈어 보기로 하자. 하지만 아버지도 그랜트 부인이 패니를 초대했다고 하면 아마도 무척 놀라실 거란다."

버트램 부인은 아직까지도 영문을 모르겠다는 표정을 지었다. 토머스 경이 돌아올 때까지 더 이상 왈가왈부할 것이 없었다. 그러나 그것은 버트램 부인이 내일 저녁 시간을 편안하게 지낼 수 있는지 그렇지 않은지 하는 문제가 달린 것이었기 때문에 그녀에게는 가장 중요한 관건이었다. 30분 가량 후에 토머스 경이 돌아왔다. 토머스 경은 이제 막 농장에서 돌아오는 길이었다. 토머스 경은 자신의 방으로 가다가 잠시 동안 부인의 얼굴을 보기 위해 찾아왔다. 토머스 경은 부인의 얼굴을 보고 막 나가려는 참이었다.

"여보, 잠깜만 기다려요. 할 말이 있어요."

버트램 부인이 침착한 어조로 남편을 불러 세웠다. 버트램 부인은 목소리를 높이는 일이 좀처럼 없었다. 그렇게 하지 않아도 모든 사람들이 언제나 버트램 부인의 말을 듣고 따라주었던 것이다. 토머스 경이 부인을 향해 빙글 돌아섰다.

버트램 부인이 이야기를 시작하자, 패니는 슬그머니 그 방에서 빠져 나오고 말았다. 패니는 이모와 이모부가 자신에 대한 대화를 나누고 있는 것을 좀처럼 편안하게 듣고만 있을 수 없었던 것이다. 패니는 마음이 무척 불안했다. 하지만 패니는 전혀 그럴 필요가 없었다. 자신이 목사관으로 가고 안 가고는 하등 중요하지 않았다. 단지 이모와 토머스 경이 자신과 밀접한 관계가 있는 일로 인해 심각한 표정을 지으면서 고민할 것이 두려웠던 것이다. 토머스 경이 근엄한 표정으로 자신을 바라보면서 마침내 목사관으로 가지 말라고 결정을 한다면, 아마도 그 말을 순종하면서 담담하게 받아들이기는 어려울 것이라고 생각했다.

"당신이 깜짝 놀랄 일이 있어요. 글쎄, 그랜트 부인이 패니를 저녁식사에 초대했지 뭐예요."

버트램 부인이 호들갑스럽게 말문을 열었다.

"그래서?"

토머스 경은 과연 그게 놀랄 만한 일인지 반문하는 듯한 태도였다.

"에드먼드는 패니도 그곳으로 갔으면 하고 있어요. 하지만 내가 패니없이 어떻게 지낼 수 있겠어요?"

버트램 부인이 남편의 얼굴을 응시하면서 말했다.

"아마도 늦은 시간에 돌아오게 될 거요. 하지만 그것이 당신에게 무슨 지장을 주기라도 하는 거요?"

토머스 경이 시계를 힐끗 바라보았다. 에드먼드는 기회를 놓치지 않고 어머니가 빠뜨린 부분을 마저 이야기했다.

"정말 이상한 일이지요. 그랜트 부인이 패니를 초대하다니……."

버트램 부인이 할 수 있는 말은 고작 이것뿐이었다.

“어머니! 그랜트 부인이 여동생을 위해서 패니처럼 착하고 좋은 사람을 초대하고 싶어하는 것이 너무나 당연하지 않아요?”

에드먼드가 어머니를 향해 항의했다.

“그렇소. 너무나 당연한 일이오. 설사 여동생이 없어서 좋은 친구를 찾아줄 필요가 없다고 해도 패니를 초대하는 것은 너무나 당연한 일이라고 생각하오. 그랜트 부인이 버트램 남작 부인의 질녀에게 예의를 갖추는 것에 대해서 굳이 설명할 필요가 있겠소? 오히려 지금 내가 놀라고 있는 것은 이번이 처음 있는 일이라는 거요. 그리고 패니가 초대에 당장 응하지 않고, 나의 허락을 받는 조건을 달았던 것은 올바른 판단이었다고 생각하오. 그것이 조신한 몸가짐이오. 젊은이들은 젊은이들끼리 어울리고 싶은 마음을 갖고 있을 거요. 나는 패니도 목사관으로 가고 싶어할 것이라고 생각하오. 패니가 초대에 응하지 않을 이유가 전혀 없소.”

토머스 경이 자신의 의견을 밝혔다.

“그렇지만 내가 패니없이 지낼 수 있을까요, 여보?”

버트램 부인이 토머스 경을 바라보았다.

“물론 그럴 수 있을 거요.”

토머스 경이 고개를 끄덕이면서 대답했다.

“당신도 알다시피 내 동생이 없을 때에는 언제나 패니가 차를 준비하곤 했어요.”

버트램 부인은 아직까지도 망설이고 있었다.

“그렇다면 처제를 부르면 되지 않겠소? 처제가 와서 우리와 함께 저녁 시간을 보내면 될 거요. 그 시간에는 나도 집에 있을 거요.”

“그렇다면 좋아요. 에드먼드, 패니와 함께 가도 좋다.”

마침내 버트램 부인이 고개를 끄덕이면서 허락했다. 에드먼드는 곧 기쁜 소식을 패니에게 전달해 주었다. 에드먼드는 자신의 방으로 돌아가는 길에 패니의 방문을 두드렸다.

"패니, 모든 일이 잘 해결되었어. 아버지는 전혀 망설이지 않고 결단을 내리셨는 걸……. 아버지는 단연코 네가 가야 한다고 생각하고 계셔."

에드먼드가 부드러운 미소를 지었다.

"정말! 고마워, 오빠. 너무나 기뻐."

패니는 에드먼드의 말을 들으면서 떨 듯이 기뻐했다. 하지만 에드먼드가 방에서 나가자, 패니는 다시 망설이기 시작했다.

"그런데 왜 내가 이렇게 기뻐하지? 그곳에 가면 분명히 내 마음을 아프게 만드는 일을 보고 들어야만 할 텐데……."

패니의 마음은 무겁게 내려앉았다. 하지만 다른 한편으로는 매우 기쁘기도 했다. 다른 사람들에게는 너무나 간단하고 일상적인 사건이었지만, 패니에게는 전혀 새로운 일이었고 또한 그래서 그만큼이나 중요한 것이기도 했다. 패니는 소더튼에서 저녁 식사를 한 것 이외에는 집 이외의 장소에서 식사를 한 적이 지금까지 거의 없었던 것이다. 비록 그곳이 1km밖에 떨어져 있지 않은 곳이고, 함께 식사하는 사람이 세 사람밖에 되지 않았지만 어쨌거나 엄연히 다른 곳에서 저녁 식사에 정식으로 초대를 받았던 것이다. 그래서 그곳으로 가기 위해 사소한 준비를 하는 것조차도 커다란 즐거움이었다.

하지만 정작 패니와 함께 즐거움을 나누고 기꺼이 도움을 주어야 할 사람들의 사정은 그렇지 않았다. 버트램 부인은 자신이 어느 누구에게 도움을 주어야 한다는 생각은 떠올리지도 못하는 사람이었던 것이다. 게다가 아침 일찍 토머스 경의 부름을 받아서 맨스필드 파크에 도착한 노리스 부인은 기분이 몹시 언짢은 기색이었다. 노리스 부인은 질녀가 즐거워하는 것이 못마땅했던 것이다. 그리고 어떻게 하면 패니의 기쁨을 빼앗을 수 있을 것인가에 대해 골몰하고 있었던 것이다.

"세상에! 패니, 너에게 관심을 쏟고 초대를 하는 그런 과분한 행운이 돌아오다니! 너를 생각해 주었던 그랜트 부인이나, 너를 가도록 허락해 주었던 이모에게 정말로 감사해야만 한다. 너에게 이번 초대가 무척 특이한 것임을 명심해야만 해. 왜냐하면 이런 식으로 네가 다른 사람들과 어울리거나 초대를 받아서 식사를 하러 가는 일은 절대로 현실적으로 있을 수 없는 일이기 때문이란다. 그러니까 또다시 앞으로 이런 일이 있을 것이라고 기대해서는 절대로 안 된다. 이번 일이 특별히 너를 좋아해서 예의를 갖추는 것이라고 생각해서도 안 된다. 이것은 분명히 너의 이모와 이모부와 나를 생각해서 하는 것일 테니까……. 아마도 그랜트 부인은 널 조금이나마 신경 써 주는 것이 우리에게 예의를 갖추는 것이라고 생각할 거란다. 만약 그렇지 않았다면 결코 이런 일은 생각조차 하지 않았을 거야. 게다가 줄리아가 집에 있었다면 너는 절대로 초대를 받을 수 없었을 것이 분명해."

노리스 부인은 너무나 교묘하게 그랜트 부인의 진심에서 우러나온 호의를 처참하게 짓밟아 버리고 말았다. 패니는 자신도 무엇인가 대답을 해야만 한다고 생각했다. 그래서 목사관으로 갈 수 있도록 허락해 주었던 버트램 부인에게 진심으로 감사하고 있으며, 저녁 시간을 보낼 때 자신이 없어도 불편하지 않도록 모든 준비를 갖추어놓고 가겠다고 대답했다.

"오, 그런 건 걱정하지 말거라. 언니는 네가 없어도 잘 지낼 수 있을 테니까……. 그렇지 않았다면 너를 가도록 내버려 두지도 않았을 거란다. 그리고 내가 여기 있으니까 언니에 대해서는 조금도 걱정할 것 없다. 너는 그저 하루를 즐겁게 잘 보내기나 했으면 좋겠구나. 하지만 고작 다섯 명이 그 식탁에 둘러앉는다고 생각하면 정말 너무나 어색하다는 말을 하지 않을 수가 없구나. 그런데 우아하고 고상한 그랜트 부인이 고작 그런 생각을 하다니, 정말 놀라지 않을 수가 없다. 그 집의 식탁은 엄청나게 커서 방을 가득 채우고도 남는데 말이다. 내가 그 집을 비워줄 때, 그랜트 박사가 그 우스꽝스러운 새 식탁을 사는 대신에 내 식탁을 그냥 썼더라면 좋았을 것을……. 조금이라도 양식이 있는 사람이라면 아마도 그렇게 했을 거란다. 목사관의 식탁이 맨스필드 파크의 식탁보다 훨씬 더 크다니 말이 되니? 아마도 내 말대로 했다면 그랜트 박사는 지금보다 훨씬 더 존경받았을 거란다. 분수에 넘치는 짓을 하면 다른 사람들이 절대로 존경할 수가 없기 때문이지. 패니, 이것만은 반드시 기억해라. 다섯 명이다. 고작 다섯 명이 그 큰 식탁에 둘러앉는다는 것을……. 그런데 그 식탁 위에 놓여지는 음식은 아마 열 명이 먹고도 남을 만큼 많을 거란다. 그것은 내가 장담한다."

노리스 부인은 흥분해서 계속 숨을 헐떡거리고 있었다. 노리스 부인은 숨을 고르고 나자, 즉시 말을 이어나갔다.

"자신의 분수도 모르고 행동하다니……. 정말 기가 막힐 정도로 어리석다는 생각이 드는구나. 그러니까 패니, 내가 너에게 반드시 이것만은 일러두어야 될 것 같구나. 이제 너는 우리와 동행하지 않고 다른 사람들과 어울리게 되었단다. 그러니까 네가 마치 사촌 언니들이라도 되는 양, 앞으로 불쑥 나서거나 떠들거나 함부로 네 생각을 말해서는 안 된다. 절대로 그렇게 해서는 안 된다. 너는 러시워스 부인이 된 마리아나 줄리아처럼 고귀한 신분이 아니란다. 그러니까 내 말을 명심해라. 절대로 그렇게 해서는 안 돼. 네가 어디에 있든지 간에 너는 가장 비천한 몸이라는 사실을 기억해야만 해. 크로포드 양이 스스럼없이 편안하게 대한다고 해서 너까지 그렇게 행동해서는 안 돼. 그리고 밤에 돌아올 때에도 에드먼드가 있자고 할 때까지만 있어야 한다. 반드시 에드먼드의 말을 들어라."

노리스 부인이 엄격한 어조로 말했다.

"네, 이모. 그렇게 하겠어요. 절대로 다른 생각은 하지 않겠어요."

패니는 고분고분하게 대답했다.

"그리고 비가 올 것 같구나. 나는 저녁에 비가 내리는 것이 이 세상에서 가장 싫단다. 비가 내리면 모든 걸 네가 알아서 해야 한단다. 절대로 너를 데려오기 위해 마차가 오기를 기대해서는 안 돼. 나는 오늘 밤에 집으로 돌아가지 않을 예정이란다. 그러니까 마차를 대기시키는 일은 없을 거란다. 혹시 비가 올 것에 대비해서 단단히 준비를 하고 가도록 해라."

마침내 노리스 부인의 따끔한 훈계가 끝났다. 패니는 노리스 부인의 말이 모두 합당하다고 생각하고 있었다. 패니는 노리스 부인의 말처럼 자신이 너무나 비천한 신분이라고 여겼던 것이다. 그런데 바로 그 순간이었다.

"패니! 몇 시에 마차를 대기하는 게 좋겠니?"

토머스 경이 방문을 열면서 패니를 향해 질문을 던졌다. 패니는 깜짝 놀라서 아무런 대답도 하지 못하고 있었다.

"세상에! 형부, 마차라니? 패니는 얼마든지 걸어갈 수 있어요."

노리스 부인이 벌컥 화를 내면서 소리쳤다. 노리스 부인이 붉게 달아오르고 있었다.

"걷다니! 아니, 이런 계절에 다름 아닌 내 질녀가 저녁 약속에 참석하기 위해 가는데, 그곳까지 걸어서 간단 말이오? 패니, 4시 20분이면 되겠니?"

토머스 경이 준엄한 목소리로 물었다.

"네, 이모부."

패니는 목구멍 안으로 기어 들어가는 듯한 목소리로 겨우 대답했다. 패니는 노리스 부인 앞에서 마치 형사 앞에 선 죄인과도 같은 심정이 들었다. 그리고 자신이 승리한 것 같은 상황에서, 노리스 부인과 도저히 같은 방에 있을 수가 없었다. 그래서 토머스 경이 방을 나가자마자 곧바로 그를 따라서 방을 나와 버리고 말았다. 방을 나서는 패니의 등 뒤로 노리스 부인의 목소리가 들렸다.

"정말 말도 안 돼. 형부는 지나치게 친절하시다니까! 하지만 에드먼드가 가니까……. 그래, 에드먼드 때문이야. 목요일 날 저녁에 보니까 에드먼드의 목이 좀 쉬어 있는 듯했어."

노리스 부인의 이런 말은 패니에게 전혀 먹혀들지 않았다. 패니는 마차가 자기 자신을 위한 것이라는 사실을 알고 있었던 것이다. 그것은 오직 패니만을 위한 것이었다. 이모로부터 그런 식으로 자신을 비하하는 발언을 듣고 난 후에, 토머스 경이 자신에 대해 배려하는 따뜻한 마음을 느끼자 패니의 눈에서 감사의 눈물이 저절로 흘러 나왔다.

마부는 정각에 마차를 몰고 나타났다. 곧이어 에드먼드가 내려오고 패니도 그 뒤를 따라 내려갔다. 패니는 혹시 약속 시간에 늦지나 않을까 걱정이 된 나머지 응접실에 앉아서 몇 분 동안이나 기다리고 있었던 것이다. 토머스 경은 언제나 정확하게 시간을 지키는 습관을 가지고 있었기 때문에 오늘도 알맞은 시간에 나와서 두 사람을 배웅해 주었다.

"패니, 어디 네 모습을 한 번 보자. 정말 예쁘구나. 정말 멋지고 아름답구나. 지금 입고 있는 옷은?"

에드먼드는 사랑하는 여동생을 바라보는 오빠처럼, 애정이 담뿍 담긴 표정으로 패니의 모습을 지켜보았다.

"이모부가 마리아 언니 결혼식 때 입으라고 사 주신 드레스야. 너무 차려입은 것은 아닌지 모르겠어. 하지만 오늘 입지 않으면 겨우내 이 드레스를 입을 기회가 또다시 없을 것 같아서……. 오빠, 너무 화려하다고 생각하지 않아?"

패니의 얼굴은 발그레 상기되어 있었다.

"하얀색 옷을 입고 있는 여성을 보고 화려하다고 말할 수는 없어. 아니야, 패니! 절대로 화려하거나 차려 입었다고 말할 수 없어. 아주 적당한 옷차림이야. 네 드레스는 무척 예뻐. 특히 그 반짝이는 부분이 내 마음에 쏙 든다. 그런데 크로포드 양도 똑같은 드레스가 있지 않았니?"

에드먼드가 고개를 갸우뚱하면서 말했다. 그들은 서서히 목사관을 향해 다가가다가 마구간과 마부들의 숙소를 지나가게 되었다.

"어? 이런! 누군가가 와 있네. 저기에 마차가 있어. 이게 누구야? 크로포드 씨의 마차잖아! 크로포드 씨의 마차가 틀림없어. 지금 두 사람이 마구간으로 마차를 집어넣고 있잖아. 크로포드 씨가 돌아온 거야. 정말 놀라운 일이야, 패니. 크로포드 씨를 다시 만나게 되다니……. 정말 반갑다."

에드먼드는 잔뜩 흥분하고 있었다. 하지만 패니는 자신의 마음이 에드먼드와 완전히 다르다고 말할 겨를이 없었다. 그럴 만한 기회가 없었던 것이다. 지금 드레스를 차려 입은 자신의 모습을 지켜보게 될 사람이 한 명 늘어났다고 생각하자 패니의 두려움은 더욱 커져만 갔다. 패니는 두렵고 떨리는 마음을 애써 억누르면서 응접실로 들어갔다.

헨리 크로포드는 목사관의 응접실에서 차를 마시고 있었다. 저녁 식사 시간에 맞추어서 알맞게 도착한 것 같았다. 세 명의 가족들이 헨리 크로포드를 둘러싸고 기쁜 표정을 짓고 있었던 것이다. 그들은 헨리 크로포드가 베스를 떠나 며칠 동안 그들과 함께 있기 위해 갑자기 방문한 것을 몹시 기뻐하고 있는 것이 분명했다.

가장 먼저 헨리 크로포드와 에드먼드가 정중하게 인사를 나누었다. 패니 한 사람만을 제외하고는 모두가 헨리 크로포드를 진심으로 반기고 있었다. 헨리 크로포드의 귀환을 무척 기뻐하고 있었던 것이다. 하지만 갑작스러운 헨리 크로포드의 방문이 패니에게 유리한 영향을 미친 점도 있었다. 저녁 식사 시간에 헨리 크로포드가 참석하게 되어서 아무도 패니에 대해 주목하지 않았던 것이다. 그래서 패니는 침묵을 지키면서 식사할 수 있게 되었다.

그것은 반갑고도 괴로운 일이었다. 노리스 부인이 수차례에 걸쳐서 수다를 떨었던 것과는 달리, 패니는 자신이 오늘 저녁 식사의 주빈이며 중요한 존재가 될 것이라는 생각을 하지 않을 수가 없었던 것이다. 그런데 정작 식탁에 둘러앉자, 패니가 대화에 끼어들 만한 여지는 좀처럼 보이지 않았다. 모든 사람들이 즐겁게 대화를 나누고 있었다. 오랜만에 만난 남매들은 베스에 대해서 나누어야 할 이야기가 많았으며, 두 젊은이들은 사냥에 대해서 할 이야기가 무척 많았다. 헨리 크로포드와 그랜트 박사는 정치에 대한 이야기를 나누었다. 헨리 크로포드와 그랜트 부인 사이에도 많은 대화가 오고 갔다. 그래서 패니는 저녁 내내 조용히 앉아서 그들의 대화를 들으며 시간을 보내게 될 것 같다는 생각을 하고 있었다.

헨리 크로포드는 맨스필드에서 머무르는 시간을 연장하고 싶어하는 것 같았다. 에드먼드는 헨리 크로포드에게 노포크에 있는 사냥꾼들을 이곳으로 오도록 부르는 것이 좋겠다고 조언했다. 그러자 그랜트 박사도 에드먼드의 생각에 찬성했다. 두 자매들도 헨리 크로포드를 향해 그렇게 하라고 간청했다.

곧이어 헨리 크로포드는 그 일에 대해서 진지한 태도로 고려하게 되었다. 헨리 크로포드는 패니도 역시 자신에게 그 제안을 받아들이는 것이 좋겠다고 말해 주기를 바라고 있는 것 같았다. 헨리 크로포드가 패니를 향해 날씨가 앞으로도 좋을 거라고 생각하는지 물어보았던 것이다. 하지만 패니는 예의상 짧고 무관심한 어조로 대답했을 뿐이었다. 패니는 내심 헨리 크로포드가 맨스필드에서 더 이상 체류하지 않길 원하고 있었으며, 자신에게 말을 걸지 않았으면 좋겠다고 생각했던 것이다.

헨리 크로포드의 모습을 보면서, 패니는 마음속으로 두 사촌 언니들을 떠올렸다. 특히 저절로 마리아를 생각하지 않을 수가 없었다. 하지만 헨리 크로포드는 마리아와 줄리아 사이에 있었던 당혹스러운 기억에 대해 전혀 개의치 않고 있는 것 같았다. 헨리 크로포드는 아주 많은 일들이 벌어졌던 바로 그 장소에 다시 와 있었다. 그런데 버트램 가문의 두 딸들이 그 자리에 없어도 여전히 행복한 것처럼 보였으며, 기꺼이 이곳에서 머무르고 싶어하는 것 같았다. 마치 맨스필드가 예전이나 지금이나 똑같은 상황인 것처럼 행동하고 있었던 것이다. 헨리 크로포드는 마리아와 줄리아에 대해서 다른 사람들과 똑같이 아무렇지 않게 이야기하고 있었다.

마침내 저녁 식사가 끝나고 다시 응접실에 모였을 무렵이었다. 에드먼드는 조금 떨어진 곳에서 그랜트 박사와 사업상의 문제로 인해 단 둘이 대화를 나누고 있었다. 그들은 온통 그 이야기에 몰두하고 있는 것 같았다. 그랜트 부인은 다른 쪽에서 차를 준비하기 위해 분주히 움직이고 있었다. 헨리 크로포드가 매리를 향해 다가서더니 버트램 가의 두 딸들에 대해서 이야기를 하기 시작했다.

"그래! 러시워스와 아름다운 신부가 브라이튼에 있단 말이지. 러시워스는 정말 행복한 남자야."

헨리 크로포드가 의미심장한 미소를 지으면서 말했다. 패니는 증오하는 마음으로 헨리 크로포드의 미소를 바라보고 있었다.

"응. 두 사람은 그곳에서 이주일 정도 머물렀을 거야. 그렇죠, 프라이스 양? 줄리아도 함께 갔어."

매리도 얼굴 가득히 의미심장한 미소를 짓고 있었다.

"그리고 예이츠 씨가 그곳에서 별로 멀지 않은 장소에 있는 것으로 아는데……."

"예이츠 씨! 오, 지금까지 그 사람의 소식을 전혀 듣지 못했네. 예이츠 씨가 맨스필드 파크에 편지를 쓸 거라고 생각하진 않아요. 프라이스 양, 그렇지 않아요? 그리고 줄리아 양도 아버지 때문에 예이츠 씨와 어떻게 해 볼 생각 따위는 아예 하지도 않을 거예요."

"가엾은 러시워스! 외워야 할 대사가 마흔두 개나 되었으니……. 아무도 그것을 잊을 수 없을 거야. 불쌍한 친구! 지금도 그가 애를 쓰다가 절망하는 모습이 눈에 선해. 사랑스러운 마리아 양도 그가 자신에게 마흔두 개의 대사를 읊어대는 것을 원하지 않았을 거라고 확신할 수 있어. 러시워스에게 있어서 마리아 양은 과분한 상대야. 정말 너무나 과분해."

헨리 크로포드는 잠시 동안 진지한 표정을 지었다. 그런 다음에 다시 평소와 같이 가벼운 어조로 말하기 시작했다.

"프라이스 양! 당신은 러시워스 씨에게 가장 잘 대해 주었어요. 언제나 인내심을 갖고 친절하게 대해 주었죠. 절대로 그 사실을 잊을 수 없을 겁니다. 그 친구가 대사를 외울 수 있도록 해 주려고 한없이 인내하면서 무진 애를 썼었죠. 자연도 그에게 주지 않은 두뇌를 어떻게 해서든지 주어 보려고 노력했는데……. 당신은 충분히 이해하고도 남는 것을, 조금이라도 그에게 이해시키려고 했었죠. 하지만 아마 그 친구는 당신이 얼마나 친절하게 대해 주었는지조차도 알지 못하고 있을 겁니다. 하지만 다른 사람들은 모두 당신이 베푼 친절을 보고 경탄했다고 장담할 수 있어요."

헨리 크로포드가 어깨를 으쓱거리면서 말했다. 패니는 살짝 얼굴을 붉히면서 아무런 대답도 하지 못했다.

"마치 꿈을 꾸고 있는 것만 같아요. 무척 기분 좋은 꿈을……. 연극을 했던 것을 떠올리면 언제나 몹시 즐거울 겁니다. 모든 사람들이 재미를 느끼고 흥미를 가지고 있었으며 온통 활기에 차 있었어요. 비단 나 혼자만이 아닐 겁니다. 우리 모두가 생생하게 살아 있다는 것을 느낄 수 있었으니까요. 진지하게 몰두할 만한 일이 있었고, 커다란 희망이 있었어요. 모든 사람들이 그것을 갈망하면서 날마다 분주하게 시간을 보냈어요. 언제나 의견 충돌도 있었고 회의도 느꼈고 얼른 연극이 끝났으면 하는 마음도 있었어요. 하지만 나는 그 당시만큼 행복했던 적이 없어요."

잠시 동안 침묵이 흐르고 난 후에 다시 헨리 크로포드가 흥분한 어조로 말했다.

'그 당시만큼 행복했던 적이 없었다구? 감히 해서는 안 될 일을 하면서 그 이상 행복했던 적이 없었다니! 아무런 감정도 없는 사람처럼 그토록 불명예스러운 짓을 저지르면서도 말이야. 세상에! 정말 정신이 썩을 대로 썩은 사람이야.'

패니는 너무나 분개해서 마음속으로 외치고 말았다.

"프라이스 양! 우리는 정말 운이 없었어요. 너무나 운이 없었다구요. 만약 우리에게 일주일만 더 있었더라면……. 딱 일주일만 더 있었으면 충분히 연극 공연을 마칠 수 있었을 테니까요. 우리가 날씨를 마음대로 조종할 수만 있었다면 모든 것들이 달라졌을 거예요. 추분 무렵에 일주일이나 이주일 동안 바람만 세게 불어 주었다면 큰 차이가 있었을 겁니다. 물론 날씨가 지나치게 사나워서 토머스 경의 안위에 위협을 주는 일이 생겨서는 안 되겠죠. 하지만 지속적으로 역풍이 불어 주었거나 아니면 한 점 바람도 없이 잔잔하기만 했어도 좋았을 것을……. 프라이스 양! 그 당시에 대서양에서 일주일 동안만 바람이 불지 않았다면 우리는 모두 마음껏 즐길 수 있었을 겁니다."

헨리 크로포드는 에드먼드가 듣지 못하게 하려고 한껏 목소리를 낮추었다. 하지만 헨리 크로포드는 패니의 감정을 전혀 눈치 채지 못하고 있었다. 헨리 크로포드는 기필코 패니의 대답을 듣고야 말겠다는 듯한 태도였다.

"크로포드 씨! 저는 토머스 경이 하루 빨리 돌아오길 바라고 있었어요. 이모부도 집에 도착하자마자 연극 공연에 반대하셨어요. 저는 그 연극 공연이 도가 지나쳐도 한참 지나쳤다고 생각해요."

패니는 어쩔 수 없이 헨리 크로포드의 얼굴을 외면한 채, 평소보다 훨씬 더 단호한 목소리로 대답했다. 패니가 헨리 크로포드를 향해 이렇게 많은 말을 한꺼번에 한 것은 이번이 처음 있는 일이었다. 그리고 다른 사람에게 그토록 분개한 어조로 말한 것도 이번이 처음이었다. 그 말이 끝났을 때, 패니는 자신의 대담한 행동 때문에 몸이 부들부들 떨리고 얼굴은 잔뜩 상기되고 말았다.

그 순간 헨리 크로포드는 깜짝 놀라고 말았다. 헨리 크로포드는 잠시 동안 아무런 말도 없이 패니의 눈치를 살피고 있었다. 그런 다음에 좀더 진지하고 침착한 어조로 입을 열었다.

"프라이스 양의 말이 맞아요. 사리 분별에 맞다기보다 그저 쾌락에 불과했으니까요. 맞아요. 우리가 너무나 시끄럽게 소란을 피웠어요."

헨리 크로포드는 마치 패니의 말에 전적으로 동감한다는 듯한 태도였다. 그런 다음에 헨리 크로포드는 재빨리 다른 곳으로 화제를 돌렸다. 헨리 크로포드는 패니와 다른 이야기를 더 나누려고 노력했다. 하지만 패니가 너무나 수줍어하고 또한 대화를 나누고 싶어하지 않는 듯한 태도를 보였기 때문에 더 이상 이야기를 이어나갈 수가 없었다.

"저 신사분들은 무엇인가 굉장히 흥미로운 화제 거리가 있는 것이 틀림없어요."

에드먼드와 그랜트 박사를 줄곧 훔쳐보고 있던 매리가 말문을 열었다.

"그건 바로 이 세상에서 가장 흥미로운 주제란다. 어떻게 하면 돈을 버는가, 어떻게 하면 수입을 더 늘릴 수 있는가 하는 것이지. 그랜트 박사는 버트램 씨가 이제 곧 뛰어들게 될 직업에 대해서 설명을 해 주고 있어. 앞으로 삼주일 가량만 지나면 버트램 씨가 성직을 안수받게 될 예정이라는 말을 들었거든. 식당에서도 내내 그 이야기를 하고 있었어. 버트램 씨가 그나마 유복하게 지낼 수 있을 거라고 하니까 정말 다행이야. 생계를 꾸릴 만한 수입도 생길 거야. 그 정도의 돈은 별로 어렵지 않게 벌 수 있을 거야. 단지 수입이 1년에 7백 파운드 이하로만 내려가지 않았으면 해. 물론 차남의 입장이라면 7백 파운드도 그리 나쁘지 않은 것이지만 말이야. 그리고 버트램 씨는 당분간 부모님의 집에서 살게 될 것이기 때문에 그 돈으로 식비만 충당하면 될 거야. 나머지 돈은 고스란히 용돈이 되는 셈이지. 내 생각에 따르면, 버트램 씨가 하는 일이라곤 고작해야 크리스마스와 부활절 때 예배 한 번 드리는 게 전부일 거야."

헨리 크로포드가 어깨를 으쓱거리면서 말했다. 매리는 그냥 헨리 크로포드의 말을 웃어넘기기 위해 애쓰는 것 같았다.

"자신이 많이 가지고 있다고 해서 자신보다 훨씬 덜 가진 사람들에 대해 쉽게 말해 버리는 사람들보다 더 우스꽝스러운 것은 없어. 오빠! 만약 오빠의 식비가 1년에 7백 파운드로 제한된다면, 아마도 오빠는 금방 정신나간 사람처럼 되고 말 거야."

매리는 헨리 크로포드의 얼굴을 빤히 쳐다보았다.

"어쩌면 그럴지도 모르지. 하지만 네가 알고 있는 것은 모두 상대적인 것들이야. 태생으로 인해 갖게 되는 권리와 습관이 모든 것을 결정해. 그래도 버트램 씨는 남작 가문의 막내아들 치고는 제법 부유한 편이야. 버트램 씨의 나이가 스물넷이나 스물다섯 정도 되면 수입이 1년에 7백 파운드 가량 될 거야. 하지만 그는 정작 그 돈을 쓸 데가 하나도 없어."

헨리 크로포드가 매리를 쳐다보면서 말했다. 매리 크로포드는 에드먼드에게도 역시 무엇인가 할 일이 있으며, 돈이 넉넉하지 않아서 그 일을 하지 못할 때 고통받게 될 것이라고 반문할 수도 있었다. 하지만 그것은 매리가 가볍게 이야기할 수 있는 성질의 것이 아니었다. 그래서 매리는 애써 자제를 하면서 입을 다물고 말았다.

잠시 후에 이야기를 나누던 두 신사가 그들을 향해 가까이 다가왔다. 매리는 애써 침착한 표정을 짓기 위해 애쓰고 있었다.

"버트램! 자네가 처음으로 설교를 하게 되면 내가 반드시 맨스필드로 와서 그 설교를 들어보겠네. 그것은 젊은 신참 목사를 격려하기 위한 목적이라네. 그런데 그게 언제가 될 건가? 프라이스 양! 나와 함께 사촌 오빠를 격려해 주지 않으시겠어요? 단 한 마디도 놓치지 않기 위해 시종일관 눈을 오빠에게 고정시킬 건가요? 물론 나도 그렇게 할 겁니다. 아니, 어쩌면 몹시 아름다운 구절이 들릴 때마다 메모를 하기 위해 눈을 돌리는 순간도 있겠지요. 그렇다면 반드시 메모지와 연필을 갖고 가야 할 겁니다. 버트램! 그게 언제가 될 건가? 맨스필드에서 반드시 설교를 해야만 하네. 그래야 토머스 경과 버트램 부인도 들을 수 있을 것 아니겠나?"

헨리 크로포드가 말문을 열면서 두 사람을 번갈아가며 바라보았다.

"크로포드! 나는 자네를 필사적으로 피해 다닐 거라네. 자네를 보면 내가 당황하게 될 것 같으니까……. 게다가 자네가 설교를 들으려고 애를 쓰는 모습을 보면 너무나 안쓰러울 거야."

에드먼드가 빙긋 웃으면서 대답했다.

'저 사람은 지금 에드먼드가 비꼬는 걸 느끼고 있을까? 아니야. 저 사람은 마땅히 느껴야만 하는 수치심을 느낄 수 없는 사람이야.'

패니는 헨리 크로포드를 응시하면서 마음속으로 외치고 있었다. 이제 모든 사람들이 한 자리에 모였다. 그 자리에 모여 있는 사람들이 서로 대화에 열중하고 있었기 때문에 패니는 조용히 앉아 있을 수 있었다. 차를 마시고 난 후에 휘스트(카드 게임의 일종:역주) 테이블이 마련되었다. 사전에 카드를 칠 계획을 세워 두었던 것은 아니었다. 하지만 그랜트 박사의 비위를 맞추기 위해서 그의 착한 아내인 그랜트 부인이 일부러 마련한 자리였다.

매리 크로포드는 하프를 연주하기 시작했다. 패니는 매리의 연주를 듣는 것 이외에 달리 해야 할 일이 없었기 때문에 이따금씩 헨리 크로포드가 질문을 할 때 말고는 저녁 내내 어느 누구의 방해도 받지 않고 편안하게 있을 수 있었다. 매리 크로포드는 조금 전에 전해 들었던 이야기 때문에 너무나 마음이 불편했다. 지금 매리 크로포드는 음악 이외에는 다른 어떤 것도 하고 싶지 않았다. 매리 크로포드는 음악을 연주하면서 자신의 마음을 달래는 동시에 다른 친구들을 즐겁게 해 주고 있었다.

에드먼드가 곧 성직을 안수받는 것이 확실하다니! 매리는 마치 느닷없이 뒤통수를 얻어맞은 듯한 기분이었다. 매리는 에드먼드의 성직 안수가 멀고 먼 일이며, 확실하지 않을 수도 있다는 희망을 여태껏 버리지 않고 있었던 것이다. 매리는 이제 굴욕감과 함께 원망마저 들기 시작했다. 매리는 에드먼드에 대해 몹시 화가 났다. 매리는 자신이 에드먼드에게 아주 큰 영향력을 미치고 있다고 생각했던 것이다. 하지만 에드먼드는 매리의 충고를 받아들이지 않았다.

매리는 에드먼드에 대해 진지하게 생각하고 있었으며, 시간이 흐를수록 그것은 점점 더 확고한 의지로 굳어가고 있었다. 매리 자신도 그것을 잘 알고 있었다. 그런데 이제 매리는 에드먼드가 자신에 대해 뜨거운 감정을 갖고 있는 게 아니라는 사실을 깨닫게 되었다. 에드먼드가 자신을 진지하게 받아들이지 않고 있으며 진심으로 사모하고 있지도 않다는 것은 너무나 명백했다. 에드먼드는 매리가 성직에 대해서 어떤 생각을 가지고 있는지 잘 알고 있었다. 또한 매리가 그런 상황에 자신을 맞추려고 하지 않을 것이라는 사실도 알고 있었다.

그럼에도 불구하고 에드먼드는 성직을 고수하고 있었다. 매리는 에드먼드의 무심한 태도에 대해 똑같이 대응하기로 결심했다. 이제부터 에드먼드와 어떤 대화를 나누더라도 그 속에 다른 어떤 의미도 부여하지 않을 것이다. 만약 에드먼드가 그런 식으로 자신의 마음속에 담긴 애정을 억제할 수 있다면, 매리 또한 그 애정으로 인해 마음에 상처를 입지 않을 작정이었던 것이다.

제 24 장

다음날 아침이 되자 헨리 크로포드는 맨스필드 파크에서 이주일 가량 더 머무르기로 결정했다고 말했다. 헨리 크로포드는 사냥꾼들을 데리고 오도록 시킨 후에, 작은 아버지에게 자신의 입장을 밝히는 몇 줄의 편지를 썼다. 헨리는 그 편지를 봉인해서 옆으로 툭 던져버리고 난 다음에 고개를 돌려서 매리를 바라보았다.

헨리 크로포드는 주위를 둘러보면서 주위에 다른 가족들이 아무도 없는 것을 확인했다.

"매리! 이제부터 내가 사냥을 하지 않는 날에는 무슨 일을 하면서 즐겁게 시간을 보낼 거라고 생각하니? 이제는 나이가 들어서 일주일에 세 번 이상은 사냥을 나갈 수 없단 말이야. 하지만 다른 날에 무슨 일을 할 것인지 이미 계획을 세워 두었어. 그게 무엇이라고 생각하니?"

헨리 크로포드가 의미심장한 미소를 지었다.

"나와 산보를 하거나 말을 타겠지? 아니야?"

매리가 담담한 어조로 반문했다.

"틀렸어. 물론 그렇게 하는 것도 좋을 거야. 하지만 그것은 내 신체를 단련시키는 운동이잖아. 나는 내 정신도 돌보아야만 해. 게다가 그것은 여가를 즐기는 것밖에 되지 않을 거야. 전혀 노동을 하지 않아도 되기 때문이지. 나는 태만의 빵을 먹는 것을 별로 좋아하지 않아. 좋아. 말해 주지. 나의 계획은 바로 패니 프라이스가 나를 사랑하게 만드는 거야."

헨리 크로포드가 나지막한 목소리로 말했다.

"패니 프라이스! 말도 안 돼! 아니야, 안 돼! 오빠는 패니 프라이스의 두 사촌 언니로 만족해야만 해."

매리의 두 눈이 휘둥그레졌다.

"나는 패니 프라이스가 나를 사랑하지 않으면 직성이 풀리지 않을 거야. 그녀의 가슴에 작은 구멍을 내기 전에는 만족할 수 없어. 너는 그녀가 얼마나 눈길을 끌 만한 자태인지 잘 모르고 있는 것 같구나. 어제 밤에 우리가 모였을 때, 어느 누구도 패니가 얼마나 예뻐졌는지 의식하지 못하고 있는 것 같았어. 지난 여섯 주일 동안 그녀의 외모에 얼마나 큰 변화가 있었는지를 말이야. 너는 날마다 패니 프라이스를 보니까 그 사실을 알아차리지 못한 거야. 내 말이 확실해. 그녀는 작년 가을에 보았던 것과는 완전히 다른 사람이 되어 버렸어. 그 당시에도 평범하다고 할 수는 없었지. 하지만 너무나 조용하고 정숙해서 잘 드러나지 않았었지. 하지만 이제 그녀는 정말 예뻐. 예전에는 안색도 좋지 않고 표정도 없다고 생각했었거든. 그런데 아기처럼 보드라운 피부에 어제처럼 뺨에 홍조가 자주 깃드니까 몹시 아름다웠어. 그녀의 눈과 입술……. 나는 그런 것들을 물끄러미 바라보고 있었지. 그녀는 자신이 표현하고 싶어하는 것들을 고스란히 드러낼 수 있는 풍부한 표정을 가지고 있었어. 그녀의 태도와 자태를 비롯한 모든 것들이 말로는 표현할 수 없을 만큼 놀랍게 발전했어. 10월 이후로 적어도 5센티미터는 키가 더 커졌을 거야."

"치! 그것은 단지 패니 양과 비교할 만큼 키가 큰 여자가 주위에 없기 때문이야. 게다가 패니 양은 새로 산 드레스를 입고 있었어. 이

전에는 그렇게 옷을 잘 입고 있는 것을 본 일이 없기 때문일 거야. 패니 양은 10월의 그녀, 여전히 그대로야. 내 말이 맞아. 사실 어제 밤에 오빠가 눈길을 줄 만한 여자가 패니 양 하나밖에 없었지. 오빠는 주위에 언제나 여자가 있어야만 하는 사람이잖아. 물론 나도 패니 양이 예쁘다고 생각했어. 뛰어난 미인은 아니지만 다른 사람들이 말하듯이 '충분히 예쁜' 여자야. 패니 양은 점점 볼수록 예뻐지는 타입이라고 할 수 있어. 눈빛 속에 좀더 깊은 맛이 없는 게 흠이지만, 그래도 미소지을 때에는 아주 예쁘지. 하지만 지난번보다 월등하게 예뻐졌다고 하는 것은 그녀가 더 멋진 옷을 입고 있었고 또한 주위에 다른 여자가 없었기 때문이야. 그러니까 오빠가 패니 양을 농락하려고 마음을 먹었다면 그녀의 아름다움을 찬미하기 때문이 아닐 거야. 오빠가 심심하거나 혹은 못된 장난이 치고 싶었기 때문일 거야. 그러니까 그런 것이 아니라고 나를 설득할 생각은 하지 마."

매리가 단호한 태도로 대답했다. 하지만 헨리 크로포드는 매리의 비난을 들으면서도 그저 웃기만 할 따름이었다.

"패니 양에 대해서 어떻게 생각하는 게 좋을지 잘 모르겠어. 도통 알 수가 없단 말이야. 어제도 무슨 생각을 하고 있는지 도통 알 수가 없었어. 성격은 어떨까? 진지한 성격인가? 아니면 이상한가? 그것도 아니면 얌전한 척 하는 걸까? 왜 그렇게 몸을 사리면서 나를 그처럼 심각한 눈길로 바라보는 걸까? 그리고 도통 말을 시켜도 대답을 하지 않아. 나는 이제까지 한 여자를 웃도록 만드는 일에 그렇게 오랜 시간이 걸린 적이 없었어. 게다가 어제처럼 성공하지 못했던 적도 없었어. 지금까지 나를 그렇게 진지한 눈빛으로 바라본 여자를 만나보질 못했어. 그녀의 표정은 이렇게 말하고 있었어. '나는 당신을 좋아하지 않을 거예요. 당신을 좋아하지 않기로 이미 마음을 먹었다구요' 이런 표정이야. 나는 이걸 반드시 이겨내야만 해. 그녀는 나를 좋아하게 될 거야. 반드시……."

“정말 어리석군! 결국 오빠를 사로잡은 것은 바로 이거야. 그녀가 오빠를 좋아하지 않는다는 것! 그래서 그녀가 그토록 부드라운 피부를 가지고 있고 키가 훨씬 더 커지고 우아하고 매력적으로 보이는 것도 다 그것 때문이라구. 제발 오빠가 패니 양을 불행하게 만들지 않았으면 좋겠어. 가볍게 사랑하는 것은 아마도 그녀에게 활기를 선사할 수도 있겠지. 그래서 그녀에게 좋은 영향을 미치게 될지도 몰라. 하지만 그녀가 오빠에게 깊이 빠지지 않도록 했으면 좋겠어. 패니 양은 몹시 선량하고 감정이 풍부한 사람이거든.”

매리가 손을 내저으면서 말했다.

“겨우 이주일 동안이야. 만약 이주일 만에 치명적인 상처를 입는다면 그녀의 성격이 구제 불능인 거야. 나는 절대로 그녀에게 해를 입히지 않을 거야. 내가 원하는 것은 단지 그녀가 부드러운 눈길로 나를 바라보도록 만드는 거야. 얼굴에 살짝 홍조를 띄우면서 나를 향해 미소를 지어주는 것뿐이야. 어디에 있든지 간에 그녀 곁에 내 자리를 마련해 주고, 내가 그 자리에 앉아서 이야기를 하면 생기에 넘치는 것, 바로 그것뿐이야. 내가 생각하는 대로 생각하고 내가 가진 모든 것들과 내가 즐기는 것들에 대해서 관심을 가져주는 거야. 나를 맨스필드에 조금이라도 더 붙잡아 두려고 노력하고 또한 내가 떠나버리면 두 번 다시 행복할 수 없을 거라고 느끼게 만들고 싶어. 그 이상은 바라지도 않아.”

헨리 크로포드가 어깨를 으쓱거리면서 말했다.

“굉장히 절제하고 있군. 나는 이제 더 이상 말리지 않겠어. 자, 이제부터 오빠는 패니 양의 호감을 살 기회를 충분히 가지게 될 거야. 왜냐하면 내가 오빠와 함께 할 테니까…….”

매리의 얼굴에 은근한 미소가 떠올랐다. 매리는 더 이상 오빠를 질책하려고 하지 않았다. 그리고 패니가 자신의 운명을 스스로 선택하도록 만들고 싶었다. 만약 패니가 경계를 하고 있지 않았다면, 그 운명은 그녀에게 있어서 너무나 가혹한 것이라고 할 수 있었다. 하지만 매리는 패니가 자신의 마음에 단단한 경계막을 치고 있다는 사실을 모르고 있었다. 물론 그들의 예상과 달리, 아첨이나 관심과 재주와 훌륭한 매너로도 설득할 수 없어서 절대로 정복할 수 없는 열여덟 살의 아가씨가 이 세상에 있을 수는 있다. 하지만 패니가 그런 아가씨들 중의 하나라고 보기는 어려웠다. 그리고 부드럽고 따뜻한 성격을 가진 패니가 헨리 크로포드와 같은 남자가 뻗는 구애의 마수를 피해갈 수 있을 것이라고 생각하기는 어려운 일이었다. 비록 그 구애의 기간이 이주일에 불과하고, 헨리에 대한 나쁜 선입견이 있다고 하더라도 그것은 몹시 어려운 일이었다. 게다가 패니는 이미 다른 사람을 사랑하고 있었다. 그렇기 때문에 헨리에 대해 그다지 좋지 않게 생각하고 있는 패니의 마음을 흔들어놓는 일은 정말 어려웠다.

하지만 헨리는 지속적으로 관심을 쏟았다. 지나칠 정도로 눈에 뜨이도록 하지는 않았지만, 패니의 부드럽고 섬세한 성격에 맞추어서 계속 관심을 표명하는 것을 조금도 늦추지 않았다. 곧이어 패니도 예전처럼 헨리를 싫어하지 않게 되었다. 그렇다고 해서 패니가 과거의 일을 모두 잊어버린 것은 결코 아니었다. 패니는 여전히 헨리에 대해서 좋지 않게 생각하고 있었다. 하지만 패니는 헨리의 힘을 느끼고 있었다. 헨리는 아주 재미있었으며 패니를 대하는 태도도 예전보다 훨씬 향상되었다. 헨리는 패니를 만날 때마다 무척 예의바르게 행동했다. 사실 무척 진지하고 아무런 흠도 잡을 수 없을 만큼 예의바르게 행동했기 때문에 헨리에 대한 답례를 하기 위해서라도 정중하게 대하지 않을 수가 없었다.

이런 효과가 나타나도록 만드는 일에 단지 며칠이면 충분했다. 며칠 후에 패니의 마음을 기쁘게 만들기 위한 헨리의 목적을 달성할 수 있는 기회라고 볼 수 있는 일이 발생했다. 그리고 그 일로 인해서 패니는 너무나 행복했기 때문에 굳이 헨리가 아니라 주위에 있는 어느 누구를 보더라도 즐거운 마음으로 대할 수 있었을 것이다. 그것은 바로 오랫동안 영국을 떠나 있었던 패니의 그리운 오빠, 윌리엄이 다시 영국으로 돌아온 것이었다. 패니는 오빠로부터 몇 줄의 간단한 편지를 받았다. 해협을 거슬러 올라오는 배 안에서 급하게 쓴 편지였다. 윌리엄은 앤트워프를 떠나는 첫번째 배편을 통해 포트무스로 그 편지를 보냈다.

헨리 크로포드가 신문을 들고 제일 먼저 반가운 소식을 전해 주기 위해 맨스필드 파크로 올라갔을 무렵이었다. 벌써 그 편지를 받았던 패니는 기쁨으로 인해 온몸을 가늘게 떨고 있었다. 그리고 이모부가 친절하게도 윌리엄을 초청하기 위한 답장을 구술하고 있는 모습을 감사하는 표정으로 지켜보고 있었다. 그런 패니의 얼굴은 기쁨으로 인해 환하게 빛나고 있었다.

사실 헨리 크로포드가 윌리엄에 대해서 완전히 알게 된 것은 바로 그 전날에 불과했다. 패니에게 그런 오빠가 있다는 사실과, 그가 그 배에 타고 있다는 것도 처음 알게 되었던 것이다. 하지만 헨리도 그 당시에는 아직까지 정확한 소식을 알고 있지 않았다. 그래서 헨리는 시내로 돌아가는 길에 지중해에서 앤트워프로 돌아가는 기간을 알아보기로 결심했다.

얼마 있지 않아서 헨리는 배의 소식을 알게 되는 행운을 갖게 되었다. 헨리는 패니를 즐겁게 만들 수 있는 소식을 알아낸 자신의 영민함에 대해 보상받을 수 있는 시간이 바로 다음날 아침이라고 생각했다. 게다가 해군 소식을 제일 먼저 전달하는 것으로 잘 알려져 있는 신문을 수 년 동안이나 구독하는 일을 통해 작은 아버지에 대한 의무를 충실하게 지키고 있었던 것이 비로소 보상을 받게 되었다고 생각했다.

그런데 안타깝게도 헨리는 한 발 늦고 말았다. 헨리가 가장 먼저 패니에게 전달하고 싶었던 기쁨을, 그녀는 이미 느끼고 있었던 것이다. 하지만 다행스럽게도 헨리의 친절하고 자상한 마음에 대해서 패니는 진심으로 고맙게 생각했다. 패니는 윌리엄에 대한 사랑으로 인해서 평소의 수줍은 태도를 완전히 잊어버리고 있었다. 패니는 잔뜩 흥분하고 있었기 때문에 헨리에게 무척 따뜻하고 솔직하게 고마움을 표시했다.

패니는 윌리엄을 몹시 사랑하고 있었다. 그런데 윌리엄이 이제 곧 영국에 도착할 예정이었던 것이다. 윌리엄은 아직까지 수습 장교였기 때문에 즉시 휴가를 얻을 수 있을 것이다. 그리고 윌리엄의 부모님들은 포트무스에서 살고 있었기 때문에 이미 그를 만났을 것이다. 어쩌면 날마다 윌리엄을 만나고 있을지도 모르는 일이었다. 그래서 휴가를 받게 되면 7년이라는 긴 세월 동안 꾸준히 편지를 주고받았던 여동생과, 그의 승진을 위해서 아낌없이 후원했던 이모부와 시간을 보내는 것이 당연한 것으로 여겼던 것이다. 패니가 보낸 편지에 곧 윌리엄이 답장을 보냈다. 윌리엄은 자신이 맨스필드 파크에 도착할 날을 서둘러 결정했다. 패니가 처음으로 저녁 식사 초대를 받아서 잔뜩 들떠있던 시간으로부터 열흘도 채 지나지 않았을 무렵이었다. 그런데 이제 패니는 더욱 들뜨고 흥분할 일이 생기게 되었던 것이다. 마침내 그날이 다가오게 되었다. 패니는 복도와 로비 그리고 계단을 분주히 오가면서 현관을 지켜보고 있었다. 패니는 오빠가 타고 올 마차의 소리가 들리기를 마음을 졸이면서 기다리고 있었다.

패니는 초조한 마음으로 오빠를 기다리고 있었다. 드디어 마차가 도착했다. 만남에 대한 두려움도 없었고, 어떤 형식적인 절차도 없었다. 두 사람이 만나는 순간을 방해하는 것은 아무것도 없었다. 마침내 윌리엄이 집으로 들어섰다. 패니는 오빠와 마주서게 되었다. 두 사람이 다시 재회하게 된 애틋한 순간을 어느 누구도 방해하지 않았다. 단지 문을 열어주기 위해 서 있던 하인들만이 두 사람을 지켜보고 있을 뿐이었다. 그것은 토머스 경과 에드먼드가 똑같이 그렇게 해 주려고 노력했던 결과였다. 그들은 둘 다 노리스 부인이 마차가 도착한 소리를 듣고 즉시 복도로 뛰어나가지 못하도록 하기 위해 민첩하게 행동했던 것이다. 결국 그들은 노리스 부인을 지금 있는 곳에 잡아둘 수 있었다.

곧이어 윌리엄과 패니가 방으로 들어왔다. 토머스 경은 기쁜 마음으로 사랑하고 아끼는 조카를 반겨 주었다. 윌리엄은 토머스 경이 7년 전에 도움을 주었던 그 소년이 아니었다. 이제는 완전히 다른 사람이 되어 있었다. 윌리엄은 기분 좋은 인상을 가진 청년이 되어 있었다. 솔직하고 꾸밈이 없었으며 다정다감하고 예의바른 태도를 갖춘 훌륭한 청년이었던 것이다. 토머스 경은 금방 윌리엄이 마음에 들었다.

패니는 오빠를 만나게 된다는 기대감에 잔뜩 부풀어 있었다. 그리고 오빠와의 첫 만남으로 인해 30분 가량 들뜨고 행복한 감정에 젖어 들었다. 패니가 그 감격의 소용돌이에서 벗어나기까지는 제법 긴 시간이 걸렸다. 진정으로 행복감을 느끼기에도 시간이 필요했다. 오랜 세월 동안 헤어져 있어서 변한 사람을 다시 만났을 때 느낄 수밖에 없는 실망감이 사라지는 일에도 조금 시간이 필요했다.

하지만 패니는 청년의 얼굴 속에서 과거에 보았던 윌리엄의 모습을 그대로 찾아볼 수가 있었다. 지난 몇 년 동안 패니는 얼마나 윌리엄을 보고 싶어했었던가! 드디어 그 시간은 서서히 다가왔다. 패니에 대한 윌리엄의 애정은 패니가 윌리엄에 대해 가지고 있는 애정만큼이나 애틋했으며 조금도 꾸밈이 없었고 자의식으로 인해서 방해를 받지도 않았다. 윌리엄이 가장 사랑하는 대상은 바로 패니였다. 그의 강건한 영혼과 대담한 기질로 인해서 윌리엄은 사랑을 느낄 뿐만 아니라 표현하는 일에도 거침이 없었고 자연스럽게 행동했다.

다음날 아침에 두 사람은 산보를 하면서 즐거운 시간을 가졌다. 그리고 다음날도, 그 다음날도 두 사람은 아침마다 새록새록 따뜻한 오누이의 정을 나누었다. 토머스 경은 에드먼드가 말해 주기 이전에, 이미 그들의 모습을 지켜보고 있었다. 두 사람의 모습을 지켜보면서 토머스 경은 흡족한 표정을 짓지 않을 수가 없었다.

지난 몇 달 동안 패니는 에드먼드가 보여 주었던 뜻하지 않은 사려 깊은 마음씨로 인해서 기쁨을 느낀 적은 있었다. 하지만 이제까지 살아오면서 지금처럼 깊은 행복을 느껴보기는 이번이 처음이었다. 전혀 구속받지 않고 어떠한 두려움도 없이 두 사람이 똑같이 애정을 나누고 있었던 것이다. 오빠로서, 친구로서, 윌리엄은 마음을 활짝 열고 패니에게 자신의 희망과 두려움과 앞으로의 계획을 들려주었다. 오랫동안 진지하게 갈망하고 있었던 승진에 대한 우려도 다 함께 나누었다.

윌리엄은 패니에게 아버지와 어머니와 동생들에 대한 자세한 소식을 직접 전달해 줄 수 있었다. 패니는 그 동안 가족들에 대한 소식을 거의 듣지 못하고 있었던 것이다. 윌리엄은 이제는 패니의 집이 된 맨스필드에서 여동생이 편안하게 사는지 혹은 어떤 고충을 겪고 있는지 모두 다 알고 싶어했다. 윌리엄은 패니가 다른 가족들에 대해서 말해주는 대로 모두 다 믿을 준비가 되어 있었다. 단지 노리스 이모의 비양심적인 생각과 못된 언행에 대해서만 패니와 생각이 달랐을 뿐이었다.

패니는 윌리엄과 함께라면 어린 시절의 좋은 시간도, 나쁜 시간도 다시 한 번 되돌아볼 수가 있었다. 패니는 윌리엄과 함께 했던 고통과 기쁨의 기억들을 따뜻한 마음으로 되짚어 볼 수가 있었던 것이다. 남매간의 유대감은 결혼으로 인한 부부의 유대감보다도 훨씬 더 강했다. 그리고 남매간의 유대감은 애정을 더욱 강하게 만들어주는 이점을 가지고 있었던 것이다. 그들은 한 가정의 자녀였으며, 같은 피를 나누고 있었으며, 생애 최초의 기억들과 습관들까지도 서로 공유하고 있었다. 그래서 그들은 좋아하는 것도 즐거워하는 것도 다 함께 나누었다. 그것은 다른 관계에서는 도저히 얻을 수 없는 것이었다. 가장 처음으로 느꼈던 애정의 소중한 기억들이 완전히 사라지려면, 형제들이 오랫동안 서로 만나지 못해서 서먹서먹한 사이가 되거나, 다른 사람과 결혼을 해서 더 이상 자주 만날 수 없는 사이가 되어야만 할 것이다.

이 세상에는 그런 사례가 얼마나 많은가. 형제와 자매 사이의 애정이 차라리 없는 것보다 못할 때가 자주 있는 것이다. 하지만 패니와 윌리엄 프라이스는 사뭇 달랐다. 그들이 가지고 있는 남매지간의 정은 아직까지도 예전과 똑같이 소중하고 새로웠던 것이다. 이해관계 때문에 상처를 받지도 않았으며 이별하고 있는 동안 애정이 식은 것도 아니었다. 오히려 헤어져 있는 시간이 길어서 그 애정이 더욱 깊고 커졌던 것이다.

패니와 윌리엄 프라이스 사이의 깊고 애틋한 애정을 보자, 선량한 것을 보고 그 가치를 인식할 줄 아는 사람들의 마음속에 그들의 존재는 더욱 그 가치가 높아지고 있었다. 헨리 크로포드는 그것을 보면서 깊은 감명을 받았다. 헨리 크로포드는 젊은 선원의 따뜻한 마음과 질박한 애정을 존중하게 되었다. 젊은 선원은 깊은 애정이 담긴 손길로 동생의 머리를 어루만지면서 이렇게 말했던 것이다.

"너의 그 희한한 패션이 좋아지기 시작했어. 처음에 이런 패션이 영국에서 유행한다는 말을 들었을 때, 나는 말도 안 되는 일이라고 생각했어. 그리고 지브랄타와 장관님 댁에서 브라운 부인을 비롯한 여러 명의 여자들이 그런 머리를 하고 나타났을 때, 나는 그 여자들이 모조리 미쳤다고 생각했어. 그런데 패니! 네가 하고 있으면 어떤 것도 좋아 보이는구나."

그럴 때마다 패니의 볼에는 생기가 감돌고 눈빛이 반짝거렸다. 그리고 오빠가 바다에서 자주 일어나곤 하는 급박하고 위험한 상황과 끔찍한 장면들을 묘사하고 있으면 패니는 커다란 흥미를 나타내면서 조용히 귀를 기울이는 것이었다. 헨리 크로포드는 패니의 모습을 경탄의 눈초리로 바라보았다.

그 모습은 헨리 크로포드의 윤리적인 관점에서 보더라도 충분히 그 가치를 귀중하게 여길 수 있을 만한 것이었다. 그와 함께 패니의 매력은 점점 더 커지고 있었다. 헨리 크로포드는 예전보다 두 배 이상 패니의 매력에 이끌리고 있었다. 패니가 가지고 있는 마음속의 애정과 감수성은 그녀의 표정을 더욱 밝고 아름답게 만들어 주었다. 패니의 감수성과 감성이 곧바로 매력이었던 것이다.

헨리 크로포드는 이제 더 이상 패니의 마음속에 아무런 감정도 담겨 있지 않을 것이라는 의혹을 품지 않게 되었다. 패니도 감정을 가지고 있었다. 그것도 매우 진실한 감정이 살아 숨쉬고 있었던 것이다. 헨리 크로포드는 그런 여인의 사랑을 받는 것이야말로 굉장한 일이라고 생각했다. 젊고 순수하고 한 치의 때도 묻지 않은 영혼의 첫사랑의 대상이 된다는 것은 정말 근사한 일이었다. 패니는 헨리 크로포드가 예상했던 것보다 훨씬 더 그에게 흥미를 불러일으키고 있었다. 이주일은 절대로 충분하지 않았다. 헨리 크로포드가 그곳에 언제까지 머무를지는 이제 전혀 예측할 수 없는 일이 되고 말았다.

토머스 경은 종종 윌리엄을 불러서 말동무로 삼았다. 토머스 경은 윌리엄의 이야기 자체가 몹시 재미있었다. 하지만 그의 이야기를 듣고자 하는 토머스 경의 주된 목적은 바로 윌리엄을 이해하기 위한 것이었다. 윌리엄이 살았던 나날들에 대한 이야기를 들으면서 그 젊은이에 대해 더욱 많은 것들을 알고 싶었던 것이다. 토머스 경은 윌리엄이 명확하고 간단하고 씩씩하게 이야기하는 것을 들으면서 몹시 만족스러운 표정을 지었다. 윌리엄의 이야기는 모두 다 그 청년의 주관이 뚜렷하고 전문적인 지식을 가지고 있으며 힘과 용기를 겸비하고 있는 명랑한 성격이라는 사실을 그대로 반영해 주었던 것이다. 그런 모든 것들이 윌리엄이 전도유망한 젊은이라는 사실을 입증하고 있었다. 게다가 윌리엄은 훌륭한 자질을 갖추고 있었다.

윌리엄은 아직 젊은 나이였지만, 이미 많은 것들을 경험했다. 지중해에서 서인도로 파견을 나갔으며, 다시 지중해로 돌아갔다. 선장의 호의로 육지에 올라간 적도 자주 있었다. 7년이라는 긴 세월 동안 바다와의 전쟁으로 인해서 많은 위험에 처해 보기도 했다. 윌리엄의 이야기는 귀담아 들을 만한 것이었다. 그래서 모든 사람들이 윌리엄의 이야기를 경청했다. 다만 윌리엄이 배가 난파된 순간이나 전쟁터에서 교전을 벌였던 것에 대해 이야기할 때마다 노리스 부인만이 안달이 나서 실을 찾거나 셔츠 단추를 찾아서 방 안을 이리저리 돌아다녔을 뿐이었다. 버트램 부인조차도 끔찍한 이야기를 듣고는 도저히 가만히 앉아 있을 수가 없었을 정도였다. 버트램 부인은 일감에서 눈길을 떼고 이렇게 말하곤 했다.

“세상에! 너무나 끔찍해. 어떻게 해서 다시 바다로 나갈 수 있는지 정말 모르겠어.”

하지만 윌리엄의 이야기를 들으면서 헨리 크로포드는 전혀 다른 느낌을 받고 있었다. 헨리 크로포드는 자신도 바다에 나갔었다면 하는 갈망을 느끼고 있었다. 윌리엄처럼 많은 것을 보고 경험하면서 고통받기를 원했던 것이다. 윌리엄의 이야기를 들으면서, 헨리 크로포드의 마음은 더욱 뜨거워지고 상상력에 불이 붙게 되었다. 헨리 크로포드는 채 스무 살이 되기도 전에 그런 신체적인 역경을 견뎌내고 정신적으로 승리할 수 있었던 청년에 대해서 커다란 존경심을 느끼고 있었다. 위대한 영웅주의를 비롯해 무엇인가 쓸모있는 일을 한다는 것 그리고 목적을 달성하기 위한 노력과 인내, 그런 것들이 가지고 있는 찬란한 영광에 비하면 자신이 이기적으로 누리면서 살아오고 있었던 안이한 습관들이 상대적으로 몹시 부끄러운 것처럼 여겨졌다.

헨리 크로포드는 내심 자신이 윌리엄 프라이스였으면 하고 바라고 있었다. 지금의 자기 자신이 아니라 스스로를 드높이고 재산과 지위를 얻기 위해 홀로 노력하고 자긍심과 열정을 가지고 있는 윌리엄 프라이스이기를 바랐던 것이다.

하지만 그러한 소망은 강렬하기는 했지만 지속적인 것은 아니었다. 에드먼드가 내일 아침의 사냥 계획에 대해서 질문을 던지자, 헨리 크로포드는 이내 공상과 자책에서 깨어났다. 그리고 자신의 말 한 마디에 말과 마부들이 즉시 대령할 만큼 풍족한 재산을 가진 사람이 되는 것도 괜찮다는 사실을 깨닫게 되었던 것이다. 어떤 점에서는 그것이 훨씬 더 나을 수도 있었다. 왜냐하면 많은 재산을 소유하고 있었기 때문에 다른 사람들에게 친절을 베풀고 싶을 때마다 그렇게 할 수 있었던 것이다.

용기있고 씩씩한 윌리엄 프라이스는 호기심이 어린 표정으로 자신도 사냥에 참가하고 싶다는 의사를 표명했다. 헨리 크로포드는 기꺼이 윌리엄에게 말을 빌려 줄 수 있었다. 물론 토마스 경은 다른 사람에게 말을 빌려주는 것이 얼마나 커다란 호의인지 윌리엄보다도 훨씬 더 잘 알고 있었다. 그래서 헨리 크로포드는 토마스 경이 극구 사양하는 것을 물리쳐야만 했다.

패니는 윌리엄의 말을 타는 것에 대해 몹시 두려워하고 있었다. 윌리엄이 아무리 여러 나라에서 말을 타보았다고 해도 패니를 안심시킬 수가 없었다. 윌리엄은 자신이 여러 번이나 경주에 참가했었으며, 거친 말과 노새도 타보았다고 말했다. 윌리엄은 자칫 말에서 떨어질 뻔한 위험을 얼마나 아슬아슬하게 피했었는가에 대해 말하면서, 영국에서 편안하게 길들여진 사냥마를 타고 여우 사냥을 하는 것은 너무나 쉬운 일이라고 주장했다. 윌리엄은 사냥마 정도는 얼마든지 다룰 수가 있다고 하면서 패니를 안심시키려고 노력했다. 하지만 패니는 좀처럼 마음을 놓지 못하고 있었다. 윌리엄이 아무런 사고도 없이 안전하게 돌아올 때까지, 패니는 불안하게 기다릴 수가 없었다.

사실 헨리 크로포드는 말을 빌려주면 패니가 고마워해 주기를 바라면서 윌리엄에게 말을 제공한 것이었다. 하지만 패니는 윌리엄이 돌아올 때까지 헨리 크로포드의 친절에 대해 전혀 고마움을 느낄 수가 없었다.

드디어 윌리엄이 아무런 상처도 입지 않고 돌아온 것을 확인하자, 비로소 패니는 헨리 크로포드의 행동이 친절에서 우러나온 것이라는 사실을 인정했다. 그리고 말 주인이 윌리엄에게 조금 더 말을 타라고 제안하자, 헨리 크로포드에게 살짝 미소를 지어보이면서 보답했던 것이다. 그러자 헨리 크로포드는 윌리엄이 노스햄튼에서 머무르는 동안 그 말을 자유롭게 사용하라고 제안했다. 헨리 크로포드가 너무나 정중하고 단호한 태도로 말했기 때문에 윌리엄은 그 호의를 결코 거절할 수가 없었다.

(하권에 계속)

옮긴이 이옥용

서울에서 태어났으며, 이화여자대학교 영어영문학과와
미국 아이오와 주립대학원을 졸업했다.
역서로는 《하버드의 천재들》 《비밀의 창》 《오페라의 유령2》
등 다수가 있으며, 현재 전문번역가로 활동중임.

맨스필드 파크 (상)

발행일 | 2021년 5월 20일 초판 1쇄 발행
2023년 9월 5일 초판 2쇄 발행

지은이 | 제인 오스틴 **옮긴이** | 이옥용
펴낸이 | 윤형두 · 윤재민 **펴낸곳** | 종합출판 범우(주)
교 정 | 황인순 **인쇄처** | 태원인쇄

등록번호 | 제406-2004-000012호 (2004년 1월 6일)
(10881) 경기도 파주시 광인사길 9-13 (문발동)
대표전화 | 031-955-6900 **팩 스** | 031-955-6905
홈페이지 | www.bumwoosa.co.kr **이메일** | bumwoosa1966@naver.com

ISBN 978-89-6365-338-9 03840

* 책값은 뒤표지에 있습니다.
* 잘못된 책은 바꾸어드립니다.